1930년대 한국문학의 모더니즘과 전통 연구

1930년대 한국소설의 모더니즘과 전통 연구

차 혜 영

책을 내면서, 머리말을 쓴다. 그간의 글 중에서 1930년대 문학을 대상으로 한 근대성과 모더니즘, 그리고 전통에 관해 사유한 논문들을 모았다.

공부와 글쓰기를 시작하면서, 이상과 구인회, 1930년대, 근대성에 붙들려서 보낸 한 철이 있다. 그건 '붙들려 있었다'는 표현이 적절한 상태였다. 그래서 그 글들은 대상에 대해, 혹은 내가 하고 싶은 말에 대해 거리화되지 못하고, 비약과 예단, 옹호와 매혹, 변명이 잦다. 다시 읽어보니 지나치게 사적이리만큼의 열정과 그것이 낳은 검증하지 못한 예단이 보일 때 많아 얼굴이 홧홧거린다. 그러나 고치지 않고 그냥 내기로 한다. 고치는 것 자체가 불가능하기도 하지만, 한편에는 그런 방식으로 글 속에 있는 내 모습을 인정해야겠다는 생각도 있기 때문이다. 비약과 예단, 안타까운 변명이나 추측을 통해 집요하게 곤두서 있는 나의 열정, 30대 초반 전후의 서툴고, 주관적이고, 다듬어지지 않은 열정 자체도 내 모습으로 가져가야 한다고 생각했기 때문이다.

그래서 그 글들에는 부끄럽지만, 내가 묻어 있다.

1부의 '유항림' 소설을 대상으로 이념과 열정을 유비하면서 1930년 대 후반을 그려본 글에서나, '이상'의 소설을 대상으로 관념과 현실, 그 사이에서 자리잡는 글쓰기의 정체성과 미적전망을 고찰한 글, 그리고 '박태원'이 보여주는 글쓰기 방식을 소시민적 순응주의의 인식론으로 생각해본 글에서나 거기에는 그런 모습으로 유비된 내가 묻어 있다. 그리고 「1930년대 한국 소설의 근대성과 모더니즘적 전망」은 모더니즘 소설이 포함된 1930년대, 나아가 식민지 시대 한국문학사 전체를 조감하려 한 글이다. 나 자신이 서 있는 근대성의 뿌리의 구도를 논리화하겠다는 열정이 앞서 뻔뻔할 만큼의 비약과 예단으로 가득찬 글이다. 뒤로 미루겠다던 검증, 고를 달리하여 살피겠다고 한 약속들, 그리고 그렇게 성급하게 말하고 싶은 것이 대체 무엇이었나를 떠올리면 말할 수 없이 부끄러워진다.

그러나 그 약속들은 지키지도 못한 채 나는, 그것들을 '붙들려 있었다'는 말로 과거화시키려고 한다. 「한국 문학의 근대성과 모더니즘에 관한 연구사 다시 읽기」는 이런 모더니즘에 붙들려 있는 상태로부터, 그리고 그 시기의 서툰 열정으로부터 결별하는, 일종의 냉담성과 거리를 회복하는 방식이었다. 가까운 지인들은 모더니즘 연구사까지 썼으니 이제 곧 박사논문을 쓰면 되겠다고 했지만 나는 그러지 못했다. 「1930년대 한국 소설의 근대성과 모더니즘적 전망」을 쓰면서 들었던, 모더니즘을 포함한 우리 근대성의 뿌리와 구조를 논리화하고 싶다는 욕심이, 식민지 근대라는 더 큰 블랙홀로 이끌었고, 결국 그 블랙홀의 입구에서 1920년대 초기 문학을 대상으로 박사논문을 썼다.

2부의 전통논의의 맨 앞에 있는 「1930년대 『월간야담』과 『야담』의 자리」는 이와같은 방향으로 문제의 지점을 변환시켜준 하나의 계기였다. 청탁에 의해 씌어졌고, 박사논문을 준비하면서 잠시 삼천포로 빠져서 쓴 글이었지만, 근대 매거진으로서의 야담지라는 기묘한 위상이 근대의 제도적 장치로서의 매체, 그것이 불러내는 전통, 그것을 소비하는 대중적 지반의 의미망을 생각하게 했다.

1930년대 모더니즘으로부터의 '놓여남'이 한편으로는 식민지 근대의 제도적 장치에 대한 관심으로 열려져서, 제도적 장치의 기원과 구조에 대한 물음으로 1920년대에 머물게 했고, 다른 한편으로는 그 근대적 장치가 근대와는 이질적인 고전이나 전통, 동양적인 것을 호출하면서 작동하는 체계에 관심을 갖게 한 것이다. 2부에서 야담지에 대한 고찰 이후, 김동리나 이태준의 소설에 대한 연구가 이에 해당된다. 마지막에 실은 『임꺽정』에 대한 글은 석사논문이었다. 거칠고 미숙해서 부끄럽지만, 공부의 시작이 근대성과 전통에 관한 물음으로 시작되어 있었기에 함께 묶기로 했다.

이 서툴고 미숙한 열정에 붙들려 보낸 시간, 그런 나의 열정을 알아 보아주고 사랑해준 사람들, 그 시간, 그 길을 함께 걸어가고 있는 사람들이 있어서 감사하고 행복하다. 그 사람들 모두 일일이 거명할 수는 없지만, 참으로 고마운 마음을 전한다. 또한 보잘 것 없는 이 책을 정성껏 만들어준 깊은샘의 박현숙 사장님과 예인기획의 오지희 선생님께도 고마운 마음을 전한다.

그리고 나 혼자만의 열정에 붙들려 보낸 시간 동안, 그 이기적이고 관념적인 울타리 안에서 혼자 떠도는 나를 말없이 지켜준 '나의 형'에게 말로는 다할 수 없는 사랑과 감사를 보낸다.

2004년 늦가을에
차 혜 영

목　차

2부 1930년대 전통과 근대의 그물망

1부

1930년대 모더니즘 소설의 지형도

한국 문학의 근대성과
모더니즘에 관한 연구사 다시 읽기

1. 문학사 혹은 문제사

　한국 근대문학을 연구함에 있어 모더니즘이 주요한 관심사로 떠오른 지 적지 않은 시간이 지났다. 지나친 서구추수주의나 경박성을 탓하는 문학사적 평가나 외국 문예이론의 수용과정에 초점을 맞춘 비교문학적 관점은 상당히 오래 전부터 행해진 연구방법이다. 그리고 최근에는 리얼리즘과의 비교 하에 한국 근대문학 속에서의 그 위상과 공과를 어떻게 볼 것인가에서부터, 서구의 근대성 담론을 연계 원용하면서 근대성 자체를 회의하고 비판하는 미적 근대성으로 자리매김하는 논의에 이르기까지, 모더니즘은 다양한 방향과 진폭에서 해석되고 있다.

　이러한 시점에서 모더니즘에 관한 연구사를 살펴본다는 것은 어쩌면 이 짧은 지면에서 가능하지도 필요하지도 않은 일일지 모른다. 그럼에도 그것을 행하려는 일차적인 이유는 최근에 정신을 차릴 수 없도록 화려하고 신속하게 진행되는 근대성 담론과 모더니즘 연구에 대해 한 걸음 물러서서 조망해보려는 것이고, 나아가 이러한 거리두기

를 통해서 모더니즘 연구가 위치하는 '우리시대의 문제의식'과 모더
니즘을 해석하는 '해석지평'을 살펴보려는 것이다. 그러니까 모더니
즘을 무엇으로 정의하고, 작품을 어떤 식으로 해석하고, 어떻게 가치
부여하고, 다른 것들과의 관계에서 어떤 식으로 서열화하는가의 관점
을 기준으로 연구사를 살펴본다면, 지금 현재 우리 문학 연구에서 모
더니즘을 둘러싸고 행해지는 이론적 논의들을 상대화시키고 대상화
시킬 수 있는 거리를 획득할 수 있게 해주리라는 것이다. 그리고 이러
한 거리가 어쩌면 우리 시대 모더니즘 논의가 그 화려함과 신속함에
매혹되어 치밀한 검토 없이 전제하거나 받아들인 어떤 '전제 사항'이
나 '문제틀'을 돌아보게 할 수 있지 않을까 하는 것이다. 이 글은 모더
니즘 논의 중에서 특히 모더니즘 소설을 대상으로 한 연구들에 국한
하고 있음을 밝혀둔다.

　모더니즘을 놓고 김기림과 임화가 벌인 기교주의논쟁이나, 최재서
의 「리얼리즘의 심화와 확대」라는 글을 발단으로 전개된 임화, 백철
과 최재서의 논쟁 등 1930년대 당대의 비평적 논의, 그 연장선상에
있는 백철의 『신문학사조사』 이후 처음으로 문학사적 대상으로 종합
화되고 체계화된 것은 조연현의 『한국현대문학사』에서이다. 1957년
부터 『현대문학』에 연재된 이 저서에서 모더니즘은 '범 순수문학주
의'라고 할 수 있는 강한 주제의식과 문학사적 일관성 속에 포섭, 배
치되어 있다. 근대문학의 흐름을 "문예사조상의 혼류"로 진단하고 카
프의 프로문학을 주요 흐름에서 배제하는 것, 그리고 정치적 이념과
분리된 '문학성'이라는 잣대와 그것의 성숙 과정을 기준으로 문학사
의 발전 과정을 평가하는 것, 그러한 적자 계보로서 1920년대 낭만주
의로부터 '시문학', '시인부락', '구인회'를 거쳐 해방 이후의 순수문
학으로 이어지는 근대 한국 문학의 주요 흐름을 설정하고 그것을 "순
수문학"으로 지칭하는 등 이후의 문학사가 쉽게 넘어서기 어려운 체

계와 이데올로기적 일관성을 갖추고 있는 이 저서는 심정적 공격과 거부의 대상이 되면서도 실증적 극복은 어려운 것으로 오랫동안 군림해왔다고 할 수 있다. 이 저서에서 모더니즘 문학은 "순수문학의 형성과정"이라는 제호를 단 1930년대의 문학을 기술하면서 "순수문학적인 제집단의 동향"의 하나로 '구인회'와 '시문학'이 언급되고 이들의 문학 경향을 주지주의, 기교주의, 심리주의로 지칭되고 있다. 모더니즘 문학이 1930년대 당대에 '모더니즘'으로 지칭되었던 것과 상관없이 조연현의 문학사에서는 광범위한 의미에서의 순수문학의 형성과정 중의 한 구성요소로 위치하고 있다고 할 수 있다.

　이후 1973년에 나온 김현과 김윤식의 『한국문학사』는 당대에 제기된 근대기점론 및 내재적 근대화라는 광의의 문제 지평과 그 속에서의 "개인과 민족의 발견"이라는 식민지 시대의 민족적 과제를 적극적으로 부각시켰다. 이 때문에 모더니즘의 경우, 이상의 비관주의와 『문장』의 한국어 문자에 대한 관심이 부각되는 것을 제외하면, 별도의 탐구의 대상이 되지는 못한다. '범 순수문학주의'나 '내재적 근대화'라는, 연구자가 서 있는 시대적 지평과 문학사적 과제 설정의 방향이, 모더니즘 텍스트를 해석함에 있어 발견, 배치, 재구성의 방식으로 선택하고 배제하고 있었다고 할 수 있다.

　모더니즘 문학과 작가에 대한 관심 그리고 그러한 일군의 텍스트를 '모더니즘'이라는 예술사조이자 문예에 관한 하나의 이념이면서, 또 같은 경향을 갖는 일군의 문인집단으로 다시 호명한 것은 1978년에 나온 김윤식의 『한국 근대 문학사상 비판』에서 '사상의 등가성'을 주장하면서 비롯된다. 여기서 저자는 "모더니즘의 정신사적 기반"을 논하면서 식민지 시대의 한국 문학을 이끌어온 것으로 민족주의, 프로문학, 모더니즘을 들고, 이것이 결락 부분을 메우기 위한 대치물의 모색에서 비롯되었고 그 대치물을 절대화한다는 점에서 이 세 부류의

사상은 완전히 등가라고 주장한다. 식민지 지식인의 근대추구 열정을
"이론의 차원을 초월한 심정적인 것"이라고 보는 이 "사상의 등가성"
은 민족주의적 정통성만으로 구성돼온 그간의 문학사적 가치지평을
재조정하는 출발점이자, 문학사적 사실들에 대한 최초의 원칙적인
'존재의 승인'이라고 할 수 있다. 이러한 관점이 프로 문학 특히 비평
에 대한 실증적인 작업과 조연현의 문학사가 내포하는 강력한 주제의
식과의 대결에서 나왔다는 점에서 그리고 이 관점에 찬성하든 반대하
든 이후의 월북 작가에 대한 연구의 포문을 열었다는 점에서 이는 '억
압된 것들의 귀환'을 위한 물꼬의 역할을 했다고 할 수 있다. 하나의
강력한 가치지평에서 다른 가치지평으로의 전환에 있어, '가치중립선
언'은 필수불가결한 결절점이고 이 중립지대를 출발점으로 해서 '억
압된 것들의 귀환'이 시작 될 수 있는 것이다.

2. 모더니즘 문학연구의 현재적 문제지평

모더니즘 문학이 집단적인 연구의 관심으로 부각된 것은 억압된 것
들의 귀환의 장이라고 할 수 있는 1980년대부터라고 할 수 있다. 1980
년대의 시대적 과제와 모더니즘 문학이 갖는 불협화음에도 불구하고
그 둘이 만나게 된 것은 모더니즘 작가들이 월북작가라는 점에서 비
롯된 '역사적 우연'일지도 모른다. 즉 '80년대'와 '모더니스트' 그리
고 '월북작가'라는 이 세 개의 낯선 카테고리들이 함께 얽힌 복잡성이
시작부터, 그러니까 문학사의 사실로서 등록되자마자 모더니즘 연구
가 부딪히게 된 문제지평일 것이다.

먼저 문학사의 실증적 재구성이라는 일차적 과제로서의 월북작가
연구와 1980년대의 시대적 지향성이 행복하게 결합된 경우가 카프의

재발견이고 미학원리로서의 리얼리즘일 것이다. 모더니즘은 월북작가의 발굴이라는 실증적 과제와 1980년대적 과제와의 그 심각한 불협화음 때문에 연구의 정당성을 확립하는 것마저 쉽지 않았다고 볼 수 있다. 그래서 모더니즘 문학을 연구하는 연구자들은 대부분 '양심의 윤리'와 '문학적 흥미', '정치적 정당성'과 '정서적 끌림'이라는, 어쩌면 모더니스트들이 1930년대에 가졌을 법한 부채의식과 고뇌를 뒤늦게 반복하면서 시작하고 있다. 이후부터 현재까지 이어지는 모더니즘 문학에 대한 연구는 그러한 부채의식을 이론적으로 학문적으로 청산하는 과정이자 모더니즘 문학의 가치와 정당성을 복원하고 확립하는 과정, 그리고 나아가 모더니즘의 이론으로서의 헤게모니 정립 과정이라고 말할 수 있을 것이다.

억압된 것들이 귀환해서 '사실'로서 등록된 이후에는 '이론'적 정당성을 거쳐 그 이론이 갖는 현실정합성을 해석하는 차원에서의 '이념'적 헤게모니 획득으로 나아가는 과정을 우리는 모더니즘 연구를 둘러싼 최근의 십여 년의 연구 과정에서도 찾아 볼 수 있다. 이 과정 속에는 관점을 달리하는 다음과 같은 세 시기로 나누어 볼 수 있다

첫째, 모더니즘 텍스트를 개별작가론이나 심리소설, 사소설로 언급하는 경우, 둘째, 모더니즘 문학이 '모더니즘'이라는 미학 원리 혹은 1930년대 문학사 속에서 실재했던 집단화된 문예운동으로 조명되면서 리얼리즘과 등가로 대립되는 미학적, 문학사적 사실로 자립화되는 경우, 셋째, 모더니즘이 리얼리즘과의 개념 대립 쌍으로서가 아니라 미적 근대성이라는 이름으로 그 대립개념을 근대성으로 취하는 최근의 경우이다.

이 중 첫 시기와 둘째 시기는 거의 비슷한 문제의식으로서 연속적이고 상승적인 문제의식의 발전에 해당되지만 둘째 시기와 셋째 시기의 문제의식은 서로 혼돈 된 채 공존하기도 하고 현격한 의식의 단절

이 가로놓여 있기도 해서 복잡한 문제지평을 함유하고 있다.

1) 근대문학 속의 리얼리즘과 모더니즘

먼저 첫째의 경우,[1] 이는 분단 이데올로기로부터 막 벗어나서 어떤 개념의 등록 이전에 문학사의 사실로서 등록하는 것이 더 긴급한 과제이면서, 동시에 미학적 원리나 개념 혹은 집단 명사로서의 모더니즘이 1980년대라는 당대 이데올로기 지평에서 헤게모니나 정당성을 가질 수 없었던 상태에서의 연구들이라고 할 수 있다.

여기에는 '심리소설'이나 '사소설' 혹은 박태원이나 최명익 등의 개별 작가에 대한 연구가 대부분이고, 그 연구의 방법도 '의식의 흐름'이나 '내적 독백' 또는 '자유간접문체'의 발현 양상을 추출하고 분석하거나 모더니즘 소설에서 주로 나타나는 공간구조를 분석하는 것 등이 주종을 이룬다. 이런 개념이나 방법들은 텍스트가 씌어진 1930년대 당대에도 사용된 것들이라는 점에서, 그리고 그 내용이 소재적 사실 또는 기교나 형식 그 자체를 지적하고 분석하는 수준이라는 점에서, 모더니즘 텍스트를 해석하는 해석지평을 문제삼아야하는 부담으로부터 벗어나 문학사의 사실로 등록시키는 보다 온건하고 수세적인 방식이라고 할 수 있다. 즉 모더니즘 '군'으로 표나게 자립화시키지도 않고 리얼리즘 미학과의 대타성이라는 잠재된 문제를 부각시키지 않은 채, 텍스트의 기법이 사용되는 양상을 분석하고(모더니즘의 형식탐

---

1) 최혜실, 1930년대 한국 심리소설 연구, 서울대 석사학위 논문, 1986.
   강현구, 최명익 소설 연구, 고대 석사학위 논문, 1984.
   홍성암, 단층파의 심리소설연구, 한양대 석사학위 논문, 1983.
   김희진, 허준 소설 연구, 이대 석사학위 논문, 1992.
   명형대, 1930년대 한국 모더니즘 소설의 공간구조 연구, 부산대 박사학위 논문, 1991.
   유성하, 1930년대 한국 심리소설의 기법 연구, 계명대 박사학위 논문, 1987.

구 태도가 내포할 수도 있는 래디컬한 측면에 대한 가치평가는 엄두도 내지
못한 채), 이를 "식민지 지식인의 궁핍과 소외의 반영"이라는 다소 두
루뭉실하고 광범위한 의미부여를 통해 문학사의 실증적 사실로서 등
록시킨 것이다. 정제되고 체계적이면서 윤리적 정당성까지 갖추고 있
는 리얼리즘과의 '비교열세' 속에서 모더니즘 문학연구의 정당성을
확립하는 과정은 가치중립적 사실개념이 개념의 최소한의 자기방어
라는 것을 보여주고 있다. 그래서 문학 연구가 당대적 이데올로기 혹
은 해석의 지평으로부터 자유롭다는 것, 엄밀한 의미에서의 객관성이
라는 것 자체가 그렇게 자명하지도 단순하지도 않다는 것을 역으로
보여준다고 할 수 있다.

둘째 시기의 경우, 이는 모더니즘 문학이 문학 연구의 과제로 제기
된 이상 부여받은 숙제, 그러니까 모더니즘을 리얼리즘과의 비교열세
속에서 건져내 '자립'적인 미학 원리로서 개념화하고, 근대문학의 전
개과정 속에서 실체를 갖는 집단적인 문예운동으로서 리얼리즘과 '평
등'하게 문학사 속에 등록시킴으로써, 한국 근대 문학사라는 지평 속
에 '정당'하게 위치짓는 과제를 떠안은 것이다. 이를 수행한 대표적인
경우가 최혜실의 『한국모더니즘소설연구』와 서준섭의 『한국모더니즘
문학연구』이다.[2]

이들은 공통적으로 모더니즘 문학이 놓인 근대적 혹은 근대문학적
보편성으로부터 출발해서 이러한 과제를 수행하고 있다. 최혜실의
『한국모더니즘소설연구』는 모더니즘을 독립된 자기완결성을 갖는 미
학이론으로 정립하겠다는 의도를 분명히 하고 출발한다. 몰락 부르조
아의 퇴폐적 세계관이라는 윤리적 가치평가를 탈각하고 순수하게 미
학원리로 접근하면서, 이를 리얼리즘의 "특수성"과 "매개"이론과 대

---

2) 서준섭, 『한국모더니즘 문학연구』, 일지사, 1991.
  최혜실, 『한국모더니즘소설연구』, 민지사, 1992.

비되는 "주관적 보편성"하에서의 "선험적 구상능력"과 "직관"에 기초
한 자율적이고 독립된 미학 원리로 정립시키고 있는 것이다. 즉 그가
모더니즘 이론을 체계화하는 방식은 범주의 폐쇄화 혹은 한계를 분명
히 함으로써-정치적 현실연관성의 배제-, 그 폐쇄적인 한계 내부에
서 단절과 차이를 내세움으로써 등가화 전략을 추진하는 방식이다.
이로써 순수하게 미학이론으로만 한정된 틀 내부에서의 '리얼리즘과
의 다름'은 결격사유가 아니라 그 자체의 고유한 '특성'으로 전환되는
것이다. 리얼리즘은 거대한 '비교우위'의 대상으로서 회피되는 것이
아니라 등가관계 속에서 비교되고 상세한 다름의 목록들을 고유의 특
성으로 부각시켜주는 동등한 파트너가 되는 것이다.

서준섭의 『한국모더니즘문학연구』는 이러한 파트너로서의 지위
를 문학사 속에서 정립하는 것, 즉 모더니즘 문학을 한국 근대문학
의 전개과정 속에서 그 발생과 전개의 동력을 갖는 근대 문학의 '당
당한 적자계보'로 등록하는 것이 주요한 주제의식으로 설정되어있
다. 그는 1930년대 한국의 역사적 모더니즘을, "급격한 도시화의
과정 속에서 성장한 근대도시 제1세대 시인, 작가들의 집단인 '구인
회'를 중심으로, 1930년대 서울의 발달된 도시화와 카프의 해체 및
일제의 파시즘화에 따른 정세 변화를 배경으로 탄생한 도시문학으
로서, 문학적 대상에 대한 인식의 전환을 통해 언어의 세련성과 미
적 가공기술을 추구한 문학운동"으로 정의한다. 이로써 '발생의 물
적 조건'과 '주체'와 '미학이론'의 내용을 분명히 하고 있다. 그리고
동시대 문학에서 리얼리즘이 현실의 반영과 전형적 인물의 창조를
통해 내용면에서 근대성을 부여하려 한 문학이라면, 모더니즘 문학
은 이미지즘, 주지주의, 초현실주의, 심리소설을 포함하는 것으로서
문학 형태의 새로운 실험에서 문학의 근대성을 부여하려 한 것이었
다는 점에서, 그리고 전체주의 시대에 접어들면서 리얼리즘과 모더

니즘이 함께 소멸함으로써 두 문학 형식이 한국 문학의 근대성의 형성에 동등하게 기여하고 근대 사회와 그 운명을 같이 했다고 평가하고 있다.

이 두 연구는 모더니즘의 고유의 독립된 미학이론으로서의 특성과 근대문학사에서의 발생의 동력과 주체의 성격 그리고 문학사적 위상까지 우리가 현재 모더니즘에 대해 떠올리는 개념과 문제의 지점들을 거의 대부분 망라하면서 근대 문학으로서의 모더니즘의 특성과 위상을 규명하고 있다. 이는 김윤식의 "사상의 등가성"을 통해 '존재를 승인' 받았던 모더니즘 문학이 월북작가에 대한 문학사적 '사실의 복원' 과정을 거쳐 문학사의 실체를 갖는 사실로서 확인되는 지점이라고 할 수 있다. 그리고 이러한 '사실의 확인'이 둘 다 모더니즘이 위치하는 각기 다른 '보편성'에 기초해서 규명되고 있다는 공통점을 갖는다. 즉 이 두 연구는 작가를 시대적 과제와의 관련 속에서 어떤 소명의식을 갖는 윤리적 주체로서의 지식인으로 보는 것, 혹은 문학을 시대상황의 반영물이거나 아니면 현실이 나아가야 할 방향을 지시해야 하는 저작물로 보는 관점을 벗어나 있는 것이다. 대신 문학이나 문학 제작자를 하나의 역할 기능 원리로서 가치중립적으로 조명하고 그 의미도 소명의 완수여부가 아닌 문학사적 기능과 위치 파악으로 보는 것이다. 어떤 '특수한' 시대 현실이 부여하는 가치와 의무, 그에 따른 서열화로부터 탈각시켜 내는 것이다.

이 특수성의 구속으로부터 벗어나서 자신의 가치-우월한 윤리적 가치가 아니더라도 사실로서 존재해 마땅한 가치-를 부여빋는 근거는 문학 혹은 미학원리라는 인식론상의 공시적 보편성과, "도시화"로 지칭되는 1930년대 한국 근대가 소속되어있는 '세계사적 근대'라는 보편성이다. 비슷한 연배의 연구자에 의해 거의 비슷한 시기에 인식론적 보편성과 세계사적 근대의 보편성에 기초해서 '한국의 모더니즘 문학'을 이처럼 체계적이고 일관되게 종합화했다는 것은 이전 시기까지 문학사 혹은 문학연구가 안고 있던 과제를 발전적으로 계승하면서 일단락 지은 것이라고 할 수 있다.

이와 같은 체계적인 해결로서의 일단락은 이후에 긍정적, 부정적 측면에서 상당한 영향력을 미치고 있다. 모더니즘 텍스트를 해석하는 구체적 근거로 '산책'과 '승차' 모티브에 대한 해석은 그 세부적 구체성을 넘어서 모더니즘 주체의 시선의 존재방식과 대상 인식의 고유성을 해명하는 단서가 되었고, 서준섭의 연구가 열어놓은 모더니즘 발생에 있어서의 근대 도시체험과 도시화로서의 근대성으로 대표되는 사회적 물적 조건에 대한 해명은, 모더니즘을 연구하는 현재까지의 대부분의 다른 연구들이 상당부분 의존하고 있는 가장 근본적 틀이라고 할 수 있다.

그러나 그러한 논의를 펼쳐내기 위해 취한 보편성의 입론 방식 역시 현재까지 대다수의 연구들 속에서 반복되고 있다는 점에서, 특히 문학사의 구체적 사실을 해석하기보다 보편성의 내용 목록들을 '추가 갱신'하고 그 적용의 대상을 '확대 재생산'함으로써 논의의 정당성을 꾀하는 방향으로 반복되고 있다는 점에서 문제적이라고 할 수 있다. 구체적으로, 최혜실이 모더니즘의 자립적 미학원리를 확립하기 위해 기댔던 칸트의 주관적 보편성이나 베르그송의 직관의 내용은 유진 런, 페터 뷔르거, 발터 벤야민, 아도르노 등의 이론을 통해 모더니즘 예술이 갖는 사회비판의 기능이나, 혹은 최근에는 마샬 버만이나 하버마스 그리고 미셸 푸코의 근대와 탈근대 논의를 적용한 근대 비판으로서의 미적 근대성으로서의 모더니즘에 대한 의미 부여까지 그 보편성의 내용을 바꿔가지만, 서구적 보편성의 내용을 원칙으로 승인하고 그에 합당한 요소를 문학사에서 찾아내 다시 그 원칙의 정당성을 확인하는 '연역적 정합성'에 대한 강박증은 되풀이 되고 있는 것이다.

그리고 이러한 연역적 정합성에의 강박증은 '정합성의 증명' 자체를 포기한 채, 원론적 이론 검토와 문학사의 모더니즘 텍스트를 1930년 대 문단에서의 논의 수준 자체를 반복함으로써, 연역적 원론과 구체 적 사실을 병행 조합하는 수준에 머물기도 한다.

물론 이론의 보편성에 경사되는 연역적 정합성을 향한 욕망은 개항 이후 우리 근대 지식인들의 지적 사유를 견인해 온 강박관념이자 필 요악이고 그만큼 벗어나기 힘든 존재조건이기도 하다. 때문에 무조건 적인 가치절하와 그에 수반되는 사유의 복고주의를 더 경계해야 마땅 하기도 하다. 그러나 문학 연구가 그 어떤 보편적 이론의 사용에도 불 구하고 텍스트라는 하나의 사실로서의 대상으로부터 비롯되고 또 귀 결되어야함을 생각한다면, 위의 두 저작이 갖는 균형과 일목요연함, 그것을 위해 의존하는 보편적 틀은 곧바로 자신의 존재규명을 요구하 면서 귀환을 서두르게 될 개별적 사실내용을 억압하고 있다고 할 수 있을 것이다.

2) '식민지 모더니즘의 특수성' 혹은 '미적 저항'이 함의 하는 것

그 억압된 것은 일차적으로는 보편적 원칙으로 해명되지 않는 문학 사의 구체적 사실들을 지칭하는 '한국' 모더니즘 문학의 '특수성'의 영역이고, 위의 두 저자들이 애써 괄호친 식민지 시대 문학이 떨쳐버 리기 쉽지 않은 '윤리적 가치평가'의 영역이다.

이 두 영역은 다른 관점이자 범주일 수 있음에도 실제 연구에 있어 서 거의 함께 언급되면서 '한국 모더니즘 문학의 식민지적 특수성'과 '미적저항', '미적부정', '내면화된 부정'에 대한 논의로 다양화된다.[3] 이는 '보편과의 부정합'의 관계에 있는 구체적 개별성에 초점을 맞추는 것에서 출발하기 때문에 논의 자체가 귀납적 사실 해석에 머무는 경우가 많고, 또 구체적 사실들 중에서 어느 것을 선택하느냐에 따라 특수성의 내용이 달라지기도 한다. 그리고 그 특수한 사실을 어느 방향으로 해석하고 일반화하는가에 따라 또 다른 보편적 틀을 촉발시킬 수도 있다. 예컨대 박태원과 단층파의 작가 중 누구를 선택하느냐에 따라 특수성의 논의는 '리얼리즘과의 혹은 전근대와의 공존'이 될 수도 있고 '맑시즘적 모더니즘'이나 식민지 자본주의 현실에 대한 내면화된 부정으로 의미지워질 수도 있다. 또 미적 근대, 미적 자의식, 미적 자율성을 어느 범위에서 해석하느냐에 따라 그것은 근대 문학의 한 양상이기도 하고 근대자체를 비판하는 혁명적인 틀이 되기도 한다. 때문에 '특수성'이나 '미적부정' 논의가 야기하는 다양한 가능성과 혼돈 그리고 예기치 않은 폭발력까지 감안하면 이를 제대로 정리하고 논의의 방향을 갈라내기는 더욱 쉽지 않다고 할 수 있다.

(1) '식민지 모더니즘의 특수성'의 의미

먼저 한국 모더니즘 문학의 보편이론과의 부정합으로부터 출발하는 '식민지적 특수성'의 경우를 보자. 이는 대부분 박태원 소설의 변모 과정을 어떻게 해석하는가의 관점에서 시작된다. 『천변 풍경』이후의 소설들이 보여주는 신변잡기적인 리얼리즘적 소설과 역사소설로의 다양한 변모에 대해, 모더니즘으로부터 리얼리즘으로의 변모 혹

---

3) 김민정, 「1930년대 후반기 모더니즘 소설연구—최명익과 허준을 중심으로—」서울대
    석사학위논문, 1994.
    상허학회 지음, 『근대문학과 구인회』, 깊은샘, 1996.
    상허학회 지음, 『이태준 문학연구』, 깊은샘, 1993.
    상허학회 지음, 『박태원 소설연구』, 깊은샘, 1995.
    나병철, 『한국문학의 근대성과 탈근대성』, 문예출판사, 1996.
    나병철, 『근대성과 근대문학』, 문예출판사, 1995.

은 방관자적 자의식으로부터 비판적 자의식으로의 변모로 해석하거나, 혹은 모더니즘과 리얼리즘 혹은 모더니즘과 어머니적인 세계라는 상반된 요소들의 내적 모순 상태로의 '공존'으로 해석하기도 한다.[4] 이는 박태원에 대한 해석에만 머물지 않고 「향수」와 「카페 프란스」가 공존하다가 산수시와 고전의 세계로 나아간 정지용의 경우나, 후기에 가서 현실에의 관심을 역설하는 김기림, 그리고 이태준의 소설이 보여주는 낭만적이고 과거 지향적인 정서에의 친화성 등 모더니즘 소설 내부에 공존하는 비모더니즘적인 제반 요소들에 대한 관심으로까지 이어지면서, 이러한 '혼돈', '공존', '복합'의 양상 자체를 식민지 모더니즘의 특수성으로 해석하기도 한다. 그러나 이는 말 그대로 모더니즘의 특수한 양상에 대한 지적과 추측에 가까운 소극적인 해석에 머물 뿐이다. 그것을 일관된 논리와 그럴 수밖에 없는 한국문학의 필연적인 전개과정 속에서 해명하는 단계로까지 나아가지는 못하고 있는 것이다.

여기서 이러한 특수성 논의가 놓여 있는 지점을 앞서 잠시 언급한 보편성의 입론 방식과 관련해 살펴볼 필요가 있다. 그것들은 하나의 대상에 접근하는 상반된 관점으로 보이지만 우리시대의 공통된 문제 지반을 공유하고 있다고 볼 수 있기 때문이다. 앞서 보편성의 입론방식이 연역적 강박증에 추동되고 있고, 그것은 우리의 근대적 사유의 존재조건일 수도 있기에 쉽게 거부할 수 없는 것이라고 했다. 이는 모더니즘뿐만 아니라, 그리고 문학을 연구하는 것에 머물지 않고 당대 논의의 과정에서도 마찬가지라 할 수 있다. 카프의 비평적 논쟁의 전

---

4) 윤정헌, 『박태원소설연구』, 형설출판사, 1994.
  장수익, 「박태원소설의 발전과정과 그 의미」, 『외국문학』, 1992. 봄.
  류보선, 「이상과 어머니–박태원 소설의 두 좌표–」 상허문학회 『박태원 소설연구』, 깊은샘, 1995.
  정현숙, 『박태원문학연구』, 국학자료원, 1993.

개 과정이나 1990년대 초반에 전개된 리얼리즘 논쟁을 돌이켜 본다면 쉽게 알 수 있다. 우리 근대 문학은 그 전개 과정에 있어 보편성에 입각할 때 논쟁이나 사유자체가 활성화되고 안정화되는 특성을 갖는 것이다. 이는 세계사적 근대에 '편입'당하면서 근대적 사유가 시작되었다는 점에서 말 그대로 식민지적 숙명일 수도 있을 것이다.

그런데 이러한 보편적 입론 방식이 갖는 숙명성(?)이 그와 상반되는 '특수성'의 논의도 관할 규제하고 있는 것이다. 보편적으로 해석되지 않는 특수한 사실에 주목한다 해도 그것은 예외적 개별사실의 인정을 요구하는 것이거나, 그 예외적 개별사실과 정합적 사실과의 공존의 권리주장이라는 것이다. 여기서 특수성의 범주는 헤겔과 루카치가 말하는 보편적 원리를 자체 내에 내포한 개별자가 아니라, 보편적 원리가 맞지 않는 예외적이고 우연적인 개별자를 지칭하는 것으로 된다. 보편성과 특수성이 헤겔식의 보편을 자체 내에 내포한 개별이 아니라, 하나의 현상에 공존하는 등가의 양 측면으로 설정된다는 것은, 개별자를 모두 포괄할 수 없는 보편의 폭력성과 개별자들 하나하나 속에 이성의 이름으로 내재된 내적 보편성을 갖지 못하고 외적으로 존재하는 보편을 승인해야하는 개별사실들이 타협한 결과라 할 수 있는 것이다. 보편적 권력의 적용과 질서화를 기다리는 얌전한 처녀지와 그것을 거부하는 예외적이고 야만적인—자체 내의 이성이 없는—식민지는 동일한 하나의 양 측면이기 때문이다. 그리고 이러한 특수성 아니 개별사실의 예외적 우연성이나 그 둘의 혼돈이나 공존의 원인이 항상 이론적 메카니즘보다는 심정적이고 윤리적인 해석을 요구하는 '식민지'로 환원되는 것 역시 예외성을 비이성으로, 메카니즘이나 질서로부터의 이탈로 낙인찍으면서 인정하는 방식인 것이다.

특수성에 대한 논의들이 대상으로 하는 것이 구체적인 문학사의 사실에 머물고 자기작동원리를 갖는 구조적 단위로서의 한국 근대문학

의 일반이론에 나아가지 못한다는 것, 즉 한국 근대문학이 학문적 대
상으로서 고유의 메카니즘을 갖는 자립화된 대상으로 존재하지 못하
는 것은 근본적으로는 이런 사유의 지반 자체에 기인하는 바 클 것이
다. 이러한 관점에서 볼 때 모더니즘 연구가 당면하는 숙제는 모더니
즘 텍스트가 위치하는 한국 근대 문학이 전개되어 가는 토대 즉 '근대
성의 한국적 전개과정'의 고유한 원리가 밝혀져야 한다는 것이다. 이
는 식민지 근대의 형성과정과 그 내용이 실증적으로 해명되지 않는
이상 질적 논의 자체가 발전하기가 쉽지 않고, 또 그러한 실증자료를
해석하는 우리 근대성의 고유원리에 관한 일반이론이 필수불가결하
다는 점에서 참으로 먼 길이라고 할 수 있다.

(2) '미적 저항'이 함의하는 것

다음으로 '미적 저항' 혹은 '미적 부정'의 함의를 어떻게 해석하는
가를 살펴보자. 이는 미적 저항을 '저항'의 윤리적 관점으로 보는 경
우와 저항의 '미적인 방식'이 내포하는 의미를 적극적으로 해석하는
경우에 따라 상당히 다른 해석의 방향을 낳는다.

먼저 모더니즘을 부정적인 현실에 대한 미적 '저항'으로 보는 다분
히 윤리적일 수 있는 가치평가를 내리는 경우를 보자. 하나의 사실로
서의 텍스트에 대해 더구나 모더니즘이라는 기교적이고 형식적인 문
학 작품에 대해, 저항이나 부정이라는 윤리적인 가치평가를 내린다는
것은 기존의 윤리적 가치평가의 이데올로기를 보존 유지하려는 수세
적인 노력의 일환일 수 있다. 실체성을 부여받고 사실로서, 그리고 보
편적 개념으로서 새로 등록된 모더니즘이라는 대상을 기존의 '식민지
시대 문학의 과제'라는 윤리적 가치평가의 영역에서 제외시킨다면,
기존의 가치평가 방식이 전체의 사실을 포괄하지 못하는 심각한 결함
을 갖는 것으로서 이념의 헤게모니에 있어 치명적인 손상을 입는 것

으로 입증되는 것이다. 때문에 기존의 헤게모니를 갖는 가치평가 방식은 자신의 테두리 내에 새로 등록된 사실을 포섭해내기 위해 텍스트 해석에 있어 기준 적용의 유연화를 비롯한 제반의 전략을 통해 기존 개념의 헤게모니 보존을 위해 분투한다. 나병철의 두 개의 저서가 대표적이라고 할 수 있다.

윤리적 가치평가라는 동일한 현상에 대해 이와 정반대 방향에서의 헤게모니 싸움을 상정해 볼 수도 있다. 연구자가 대상에 대해 갖는 사적인 '심정적 끌림'을 '이론'적으로 해명하고 개념화하려는 소박한 욕망인 경우이다. 그러나 이러한 소박한 욕망 자체도 그것이 이론화되고 개념화되기 위해 의존해야하는 틀과 보편적 공리들에 대한 승인이 전제되기 때문에 결코 소박한 개인의 욕망인 경우는 거의 없다. 그보다는 모더니즘 텍스트라는 하나의 대상이 존재의 당위적 승인을 거쳐 보편개념으로 그리고 문학사적 사실로 확인 등록됨으로써 근대 문학 내부의 지위를 부여받았다면, 이제는 이 자립적이고 보편적인 개념으로서의 모더니즘이 '개념의 현실 정합성'이라는 이념적 헤게모니 획득으로까지 나아가려는 지점에서 필연적으로 요구되는 경우가 더 정확하다고 볼 수 있을 것이다. 존재를 승인 받기 위해 자체 내에 '부재하는 것으로 괄호쳐'버린 영역을 되살리는 것은, 모더니즘이라는 새로운 개념이 그 개념의 보편적 헤게모니를 확장시키려는 상태와 그 자신감의 반증이라고 할 수 있다.

그러나 모더니즘 문학 특히 소설을 대상으로 하는 최근의 연구들은 이러한 두 개의 방향성을 모호하게 혹은 모순적으로 함유하고 있는 것이 대부분이다. 특히 상허학회의 공동연구서 속에서의 작가론이나 김민정과 신수정의 연구, 그리고 『단층』의 작가를 비롯한 1930년대 후반의 작가를 대상으로 한 개별논문들이 그러하다. 그 이유는 일차적으로 개별 작가의 작품에 대한 해명이라는 연구대상의 성격 때문이기도 하지만, '미적저항' 혹은 '미적부정'을 분석함에 있어 시대적 현실에 대한 윤리적 관점을 떠나서 미적인 방법이나 양상을 적극적으로 해석해내면서도 그 분석의 결과를 일반화하지는 않는 적용의 소극성이라는 특성에 기인한다. 이런 '적극적인 해석과 소극적인 적용' 사이의 미묘하기도 하고 모호하기도 한 긴장은 예술가의 미적자의식, 역설과 아이러니 등의 기법이 갖는 현실 연관이나 세계관의 비극성 등 모더니즘 소설에 대한 다양한 해석을 낳는다. 그러나 그 해석의 대상이 단층파를 중심으로 한 1930년대 후반의 소설가에게로 향해지고 기존 문학사에서 모더니즘의 대표격이었던 김기림의 평문이나 박태원의 소설실험, 그 과정에서 보인 경박성이나 경향의 변모 등은 해명되지 않고 있다.

　"현실의 부정성에 대한 미적 저항으로서의 모더니즘"이라는 일견 합의된 듯한 문학사적 자리매김은 자체 내에 서로 전혀 다른 방향에서의 의미부여와 개념의 헤게모니 싸움이 벌어지는 장소이고, 그래서 언제든 전혀 다른 예기치 못한 방향의 보편화—1930년대 후반을 바라보는 관점과 맞물리면서 탈근대 혹은 반근대 논의에 이 '미적인 방식'이나 모더니즘이 주요한 근거로 작용하는 것에서 보듯—로 확장 전화될 가능성을 갖고 있다. 그 확장에 따라 미적인 것이 저항하는 '대상 세계'는 '식민지' 자본주의 하의 궁핍 속에 소외된 지식인의 상황에서 식민지 '자본주의' 하의 속물화된 현실로, 그리고 나아가 '근대화'되고 자본주의화된 현실의 노동원리나 화폐의 추상성, 도구적 합리성으로 변화된다. 어쩌면 대상이 "아는 만큼 보이는" 것이라면 알고 있는 것으로 사실을 재구성하는 것, 나아가 받아들인 원칙을 사실에 덮어씌우는 폭력은 그리 문제되지 않을지도 모른다. 중요한 것이 보편적 원칙에 의한 사실의 재질서화라면 말이다.

3) 근대를 비판하는 미적 근대성으로서의 모더니즘

'미적 부정', '미적 저항'은 저항의 '미적인' 방식에 더 주안점을 둠으로써 윤리적인 가치평가나 식민지적 특수성 그리고 개별작가에게만 적용되는 좁고 불안한 울타리를 벗어나 드넓은 보편의 바다 속으로 나오게 된다. 모더니즘은, 미적인 것 혹은 미적 자율성의 개념을 보편적 이데올로기로 변화시키고, 1990년대 이후 전개된 근대성 담론을 1930년대 후반 문학을 해석하는 서로 다른 시각과 연결시키면서, "근대를 회의하고 비판" 하는 "미적 근대성" 혹은 "탈근대성"이라는 이름의 보편적 기준으로 변화된다.

사실 근대성 담론 하의 미적 근대성으로서의 모더니즘은 문학 텍스트 자체에 대한 문제의식이나 문학사적 관점보다는 포스트모더니즘 논쟁으로부터 촉발된 서구 학계에서의 근대성 담론으로부터 연원하는 바가 크다. 또한 동구권의 해체에서 비롯되는 중심의 해체와 1930년대 후반 문학의 주조상실을 관련시켜 논의하는 과정에서 부각되었다는 것도 주지의 사실이다. 미적 근대성으로 이르는 이러한 다양한 경로들만큼이나 미적 근대성을 논의하는 방향은 논자마다 혹은 한 연구 내에서도 각기 다른 방향이 혼재되어 있다. 개별 작가의 연구에 그치지 않고 1930년대 전 후반의 구인회와 단층파 등의 소설을 대상으로 한 모더니즘 문학을 상세히 분석 체계화하고 있는 김양선, 문흥술, 강상희, 조영복의 연구가 이에 해당된다.[5]

---

5) 문흥술, 「의사탈근대성과 모더니즘-박태원론」, 『외국문학』, 1994. 봄.

문흥술, 「추상에의 욕망과 절대주의미학-최명익론」, 관악어문 20집.

김양선, 「1930년대 후반 소설의 미적 근대성 연구」, 서강대 박사학위 논문, 1997.

조영복, 「1930년대 문학에 나타난 근대성의 담론 연구」, 서울대 박사학위 논문, 1995.

강상희, 「1930년대 한국 모더니즘 소설의 내면성 연구」, 서울대 박사학위 논문, 1997.

문흥술의 경우 보편적으로 모더니즘 문학은 탈근대성에 대한 욕망을 그 특질로 한다는 전제하에 이 탈근대성에 대한 욕망과 근대성에 대한 비판의 강도가 모더니즘 문학의 분열텍스트의 수준을 결정한다고 보고 그 수준에 따라 네 가지로 유형화한다. 탈근대의 욕망을 과격하게 분출하여 기존의 근대적 담론을 거의 해체시킴으로써 정신 분열 텍스트를 산출한 이상의 문학을 가장 우위에, 그 욕망을 등장인물의 심리에 반영하면서 절대주의 미학으로 나아간 최명익의 문학이 그 아래 단계에, 그리고 박태원의 문학은 의사탈근대성에 해당되는 동경지향성과 관련된 것이기에 그보다 아래 단계에 위치시키는 한편, 욕망이 무화되면서 일상성에 함몰되기 직전의 「장삼이사」나 『천변풍경』 등을 최하위 단계에 위치시킨다.

김양선의 경우 「1930년대 후반 소설의 미적 근대성 연구」에서 1930년대 후반을 지금껏 타율적으로 경험해 왔던 근대가 위기에 봉착한 시기로 파악하고, 이 시기의 소설들은 이 위기를 해결할 서사담론이 모색되어야한다는 문제의식을 공유한다는 전제에서 출발하고 있다. 이런 전제에 기초하여 이 시기 소설의 독자성을 근대비판과 미적 근대성을 추구한 점이라고 파악한다. 그는 근대에 대한 반응양상과 그에 대한 비판으로서의 미적 근대성의 구현방법에 따라 세 가지로 유형화한다. 첫째로 박태원과 이상의 소설들은 근대에 대한 양가적 반응을 보이고 일상생활을 미학화하는 것으로, 단층파와 최명익의 소설은 계몽으로서의 근대에 대한 희망이 좌절되면서 환멸을 미학화하는 것으로, 그리고 이태준과 김동리의 소설은 근대를 회의, 배제하고 전근대를 지향하는 회귀의 미학화 양식을 보여주는 것으로 유형화한다. 두 연구 모두 내부적 전제와 해석의 방향은 약간씩 다르지만 1930년대 후반 소설의 정체성을 근대비판으로 보고 그것을 '미적 근대성'으로 보편화해, 그 기준에 따라 소설 전체를 유형화하고 있다는 공통점

을 갖는다. 따라서 문제가 되는 1930년대 후반의 문학사적 위상은 근
대문학을 벗어난 지점에 위치하게 된다. 1930년대 후반 문학이 '조선
적 특수성'이나 '한국사의 특수성'에 눈을 돌림으로써 기존까지의 리
얼리즘과 모더니즘적 열정에 대한 반성을 통해 근대적 자기의식에 도
달했다는 평가와는 상반되는 것이다.[6] 즉 1930년대 후반의 미적 자의
식을 어떻게 해석하느냐에 따라 근대 문학의 한 반성적 도정으로도,
근대 자체를 비판하는 거시적 기점으로도 위치하는 것이다. 이처럼
문학사의 구도 나아가 근대의 기점까지도 다시 설정하면서까지 미적
근대성 혹은 탈근대성으로서의 모더니즘을 격상시키는 이유는 뭘까?
혹은 명확한 의도는 아니더라도 그러한 '미적 근대성'의 담론이 위치
하고 있는 우리시대의 문제지평은 무엇일까?

　이러한 거시적 시각과 달리 강상희와 조영복은 체계화를 전면에 내
세우지 않고 1930년대 모더니즘 텍스트를 상세히 분석하고 있다. '내
면성'이라는 작은 범주와 '일상성'이라는 구체적이고 개별적인 사실
을 지시하는 범주를 사용해서 텍스트에 접근하지만, 그 범주의 구체
성이 그 범주를 운용하는 과정과 사유의 구체성까지 보장해주지는 않
는다. 이 때문에 이들의 논의에는 의도와 해석의 실제 사이에 상당한
낙차가 존재한다. 조영복의 경우 군중과 산책자, 백화점, 카페걸 같은
일상의 근대적 경험이라는 미시적 소재를 해석하면서 의존하는 반영
론적 관점과 그것을 광범위한 의미에서의 근대성 담론과 미적 근대성
에 편입시키려는 의도 사이에 단절이 존재한다. 때문에, "해체적 독법
에 의해 모더니즘 담론을 세밀하고 충실하게 검토하기 위해 '일상성'
과 '산책자'라는 좁은 틀로 모더니즘을 귀납적으로 설명하려는 의도"

6) 류보선, 「1930년대 후반기 문학비평연구」, 서울대 박사학위 논문, 1995.
　하정일, 「1930년대 후반 문학비평의 변모와 근대성」, 민족문학사 연구소 『민족문학
　　과 근대성』, 문학과지성사, 1995.

는 주관적 비약과 심각한 불협화음으로 귀결되고 있다.

　강상희의 연구는 1930년대 후반의 문학이 무엇을 부정하는가에 따라 이 시기 문학의 정체성을 규명함에 있어서, 그리고 텍스트의 분석에 사용하는 기준의 보편성과 구체성이라는 지점에서 애매한 혼돈의 지점에 위치하고 있다. 작은 범주로서 '내면성'과 '자율성'을 사용해 구체적으로 접근하려하지만 그 범주가 전제하는 해석의 방향성이 근대와 미적근대라는 선험적 보편을 전제하고 있고, 그것이 텍스트의 구체적 해석과의 불협화음을 낳는 것이다. 논의의 전세로 1930년대 후반 문학의 정체성을 규정함에 있어 그것이 부정으로 삼은 세 가지의 타자로 '경향문학', '문학전통', '사회적 모더니티'를 들고 있다. 박태원과 김기림의 문학론에서 보이는 형식미학은 '경향문학'의 이데올로기에 대한 비판에서 비롯된 것이고, 이상의 소설이 보여주는 새로움과 김기림의 비평은 전대의 '문학전통'에 대한 비판을 통해 문명에 대한 새로운 태도를 수립한 것으로 보고, 근대의 규범인 합목적성, 실천, 노동과 생산, 교환가치의 승인 등이 1930년대 모더니즘 소설에서 비판의 대상이 됨으로서 '목적합리성이라는 사회적 모더니티'에 대한 타자로 규정된다고 본다. 이렇게 발생의 기원에 대해서는 문단 내부의 경향 혹은 근대와 탈근대 등 층위를 달리하는 부정을 무차별적으로 논의하고, 텍스트 해석의 기준은 근대를 비판하는 '미적 근대성'의 기준을 적용하면서 실제 분석의 과정에서의 내용들은 어두운 시대 지식인의 자기표출의 방식의 내면성으로 귀결되는 것이다. 그래서 논지 전개상 내면성의 범주를 기존의 문학사에서 소극적 개념과 달리 근대적 개인주의의 핵심으로 적극적으로 확대하지만 미적 근대성을 통해 기획한 '의도에 있어서의 근대 비판'과 해석된 '실제에 있어서의 근대적 개인의 내면성 표출의 다양한 양상'은 마찬가지이게 된다.

　즉 세부사실로부터 출발해서 텍스트 해석을 통해 모더니즘의 일반

성에 이른다는 의도지만 그 의도가 관철되기 위해서는, 범주가 전제
하는 해석지평과 텍스트가 놓여있는 문제지평 간의 낙차 자체가 먼저
사유의 대상이 되어야 하는 것이다. 텍스트는 해석을 기다리는 백지
상태의 무구한 처녀지가 아니기에 범주의 크고 작음을 떠나 연역적
폭력이 빚어내는 불협화음의 위험은 동일한 것이라 할 수 있다. 엄밀
히 말해서 범주는 입장이 아니기 때문에, 그 자체 가치중립적인 것이
고, 넓은 의미에서의 보편적 근대의 틀 속에 이미 텍스트도 연구자도
위치하고 있다고 할 수 있다. 이 때문에 범주의 사용 자체는 연구자의
입장과 상관없이 사실상 불가피한 측면이 있는 것이 사실이다. 그러나
서구적 근대라는 자율적 작동원리를 갖는 단위 속에서 도출된 범주와
기준들에 의거해서 우리 근대 문학을 판단하고 해석하기 위해서는, 그
범주의 적용 이전에 범주가 운용되는 토대의 작동원리와 그 각각의 일
반성과 그 차이가 먼저 부각되어야 하고, 그래서 우리 문학의 일반성
속에서 그 범주들이 어떻게 놓여 있는지가 먼저 고려돼야하는 것이다.
    그렇게 한다면, 즉 만일에, 근대 사회와 모더니즘 소설에 보편적인
'내면성'을 곧바로 텍스트에 적용하기 전에 그 일반화된 내면성과 우
리 소설에서의 내면성의 위상의 차이가 고려된다면, 그리고 예술은
자율적이면서도 사회적인 사실이라는 아도르노의 정의를 적용하기
전에, 그 사회적이면서도 자율적인 상태 그리고 자율적인 상태를 통
해서 사회를 비판할 수 있는 힘을 갖는다는 아도르노의 서구 근대를
향해 내린 진술—여기서 자율성은 그 자체로 자명한 개념이자 예술이
존재하는 상태를 지시하는 사실개념이다—과, 예술은 자율적으로 존
재해야한다는 당위적 선언을 명시해야하는 김기림의 평문에서의 자
율성이 내포하는 문제지평의 차이가 고려된다면, 범주의 적용은 조심
스러워질 수밖에 없다. 그리고 그 조심스러움에 근거해 내면성이라는
범주, 자율성이라는 범주, 자본주의적 일상이라는 범주가 해체하기

쉽게 자명한 것이 아니라, 해체하기 위해서는 먼저 애써서 찾아내야만 하는 상태가 드러날 것이고, 그 사실에 주목한다면 해체 비판하기 위해 그 자명하지 않은 범주의 내용을 자명한 것으로 간주하고 사실에 덧씌우는 과욕은 부리지 않을 것이다. 그런다면 예컨대 마샬버만의 근대성의 경험에 의거해 텍스트에 드러나는 근대성의 경험양상을 분석할 때는 근대적 현실 경험에 대한 문학의 반영론처럼 아주 구태의연한 관점을 취하면서도, 근대비판 혹은 미적 근대성으로서의 모더니즘으로 해석하고자 할 때, 근대 자체를 탈근대적으로 집근하는 불협화음과 주관적 비약 등은 좀더 조심스러워질 수 있을 것이다. 그리고 그런다면 손정수의 「1910년대 문학에 나타난 계몽성의 변모 양상에 대한 고찰」[7]에서처럼 '자율적 문학관'이라는 이름의 미적 근대성을 보편의 이데올로기로 만들어 문학사의 가능한 최초의 시기까지 거슬러 올라가고 싶은 욕망—이 욕망은 1970년대의 자본주의의 내재적 발생론을 닮아있다—도 경계할 수 있지 않을까?

3. 글을 마치며

이 글은 모더니즘에 관한 연구사를 살펴보면서 근대성 담론과 모더니즘 연구에 대해 한 걸음 물러서서 조망해보고, 나아가 이러한 거리두기를 통해서 모더니즘 연구가 위치하는 '시대의 문제의식'과 모더니즘을 해석하는 '해석지평'을 살펴보면서 모더니즘 논의가 전제하거나 혹은 암묵적으로 동의하는 어떤 '전제 사항'이나 '문제틀'을 돌아보려고 했다.

---

7) 문학사와비평연구회, 『한국문학과 계몽담론』, 새미, 1999, 59-78쪽.

그 연장선상에서 잠시 근대성 담론으로서의 모더니즘 논의가 확장되어 가는 현재적 상황을 돌아볼 필요가 있다. 즉 모더니즘이 리얼리즘과의 개념 대립 쌍으로서가 아니라, 미적 근대성이라는 이름으로 그 대립개념을 근대성으로 취하면서, 지나칠 정도의 '근대추수주의의 산물'이던 모더니즘을 근대로부터 끌어내어 근대 문학 전체와 단절시키고 근대 자체를 회의하고 비판했던 근대성의 대타범주로 격상시키면서, 문학사의 구도 나아가 근대의 기점까지도 다시 설정하면서까지 미적근대성 혹은 탈근대성으로서의 모더니즘의 위상과 권위를 격상시키는 이유, 적어도 그러한 논의가 서있는 우리시대의 문제지평을 살펴볼 필요가 있는 것이다. 1970년대의 근대문학 연구는 자본주의의 내적 발생론과 맞물려 영·정조 시기와 실학에 대한 연구 그리고 그러한 학문적 지평 속에서 내재적 근대화의 씨앗을 발견하고 그 가능성을 입증해야하는 과제에 긴박되어 있었다. 그리고 그러한 긴박 자체가 제국주의의 논리를 그대로 식민지 내부로 내화한 것이었다고 반성해볼 수 있을 것이다. 그렇다면 1990년대로부터 21세기로 이어지는 우리 시대의 연구지평은 어떤 패러다임 혹은 어떤 연구지평에 긴박되어 있는 것일까?

한 가지 분명한 것은 이처럼 미적 근대성의 위상과 권위가 격상될수록, 모더니즘이 무소불위의 힘으로 변화할수록 역으로 근대성은 참으로 단순화되고 단일화된다는 것이다. 우리 문학에 있어 근대문학을 이루는 계몽주의, 민족주의, 낭만주의, 리얼리즘은 모두 근대성으로 단일화되어, 근대내의 근대를 이루는 다양한 지류와 방향들은 논의의 대상에서 배제된다는 것이다. 자본주의적 근대화를 도달해야할 '가치'로 설정했을 때에도 발생의 기점과 가능성만이 중요하고 다양한 지류들은 중요하지 않았지만, 현재의 논의에서처럼 근대를 폐기해야할 시효만료의 '가치'로 설정했을 때에도 그 내부의 다양한 지류들은 중요하지 않다. 연구가 도달해야하거나 폐기해야한다는 목적론적 지평에 서 있다는 점에서, 그리고 그 목적론적 과제의 내용에 따라 선택 배제하면서, 그에 따른 사실의 재배치, 그리고 과제수행에 따른 가치 평가와 등급화 서열화를 수반한다는 점에서 근대비판으로서의 모더니즘 논의는 그것이 적용하는 내용과 상관없이 철저하게 근대적이다. 그리고 근대를 비판 해체해야할 대상으로 설정함에 따라 우리 근대를 '실증적으로' 연구하는 작업들도 그 방향에 있어서 의료, 학교, 공장, 병원과 같이 푸코가 사용한 범주와 대상을 중심으로 식민지 시대 근대적 주체의 규율화를 '실증적'으로 연구하는 것이 주요하게 부각된다.[8] 그러니까 우리 현재의 근대성 논의는 미적 근대성으로서의 모더니즘의 권위화와 근대의 실증적 해명을 중심으로 이루어지고 있고 그 둘 다 근대를 해체 비판해야 할 것으로 설정한다는 공통점을 갖는다.

　그런데 그렇게 해체해야할 것으로서의 근대는 해체하기 위해 먼저 자명한 것으로 전제되어야하고, 무엇보다도 '합리성' 혹은 '자동 메카니즘', '규율화'라는 단일하고 보편적인 원리를 갖는 것으로 전제되어야하는 것이다. 근대 비판으로서의 미적 근대성을 부각시키고 근대를 해체해야할 것으로 목소리를 높이는 작업은, 근대를 단일한 원리를 갖는 자명하고 보편적인 것으로 확장 강화하는 작업과 동전의 양면으로 함께 나아가고 있는 것이다. '단일하고 보편적인 원리를 갖는

---

8) 김진균, 정근식 편저, 『근대주체와 식민지 규율권력』, 문화과학사, 1997. 특히 이 저서에 실린 논문들은, 총론적인 박태호의 「근대적 주체의 역사이론을 위하여」와 다른 글과의 범주 혹은 지평의 낙차를 주목할 필요가 있다. 박태호의 글은 서구 근대에 있어서의 표상체계와 합리화에 입각한 근대적 주체의 생산의 조건들을 푸코와 베버의 이론을 검토하면서 일반화를 시도하고, 다른 글들은 보통학교, 공장체제, 가족, 의료체제 등 우리 식민지 시대의 주체 규율화 과정을 실증적으로 접근하는 글들이다. 서구의 근대에 대해서는 일반이론적 접근의 총론이, 우리의 근대에 대해서는 개별적 사실들에 대한 접근이 이루어지면서, 우리 근대에 있어서의 근대화 혹은 근대적 주체 생산의 메카니즘은 실종된 것이다.

자명한 것으로서의 유일한 근대'는 그 '투명한 경쟁의 원리'를 내세우면서 보편법칙을 밀어부치는 전지구적 자본주의화의 힘을 닮아있다. 전지구적 자본주의화로 대표되는 근대의 보편화 원리는 자신을 해체의 대상으로 등록시키면서 그리고 비판의 대상으로 등록시키면서 그 원리를 더욱 단일화, 강화, 확정하는 것이다. '가치'의 승인이 아니라 '소여'로서의 '사실' 승인'이 더 강력한 것이기 때문이다.

물론 근대와 근대 비판의 구도를 이런 탈근대라는 담론 권력이 휘두르는 폭력과 그 뒤에 숨은 전지구적 자본주의화의 음모로만 보는 것은 분명 과장된 넌센스일 것이다. 끊임없이 자기자신을 비판 갱신해가면서 새로운 비전을 제시하는 근대 자신의 본성과 논리의 한 과정이고, 그것을 우리 문학 연구에 적용한다는 관점에서 본다면 건강하고 다양한 담론들 중의 하나일 것이 분명하기 때문이다.

그러나 연구자가 의도하건 의도하지 않건 연구자를 긴박하고 있는 시대적 지평 혹은 해석 공동체의 가치 지평에 따라 연구의 대상이나 방법이 긴박된다는 점에서, 엄밀한 의미에서의 연구의 객관성은 불가능할 것이다. 모더니즘이나 한국 근대문학을 연구함에 있어 이러한 지평 속에는 당연히 서구적 근대의 보편성 자체가 실증적 사실에 있어서나 사유의 방법에 있어서나 중요한 핵심으로 존재하고 있다. 더구나 이 보편적 가치지평은 '입장'으로서보다는 사유의 범주나 방법과 같은 차원으로 존재하기 때문에, 그러한 사실 자체에 대한 대상화된 자의식이 없는 한, 그리고 그 거리두기 하에 가능한 한 존재하는 '사실'의 해명에 다가가겠다는 욕망이 없는 한, 그리고 또 한편으로 서구적 근대의 보편적 범주와 사유 방법 속에서의 '학문적 대상으로서 고유의 메카니즘을 갖는 자립화된 대상으로서의 한국 근대문학'에 대한 대상 설정이 부재하는 한, 한국 모더니즘 문학이나 근대문학에 대한 '연구'는 아마 가능하지 않을지도 모를 것이다.

1930년대 한국 소설의 근대성과 모더니즘적 전망

1. 들어가는 말

　　1930년대 중반은 1920년대부터 문단의 주류를 이루어왔던 카프가 해산되고 그 중심성을 대신할 만한 어떤 문단적 정신적 경향도 성립되지 않은 채 숱한 반성과 논쟁이 오가던 시기이다. 그러면서 한편으로는 '구인회'로 대표되는 문단의 조직성과 중심성 자체를 반성의 대상으로 삼는 낯설고도 세련된 문학태도를 보이는 일군의 문인들이 등장하기도 하고, 어느 때 보다도 많은 잡지들이 창간되기도 했던 시기이다. 그리고 무엇보다도 「고향」, 「삼대」, 「날개」, 「소설가 구보씨의 일일」이라는 계보와 경향을 전혀 달리하는 소설들이 완성의 정점을 이룬 문학사의 보기 드문 시기이기도 하다. 가히 문학사에서 유례가 드문 백가쟁명의 시대이면서, 이전의 중심성을 이루었던 정신이 퇴보하기는커녕, 그 정신이 이후의 문학사에서 결코 다가서보지 못한 높이의 장편소설의 형식으로 자신을 드러내기도 했던 희귀한 경우인 것이다.

　　이 글의 관심은 이와 같은 생산적인 문학상의 분출, 그러니까 거듭과 위기가 함께 오간 1930년대 중반 이후 문학사에 새로이 나타나는 현상들, 한 연구자가 '전형기'라고 명명한 1930년대 후반 문학사의 국면을 향해 있다. 어쩌면 '위기'라는 것이 이전 시기를 이끌어온 추진력이 다했다는 하나의 징후이자 새로운 추진력이 필연적일 수밖에 없음을 나타내는 것이라면, 이제까지 추진되고 축적되어온 정신적 에너지가 생산적으로 분출되는 것과 그에 대한 반성과 대립의 논의들이 동시적으로 토로되는 것은 당연하다고 할 수 있다. 이런 점에서 1930년대 중반 이후에 펼쳐지는 문학사의 새로운 국면 속에는, 문단의 세대간의 세력관계의 재편이라든지 문예사조상의 변화 혹은 일제 파시즘하의 억압이라는 외부적 원인과 같은 단일한 원인으로 일반화할 수 없는 어떤 근본적인 구조적 원인이 외화 혹은 작동하고 있다고 볼 수 있다. 그리고 그 근본적으로 작동하는 원인이 식민지 시대 문학사를 이끌어온 광범위한 의미에서의 '근대적 추진력'이라고 상정한다면, 이 시기의 문학상의 다양하고 새로운 변모가 정말로 근본적인 단절인지 아닌지, 그리고 바로 그러한 변화의 모습으로 현상하게 만드는 추진력, 그러니까 식민지 시대 문학을 이끌어온 근대적 사유구조가 어떤 식으로 작동하고 변화하는가가 문제의 핵심이라고 할 수 있다. 이런 문제의식 하에 이 글에서는 먼저 이 시기 문학의 다양한 현상이나 국면자체에 대한 탐색보다는 그 현상들을 유형화하고 그것을 앞 시기와의 관련 하에 계보화해 보고자 한다. 그럼으로써 식민지 시대 우리문학을 이끌어간 근대적 추진력과 1930년대 후반이라는 이 시기의 문학은 어떤 관계 하에 성립되는지 그리고 그 근본적 추진력이 이 시기를 전후해 어떤 새로운 국면으로 접어들게 되었는지를 추측해보고자 하는 하는 것이다.

1930년대 중반을 기점으로 외화되어 나타난 '이제까지 추진되고 축적되어온 정신적 에너지'의 내용, 식민지 시대 문학을 이끌어온 '근대적 추진력'이란 아마도 광범위한 의미에서의 근대성을 가리키는 것이리라. 이 시기는 19세기 말과 20세기 초반의 개화의 공간에서, 성리학파들이 항일 의병 투쟁으로 나아가고, 신채호, 박은식, 장지연 같은 자강론자들이 중국으로 탈출하면서 개화기에 논의되었던 민족의 미래에 대한 다양한 가능성들이 포기되고 배제된 이후, 그러니까 '실력양성론'으로 대표되는 근대화의 방향이 국내에서 지배적인 실천적 전망으로 정착된 이후의 시기이다. 그리고 우리 사회의 물질적 가시적인 근대화의 진행과 더불어 서구적 근대지식을 섭취한 일본 유학생 지식인들에 의해 지적 문화적 담론 구성체가 형성된 지 한 세대 이상이 경과한 시점인 것이다. 그러니까 일반 대중들, 그리고 지식인들의 경험적인 삶의 영역에서는 여전히 전통적이고 봉건적인 생활양식들이 지배적일지라도, 지식인들과 그들의 지적 문화적 이상에 의해 형성된 공적 담론의 영역에서는 근대성, 근대적 가치관, 근대지향성이 하나의 '가치'로서 그리고 개인의 삶의 방향성을 근본적으로 정향짓는 잣대로서 뿌리내리고 있었다고 볼 수 있다. 지식인들을 매혹시키고 이끌어간 삶의 가치기준, 그들이 내면화하고 지향한 전망으로서의 근대성의 원리란 가시적으로 현상하는 물질적 근대화와 도시화 자체라기보다는, 이러한 물질적 근대화를 가능케 한 '서구 정신의 힘'일 것이다. 이 서구 정신의 힘으로서의 근대성의 내용이란 도식적이지만 '합리적 이성과 그것을 자율적으로 사용하는 개인주체 그리고 그 주체에 의해 실현될 미래의 상'이라 할 수 있다. 그리고 합리적 이성과 그것을 자율적으로 사용하는 개인주체로서의 근대성이라면 이는 곧 광범위한 의미에서의 '부르주아 자유주의'라 할 수 있을 것이다. 이러한 근대성의 원리, 부르주아 자유주의가 식민지 조선에서 '문학'이라는 '근대적 제도'를 통해서 발현되고 굴절되는 방식이 우리 근대 문학사를 이끌어가는 주요한 축이라고 볼 수 있다. 1930년대 중반 이전 문학사에서 분화되어 존재하고 있는 민족주의 문학과 카프 문학도,

한편으로는 각각의 지식인들이 이상적 공동체의 형태로 꿈꾼 '상'의 차별성에 근거한다면, 다른 한편으로 그 둘을 이끌어온 추진력의 측면에서는 '진보와 발전의 가능성으로 무장된 부르주아적 자유주의 주체'라고 볼 수 있을 것이다. 즉 카프의 반자본주의 이념 역시 유럽의 지식인 출신의 공산주의자들이 그러했듯이 부르주아적 자유주의에 의해 추동된 지식인들이 선택한 하나의 미래적 대안이자 전망의 하나였다고 볼 수 있다는 것이다.

여기서 지식인들의 의식을 결정지은 주요한 축이었던 근대성의 원리로서의 근대 부르주아 자유주의 원리가 식민지 조선에서 문학이라는 근대적 제도를 통해 발현되는 두 가지 방식, 두 가지 경로인 계몽주의적 태도와 낭만주의적 태도를 상정해 볼 수 있다. 전자는 이광수로부터 카프로 이어지는 하나의 길이고 후자는 1920년대 초반의 낭만주의 문학으로부터 발생해서 1930년대 중반의 구인회의 모더니즘에서 정점에 이르고 1930년대 후반 비관주의에서 종말을 고하는 다른 하나의 길이다. 이러한 두 가지 태도를 아주 도식적으로 분류해본다면 계몽주의적 태도는 '합리적 이성'의 사용에 초점이 주어진다고 볼 수 있다. 사용의 문제는 사용하는 주체와 사용되는 대상 그리고 주체와 대상 사이에 상정되는 고유한 관계설정에 의해 지배될 것이다. 반면 낭만주의적 태도는 그것을 사용하는 자율적인 개인주체에 초점이 주어지는 방식으로 볼 수 있다. 이렇게 볼 때 계몽주의와 낭만주의는 시기별로 다르게 나타나는 사조적 경향이기보다는 단위 시기 내에 동시 공존하는 근대의 두 축이라고 볼 수 있다. 그렇기 때문에 양자는 한편으로는 상대방의 부정을 통해서 자기를 정립하지만, 또 한편으로 그 양자는 각각의 태도를 성립시키고 비추어주는, 각기 그 상대방의 존재에 의해서 존재할 수 있는 하나의 대립쌍, 혹은 우리 근대 자체의 두 얼굴로 볼 수 있다. 이런 동시 공존적 부정에 의한 '쌍' 개념은 서구와 다른 우리 근대문학의 특징으로 보인다.

서구의 경우에는 계몽주의적 경향이나 낭만주의적 경향 모두에 근대의 기초가 되는 개인으로서의 주체의 자기 각성이 출발부터 본질적으로 설정되어 있고, 이것이 서구 근대 문명의 핵심적 기초로서 자리잡고 있다고 볼 수 있다. 이러한 기초 하에 낭만주의는 자본주의 문명이 만들어낸 물질적 부정태가 출현한 이후, 그에 대한 비판과 부정이라는 동기에 의해 발생했다고 볼 수 있다. 그러나 우리의 경우 근대문학의 주된 축을 이루고 있는 계몽의 방식으로 실현되는 근대성의 원리, 그러니까 이광수로부터 카프에 이르는 이상주의적이고 계몽주의적인 근대 실현의 방식 속에는 주체의 자기각성이 주요한 문제로 설정되어있지 않았다.

여기서 부차화되고 주변화된 개인의 문제, 주체의 자기각성의 문제는 낭만주의적 근대 실현 방식 속에서 주요하게 부각된다. 그리고 낭만주의적 태도에서 '개인'의 문제가 주요하게 부각되는 데에는, '예술', '미'의 고유성에 대한 인식과 함께함으로써 비로소 가능하게 되는 어떤 '미적 인식론'의 측면이 강하게 뒷받침되어 있다고 볼 수 있다. 유교적인 조선 사회의 전통에서 보자면 '개인'이라는 범주의 독립적 지위와 '예술', '미' 영역의 독립적 지위란 가장 이질적이고 낯선 개념이라고 할 수 있다. 때문에 근대 초창기에 서구의 과학문명을 이루어낸 합리주의적 이성에 열광했던 것과 비교한다면, 이 '개인의 자립성'과 '예술의 고유성'이라는 개념은 상당히 부차화되고 억압되었다고 볼 수 있다. 따라서 이 이질적이고 낯선 개념이 우리 문학의 주축을 이루는 계몽주의의 근대성 속에서는 억압되고, 주변적이고 분산된 채 존재하는 낭만주의적 근대성 속에서 주요하게 설정되는 것이다. 이처럼 우리 근대문학의 주축인 계몽주의적 근대성 속에 유교적인 사유와의 친화성이 강하게 존재하고 있다는 것, 그리고 유교적인 사유와 본질적으로 대결하는 낭만주의적 근대실현의 방식이 억압되고 있다는 것은 식민지 시대 우리 문학의 근대성을 성격짓는 본질적 특징이라고 할 수 있을 것이다. 그리고 이는 서구와 다른 낭만주의의 발생국면과도 연관되는 문제이다. 물질적으로 진보된 근대가 야기하는 부정태에 의해 발생한 서구의 낭만주의와는 달리, 근대의 초창기에 계몽주의와 거의 동시적으로 발생한 우리 문학에서의 낭만주의는, 근대 실현의 과정에서도 '현존하는 사회에 대한 비판과 부정에 의해 추동된 반자본주의적 근대비판적 추진력'보다는, '반봉건적 추진력'이 강한 근대열의 성격이 주요하게 작용하고 있었다고 할 수 있다. 그 반봉건적 추진력이나 근대열이 지향하는 바와 맡은 바 몫이 계몽주의와 다르지만, 그럼에도 하나의 시공간 안에서 그것과 함께 존재함으로써 그 지향하는 바를 실현하게 되는 어떤 맞물린 쌍으로서 존재하는 것이다.

앞질러 결론을 말한다면, 위에서 말한 그 대립쌍으로서의 근대의 두 얼굴, 계몽주의적 태도와 낭만주의적 태도는 1930년대 중반 상승하는 부르주아 의식의 최대치로 나타나고, 그것이 문학적으로 화려한 성과를 올린 것을 정점으로 후반에 가서는 그것이 하강기의 부르주아 의식을 드러내면서 두 가지 태도 모두 변모하게 된다. 그러나 그 변모는 그 이전 시기 뿌리를 대고 있는 각각의 근대성의 계보의 내적 필연성에 따라 다르게 나타나는데, 계몽주의적 계보는 비평의 아카데미즘화와 통속 소설의 등장으로, 낭만주의적 계보에 속한 모더니스트들에게서는 '미적 전망'이 '주체의 자기보존을 위한 기호'로 변모한다고 볼 수 있다. 이 글은 앞서도 언급했듯 1930년대 후반이 주요 대상이고 특히 낭만주의적 계보로 유형화한 흐름에 더욱 관심을 가지고 있기 때문에, 계몽주의적 근대성을 나타내는 문학 경향에 대한 기술에 대해서는 이와 비교하는 수준에서 더욱 개략적이고 편의적인 도식화가 수행될 수밖에 없음을 밝히는 바이다.

2. 전반기 상승하는 부르주아적 근대성

1) 합리적 지성의 교육적 사용으로서의 계몽주의적 근대성

근대 부르주아 자유주의 원리가 식민지 조선에서 문학이라는 제도를 통해 발현되는 방식 중 하나로서의 계몽주의적 태도이다. 이는 합리적 이성과 그것을 자율적으로 사용하는 개인주체라는 근대의 원리 중, 합리적 이성의 사용에 그 핵심이 놓이는 경우라고 할 수 있다. 즉 합리적 이성을 공동체에 구현하고자 하는 강력한 의지에 의해 추동되는 것이 그 특징이라 할 수 있는 것이다. 이러한 계몽주의는 칸트의 정의대로 "과감히 알려고 하라, 너 자신의 이성을 사용할 용기를 가져라!"라는 말로 요약할 수 있을 것이다. 지혜와 행위에 관한 일체의 판단을 고전적 서적이나 교회의 지배자의 명령에 일임시키지 않고 자기 자신의 사유와 비판에 맡겨 스스로 책임있는 일개의 성년자가 되는 용기와 결단을 촉구하는 것이다. 그러므로 계몽은 주체와 세계의 인식론적 태도 정립의 측면에서 자기각성 자기계몽과, 이것에 바탕하여 계몽 지식인들이 만들어내는 운동으로서의 실천 형태로서의 계몽주의 활동이라는 두 개의 과정으로 이루어져 있다고 할 수 있다.

그런데 18세기의 서구에서 이성의 무제한적 사용을 공표한 계몽주의의 활동 시기가 정치적으로는 절대주의 왕정 시기라는 것은 언뜻 보기에 상당히 아이러닉해 보인다. 국가 권력의 유례없는 강력함으로 특징지어지는 시기에, 그 국가의 공적 절대적인 행정력이 미치지 않는 가족이나 부르조아 경제기구로 구성된 사적 영역으로서의 '시민사회'가 만들어지고, 이 사적영역으로서의 시민사회를 대표하는 계몽된 지식인들이 만들어내는 공적 담론 영역이 존재하게 되는 것이다. 이 공적 담론 영역에서는 신문, 잡지 등의 매체를 통해 문학적, 도덕적,

사회적 비평을 개진함으로써 마침내 "부르주아 공공영역"을 형성하게 된다.[1] 이 영역을 통해 의사소통되는 공적 담론화 과정에서 절대 국가 권력에 대한 비판과 부정을 통해 마침내 국가 권력의 해체로까지 나아가는 일련의 계몽주의적인 활동이 존재하는 것이다. 그러니까 '계몽'이란 개인 주체의 관점에서는 비합리적 맹목으로부터 탈피하는 이성의 용기 있는 사용이라는 주체의 자기각성 과정을 의미하지만, 사회 전체적인 과정에서 나타나는 실천 형태로서는 봉건적이고 절대적인 국가 권력에 대립하는 부정항으로서의 지식인들의 공적 담론영역에 의한 대중 교육을 통한 계몽의 프로그램을 의미한다고 할 수 있다. 그리고 이러한 두 개의 계몽의 과정으로 이끌어가는 추동력은 물론 진보에 대한 낙관주의로 무장한 부르주아적 근대성의 원리가 그 핵심이라고 할 수 있다.

우리의 경우 개항 이후부터 식민지 시대 전반기까지에 이르는 시기를 이끌어간 시대적 추진력은 반봉건적 지향을 보이는 넓은 의미에서의 계몽주의적 태도라고 할 수 있다. 그러나 우리 사회가 비록 타율적인 의지에 의해서일지라도 근대라는 톱니바퀴 속에 진입하고, 그 근대가 생활 경험의 원리는 아니지만 공식적인 지배원리, 의식상의 가치개념으로 자리잡아가는 이 계몽주의 시대가 우리에게는 '국가 상실'이라는 위기의 시대, 나아가 '국가 부재'의 시대라는 것은 서구와 다른 특징적인 요인으로 작용했다고 볼 수 있다. 그러니까 우리의 계몽은 그 출발부터 집단적이고 사회적인 차원에 있어서, 현존하는 국가 권력의 합리성·비합리성의 문제나 그 비합리성에 대한 부정과 비판이 아니라, 국가의 존립 자체가 위기 상태라는 것이 문제의 핵심에 놓여 있는 것이다. 이러한 상황에서, 그러니까 자의건 타의건 근대의

---

1) 하버마스, 『공공 여론의 구조변화 Strukturwandel der Öffentlichkeit』, Neuwied: Luchterhand, 1971.

톱니바퀴 속에 진입하고 사회 전체의 차원에서 계몽이라는 것이 초미의 관심사로 대두된 상태에서 국가권력의 부재를 상실로 받아들이는 집단의식 하에서 근대적 계몽이라는 것은 어떻게 작동하고 어떠한 결과로 현상하게 될까? 이 때 국가라는 자기집단 공동체가 부재한 상황은 민족 또는 심정적 공동체라는 '당위적 공동체'로 치환되어 그것과의 심리적 친화성이 지배적이게 된다. '당위적 공동체'라는 개념이 집단 심리적 차원에서 존재하는 것이라면 현실 정치적 운동에서는 민족주의적이거나 사회주의적인 미래의 대안으로, 그리고 문학작품 속에 개진되는 작가의 의식으로서는 '전망'으로 나타난다고 할 수 있다. 어쨌거나 그 형태가 무엇이건, 적어도 식민지 시대 내내 '국가 회복'은 이념적, 심리적 지상과제였고 이는 어떤 식으로건 그 과제를 향한 목표지향성과 쉽게 결합되어 있었다고 볼 수 있다. 이 국가 부재의 상황은 근대성의 원리가 계몽주의적 태도로 실현되는 과정에서 개인주체가 정초되는 방식, 계몽을 타자에게 실현하는 방식으로서의 교육, 그리고 계몽의 목표라 할 수 있는 전망의 성격 등의 세 가지 측면이 서로 맞물리면서 우리 계몽적 근대성을 특수하게 강제한다.

국가 혹은 자신이 속한 공동체로서의 '우리'라는 경계가 빼앗기고 침탈된 상태로 자각되고 그것의 회복이 지상 과제로 자리하는 상태에서, 개인이 자기를 자기로 인식하고 정초하는 방식은 어떤 것일까? 이런 상태에서 개인은 자기를 '자기'로 인식하기 이전에, 먼저 '우리'와 '그들'로 인식한다. 근대적 자아 인식의 최초의 장면에서 눈앞에 침범해온 그들 혹은 저들 때문에, '나'를 '우리' 속으로부터 분리시켜내지 못한 것이다. 이런 '우리로서의 자기인식'은 '나'란 누구인가 하는 원초적인 존재론적 물음도, '나'가 '나' 이외의 대상을 인식하는 인식론적 물음도 허락하지 않는다. 우리라는 집단 속에서 '나'는 자신이 위치한 지위(선구자 혹은 전위), 그러니까 전체에 대한 부분의 관계 속에서만 인식된다. 그 속에서 '나'가 '나'인 이유, 나의 자기동일성은 그 자체 존재론적 '나'도 인식주체로서의 '나'도 아니고, 오직 전체와의 관계 하에서 맡은 바 소임(역할, 도리)으로 규정된다. 이처럼 개인을 관계 속에서 규정된 부분으로, 그 부분에게 '마땅히 주어진 소임'으로 정체성을 부여하는 방식은, '통체 부분자적 세계관'에 기초해서 관계와 도리 속에서 개인을 규정하는 유교적인 사유방식과 상당한 유사성을 보인다.

또한 부재하는 공동체를 회복해야한다는 목표 지향성이 계몽을 집단적이고 사회적인 차원에서 현존하는 사회나 공동체의 원리에 대한 '비판과 부정'이 아닌, 타인들에 대한 계몽인 '교육'의 방식으로 단일화시키게 된다. 계몽을 담당하는 사회적 주체들도 사적 개인의 영역을 대표하고 그에 기초해서 비합리성을 비판하는 지식인 그룹이 아닌, 당위적 공동체—그 공동체의 이념은 입헌군주제 등과 같은 개화기의 민족주의적 이념부터 공산주의 운동과 카프 맹원들이 꿈꾼 사회주의 공동체까지 다양할 수 있다—를 지향하는, 완성된 외부의 모델을 향한 목표지향적인 지식인 그룹이다. 이 목표지향성이 고착시켜버린 교육이라는 계몽의 방식은 계몽의 주체인 개인에 대한 자기각성이 아닌, 계몽의 '대상'과 그 계몽이 지향해갈 '목표'가 주요하게 부각되는 사유구조이다. 즉, 주체의 외부에 존재하는 '대중'이라는 계몽의 대상으로, 그리고 역시 주체 외부에 놓여 있는 당위적이고 집단적인 '미래적 목표'라는 양 방향으로 향해 있는 이러한 교육적 계몽의 사유구조 때문에 그 태생부터 개인주체 차원에서의 자기해방과 자기각성은 현저하게 부차화된 것이다.

뿐만 아니라 '교육'이라는 계몽 방식이 갖는 대상과의 밀착성이 대중을 향한 통속성을 자체 내에 내포하게 된다. 이 예고된 통속성은 이후에 계몽의 주체와 대상이 분리되는 조건에서 각각이 고립화 될 때 두드러지게 현상하게 되지만, 그 전까지 그러니까 부르주아적 자유주의 원리로서의 근대성이 상승의 행진을 지속하는 1930년대 중반까지 계몽의 주체와 대상은 서로 결합된 채 특히 장편소설의 구조적 특징으로 존재하게 된다. 장편 소설 속에서 두드러지는 계몽성과 통속성의 이중성 병존 현상은 우리 계몽이 갖는 교육적인 편향성 때문에 그 출발부터 갖고 있는 중요한 특징이라고 할 수 있다. 그리고 이 교육의 방식은 서구적 계몽의 특성이 아닌, 계몽이 우리에게 발현되는 시기의 국가 부재 상황이 야기한 당위적 공동체에의 친화성과 목표지향성이라는 집단적 의식/무의식이 만들어낸 것이라는 점에서 한층 필연적이기도 하다.

　한편 이런 사유방식 속에서 '합리적 이성' 자체의 지위와 성격에서 발생하는 문제가 있다. 서구에서의 근대적 주체의 기저에 놓이는 개인주의적 자기각성은 합리적 이성이 주체 스스로가 자기 대상화하는, 이성을 이성 자체에 대해서 적용하는 자기 부정, 자기 해방의 원리로 작용할 때 가능할 수 있다. 그러나 우리의 경우 교육의 방식으로 행해지는 계몽에서는, 이성은 그 사용이 주체 자신을 대상으로 하는 방법적, 절차적인 것이라기보다는, 대상에게 전달할 무언가 '실체적인 목적물'로 존재하게 된다. 이것은 개화 초기의 '문명부국'의 이상이나 카프의 사회주의적인 모델에 이르기까지 외부의 완성된 모델, 당위적 목표로서의 근대성으로 다가온다. 즉 근대의 원리로서의 합리적 이성은 강력한 서구문명이라는 완성된 근대 자체의 모델로 치환되고, 이는 공동체 부재의 상황에서 당위적 공동체의 모델로 쉽게 치환되는 것이다. 따라서 합리적 이성은 '자기규율하고 자기 대상화하는 절차적 합리성'이기보다는, '실재하는 혹은 실재해야 마땅한 이상적 모델로서의 전망'의 성격으로 기능하는 것이다. 이성이 이러한 실재론적 전망으로 설정되는 것은, 위에서 본 것처럼 주체의 자기인식이 집단 속에서 위치와 역할로 규정된 것에서 필연적으로 예고된 것이다. 자기를 자기로 인식하지 못하는 주체에게 이성은 자기를 부정하거나 반성하는 방법일 필요조차 없기 때문이다. 그것은 다만 주체가 맡은바 역할을 수행하는데 힘을 주고, 관계 속의 타인들보다 우위성을 부여하는 외부의 원리일 뿐이다. 이런 상태에서 계몽된 주체, 혹은 계몽의 주체는, 서구적 근대화이든 사회주의적 모델이든 주체 외부의 어떤 모델 혹은 꿈꾸는 상 혹은 전망을 선취하고 그것에 주체 자신을 동일화함으로써 주체가 세계보다 우월한 위치에 서는 방식으로 나타난다.

우리의 근대성의 실현방식에 내재하는 이러한 실재론적 전망은 교육과 계몽에 초점을 둔다면 식민지 시대 이후, 즉 근대 이후 새롭게 드러나는 현상일 수도 있지만, 사유구조의 측면에서는 역시 유교적 사유와의 유사성을 상정할 수 있다. 현실 세계의 문제를 해결하는 보편적 원리가 선험적으로 존재하고 그것과 주체를 동일화시킴으로써 주체가 현실세계와 맞서고 문제를 해결해가는 방식은 근대 이전의 사유구조를 상당부분 답습하고 있는 것으로 볼 수 있기 때문이다. 가까이는 외국유학이라는 외적 전망에서 현실의 산적한 문제를 무화시켜버리는 신소설이나, 멀리는 천상의 원리에 의해 인도되는 영웅적 주인공에 의해 서사가 진행되는 영웅소설의 구조와 유사한 것이다. 물론 이 유사함은 사유구조의 측면에서이기 때문에 덜 가시적이지만 그래서 더욱 지배적인 것일 수도 있다. 합리적 이성이 그 절차성이 내재하는 비판과 부정의 힘보다 당위적이고 실재론적인 전망이 될 때 이를 부추긴 요인이 일차적으로는 '국가 부재'가 만들어낸 위기의식이라 할 수 있지만, 내적으로는 유교적 사유 방식과의 '구조적 유사성'이라 볼 수 있다. 눈앞에 있는 위기가 익숙한 것과의 결별을 방해한 측면, 즉 타자의 위기 앞에서의 자기 보존 욕망이 자기비판을 거세시킨 측면과, 자기부정이 없는 의식의 안정성에 지식인들이 쉽게 손을 내민 측면이 함께 작용하고 있을 것이다. 따라서 지극히 비약이 심한 가설의 수준에서나마, 집단주의적이고 보편주의적인 가(家)의 원리에 의해 현세적이고 체제 내적인 전망을 구현해나가는 유교적 사유방식[2] 과의 구조적 유사성이 식민지 시기 국내 문화담당층 지식인들의 사유의 저변을 점유하고 있었다고 볼 수 있지 않을까? 그래서 한국 근대 문학사의 표면에서 지배적인 흐름을 형성한 근대성의 원리는 자체 내의 사유구조에 유교적 사유구조를 동전의 양면으로 함께 가지고 있었다고 볼 수는 없을까? 어쨌거나 교육으로 편향된 계몽주의적 근대 실현의 방식은 기존의 서사관습의 영향력이 강하게 존재하는 장편소설과 의식적이고 논리성이 강한 논쟁적 비평을 통해 식민지 시대 내내 우리 근대 문학에 우세하게 존재하는 태도라고 할 수 있다.

2) 자율적 주체의 개인주의로서의 낭만주의적 태도

(1) 낭만주의와 개인 주체의 감정해방

이와 다른 하나의 길이 '낭만주의적 발현 방식'이다. 앞서 언급한 대로 이 낭만주의적 태도는 합리적 이성을 사용하는 자율적 '개인주체'에 초점이 놓인다. 이 개인에 대한 근본적인 관심 때문에 낭만주의적인 태도는 우리 문학사에서 계몽주의적인 태도보다 훨씬 더 이질적이고 낯선 사유구조로 위치지어진다. 조선에서 개인이라는 범주의 이질성과 '근대'에서 그 개인이라는 범주의 절대성이 맞부딪혀 만들어내는 어떤 상황이 우리 근대 문학사의 내적 필연성을 형성하는 근본적 원인일 것이다. 이런 이질성이 앞서의 계몽주의적 태도에서는 억압되어 있었고, 억압된 만큼 장편서사물의 장르적 연속성과 같이 '자

---

2) 최봉영, 『조선시대 유교문화』, 사계절, 1997, 154-175쪽.

연스럽게' 존재했었다고 본다면, 낭만주의적 태도에서는 이러한 이질성이 그대로 노출되어 있고, 그 노출된 이질성 때문에 우리 근대문학사에서 주변화된 채 존재한다고 볼 수 있다.

앞서 계몽주의적 태도에서 개인의 존재 자체가 부차화될 수밖에 없었던 것이, 서구적 합리성 혹은 근대적 이성을 주체 외부에 실체로서 존재하는 어떤 목표물화하는 실재론적 전망에 기인한다는 것을 보았다. 그렇다면 낭만주의적 태도에서 개인 주체를 개인주체로 자리잡도록하는 기초는 무엇일까? 본고는 이를 '예술'이 갖고 있는 '가상성'이라는 본질적 특징 속에서 찾고자 한다. 문학뿐 아니라 우리 역사 전체 속에서 그토록 이질적인 주체의 개인성이 근대 문학사 속에서 자각되고 반성되면서 자리잡는 과정은, 예술, 미의 영역의 고유성에 대한 인식의 과정과 함께하는 것이다. 삶의 실체적 전망과 관계함으로써 주체가 몰각되고, 예술이라는 본질적으로 허구이고 가상인 전망과 관계함으로써 주체가 환기되는 역설이 우리 근대 문학사의 중심에 자리잡고 있는 것이다.

문예사조상의 한 단계가 아닌, 근대적 미의식으로서의 낭만주의적 태도를 살피기 위해서는 먼저 그러한 미의식이 발생하는 사회 역사적 조건을 살펴볼 필요가 있다. 서구의 경우 낭만주의적 미의식의 기초에는, '미'가 보편적이고 초월적인 어떤 전범이라는 고전주의적 미의식도, 또 '미'가 현실과 관계맺는 사회적 유용성에 의한 것이라는 계몽주의적 미의식도 아닌, 궁극적으로 개인의 취미판단에 근거한다는 의식이 놓여 있다. 그러니까 낭만주의적 미의식의 근저에는 '미'라는 영역이 다른 제반의 영역, 그러니까 행위의 옳고 그름의 문제나 진리의 문제와 같은 윤리적 과학적 판단의 영역이 아닌, 한 개인의 감각에 기초한 좋고 싫음으로 판단될 수밖에 없는 영역을 '미'의 이름으로 독립적인 지위를 부여하는 어떤 심리적, 정서적, 사회적 공감대가 성립되어 있어야 한다. 그리고 이를 위해서는 먼저 그 미를 판단할 '개인으로서의 주체'가 성립되어 있어야 하는 것이다. 요컨대 문학·예술을 창조하는 주체의 창조적 개성에 대한 낭만주의적인 열정이 존재할 수 있기위해서는, 자율적인 근대적 개인 주체와 미적 영역의 자율성 자체가근본적으로 전제되어야 하는 것이다. 이러한 근대적 조건에 의해 출발하는 것이 낭만주의적인 미의식이라면 굳이 보들레르를 떠올리지 않아도[3] 낭만주의는 그 자체가 근대적 미의식의 출발에 해당할 것이다.

서구에서 이러한 근대적 미의식의 출발을 여는 가시적인 지점은 과거로부터의 전통과 결별함으로써 자기 시대에 대한 자의식을 확인하고자 했던 신구논쟁과 독일에서 일어났던 취미논쟁이라고 할 수 있다.[4] 문화 예술의 소비 대상으로 성장한 부르주아 관객층과 독자층이라는 새로운 패트런들이 가진 취미나 취향의 차원에서 이루어지든, 혹은 지식인들의 사변적 논쟁을 통해서 이루어지는 개인의 미적 판단, 개인의 감각적 취미에 대한 비평적 공론화 차원에서 이루어지든이런 미의식의 변화의 핵심은 개인의 감각적 직관 혹은 감성적 판단에 기초하는 개인의 미적 판단의 자율성과 미적 영역 자체의 자율성에 관한 인식일 것이다.

그러나 우리 근대의 출발기에는 이성적 합리성의 영역이나 사회적

3) 보들레르가 말하는 낭만주의의 내용은 모더니티와 거의 동일하다. 그는 낭만주의를 미의 가장 최근의 가장 동시대적인 형식일뿐만 아니라 또한 과거에 행해졌던 모든 것과 실질적으로 다른 것이다. M. 칼리니스쿠, 이영욱 외 역, 『모더니티의 다섯 얼굴』, 시각과 언어, 1993, 53-55쪽.
4) 독일은 상대적으로 영국이나 프랑스에 비해 자본주의적 근대화의 진행이 더뎠고 그만큼 물질적 진보에 의해 생겨날 수밖에 없는 부르주아 독자층과 관객층이라는 문화소비층이 발달되지 못했다. 영국과 프랑스에서 교양화된 부르주아 개인들의 취미나문화적 취향 자체가 독립적인 지위를 갖게 된 것과 달리 독일에서는 '취미논쟁'이라는지식인들의 비평적 논쟁을 통해 개인의 미적 판단의 문제가 논의된다. 페터 우베 호헨달 외, 반성완 편역, 『독일문학비평사』, 민음사, 1995, 62-42쪽.

합리성의 영역이 아닌 이러한 미적 영역에 있어서는, 문화 소비층의
감각적 취미에 의한 자립성의 차원에서도 지식인들의 비평에 의한 공
론화 과정의 차원에서도, 근대적 미의식으로의 변화를 추출할만한 지
표가 뚜렷이 존재했었다고 볼 수 없다. 이는 애국계몽 운동 등에 의해
강력하게 방향지어진 계몽적 근대화의 강력함, 그리고 이 계몽 지향
적 근대성이 갖는 사유구조에서의 유교적 사유와의 유사성 때문에 개
인의 감각이나 취미의 영역이 그만큼 억압되었기 때문이기도 할 것이
다. 즉 '당위적 공동체'와의 친밀성 때문에 근대성의 사회적 실현 방
식이 교육적 계몽으로 고착되면서, 근대성의 원리가 이성적 주체의
자기각성보다는, 이미 각성된 혹은 각성되었다고 규정된 주체(전위 혹
은 선구자)에 의해 맹목의 대중에게 행해지는 교육이라는 방식으로 단
일화된 것이다. 그럼으로써 주체의 자기각성이라는 근대적 개인주의
의 과제는 계몽주의적 방식이 아닌 다른 실현 방식의 영역 즉 낭만주
의적 실현방식으로 넘어온다. 이는 문학사에서 광범위하게 1920년대
초반의 낭만주의로부터, '구인회'로 대표되는 1930년대 모더니즘을
거쳐 1930년대 후반 비관주의적 경향을 보이는 일군의 문학으로 이
어지는 흐름으로 나타난다.[5] 이 흐름은 제도로서의 문학사 속에서 문

---

5) 이는 그 내용상 조연현의 문학사에서 우리 문학의 적자로 설정한 순수문학의 계보와
   거의 일치한다. 다만 1920년대 초기 몇몇 동인지들 중에서 '인생문제 제시'라는 사실
   주의를 표면적 가치로 내걸었던「창조」를 제외한「백조」,「폐허」등의 동인지를 지나친
   감상벽과 사춘기적 미숙성으으로 가치 절하하고,「구인회」보다는「시문학파」의 언어적
   기교를, 1930년대 후반에도 인간 본연의 순수성을 탐구했던「시인부락」을 본격적인
   순수문학으로 계보화하는 것이 약간 다를 뿐 경향성에 있어서 이광수의 계몽주의와 카
   프의 비평과 창작에 있어서의 사실주의적 소설 창작들을 제외하는 것은 비슷하다. 그
   러나 "사회 역사적 현실로부터 배제된 인간본연의 순수성과 문학적 기교의 세련성" 정
   도로 추론할 수 있는 순수의 내용이란 사회성과 순수성으로 대별될 수 있는 공시적이
   고 보편적인 범주도 아니고, 이른바 미적 자율성으로 지칭될 수 있는 모더니즘과 동일
   화될 수 있는 것도 아니다. 조연현 자신의 문학관이 자라나고 근거하고 있는 토양에 해
   당하는 1930년대 후반에 가서야 신세대에 의해 공론화되는 이 개념은 근대 문학이 전

학 예술이라는 독자적 영역을 개척하고자 하는 소위 미적 자율성으로도, 모더니즘 충동으로도, 또 순수문학으로도 지칭된다.

취미논쟁을 통한 비평에서의 공론화도 문화소비층의 실질적인 취향도 부재한 상태에서, 더구나 개화기와 식민지시대 초기라는 교육적 계몽의 추진력과 민족 국가 건설이라는 심정적 당위성이 집단의식을 지배하는 상황에서, 개인의 자율성, 더구나 그 개인의 감정적, 정서적 취미의 자립성에 대한 자각이 발원하게 되는 상황은 상당히 복잡하다. 이 점에서 1920년대 초기 낭만주의로 분류되는「창조」,「백조」,「폐허」등의 동인지를 중심으로 이루어진 일련의 문학작품들은 새로운 각도에서 조명될 필요가 있다. 연구자들에 의해 부정적으로 평가된 이들의 치기어린 감상이란, 사실은 근대문학의 기초가 되는 자율적 주체로서의 개인이 정립되기 위해 필연적으로 거쳐야하는 최초의 징검다리라 할 수 있기 때문이다.[6] 문제는 세련된 기교이든 순수문학이든 혹은 모더니즘의 미적 자율성이든, 문학 예술 영역 자체의 자립

개되는 일정 단계에서 나타난 '순수'의 개념임에도, 그 자체가 이데올로기화 된 측면이 강해서 순수 개념이 요구되는 사회적 필연성을 못 보게 할뿐더러, 순수의 완성된 상태가 규범적 기준이 되어서 그에 미달되는 작품을 배제시켜버리기도 한다. 1920년대 초기 낭만주의와 순수문학의 관계가 그러하다. 지나친 감상벽과 사춘기 문학소년식의 미숙함으로 치부된 1920년대 초기 낭만주의는 순수문학의 미달 상태로 위치지어진다. 조연현,「한국 현대 문학사」, 성문각.

6) 우리 문학사에서 1920년대 낭만주의에서 가능성의 형태로 보여진 개인의 감정의 자율성은 분산되고 억압되고 주변화된 채 존재한다. 당대 문단에서 카프, 김기림 등에 의해 센티멘털리즘이 동양적인 결함으로 부정의 대상이었던 것은 물론이고, 이후의 문학사에서도 이런 시각이 그대로 답습된다. 이는 동인지 등의 매체 중심으로 문학사를 기술할 때 기존의 것을 부정하면서 출발하는 당시 매체의 선언적 출발을 그대로 수용하기 때문인 것으로 볼 수 있다. 또한 우리 문학에서 사조적 낭만주의로 흔히 분류되는 미의식의 내용이란 것이, 소설에서는 토속적이고 서정적인 특징만으로 부각되는데, 이는 나도향의「물레방아」,「뽕」, 이효석의「메밀꽃 필 무렵」, 김유정의「동백꽃」,「봄봄」등과 같이 주로 전통적인 '소재'에 기초하고 있는 것이다. 그리고 1980년대 이후의 연구에서는 리얼리즘과 모더니즘이라는 근대문학의 완성태에 해당되는 문학에 집중함으로써 1920년대 문학은 늘 문학사의 사각지대로 존재했다고 할 수 있다.

성과 그 문학 예술에 관여하는 개인 주체의 자립성, 특히 그의 감정과 미적 취향이 다른 사회적 삶의 영역과 구분되는 독립적인 지위를 갖는다는 인식이다. 이러한 각도에서 근대적 자아가 자기 정체성을 찾는 주체 정립의 과정이 우리 문학에서는 미적 자율성을 지향하는 이 계보에 더 우세하게 작용하게 되는 근거가 해명될 수 있다. 이는 '분리'와 '동일화'라는 두 가지 방식으로 행해지고 있다.

먼저 자기자신이 누구인가에 대한 물음은 자기 아닌 것을 부정하는 것에서 시작한다. 이는 감정적으로는 자기를 둘러싼 온갖 외부의 것과의 분리감, 이질감과 그 속에서의 자신의 고독감으로 나타난다. 이러한 분리감 속에서 행해지는 주체의 자기각성의 과정은 그 자체로 우리문학사에서 상당히 문제적이다. 유교적인 사유구조 속에서 개인이 위치지어지는 방식은 관계 속의 '나'이고 따라서 주체의 정체성은 '관계 속에서의 맡은바 소임(기능)'이라고 할 수 있다. 이는 '사이'와 '도리'라는 우리에게 아주 익숙한 개념으로 나타난다. 주변과의 분리감, 나와 관계맺고 있는 것들과의 이질성 속에서 자기를 자각하는 낭만주의적 사유방식은 자기를 이런 관계와 기능, 사이와 도리가 아닌 '자기자신 그 자체'로, 가장 본질적이고 가장 근원적인 나로 인식하는 최초의 형태인 것이다.

실제 작품 속에서 주인공들의 성격은 연구사에서 흔히 지적되는 것처럼 사춘기의 문학 소년들이 보이는 감정적이고 우울하고 알 수 없는 울분에 가득 차 있다. 나도향의 「젊은이의 시절」이나 「별을 안거든 우지나 말걸」, 염상섭의 초기 삼부작중 「제야」의 경우에 등장하는 주인공들은 주변과의 근본적인 단절감 속에서 막연한 분리의식만이 지배적인 상태에서 자기를 동일화시킬 어떤 이상향은 아주 막연한 상태에 처해 있다. '고통', '우울', '눈물', '참인생', '밀실' 등의 과장되고 도피적이고 감상적인 주관성의 치기어린 모습, 주체의 막연하고 모호

한, 그러면서도 심리적으로는 어떤 알 수 없는 격정과 울분에 휩싸인
상태는, 자기감정의 진정성만 있고 진정성을 보증할 거대 이념을 발
견할 수 없는, 좁고 폐쇄된 자기진정성에 갇힌 상태를 보여주는 것이
라 할 수 있다. 계몽의 사유구조가 보편적 원리에 주체를 동일화시킴
으로써 주체를 정립하고 이로 인해 주체가 안정된 의식을 갖는다면,
이들에게는 주체가 자기를 자기로서 인식하고 정립하는 방식이 동일
화가 아닌 차별화, 분리를 통한 자기 해방의 방식으로 진행되기 때문
인 것이다. 최초의 근대소설이라는 「무정」에서 주인공 이형식의 개인
적 욕망도 민족주의라는 거대한 당위성 속에 위치지어짐으로써 안정
적으로 자리잡는 것도 이 때문이다. 그러나 낭만주의 계보에 속하는
이들 작품에서는 한 주체를 동일화시킬 거대이념이 설정되지 않은 상
태이기에 그 개인의 감정이나 욕망이 발현될 안정적이고 친숙한 구조
가 부재하게 된다. 여기서 주변 세계에 대해 차별화와 막연한 분리감
으로 발현되는 고독한 주체의 격정과 우울이, 서구의 취미논쟁 등을
대신해서 자아가 독립된 정체성을 얻기 위한 기초가 되는 최초의 '감
정 해방'의 모습으로 등장한다고 볼 수 있다. 개인의 감정이 마땅히
동일화될 문화에 있어서의 소비 대상도 없고, 그것을 보증할 이론적
논쟁도 없는 상태에서 자기감정의 좁은 진정성은 우울과 격분과 막연
한 동경으로 나타나는 것이다.

　소설에서 그 차별화 분리의 대상은 '전통', '가족', '반(半)봉건적
현실' 같은 것들이다. 그러나 이 시기의 소설들은 이런 대상세계를 탐
색하거나 묘사하지 않는다. 그 대상에 눈을 주기 이전에, 아니 눈을
주기 위해서는 자신만의 시선에 대한 자의식이 성립되어야했기 때문
일 것이다. 그러기 위해 먼저 거칠 수밖에 없는 것은, 주체 외부의 모
든 것들로부터 자신을 철저히 분리시키고 자신의 고독한 개별성 속에
침잠하는 것일 것이다. 염상섭의 「제야」나 나도향의 「옛날 꿈은 창백

하더이다.」와 같은 편지 형식의 소설에서 "—더이다"라는 반복되는
문체로 표현되는 '자기고백'이 이를 말해준다. 자기고백은 자기 정체
성의 근거를 외부와의 동일화를 통해서가 아니라 내부의 샘에서 길어
올려야 하는 주체가 자기 속에 침잠하는 형태, 믿고 의지할 지주라고
는 남들이 알아주지 않을지도 모르는 자기만의 진정성일 때 취하는
어조이다. 이 자기고백이라는 기제를 통해 개별적인 주관성 속에 침
잠했던 단계를 거치고 나서야, 정립된 자기시선으로 염상섭의 「전화」
나 현진건의 「술 권하는 사회」 등과 같이 대상세계를 안정적으로 관
찰하는 것이 가능해진다.[7]

그러나 분리와 차별화를 통해 정립된 개인주체는 이제 역설적으로
자기우월성의 근거마저 잃어버린 상태에 처하게 된다. 분리와 차별화
를 통해 기존의 근거들과 결별했기 때문이다. 여기서 개인주체는 좁
고 폐쇄된 자기만의 진정성을 보증해줄 근거, 그럼에도 자신이 결별
한 지상의 근거와는 다른 근거를 찾게 된다. 그리고 주체가 발견하는
것은 '예술' '미'이다. 예술이 보증하는 진정성은 완성되어 어딘가에
존재하는 실체가 아닌, 본질적으로 허구이고 가상의 것이다. 허구이
고 가상이기에 한없이 무력하고 비실재적인 것이다. 자기동일성의 근
거가 이처럼 한없이 무력하고 비실재적인 것이지만, 그러나 바로 그
때문에 지상의 모든 실제적 관계와 근거들의 유한성과 부정성과 차별
화될 수 있는 것이다. 그럼으로써 대상세계에 기성의 것으로 존재하

---

7) 낭만주의가 가능성으로 보여준 주체의 자기해방의 힘은 사실주의적인 방식과 구인회
가 보여준 모더니즘의 두 방식으로 지속 변모된다. 물론 사실주의에 이르는 길은 이런
낭만주의적 주체의 자기해방이라는 길 외에 전자의 계몽의 방식으로 발현된 동일화에
의해 성취된 길이 있다고 볼 수 있다. 낭만주의가 뻗어나가는 두 가지 길과 사실주의에
이르는 두 가지 길. 이것이 대략 우리 근대문학사가 보여주는 몇가지 주요 흐름을 결정
하는 통로일 것이고 이 흐름을 근본적으로 만들어내고 변화 발전시키는 잣대는 근대
부르주아 자유주의가 우리 식민지 근대 사회에서 어떻게 실현되어가는가 하는 방식일
것이다.

는 질서 속의 관계에 자기를 종속시킴으로서 자기를 정립하는 유교적 방식이나, 철도나 기차와 같은 거대하고 강력한 과학문명을 만든 힘에 자기를 동일화시키는 계몽적 근대성의 방식과 갈라지는 것이다.

위의 작품들에서 주인공들이 자신을 봉건적인 가족질서나 인습들, 혹은 속물적으로 출세지향적인 주변의 인물들과 차별화시키면서 자기동일성의 근거로 내세우는 것들은 예술, 미라는 개념들이다. 이들은 외부의 가치체계는 모두 거부하면서도 '예술', '미', '낭만적 사랑'에 대해서는 막연하나마 어떤 동경의 형태로 동일화하고자하는 욕구를 보인다. 나도향의 소설에서 주인공은 주변의 인물들을 예술을 아는 사람과 모르는 사람으로 구분하고, "참된 자기", "참인생"의 근거, 자긍심의 원천을 예술에서 찾고 있다.

이런 태도가 가능할 수 있는 것은 '예술' '미' 자체가 갖는 본질적 특징 때문이다. 이것은 주체가 그것과의 동일화를 통해 주체의 우월성을 확보하는 개념이기에 근대열의 대상이자 근대 추구의 한 전망이지만, 이것이 주체 개인에게 작동될 때는 실체적인 전망이 해주던 약속과 분명히 다르게 작용하는 것이다. 이는 실체적 전망과 허구로서의 미적 전망의 차이에 그대로 해당된다. '예술', '미'라는 가상의 진정성은 자기 내부의 심연을 걸러서 나오고 자기 스스로의 손에 의해 창조되어 나와야 그 실체성을 띠고 주체 스스로에게도 분명한 진정성을 갖게 되는 것이다. 그것은 완성되어 미리 존재하는 것이 아니라 창조된 허구의 형식을 통해 사후적으로 확인되는 것이고 따라서 주체 내재적인 것이다. 동일한 근대열의 대상이지만, 완성된 모델이 아닌 스스로의 손에 의해 완성되어야 하고, 자기 감각과 정서의 진정성으로 비로소 존재하게 되는 것이 '미'이고 '예술'이기 때문이다. 이것이 작품 속에서 주인공들이 동경하고 빠져드는 '낭만적 사랑'의 개념으로 쉽게 대체되는 이유도 내부의 진정성과 자기만의 감각적 끌림이라

는 공통항 때문이다. 예술적 가상이라는 손에 잡히지 않는 진정성, 비
실재적이지만 그러나 존재한다고 믿어지고, 존재해야 마땅하다고 여
겨지는 진정성을 가장 근본적으로 주체의 내재성 속에서 확인시켜주
는 기초가 바로 '감각'이고, 이것이 소설에서 '낭만적 사랑'이라는 메
타포로 나타나는 것이다. 타인과 공유할 수 없을 만큼 가장 자기다운
것이면서 가장 순간적인 것이고, 그 순간 속의 진정성이 영원성을 믿
게 만들어버리는 사랑의 감정야말로, 실체로 존재하지 않는 진리에
대한 내적 확신의 다른 이름인 것이다.

   따라서 '내부의 진정성과 자기만의 감각적 끌림'이라는 이들의 주
체정립의 근거는 지극히 내재적일 수밖에 없는 경로이다. 이 내재성
이 비평이나 선언문에서 보인 근대열로서의 외적 동일화와 구분되는
근거이고 이후의 1930년대 중반의 모더니즘에서 미적 자율성의 감수
성을 배태하는 내재적 근거이다.[8] 1920년대 초기 낭만주의 소설에서
'자기고백'이라는 편지체 형식과 낭만적 사랑이라는 모티프, 그리고
시에서 '감각'을 통해 외부의 대상을 내적 확실성으로 전유해내는 가
장 원초적 방식인 '감각적 비유'라는 형식적 기제야말로 예술적 가상
이라는 전망을 우리 근대 문학사 속에 육체화시키는 최초의 시도, 최
초의 몸짓이었다고 할 수 있다.[9]

(2) 모더니즘과 미적전망

   여기서 낭만주의와 모더니즘에서 상이하게 작용하는 미적 전망의
차이, 그러니까 미적 자율성을 향한 열망이 막연한 동경의 형태로 존

---

   8) 이처럼 1930년대의 중반의 모더니즘은 낭만주의로부터 '예술' '미' 등의 개념에 의해
      촉발된 감각적 자아의 해방적 가능성을 물려받음으로써 가능할 수 있었다고 할 수 있
      다. 우리 모더니즘의 가장 광범위한 현상적 특성으로, 때로는 한계로 지적되는 '세련된
      감각'이란 사실은 낭만주의의 자기해방의 계기를 통해 힘겹게 획득한 소중한 특성이라
      할 수 있는 것이다.

재할 때와 자기부정과 세계부정으로서의 형식갱신으로서의 '모더니
즘적 전망'으로 존재할 때의 차이를 생각할 수 있다.

이 '동경'의 형식으로 존재하는 미적 전망은 계몽이념과 비슷한 근
대열로 존재하는 전망임에도, '내부의 진정성과 감각적 끌림'의 성격
때문에 본질상 내재적일 수밖에 없다. 완성되어 외부에 존재하는 것
이 아니라, 비록 이것에 대한 의식 자체는 세련된 근대를 향한 동경이
기에 외재적이지만, 그것이 실현되려면 주채의 손에 의해 창조되어
나와야 그 실체성을 획득하기 때문이다. 전망이라는 것이 주체 의식
상의 동일화만으로 우월해지느냐와, 그 동일화의 차원을 넘어 예술
창조자의 손에 의해 창조되어 나와야 비로소 그 실체성을 갖출 수 있
느냐의 차이는 중요하다. 하나는 실체적이고 현실적인 목표나 모델로
서의 전망이고 하나는 가상으로서의 미적 전망일 것이다. 전자가 공
동 대중의 열망과 그 열망의 집단적 당위에 의해 실체성이 인증된다
면 후자는 지극히 개인적인 것이기에 그 진정성의 근거는 자기자신
뿐이다. 또한 후자는 한 번 실체성을 획득함으로써 전망에 도달하는
것이 아니고, 그 도달의 순간은 개인에게 섬광처럼 지나갈 뿐이고 다
시 부정되고 갱신되어야하는 가상으로 자리잡는 것이다. 개인 주체의
해방과 부정을 통한 혁신의 과제가 실체로서의 전망과 동일화라는 계

---

9) 창작 과정에서의 내적인 형식적 계기로 외화되지 못하고 근대열로 머문 1920년대 초
기의 낭만주의의 몇 경우와 신흥문예의 이름으로 행해진 예술운동의 초기 형태들은 모
더니즘으로 이어지지 않고 다른 방식으로 발전되거나 소멸되고 만다. 흔히 신흥문예라
고 불리우는 임화의 초기 시나 「폴테스파의 선언」과 같은 비평, 다다, 초현실주의에 대
한 소개, 아나키즘 비평등은 새것에의 강렬한 이끌림으로 특징지어지는 경향을 보인
다. 박인기, 『한국현대시의 모더니즘 연구』, 단대출판부, 1988, 무언가 새롭고 현대적
인 예술을 향한 강한 이끌림이 지배적이지만 그런 경도가 새로운 예술 실험으로 열매
맺지 못하고 카프로 이입되거나 자취없이 스러진 이유도 근대열이 형식탐구로 이어지
지 못했기 때문이다. 이는 근본적으로 그 형식의 기초가 되는 자아의 감정, 감수성의
독립이 뒷바침되지 못했기 때문이다.

몽주의적 근대 실현의 경로가 아닌, 낭만적 실현 방식의 몫으로 돌려
질 수밖에 없는 이유도 이 때문이라고 할 수 있다. 물론 1920년대 초
기 낭만주의가 끝없이 갱신되어야하는 미적 전망과 그에 따라 끝없이
이어지는 주체의 자기부정이라는 과제를 감행하고 있다고 볼 수는 없
다. 1920년대 초기 낭만주의에서 보이는 "참 진리와 인생의 극치"로
보이는 문학, 음악, 미술의 세계, 그리고 '신흥문예'의 이름으로 입체
파나 인상주의, 미래파 등을 서구의 선진적인 예술로 소개하던 당대
지식인들이 막연히 상정하고 있는 예술의 세계는, '무언가 새롭고 완
전하다고 여겨지는 세계에의 이끌림으로서의 동경'으로서의 미적 전
망이다. 무언가 아름답고 완전한 예술의 세계가 있다는 것을 아는 것
만으로 그 세계에 막연히 이끌리고, 그것으로 주변과 자신을 구분하
고, 자신에 대한 막연한 우월감과 불안한 분리감에 싸여있는 상태에
서, 예술이나 미는 '어느 먼 곳에 있을 완전성'의 다른 이름으로 존재
하는 것이다. 이 시기의 미와 예술이라는 개념은 주체를 글쓰기를 통
한 자기 갱신으로, 글쓰기 과정 자체에 대한 자의식적 부정으로 이끄
는 '가상으로서의 미적 전망'으로 기능하는 것은 아니다.

　미적 자율성이 가상의 미적 전망이 만들어내는 자기부정의 모습은
1930년대 모더니즘, 특히 이상이 보여주는 거의 유일한 모습이라고
할 수 있다. 조연현의 순수문학의 계보에서 동일한 순수문학으로 묶인
다 해도 낭만주의와 모더니즘을 구별짓는 것은 기교의 세련이나 성숙
이 아니라, 보다 근본적으로 '가상으로서의 미적 전망이 개인 주체와
관계맺는 자기부정의 방식'이라고 할 수 있다. 그 자기부정의 방식과
과정 자체가 바로 미적주체가 창출해내는 형식이다. 모더니즘을 논의
할 때 흔히 언급하는 '형식' 혹은 '미적 근대성'이란 주체에 의해 임의
적으로 선택가능하고 세련화가 가능한 어떤 기교나 문장미의 차원이
아니다. 모더니즘 예술에서 형식은 예술이 본질적으로 갖는 가상의 진

정성, 가상의 진리의 육체화이다. 따라서 그것은 개별적이고 일회적이고 사후에 확인될 수 있을 뿐 숙련의 대상도 기법도 아니다. 그리고 결국 그것은 궁극적으로 주체 자신을 예술화하는 것으로 귀결될 수밖에 없게 된다. 미와 예술은 그것이 불러일으키는 이념 혹은 진정성은 존재하지만 궁극적으로 그것은 가상의 것이기에 현실에서 실체화될 수 없고, 오로지 주체 속에서만 주체에 의해 불러일으켜지는 것이기 때문이다. 실체로 존재하지 않는 가상의 진리를 육체화시키는 유일한 통로가 바로 '형식'이다. 가상의 진리를 손으로 붙잡을 수 있는 육체성으로 만드는 이 형식은 그러므로 개인주체의 사적인 삶을 진정성과 보편성으로 만들어주는 통로이기도 한 것이다. 그리고 만일 개인주체의 사적인 삶이 미와 예술을 통해 구원받을 수 있다면, 그것은 주체 외부에 실체로 존재하는 예술의 완성태를 향한 각고의 노력과 마침내 도달하게 될 완전성의 경지에 의해 그렇게 되는 것이 아니라, 보이지 않는 진정성과 관계맺는 자기부정의 과정과 그 과정의 자의식적 형식화라는 긴장의 '순간'에 의해 그렇게 될 수 있을 것이다. 그러한 순간이기 때문에 '형식'은 완성에의 도달이 아닌, 끝없는 갱신과 부정을 본질적으로 요구하는 것이리라. 궁극적으로 모더니즘에서의 자기부정이 예술 형식에 대한 자의식적 갱신의 과정을 통해서만 가능하고 그 예술에 대한 부정으로 진행되는 주체의 자기부정은 자기부정을 넘어 세계 부정의 힘으로 전화되는 것도 이러한 긴장의 순간에만 가능한 것일 것이다.

　그러나 '우리 근대' 문학사 속에서의 모더니즘을 문제 삼을 때는 이러한 인식론적 측면만이 아닌, 바로 이 모더니즘이 가능한 어떤 시대적 규정력을 생각해볼 필요가 있다. 같은 계보이어도 초기 낭만주의와 모더니즘 그리고 1930년대 후반의 비관주의를 구분짓는 미적 전망의 성격, 그러니까 막연한 '동경'인가 '가상으로서의 미적 전망'인가, 그리고 이후에 언급할 것처럼 '자기보존의 기호'인가는 작가 개인의 선택이라기보다는 예술적 주체의 선택과 시대의 운명이 부딪히는 어떤 '시대적 긴장관계의 장' 안에서 규정된다고 할 수 있다. 이는 곧 모더니즘이 발생하는 시대적 조건에 관한 문제와 연결되는 것이다.

이에 관해서는 문학 영역 이외의 다양한 분야에서의 실증적인 연구가 뒷받침되어야 하겠지만, 잠정적으로 P. 앤더슨이 설정하는 '종합 국면으로서의 모더니즘'이 적절한 참고틀이 될 수 있을 것으로 보인다. 그는, 근대성을 경험양식으로 규정하고 모더니즘을 근대 문학 예술전반으로 확장한 마샬 버만의 영속주의적 관점을 비판하면서, 서구에서 모더니즘 이론과 실천이 발생했던 국면을 사회 역사적 관점에서 규명하려고 한다. 그리하여 "20세기 초 유럽의 모더니즘은 아직도 사용가능한 고전적 과거, 기술이 발전하고 있지만 아직까지는 불확실한 현재, 그리고 예측할 수 없는 정치적 미래라는 공간에서 꽃필 수 있었다. 혹은 다른 식으로 표현하자면 모더니즘은 반(半)귀족적주의적 지배질서, 반(半)산업화된 자본주의 경제와 어느 정도 등장한 혹은 폭동의 기미를 보이고 있는 노동운동이 교차하는 지점에서 발생했다"[10]라고 언급한다. 이는 서구의 20세기 초반이라는 특정의 주어진 시공간 내에서 '모더니즘'이라고 범주화하고 특성화할 수 있는 예술상의 특징을, 그것이 놓여있는 사회 역사적 조건 속에서 고려한 것이다. 그랬을 때 그가 언급한 내용은 기실은 서구의 근대 문명이 기존과 다른 새로운 국면에 접어들면서 나타난 긴장관계의 내용들일 것이다. 이 내용들로 모더니즘이 환원될 수는 없지만 서구 모더니즘이 바로 그러한 방식으로 발현되게 한 역사적 조건들과 그 조건이 만들어내는 문화의 총체적 국면을 암시하고 환기해줄 수는 있을 것이다.

그렇다면 우리 근대 문학사 속에서 1930년대 모더니즘을 바로 그

---

10) P 앤더슨, 「근대성과 혁명」, P 앤더슨 · T 이글턴, 오길영 외 편역, 『마르크스주의와 포스트모더니즘』, 이론과 실천, 1993, 159-160쪽.

러한 방식으로 나타나게 한 우리 근대성의 다기한 조건과 그 조건이 만들어낸 국면들을 종합적으로 고찰해야할 것이다. 실증적이고도 해석적인 고찰이 다양하게 요구되는 이런 과제가 이 글에서 해결될 수 없음은 물론이다. 다만 거시적인 시각에서 앞서 살펴온 우리 근대성의 원리, 그러니까 개항 이후 한 세대 이상 지식인들의 의식이나 제도에 있어서의 지배원리로서로 존재해온 근대의식과 그것을 민족의 미래와 연결된 교육의 방식으로 정향지은 유교적 사유방식과의 뿌리 깊은 연관성, 그러한 가운데에서 억압된 개인의 주체성에 대한 자각이 예술의 자율성에 대한 인식을 통해 발현되는 과정들에 근거해 1930년대 중반의 상황을 추측해 볼 수는 있을 것이다.

이로 미루어본다면 1930년대 중반은 낭만주의적 주체에의해 정립된 자기시선으로 사실주의에 이른 「삼대」와, 계몽주의적 방식으로 사실주의에 이른 「고향」, 「황혼」이 한 시기에 생산되고, 정지용, 이상 등 모더니즘적 예술실천이 한꺼번에 분출된, 개항 이후 제도로서의 근대 문학이 전개되어온 이래 우리 문학사가 처음으로 맞는 거대한 통합의 국면이라고 할 수 있다. 그리고 이 통합의 국면 속에 봉건적이고 전통적인 관습들이 사회 현실이나 개인의 삶의 경험 영역, 나아가 사고방식과 가치 체계의 많은 부분들에서 여전히 광범위하게 남아 있었고, 이러한 봉건적 잔재들에 대해 모더니즘적인 근대열과 계몽주의적인 현실적 전망이 반봉건적 근대성으로 함께 묶일 수 있었다고 할 수 있다. 강력하게 남아있는 봉건성이 근대적 추진력으로 함께 묶이게 하는 '공통의 적'이 되어준 것이다.[11] 그러면서도 도시세대로 지칭

---

11) 이런 전통적 요소가 각 시기와 상황에 따라 작용하는 양상은 상이할 수 있다. 봉건적 전통적 요소가 대립과 긴장의 원천으로서 작용할 수도 있지만, 파운드와 같은 이미지스트들이 에드워드 왕조의 관습이나 로마 서정시와 맺는 관계, 엘리어트가 단테나 형이상학파와 맺는 관계처럼 고급문화의 고전적인 힘이 상업적 시대정신에 맞서는 힘으로 작용할 수도 있다. P 앤더슨, 위의 글.

될 만한 새로운 감수성을 보이는 문화적으로 세련된 소규모 집단들과 그 집단의 등장을 가능케 한 문화적 물질적 근대화의 가시적 현상들이 현저히 나타나기 시작하고, 다양하게 전개되어온 민족주의, 사회주의 운동들이 1930년대 후반의 파시즘화로 사라지기 직전까지 어떤 상승의 과정을 거쳐온 터였을 것이다. 아마 이 상승의 과정 속에서 각기의 근대성의 원리에 따라 발전해온 두 가지 발현방식과 만나서 만들어내는 어떤 총체적이고 종합적 국면이 1930년대 중반 리얼리즘과 모더니즘의 문학작품이 생산되는 통합의 국면을 만들었을 것이다. 모더니즘 실험을 추동하는 "임박한 혁명에의 예감", 계몽주의적 전망과 어느 정도 공유되기도 하는 이 변혁에의 충동은 김기림이 꿈꾼 '인공낙원'이나 이상이 꿈꾼 '20세기'로 현상한다고 볼 수 있다. 그러나 특히 이상의 경우에서 보듯 이는 '임박한 혁명'으로서의 '20세기'라는 것이 지상에서 현실적으로 실현되리라는 것에 대한 강렬한 열망과 그 열망의 불가능성, 믿을 수 없음에 대한 의식이 공존하는 상태에서의 어떤 분열과 흥분으로 나타난다. 때문에 이는 현실에서의 실체적인 꿈에 대한 총체적 거부와 냉소, 그 현실적인 지상의 세계에 대한 파국과 몰락이라는 비관주의적인 예감으로 나타나기도 하고, 그 만큼 지상의 세계에 대립되는 자기만의 예술세계에 자학적일 정도로 맹렬히 집착하는 모습으로 나타나기도 한다. 그러니까 총체적인 변화의 국면에 나타나는 '임박한 혁명에의 예감과 모더니즘적 예술 실천'과의 연관성은 혁명에 대한 실천적 목표와 직결되는 브레히트적 예술 실천만이 아니라, 그 변혁에의 예감이 지배하는 시대적 장 안에서 다양한 방식으로 존재한다고 볼 수 있을 것이다.[12]

---

12) 이는 1980년대 대표적인 모더니스트 황지우의 시에도 적용된다고 볼 수 있다. 즉 1980년대에 행해진 그의 시적 실험은, 1980년대 후반 1990년대 이후 변혁 운동의 시대적 규정력이 쇠퇴했을 때 그의 시에서 현저히 쇠퇴하고 '화엄'의 세계라는 어떤 안정

따라서 우리 근대 문학사에서 모더니즘이 시기적으로 리얼리즘 이후에 등장한다는 인식은 재고를 요하는 것이다. 이러한 인식은 모더니즘이 '구인회'의 등장과 김기림의 비평적 선언에서 시작된다고 봄으로써 발생 국면의 시공간적 규정력을 사상시킨 것은 물론, 낭만주의로부터 이어지는 내재적 발생의 가능성을 고려하지 않고 있는 것이다. 이는 또한 사실주의의 발생과 종말도 카프 조직의 운명과 동일하게 보는 사고에서 비롯된다. 위에서 추측한 것처럼 리얼리즘과 모더니즘의 문학작품들이 1930년대 중반에 화려한 통합의 국면을 만들어냈다면 그 추진력의 근원, 그 두가지가 공통적으로 근거하고 있는 뿌리는 1920년대 초기 낭만주의 문학일 것이다. 이는 시기적 선후관계 때문에 규정되는 것은 아니다. 예술세계의 자립적 지위에 대한 인식과 그것을 통해 주체의 자기각성을 성취해내려 한 것이 1920년대 낭만주의 문학이었다. 그로부터 확립된 자기정체성에 기초해 주체의 '눈', '시선'으로 사실세계를 관찰하기 시작한 염상섭의 「전화」와 현진건의 「운수 좋은 날」 등의 사실주의적인 방향과, 예술의 자립적 지위에 관한 단초적 인식으로부터 예술의 가상적 본질을 미적전망으로 승화시킴으로써, 형식을 통한 주체의 자의식적 자기부정의 과정으로 만들어나간 모더니즘의 방향이 연원한다고 볼 수 있는 것이다.

이런 종합 국면을 상정해 보다면, '구인회'는 어쩌면 우리 문학사에서 '섬광'과도 같은 존재라 할 수 있을 것이다. 반봉건적 추진력과 어떤 변혁에의 가능성이 마지막으로 타오를 수 있었던 시기, 그리고 개인주의적인 감정 해방을 통해 미적 감수성을 자기화시키고 이를 통해

성이 지배적이게 된다. 이는 그의 실험적이고 전위적인 시들이 실제적으로 '80년대적 변혁 운동'에 얼마나 복무했는가라는 문제를 넘어, 모더니즘적 예술 실천이 놓이는 시대적 규정력, 그러니까 '임박한 혁명에의 예감이 지배하는 시대적 긴장 관계의 장'이라는 모더니즘의 사회 역사적 발생의 조건을 암시한다고 볼 수 있다.

'천재'라는 미적 주체의 영웅주의로 나아간 일군의 문인들이 동아리를 이룰 수 있을 만큼 의기투합이 가능했던 짧은 기간 동안 존재했던 섬광 같은 것 말이다. 그러나 그것은 단 한순간에 스치듯 지나가서 그 실체를 붙잡을 수 없고 그 순간의 빛으로 어둠 속에 존재하던 다양한 가능성들을 한꺼번에 비추고 개화시키는 힘이다. 그러나 그것은 순간의 섬광이어서 그 빛을 다시는 돌이킬 수 없고 오직 그 빛의 잔영과 아우라가 그 빛 이후를 오래 오래 버티게 하는 그러한 존재인 것이다. 흔히 지적되는 내부의 다양성과 이질성은 섬광 같은 빛의 힘으로 한꺼번에 포착된, 근대문학에 잠재하던 다양한 가능성들이었다고 할 수 있다. 김기림의 합리주의적 정신의 비전, 이상의 데카당스적인 비전, 그리고 『문장』으로 이어진 이태준의 정신적 지향은 이후에 곧바로 전개되는 1930년대 후반기 문학적 대응의 거의 전부라고 할 수도 있는 것이다. 또한 그 조직 발생의 국면에서 보여준 그들의 조직과 문학을 통한 사회적 실천에 대한 무관심과 냉담성 자체가 사실은 개항 이후 한국 근대 문학사에서 부르주아 자유주의가 전개되는 두가지 발현방식 중에서 낭만주의적인 발현방식의 한 정점을 보여주는 것이라 할 수 있다. 그리고 이후의 문학 현상들은 정점에 도달했던 한 시대의 정신과 예술적 가능성들이 쇠락해가는 현상들이라고 할 수 있다.

3. 1930년대 후반의 고립된 주체의 자기 보존 방식

1) 계몽의 분열: 비평의 아카데미즘화와 소설의 통속화

장편소설의 화려한 개화와 구인회의 모더니즘이 만나는 통합의 국면 이후, 1930년대 후반에 접어들자 앞 시기와는 근본적으로 다른 문학 현상들이 펼쳐진다. 김기림의 '전체시론'에서 보이듯 이전 시기에 모더니즘 경향을 보이던 작가들에게서는 미적 자의식이 현저히 쇠퇴하고, 카프의 경우도 사회주의 리얼리즘 논쟁을 기점으로 이전과는 다른 경향의 비평이 개진된다. 뿐만 아니라 이전 시기 계몽에 가능성으로 잠재하던 통속성이 특화되어 김말봉의 통속 선언에서처럼 공식화 되기도 하고 김동리에 의해 대표되는 신세대에 의해 이러한 기존의 경향과 대립되는 순수문학이 주장되기도 한다.

이전 시기의 문학이 목표에 대한 낙관주의에 의해 추동된 상승기 부르주아 의식이었다면 1930년대 후반에 나타나는 일련의 문학 담론들은 그것이 근거 없는 낙관이었음이 확인된 이후의 문학적 풍경이라고 볼 수 있다. 여기서 '상승기', '하강기'라는 것은 자본주의적 생산체계라는 물질적 토대에 의해 규정되기 보다는 부르주아 지식인들이 자기 것으로 내면화한 의식의 성격, 의식상의 단계를 가리킨다. 목표에 대한 낙관과 그 낙관이 불가능한 것이었음의 확인 사이에 존재하는 원인들은, 기존의 연구에서 추론되듯 다양할 수 있다. 문단 내의 헤게모니의 변화, 카프의 해체와 중일전쟁으로 인한 전시체제에서의 외부적 억압, 그리고 식민지 공업화의 새로운 국면이 만들어내는 달라진 물질적 환경 등 다양할 수 있는 것이다. 아마도 그 다양한 원인들이 복합적으로 만들어내는 어떤 시대적 분위기들이 이 시기를 규정하고 있을 것이고 그 메카니즘 또한 다양한 경로들이 있을 것이다.

여기서는 그 다양한 문학현상들을 근대성의 실현 방식에 따라 유형화하고, 그것을 통해 식민지 시기 근대문학을 추동시킨 보다 보편적인 근대적 원리 속에서 그것이 어떻게 지속 변모되었는가를 묻고 계보화하는 것이 목표였다. 그러기 위해서 앞서 식민지 시대 전반기까지 근대성의 원리가 문학이라는 근대적 제도를 통해 관철되는 두 가지 방식을 살펴보았다. 여기서는 이러한 근대성의 원리가 1930년대 후반에 어떤 양상으로 변모하거나 지속되는지, 그리고 그 변모의 배후의 추동력이 이전 시기 근대성의 발현 방식과 어떻게 관계하는지, 또 이전 시기의 계보와 연결된 근대성의 실현방식 내에 변모를 야기할 수밖에 없는 내적 필연성은 무엇이었는지를 추측해 보고자 한다.

앞서 보았듯 우리 근대 문학사에서 계몽주의의 방식으로 실현되는 근대성의 원리는 '합리적 이성을 익명의 이상적 독자층으로 관념화된, 구체적으로는 문학 대중들을 대상으로 사용하고 그것을 통해 이상적 공동체의 구현이라는 목표를 향해 나아가는 태도'로 규정할 수 있을 것이다. 이 교육으로 편향된 계몽의 원리에는 그 태생부터 두드러진 대중과의 관계 때문에 통속화 가능성이 언제나 잠재하고 있다. 계몽과 통속의 양 날개라는 이중적 병존 상태로 결합되어 있는 이것이 분화되는 시점은 서구에서처럼, 우리에게서도 '출판물의 상업화와 그 상업화된 출판 자본이 영합할 대중의 취미가 존재하는 어느 시점'일 것이고, 1930년대 후반에 보이는 일련의 물적 환경들은 이것이 부분적으로 사실이었음을 추론케 한다. 그러나 우리에게 보다 중요한 본질적인 분리의 원인은, 그것을 결합의 방식으로 존재케 한 원인의 소멸이다. 그 원인은 물질적인 것이라기보다는 지식인들이 내면화하고 설정한 전망, 그러니까 광범위하게는 당위적 공동체 구현을 향한 현실적 정치적 전망이라는 어떤 선취된 의식이라고 할 수 있다. 이것이 소멸되거나 적어도 불가능하다고 판명되었을 때 계몽을 방향 지은 두 개의 결합은 파괴된다. 이 파괴의 각이한 형태, 파괴 후의 상이한 존재 방식들이 1930년대 후반의 임화와 최재서의 비평 그리고 이 시기 부각된 순수 통속 소설이라고 할 수 있는 것이다. 비평의 아카데미즘화와 순통속은 둘 다 계몽이 파탄된, 계몽의 타락한 자식들이라고 할 수 있을 것이다.

합리적 이성이 전망이라는 목적의식과 결별하고 그 이성이 사용될 대상인 대중과 결별함으로써, 그것은 자의든 타의든 그것이 출발기에 등졌던 '이성 자체의 원리' 그러니까 '방법적이고 절차적인 이성의 원리'에 충실하게 강제될 수밖에 없다. 이는 후반기 임화의 비평, 구체적으로 문학사와 소설론에서 그 단초가 보이고, 최재서의 지성론으로 구체화되는 아카데미즘 비평에서 분명하게 나타난다.

흔히 1930년대 후반의 문학에 나타나는 공통적인 변화로서 주체의 문제, 자기인식의 문제를 거론한다. 주체의 자기인식의 문제가 상대적으로 앞 시기와의 결정적인 단절의 모습으로 나타나는 것은 임화의 경우라고 할 수 있다. 왜냐하면 이 시기에 새롭게 등장한 신세대들이 인간 그 자체의 구경으로서의 주체 자기 자신을 강력하게 표현하고 있지만, 이들은 자율적 개인 주체에서 출발하는 낭만주의적 계보에 속하기 때문에 주체의 문제 자체가 이미 출발부터 내재적이었다고 볼 수 있기 때문이다. 그러나 임화의 경우 1930년대 후반에 표현된 주체의 성격은 앞시기와 그 정립의 방식에 있어 분명히 달라진 것으로 보이고, 이 변화 자체가 계몽의 구조 변화를 야기한 상황을 단적으로 보여준다고 할 수 있다.

이전 카프 시기에 보여준 임화 비평에서 주체는 이념의 실현자로서의 모습이라고 할 수 있었다. 즉 주체 외부에 있는 완성된 근대의 모델로서의 합리적 이성(이것은 전반기 비평에서 '위대한 낭만적 정신'이나 '세계관'으로 표현된다)에 주체를 동일화함으로써 주제 자신의 우월성과 존재이유를 찾는 방식인 것이다. 그러나 카프 해산 이후에 발표된 「사실주의의 재인식」은 이전 시기의 이러한 자신의 비평 태도에 대해 "시적 리얼리티를 현실적 구조 그곳에서 찾는 대신, 정신을 가지고 현실을 규정하려는 역도된 방법에 있었든 것"이라고 비판하면서 "리얼리즘 실천으로서의 예술적 실천"을 대안으로 강조한다. "리얼리즘 실천"으로 주장되는 후반기의 대안에는 주체 스스로의 확신과 내적 정당성에의 요구와 사실 자체의 규정력에 대한 인식이 강하게 작용하고 있다. 주체의 내적 정당성에 근거한 예술적 실천은 사상과 구분되는 예술만의 상대적 독립성에 대한 자각과 그 자각에 근거해서 '정치적 실천'과는 다른 '작가적 실천'이라는 영역을 설정하고 있는 것이다. 주체를 규정하는 힘은 낭만적 정신이라는 미래적 이념이 아니라 현실 그 자체이고, 주체는 이념을 실현함으로써 우월성을 갖는 것이 아니라 사실의 있는 그대로를 객관적이고 구체적으로 인식하는 것이 우선인 것이다. 이제 합리적 이성은 주체 외부에 존재하면서 주체가 그것과 동일화되는 것으로 만사가 해결되는 것 아니라, 주체자신에 의해서 합리적으로 과학적으로 사용됨으로써 그 존재가 증명되는 어떤 절차적 방법적 이성이 되는 것이다. 만일 주체가 보편적 존재이유를 갖는다면 그것은 외부의 이념에 자신을 동일화시킴에 의해서가 아니라, 이성 그 자체의 원칙대로 합리적으로 사용한다는 유일한 이유에서 그러한 것이다. 이러한 변화가 앞 시기와의 관계에서 진정한 자기인식으로의 발전인가 아니면 이념적 확신으로부터의 퇴보인가로 평가의 대상이 될 수는 없을 것이다. 상황의 변화와 인식의 변화가 함께 수행되고 있기 때문이다.

다만 그 변화의 근저에는 임화 개인의 의식의 성장과 선택이라기보다는 '계몽' 자체가 근대 사회에서 전개되는 필연적인 경로가 내재되어있음을 주목할 필요가 있다. 즉 계몽적 합리성이 그것이 약속해주리라고 믿었던 미래적 전망과도, 그 전망과 결합됨으로써 함께 존재하던 이성의 사용대상인 대중과도 결별할 때, 주체가 자기정체성을 유지하는 유일한 길은 계몽 이성 자체의 원리에 충실한 길, 이성을 자기자신을 대상으로 사용하는 절차적 과학성과 합리성으로 그 존재이유를 삼는 것뿐이다. 이 유일한 출구가 계몽 자체의 원리에서는 충실성으로의 발전, 발전된 자기의식의 면모를 보이지만, 이 모습 자체가 상황에 의해 내몰린 강제적인 선택이라 할 수 있다. 강제적으로 내몰린 상황에 의해 계몽이 꿈으로부터도 그리고 그 대상으로부터도 소외당하고, 그럼으로써 계몽이 폐쇄된 자율성 속의 자기원리만으로 자신을 유지하는 상황은 계몽이 꾸었던 애초의 꿈을 상기한다면 비극적인 상황이라고 할 수 있다. '비평'이라는 의사소통적 글쓰기 방식 속에서 이러한 비극적 상황이 야기하는 긴장을 지속한다는 것은 쉽지 않은 일일 것이다. 후기에 그가 심혈을 기울였던 문학사와 소설론 집필 과정은, 합리적 이성이 폐쇄된 자율성 속에서나마 절차적 과학적 합리성으로 존재할 수 있는 유일한 출구일 것이다.

최재서의 비평은, 우리 근대문학의 출발기부터 계몽 이성에 결합되어 있던 공동체의 미래에 대한 낙관주의와도 잠재적인 '이상적 독자층'으로 상정되어있는 계몽의 대상인 대중과도 분리된 채, 처음부터 합리적 지성을 사용하는 고립된 지식인 주체로부터 출발한다. '풍자적 지성'에 입각한 주지주의에서 모랄론, 취미론, 휴머니즘론으로 이어지는 비평적 논의는, 카프 비평가들에게 적극적인 형태로 견지되던 미래적 전망으로는 보증될 수 없는 주체의 내적 확실성을 대신 보증해주는 방법적 지성의 각이한 다른 이름들이다. 이런 지성이나 모랄 등은 보편성과 단절된 채 주체에게서 이성적 계기가 소외되고 물화된 경우라고 볼 수 있는 것이다. 공동체적 보편성과 단절된 '사적 개인끼리의 공감과 연민'에 근거를 둘 수밖에 없는 휴머니즘은 물론, 개인과 사회와의 조화의 근거로 삼는 '모랄' 역시 지성이나 취미처럼, 합리주의적 정신이 제반 연결고리 상실한 채 특화되어버린 경우인 것이다. 상승하는 부르주아가 자신이 꾸었던 꿈으로부터 소외되고, 그 꿈으로 향하는 행복한 도구였던 합리주의적 정신이 이제는 자신을 타인과 변별시켜주는 기호에 불과하고, 연결성을 상실한 채 따라야 할 전범으로 낯설어지는 것이다. 그래서 이러한 지성, 취미, 모랄이 주체와 세

계, 그리고 그 세계의 미래와의 모종의 긴장관계 속에서 생산적 부정
의 기능을 하지 않을 때[13] 주체를 보존해주는 자기표현의 기호로 역할
할 뿐이다.

이는 그대로 흄의 불연속적 세계관에 근거한 신고전주의적 미학의
관점과 일치한다고 볼 수 있다. 흄은 낭만주의가 인간적인 것과 신적
인 것을 분명히 구분하지 않고 본래 비인간적인 것에 속하는 '완전
성'을 끌어들임으로써 인간관계를 혼돈시켰다고 보고, 이 세계의 질
서를 위해 종교적(절대적)인 것과 생명적인 것, 무기적인 것과 사이에
절대적 간격을 설정해야한다고 본다.[14] '완전성' 개념의 배제로 표현
되는 불가지론은 주체의 모습을 무한한 인식 가능성으로 무장된 계몽
적 주체도, 무한한 개성의 소유자로 규정되는 낭만주의적 주체도 아
닌, 불연속적으로 한계 지워진 세계 안의 '고독한 개인'으로 규정한
다. 처음부터 고립된 지식인 주체로부터 출발한 그의 비평은 임화가
그 단초로 보여준 소외된 자율성 내에서의 합리적 기능이 더욱 특화
된 경우라고 할 수 있다.

이처럼 주체가 폐쇄되고 소외된 계몽의 자율성 내에서 유지되는 보
편적 주체(이것이 보편적인 이유는 이성이 실현해줄 미래적 전망의 보편타
당성 때문이 아니라, 이성을 사용하는 원리의 불편부당한 가치중립성 때문에
보편적인 것이다)로 되는 동안, 그러한 계몽의 주체와 결합되어 있던
대상, 그러니까 교육적 계몽의 대상이었던 잠재적인 '이상적 독자층'
의 형식으로 존재하는 대중도 그 실체성을 띠고 특화되어 부상한다.
주체가 전망의 자장에서 소외되자 주체가 지배 하에 두었던 대상이
권력을 획득하게 되는 것이다. 즉 전망의 형태로 유지되는 계몽의 목

13) 그의 초기의 '풍자적 지성'이 이러한 생산적 부정의 긴장을 시도하고 있는 것으로 보
    이지만 이는 이후의 비평에서 더 이상 발전되고 있지는 않은 것으로 보인다.
14) T. E. 흄, 박상규 역, 『휴머니즘과 예술철학에 관한 성찰』, 현대미학사, 1993, 15-25쪽.

적의식과 결별하고, 그럼으로써 이성 자체에 자율적 원리로 자기보존하는 합리적 이성과도 결별한 계몽의 대상 역시 자립화된 자기원리에 의해 유지 발전(?)되는 것이다. 아무런 거리낌없이 "돈벌려고 소설을 쓴다."고 공언하고 "나는 통속소설작가이다."라고 과감히 선언하면서 등장한 김말봉15)으로 대표된 순통속의 등장이 그것이다. 이 시기 등장한 통속소설에 대해서는 사회 경제적 발생요인도 물론 중요하겠지만, 그보다는 우리 근대 장편의 특성상, 계몽과 결합되어있던 잠재적 대중성이 외화될 수밖에 없는 시대적 규정력과 지식인들의 의식이 더 중요하게 작용했다고 볼 수 있다. 계몽 속에 대중성을 결합시켜 놓은 것은 우리 근대화 과정의 특성인 교육의 사유방식이고 이것이 이시기에 그 효력을 상실한 것이다.

그러니까 1930년대 후반기에 보이는 임화의 비평과 최재서의 지성론 그리고 순통속의 등장은 계몽주의적 방식으로 실현되어온 근대성 속에 결합된 각기의 요소들이 고립화 개별화하면서 각각 이 폐쇄된 자율성 속에서 자기증식하는 형태들이라고 볼 수 있다. 자기만의 운영원리로 보존되고 그 내부에서 끝없이 자기발전하는 그야말로 폐쇄성과 합리화라는 자율성의 양 날개를 갖는 것이다. 그러니까 그 상황으로 내몬 궁극적인 조건의 변화가 없다면 그 원리들은 내부에서 끝없이 자기증식한다. 통속은 그 통속 자체의 원리에 따라 흥미와 위안과 보상이라는 기능이 계몽의 당위감으로부터 독립해서 거리낌없이 펼쳐지고, 절차적 이성으로 유지하는 자기인식의 비평은 비평적 소통의 회로가 요구하는 긴장을 견디기보다는 아카데미즘이나 본격적인 문학사 기술이나 소설론처럼 학문적 탐구로 나아가기가 쉽다. 지식인들을 이러한 선택으로 강제한 궁극적인 조건은 '꿈'이나 '전망'의 형

---

15) 김태영, 『김말봉의 문학과 사회』, 종로서적, 1986, 24쪽.

태로 유지되던 부르주아적 낙관주의의 시효 만료일 것이다. 그리고 이러한 부르주아적 낙관주의를 불가능하게 만든 힘은 우리 근대 지식 인들에게 있어서 경제적인 물질적 변화보다는, 다분히 정치적이고 의식적인 차원의 것으로 보인다.

2) 모더니즘의 변모: 고립된 주체가 자기보존하는 미적 전망의 몇 가지 형태들

1930년대 후반의 문학 풍경은 1930년대 중반의 통합의 국면에서 보였던 '섬광'이 스치고 지나간 이후의 암흑에 비유할 수 있을 것이다. 섬광이 남긴 잔영과 그 빛의 아우라만이 존재하는 암흑의 공간, 즉 구인회의 모더니즘을 앤더슨 식으로 정의할 때 적용되었던 "임박한 혁명에의 예감"이 무화된 이후의 풍경이라고 볼 수 있는 것이다. 계몽주의적인 근대열과 공유되기도 하고 어느 면에서는 바로 그 현실주의적 근대열을 부정하는 예술을 통한 미적 구원에의 가능성이 만들어내는 어떤 총체적인 통합에의 국면, 어떤 들뜬 분위기, 예술가들끼리의 동아리 의식이 만들어낸 선민적 자긍심이 모두에서 언급한 1930년대 중반의 화려한 문학적 성과를 만들어냈다면, 그 화려한 통합의 국면이 하루 아침에 무너진 이후의 풍경이 1930년대 후반일 것이다. 물론 그 무너짐의 사회역사적인 다양한 원인들이 있겠지만, 여기서는 그 원인들을 따지고 그것이 문학과 문학담당주체들에게 어떤 식으로 작동했는가를 살피기보다, 그 무너진 폐허의 풍경에서 드러난 사실들을 무리짓고 그 뿌리를 캐서 앞 시기와의 관련성하에 계보화하는 것이 주요한 관심이다.

그런 점에서 가장 먼저 눈길을 끄는 것은 『문장』이다. 『문장』이 문제적인 이유는 그들이 추구한 전통지향성이 이전 시기에 보인 모더니즘적 지향성과의 낙차 즉, 정지용을 대표로하는 감각적이고 모던한 미적 감수성을 보였던 구인회의 성원들이 이러한 정반대되는 방향으로 선회 하게 되는 내적 필연성이 문제인 것이다. 『문장』을 포함한 1930년대 후 반의 다양한 전통 논의들이나 '조선적인 것'을 찾는 경향을 1930년대 후반에 공통적으로 일어난 주체의 자기 찾기 과정으로 보고 이것이 동 양적 신체제론으로 나아가는 계기로 작용했을 수도 있었음을 지적하는 논의들이 있다. 그러나 주체의 자기찾기의 과정과 방향은 각 계보들이 뿌리를 대고 있는 근대성의 유형에 따라 다르다고 할 수 있다. 『문장』 특히 이태준의 경우, 문제는 현실을 거부하고 그것과 대타적으로 자기 를 정립할 때 그 자기정립의 내용과 그 내용으로서의 전망의 성격이다.

결론적으로 말한다면 『문장』이 추구한 전통과 상고취미는 속악한 현실을 거부하는 대타적 이상 세계로서 근대 예술가가 갖는 '미적 전 망'과 동궤의 위치에 놓인다고 할 수 있다. 미적 추구의 대상과 소재 는 유교적이고 전근대적인 것이지만 그러한 대상이 추구되는 방식과 필연성은 근대에 의해 규정된 한계 안에서 철저히 근대적인 방식으로 진행된 지극히 근대 예술가의 것이라는 것이다.

구체적으로 골동품과 난에 집착했던 이태준의 생활방식을 보자. 당 연한 말이지만 '미'의 개념만큼 사회 역사적으로 규정되는 범주도 드 물 것이다. 이조 백자와 난에서 풍기는 지조와 절개, 멋과 풍류를 미 의 개념으로 받아들이는 유교적 미의식의 근저에는 바로 그러한 미적 대상과 그 대상으로부터 상징되는 의미를 영원한 가치질서로 전범화 하는 사회 역사적 지평이 놓여 있다. 즉 대나무와 난을 지조와 절개라 는 관습화되고 전범화된 의미상징으로 규범화할 때, 그 대상은 개인 적 취미판단으로서의 호오(好惡)의 대상이 아닌 모든 사람이 따라야 할 어떤 가치질서나 이념의 표현물인 것이다. 대나무나 난이나 골동 품들을 미적 대상으로 여기는 하나의 태도 혹은 현상이 조선시대 유교적 세계관의 가치지평에 있을 때와 근대적 지평에 있을 때는 이처럼 그 성격과 기능이 판이한 것이라고 할 수 있다. 전자가 선험적이고 초월적인 영원한 미라는, 미에 대한 본질주의적 정의 방식에 의존하면서, 더구나 그 정의의 내용들이 시대를 초월한 선험적 가치질서로 상정되는 사회의 지배이데올로기의 내용과 일치된 것이라면 후자의 근대적 지평에서는 그러한 미적 판단이란 있을 수 없기 때문이다.

『문장』을 구성하는 이태준이나 정지용의 경우, 개항이후 한 세대가 경과한 시점에서 일본유학파 지식인들에 의해 형성된 지적 담론 구성체 속에서 근대 개인주의를 호흡하고 내면화한, 특히 낭만주의적 감정해방을 거쳐 정립된 근대적 자아의 미적 판단을 이상화한 이들이다. 그렇다면 이러한 이들이 대나무와 난을 미적 대상으로 수용하는 측면을 어떻게 해석해야할까? 대나무와 난에서 지조와 절개를 찾고 그것에 극구 가치를 부여하고자 하는 이들의 태도 저변에 놓인 추동력은 무엇인가? 이들이 속한 근대 세계에 있어서 지조와 절개는 더 이상 시대를 초월하는 선험적이고 보편적인 이념도 아니고 더구나 그 이념에 의해 사회질서가 유지 보존되는 것도 아니다. 더우기 그들은 이것을 누구 보다고 잘 알고 있는 근대주의자들이라고 할 수 있다. 그렇다면 이 지조와 절개, 멋과 풍류가 이들에 의해 선택되고 찬양된 가장 분명한 이유는 바로 이러한 상황 때문이라고 할 수 있지 않을까? 즉 지조와 절개가 소멸한 것이기 때문에, 살아서 작동하는 가치가 아니라 죽어서 묻혀버린 가치이기에 선택되고 찬양된 것이다. 바로 그 가치가 소멸한 것이고 이 속악한 세계의 원리에 의해 버림받은 가치이기에 선택되었다고 볼 수 있는 것이다. 더구나 그러한 자신의 선택행위가 하등의 보편성이나 유용성과 거리가 먼 것이라는 것을 잘 알고 있는 태도까지 고려하면, 여기에는 미를 사회적 유용성으로부터 분리시키고 미의 무용성과 그것을 고수하는 자기들 끼리만의 동아리 의식에 몰입하는 근대 예술가의 '자발적 소외의 선택'의 태도가 놓여있다고 해석할 수 있는 것이다. 이 때 소멸성과 무용성이라는 가치는 속악한 근대세계를 거부하는 미적 가상이라는 전망과 동일한 기능을 갖는 것이다. 모더니스트에게 예술이 '가상'의 힘으로 구원의 전망으로서의 역할을 한다면 『문장』에게 있어 상고취미는 '부재와 소멸성'으로 전망의 역할을 하는 것이다. 둘 다 현실세계에 실체적으로 뿌리내릴 수 없는 세계이기에 선택되고 자아의 몰입대상이 되는 것이라면, 이는 이 세계에 뿌리내리기를 거부하는 근대 예술가의 태도인 것이다.

그러나 속악한 세계를 거부하는 근거로서의 대타세계인 상고를 설정하자마자 예술가에게 본질적인 문제가 발생한다. 상고의 세계는 미적전망의 역할을 대신하지만 예술가에게 미적전망으로서의 예술자체는 아니기 때문이다. 이태준의 경우 전통지향성은 수필에 나타나거나 『문장』지의 기획, 그리고 난이나 백자와 같은 골동품 수집벽 등 예술 이외의 생활 등에서 장식적 취미처럼 나타난다. 그에게 있어 전통지향이나 상고 취미는 말 그대로 취미와 생활 이상을 넘지 못하는 것이다. 그 상고 취미는 현재적 삶의 속악성을 상기시키고 그것을 거부하는 하나의 표현으로 기능하지만, 그 거부의 긴장이 예술세계 자체에 대한 태도에까지 영향을 미치지는 않는 것이다. 예술이 아닌 고정된 전통이 예술과는 다른 안주할 고향의 역할을 하기 때문이다. 전통은 그 불변성을 무기로 해서 주체에게 안정된 위안을 주지만, 그 무기 때문에 자기부정하고 자기갱신해가는 미적 혁신으로서의 예술적 전망을 요구할 수가 없는 것이다.

이렇게 볼 때 그에게 상고는 자기갱신하는 미적 전망이기보다는 일종의 시대착오적, 혹은 주체와 주체 외부를 구분하는 자기표현의 또다른 기호로 역할 하는 것으로 볼 수 있다. 즉 전망으로 설정된 세계가 낙관적 계몽주의에서처럼 현실적으로 실천가능하다고 여겨지는 것도, 또 자기부정하고 자기대상화 하는 미적 갱신의 예술적 구원의 전망도 아닐 때, 그러니까 현실로부터도 예술로부터도 배제된 전망은 그 자체가 '전망의 사물화', '자기표현의 기호'에 불과하게 된다. 이는 독일의 후기 낭만주의자들이 보여준 중세 복귀 열망을 상기시킨다. 그러나 철저하게 근대적인 상황과 미의식에 의해 길러진 예술가가 취하는 과거적 전망, 즉 고대 그리스적 미의 완성태이건, 중세 귀족적 이상이건, 이들처럼 유교적 멋과 인간적 품위이건 그러한 과거 복귀적 전망이라는 것이 예술 자체와 관계맺고 예술 자체 속에서 구현되지 못하는 것은 사물화된 전망, 전망의 역할을 탈각한 기호에 불과하다. 그가 근대에 태어난, 그리고 예술가의 삶의 길에 들어서버린 운명이라면 이 운명에서 벗어나기는 그리 쉽지 않기 때문이다.[16]

이 낭만주의적인 계보와 그 정점에서 보여준 모더니즘적인 예술관의 측면에서 볼 때 1930년대 후반의 신세대들은 이와 뿌리를 같이하는 구인회의 직접적인 에피고넨들이라고 말해도 지나친 비약은 아닐 것이다. 이는 '세대-순수 논쟁'에서 신세대들이 대타화한 구세대들이 주로 전시기 계몽주의적 경향을 보이는 카프에 향해 있다는 것에서 보듯, 이들은 구인회 회원들이 새롭게 충격적으로로 보여주었던 감각적 개성을 통한 미적 주체의 개인주의라는 것이 일종의 전제처럼 보편화된 분위기를 문학일반으로 받아들이면서 문학청년으로 성장한, 비유적으로 말한다면 구인회라는 섬광의 잔영 속에서 성장한 이들인 것이다.

이태준이 '상고'에 고착되면서 예술에의 갱신과 그것을 통한 자기혁신으로부터 스스로 도피하고 운명적으로 추방되었듯이, 1930년대

---

16) 이 점에서 『문장』의 전통지향성은 민족주의적인 자기정체성 찾기로서의 사회적 실천 형태였던 국학운동과 구분되어야 할 것이다. 서로가 상승작용을 한 측면이 있겠지만 계몽적 실천 운동과 가상으로서의 미적 전망이 주체에게 작용하는 방식이 분명히 다르기 때문이다.

후반의 신세대 특히나 소설에 있어 김동리나 허준이 보여준 태도도
이와 같다고 볼 수 있다. 고착된 세계의 내용이 '죽음과도 같은 어둠
의 분위기'나 '예술적 구경'으로 달라질 뿐이다.

이태준이 현실 삶의 부정성을 거부하는 방식으로 상고를 고집했듯
이 김동리의 「솔거」, 「잉여설」, 「완미설」의 3부작에서 주인공 제호는
삶을 거부하는 방식으로 예술세계를 고집한다. 그는 사춘기 시절 한
소녀와의 실연을 계기로 허무주의적 방황을 일삼다가 그림에서 "연애
에 못지않은 또 다른 황홀한 세계"를 발견, 삶을 등지고 세상과 절연
된 미의 상징인 정원을 가꾸고 그림에 몰두하면서 예술적 구경의 세
계에 몰입하는 것이다. 그러나 주인공에게 절대적 세계로 상정되고
있는 예술, 미의 세계는 그 고립된 절대성을 유지하기 위해 삶이 치르
는 혹독한 대가도 함께 요구된다. 재호를 둘러싸고 있는 세계의 특징
은 생명력이 없는 삶, 삶의 구체성이 탈각된 세계라는 것이다. 주체에
대한 타자로 설정되어서 제호의 삶에 파란을 일으키는 인물인 철(개
똥)의 존재가 상징하는 것은 현실 삶을 구성하는 생명력이나 돌발성
이나 속악성 같은 것이라 할 수 있다. 그러나 이 철은 내면을 갖지 않
은, 생명 없는 무기물이나 그의 정원의 한 부속물처럼 관조의 대상으
로만 존재한다. 그의 정원과 예술의 평화와 절대성은 철이라는 인물
로부터 구체적 생명력을 빼앗음으로써 성립되는 것이다. 이런 삶의
배제, 삶의 희생은 「완미설」에서 그의 아내에게 그대로 이전된다. 철
이 그의 기대를 배반하고 질녀인 정아와 결혼하고 그의 그늘을 벗어
난 후 그는 "아이를 낳을 수 없는 늙은 기생"을 골라 결혼한다. 그의
절대적 예술세계와 아름다운 정원은, 불임으로 상징되는 삶의 황폐성
을 옆에 두고 바라봄으로써만 유지된다. 자기세계의 절대성은 이처럼
삶을 죽임으로써 가능해지기 때문에 그 자기세계를 부정하거나 반성
할 필요도, 방법도 없게 된다. 절대적 예술의 세계는 정원이나 솔거의

그림처럼 주체 외부에 실재하고 주체는 그것을 찬양하고 탄복하고 그
것을 소유하기 위해 각고의 노력을 기울이기만 하면 된다. 김동리에
게서 미적전망이라 이름할 수 있을지 모를 '예술적 구경'이란 주체의
반성과 부정, 따라서 세계의 부정으로 연결될 통로가 애초에 막혀있
는 소외된 자기완결적인 실체이다. 따라서 그의 작품들이 자의식적
형식을 통한 자기부정으로 나아가지 않는 것은 필연적이다.

　허준이 식민지 시대에 발표한 세편의 소설 「탁류」, 「야한기」, 「습작
실에서」에서는 이태준의 상고취미나 김동리의 예술적 구경의 세계처
럼 삶의 속악성과 대립되는 구체적인 세계가 따로 설정되어있지는 않
다. 그렇지만 주체의 고집스럽게 밀폐된 내면과 그 내면이 이끌리는
죽음이나 어둠의 분위기, 그리고 이런 자아의 어둠의 세계가 대상적
인 현실적인 세계를 밀어내고 거부한다는 점에서 이들과 사유구조의
동일성을 보여준다고 할 수 있다. 「야한기」는 원인을 알 수 없는 슬픔
과 죽음이나 몰락에의 예감이 전편을 지배하고 있는 소설이다. '누구
의 죄도 아니련만' 태어나자마자 눈이 멀어 들어가 '한번도 세상을 맑
게 보지 못하고' 가슴 속에 아지 못할 슬픔을 키우고 세상의 어둠과
죽음에 처음부터 익숙해 있는 소녀, 죽은 까치, 검은 고양이의 눈, 죽
음을 응시하는 앞 못 보는 소녀, 어두운 암실의 카메라 렌즈 등등 죽
음과 몰락, 그것을 응시하는 검은 눈의 이미지들이 지배적이다. 소설
의 주인공들이 이끌리는 이러한 죽음의 세계 반대편에 '추악한 삶'의
세계가 있다. 「탁류」에서 '시궁'으로 표현된 아내와 얽혀진 삶의 영
역, 「야한기」에서 역시 아내와 민보걸 형제들이 자리잡고 있는 영역
들이다. 김동리의 소설이 예술적 구경을 추구하는 세계와 황폐한 불
임으로서의 삶의 세계로 나뉘어져 있듯, 그의 소설은 아주 단순할 정
도로 죽음의 분위기에 이끌려가는 자아의 세계와 추악한 삶의 세계의
이분법으로 이루어져 있다. 이런 어둠과 죽음에의 친연성은 식민지

시기에 발표된 3편의 소설에 가장 두드러지게 공통되는 사실이다. 다만 「탁류」와 「야한기」가 자아가 이끌리는 죽음과 어둠의 세계와 그와 대립되는 '시궁'으로 혹은 '탁류'로 표현되는 속악한 삶의 세계가 서로 팽팽하게 대립된 채 제시되어 있다면, 「습작실에서」에서는 삶의 세계가 자취를 감추고 불교적 체념의 분위기가 지배하는 죽음에의 친연성을 보이는 세계가 시적인 아름다움을 보일 정도로 고립적이고 안정적으로 제시되어 있다는 차이점을 보인다.

그런데 허준 소설에서 '죽음'은 삶이라는 구체적인 세계에 비해서 그 자체 보편적이고 직접적으로 주어지는 선험의 영역이다. 이러한 죽음에 자아를 동일화시키고 그 힘으로 사회, 삶 등의 주체 외부의 세계를 '추악하다'고 가치평가하고 그 세계와 대결한다는 것은, 세계와 삶이 가진 구체적이고 개별적인 특성들이 무화되고 죽음과 같은 방식으로 보편적이고 직접적인 선험의 범주로 변모시키는 것이다. 보편적 죽음이라는 기제를 끌어들임으로써 삶 자체를 추상화시킨 것이고 결국 죽음과 삶이라는 대립의 내용은 추상과 추상의 대립이 본질적인 것이다. 허준 소설에 보이는 묘사의 부재, 삶의 구체성의 부재도 이 때문이라고 할 수 있다. 「습작실에서」와 「야한기」에서 보이는 몽환적이고 아슴푸레한 이미지로 처리된 생활 세계의 모습은 삶을 의도적으로 배제하기 위한 것으로 볼 수 있다. 김동리의 소설에서 주인공이 '정원 가꾸기와 그림 그리기'라는 삶이 탈색된 냉혹한 완결성의 세계에 기댐으로써 철이나 아내로 상징되는 삶의 세계를 거부하고 무화시킬 수 있었던 것처럼 말이다.[17]

---

17) 이런 상태에서는 부정적인 현실 조건이 영원히 계속되는 삶의 보편적 조건일지도 모른다는 느낌이 이들 예술가들에게 엄습하는 상황 또한 공통적이라고 볼 수 있다. '알 수 없는, 악몽같은, 영원히 계속될 것 같은 현실'은 쉽게 '운명'으로 치환된다. 허준, 유항림, 최명익의 소설이 몰락과 파국을 향해 치닫는 비극의 정서를 보인다는 것, 김동리의 소설이 구경적 운명으로 귀결된다는 것도 이로써 설명될 수 있을 것이다.

그러나 주체의 세계와 삶의 세계가 이처럼 배제의 원리에 의해 따로 따로 설정되어 보존되고 있는 상태 하에서의 주체의 세계에는 분열된 주체의 모습, 자기를 부정하고 반성하는 주체 자신의 모습, 삶을 대상화하는 주체 자신의 모습이 존재할 수 없다. 그 주체의 세계는 속악한 세계를 거부함으로써 성립된 것임에도 불구하고 어떤 갈등도 어떤 부정도 존재하지 않는 것이다. 이상의 「종생기」에서 이상이 만들어낸 '종생(終生)'이라는 자기죽음의 세계란 실은 삶 속에 놓여있는 자기자신을 들여다보는 과정과 들여다보는 자기자신이었음에 비해, 허준이 창조한 죽음의 세계로서의 '습작실'은 불교적 체념이 신비적인 아름다움과 안정성을 만들어내고 있는, 어떤 갈등도 들어설 수 없는 정적감의 세계이다.

그러한 '습작실'에서는 역설적이지만 어떠한 글쓰기도 어떠한 미적 갱신도 이루어지지 않는다. 예술적 가상을 통해서 순간순간 실현시켜야할 자기부정의 긴장이 존재하지 않기 때문이다. 분열된 주체 속에 들어와 있는 삶의 세계 한편을 지워버림으로써, 자신 속의 세계와의 뼈아픈 투쟁도 그 투쟁 과정의 사후적 산물인 '미적형식'도 필요 없게 되었기 때문이다. 그런 것이 없어도 난의 향기에 취하듯 혹은 세상의 어느 곳에도 있을 것 같지 않은 자신만의 정원에 은거하듯, 자기만의 방 '습작실'에서 충분히 자족적으로 주체자신의 세계를 보존할 수 있기 때문이다. 그러므로 이들이 고집하는 예술적 구경, 죽음과 어둠으로 표현되는 자기만의 밀폐된 내면이란, 삶의 속악성을 거부하는 지렛대의 역할을 한다는 점에서, 그럼에도 불구하고 그것이 주체의 부정과 세계의 부정을 가능케 하는 형식적 갱신으로 이어지지는 못한다는 점에서 이태준에게서 상고취미와 같은 역할을 한다고 볼 수 있다.

요컨대 1930년대 후반기의 낭만주의와 모더니즘의 계보로부터 이어진 일련의 비관주의 경향을 보이는 작품들은 자기부정으로서의 미적 갱신이라는 미적 전망으로 나아가지는 못하는 것으로 보인다. 그렇기 때문에 허준이 세운 부정적 전망으로서의 어둠의 세계나 김동리가 세운 예술적 구경이라는 것은 고립된 내면을 보존하고 구분지어주는 '자기표현의 기호(記號)', '사물화된 전망'이라고 할 수 있다. 겉보기에는 1930년대 모더니즘을 이어받는 것처럼 보이고, 더욱이 김동리의 경우에서 보듯 '순수문학'이라는 이데올로기의 형태로까지 강하게 주장된 '미적 자율성'이지만, 그것이 선험적이고 영원한 세계로 '고착'되자마자, 즉 예술이 본질적으로 갖고있는 '가상성'의 긴장을 견디지 못하고 실재론적 전망의 안정감에 손을 내밀자마자, 자기부정하고 자기 갱신하는 '가상으로서의 전망'이 아니라 '보존의 기호물'로 되어버리는 것이다. '무력한 가상'의 예술이 '강력한 실재'의 삶에게 행하는 복수라고 할 수 있을 것이다.

여기서 1930년대 후반의 문학이 존재하는 몇 가지 방식들, 즉 주체가 세계를 거부하는 근거로서의 예술적 구경, 상고취미, 죽음 이미지 같은 개념들과, 같은 시기 계몽주의적 기획이 파편화된 양태인 비평의 지성론이나 통속소설 등이 '주제의 자기 보존의 기호'로서 드러나는 과정을 보도록 하자. 그 거부나 부정은 김동리의 경우 철의 삶으로부터 생명력을 거세시키고 허준의 소설에서 삶의 의도적 배제에서 보이듯 삶을 추상화시킴으로서 가능하게 되는 것이다. 그러니까 운명, 예술적 구경, 상고취미라는 삶에 대한 거부의 지주들은, 그 거부가 삶에 대한 눈감기와 같은 '의도적인 맹목으로서의 추상화'와 함께 진행된다는 점에서 본질상 도피에 불과한 것이라 할 수 있다.

그러나 여기에는 단순한 '도피'를 넘어서, 지식인 주체와 시대와의 긴장관계에서 벌어지는 훨씬 비극적인 역설이 존재한다. 주체를 세계로부터 구분해주고 세계를 부정적으로 가치평가해주는, 자기의 우월성의 지표였던 예술, 상고, 구경 그리고 지성이나 모랄과 같은 비평

개념들은, 이것들을 주체가 특화시켜 선택하는 순간, 삶을 추상적으로 보편화('악'이나 '운명'처럼)시키게 되었던 것이다. 그러나 이처럼 삶을 추상화시키는 순간, 주체가 선택했던 그 개념들도 전체의 맥락으로부터 떨어져 나오게 된다. 전체로부터 추상화되어 고립된 기호로서의 이 가치들은 가치의 우열을 비교할 수 없는 평준화된 자기표현물로 화하게 되고, 질적 가치를 탈각하고 양적 비교의 대상이 되는 것이다. 통속과 지성이, 혹은 '순수 문학'과 '순수 통속'이 혹은 감각적인 유미주의적 비평과 모랄론이 하나의 단위 시공간에서 무차별적으로 함께 놓이는 것이다. 이는 주체를 보존하기위해 선택했던 가치는, 그 가치 자체를 질적으로 비교할 수 없기 때문에 다만 '축적'되고 '소유'할 수 있는 동등한 비교대상일 뿐인 기호가 되어 버린 것으로 볼 수 있다. 가치를 선택하기 위해 대가로 치렀던 '삶의 추상화'는, 이제 역으로 그 가치에게로 그리고 그 가치에 동일화시킨 주체 자신에게로 돌아오는 칼이 되어버린다. 결국 그들이 선택한 자기보존의 원리는 세계의 자기보존 원리를 내면화한 것이다.

이 '세계의 자기보존 원리'는 자본주의하의 상품의 존재방식을 닮아 있다. 그러나 비교의 기준이 될 '가치의 원천'이 전망이라는 세계 부정의 의지, 새로운 세계를 향한 '의식'이었다는 점에서 자본주의적 상품의 논리만으로 세계의 존재방식을 일원화하기는 어려울 것이다. 어쨌거나 그들이 부정의 대상으로 거부한 세계의 존재원리를 그대로 내면화함으로써 자기를 보존한다는 이 비극적 역설의 상황은 1930년대 중반을 넘어서면서 그들이 세계를 부정하는 전망이라는 끈을 의식에서 놓았을 때 이미 예고된 것이었다고 할 수 있다. 그 '부정의 끈' 자체가 가치의 주요한 원천이었던 사회에서 그것을 포기하고서 자기보존을 추구한다는 것은, 사실은 자기보존을 포기하고 세계가 허락한 방식대로만 존재하기를 선택하는 것이 된다. 이제 그들에게 남아있는 유일하게 가능한 길은 세계의 자기보존원리를 '형식을 통해 무의식으로 닮는 것'을 넘어서서, 그 내용까지도 수락하는 '친일'로 가는 길고 긴 순응의 터널뿐일지 모른다.

4. 글을 마치며

이 글은 근대성의 원리로서의 부르주아 자유주의 원리가 식민지 조선에서 문학이라는 근대적 제도를 통해 발현되는 방식을 계몽주의적 태도와 낭만주의적 태도라 보고, 이것이 각기 어떤 흐름으로 우리 문학사에 존재하는가를 살피는 것으로 시작했다. 부르주아 자유주의 원리로서의 근대성의 내용 중 특히 주체와 그 주체가 자기정립을 위해 설정하는 꿈의 형태인 전망과의 관계를 기준으로 살펴 볼 때, 우리 문학사는 1930년대 중반기까지 낙관주의적인 진보에 대한 믿음으로 추동되는 상승기 부르주아 의식을 드러내고 이것이 생산적으로 분출되는 1930년대 중반이 상승의 한 정점일 수 있다고 보았다. 1930년대 후반은 전반기까지 지식인들에게 가능했던 상승기 부르주아 의식이 비관주의적인 하강기 의식으로 변모하면서, 계몽주의와 낭만주의라는 근대성의 각 계보에 내재된 실천적 전망이나 미적 전망이 모두 '고립된 주체들이 자기보존하는 자기표현의 기호'로 나타남으로써, 전망의 물화된 상태를 드러낸다고 보았다.

모더니즘을 포함하는 낭만주의적 근대성의 실현 방식의 경우, 미적 전망이 의도하는 삶의 부정이 추상으로의 도피가 아닐 수 있기 위해서는, 그 전망이 '고착되고 사물화된 자기보존의 기호(記號)'가 아니라, 주체를 갱신하고 세계를 갱신해가는 작업 자체와 연결되는 예술 형식에 대한 부정과 탐구의 방식으로 존재할 때뿐일 것이다. 계몽적 실천을 통한 변혁의 전망을 거부한 주체에게 주체 자신이 곧 세계의 전부이고, 주체의 자기정체성의 근거인 예술의 갱신이 세계부정의 무게를 대신하기 때문이다. 모더니즘 문학의 미적 전망이 궁극적으로는 '언어적 자의식'과 혁신으로 귀착될 때만 진정성을 획득할 수 있는 것도 문학언어 자체가 고착되거나 축적될 수 있는 대상이 아닌, 끝없는 자기 대상화와 자기부정을 요구하기 때문인 것이다.

그리고 언어적 자의식과 혁신을 통한 미적 전망은, 미적 자율성이 1920년대 초기 낭만주의와 구인회의 모더니즘 그리고 1930년대 후반의 비관주의에서 각기 다르게 존재하는 것에서 보듯, 작가 개인의 선택이라는 측면과 또 다르게 어떤 시대적 장의 성격에 규정받는 것으로 보았다. 그 시대적 규정력이 서구의 경우는 자본주의적인 상품 논리에 의한 경제적 토대에 의해 규정되는 상승기, 하강기 부르주아 의식이라면, 우리의 경우는 지식인들이 선취하고 내면화함으로써, 다분히 의식이 능동적으로 작용하는 근대의식에 의해 좌우된다고 볼 수 있다. 그렇게 지식인들에 의해 선취된 의식이 미적 자율성에 기초한 미적 전망이건, 계몽주의적 공동체 이념이건, 가능성의 형태로 낙관주의적 추구의 상태에 있을 때 상승기 부르주아 의식을 드러내게 되고, 임박한 혁명에의 예감이라는 혼돈스럽고 흥분된 분위기 속에서 모더니즘과 리얼리즘이 함께 개화한 것이라 할 수 있다.

1930년대 후반의 문학에 광범위하게 나타나는 전체성의 연관관계를 상실한 채 '자기표현의 기호'로 기능하는 '전망의 사물화' 현상도, 지식인들이 '선취한 의식으로서의 근대'에 대한 포기에서 연원하는 것으로 볼 수 있다. 그렇다면 이러한 의식으로서의 근대가 가능하게 되는 상황이 도래한다면, 이 다양한 포기와 우회의 방식들은 다시 부정될 수 있는 성질의 것일지도 모른다. 해방기의 문학활동이 이에 해당할지도 모른다.

이상 소설의 창작 원리와 미적전망

1. 서론

이상은 모더니스트인가? 모더니스트란 무엇인가? 언제나 이상의
문학에 대해 던지는 이러한 화두에 가장 쉽게 답하는 방식은 아마도
모더니즘에 대해 몇 가지 규정을 내리고 이상의 작품을 거기에 적용
하고 그러므로 이상의 소설은 모더니즘 소설이라는 결론을 내리는 일
일 것이다. 그러나 그러한 순환논리는 사실상 이상의 문학에 대해, 모
더니즘에 대해, 한국문학사에 대해 무엇을 말해 줄 수 있는가? 그동
안 이상 소설에 대해 그토록 많은 논의가 그토록 다각적인 방법으로
진행되었음에도 불구하고 그의 문학에 대해 언제나 끊임없이 다시 시
작하게 하는 근본적 동인은 무엇인가? 새로운 이론이 소개되고 유입
될 때마다 그 적용대상은 왜 대부분 이상의 작품인가? 이상문학은 왜
항상 새로움에 대한 강박관념을 유발시키고 그 새로움의 강박관념이
가능토록 하는 근거일 수 있는가?

본고는 이상 소설의 특수성과 보편성을 해명하는 것이 목적이다.

즉, 이상 소설 자체의 내적 메커니즘을 해명하고 그것이 문학사라는 보편성 속에 어떻게 위치하는가를 살펴보고자 하는 것이다. 지금까지 이상 소설을 해명하고자 했던 많은 시도들 중 정신분석적인 관점에서 그의 생애와 소설의 관계를 살피는 것이나 관점은 달리하더라도 개인의 전기적 관점에서 결핵과 자살 충동에서 그의 소설을 해명하는 논의, 그리고 기하학적 대칭의 관점에서 해명하는 제반의 논의들은 이상 소설의 특수한 메커니즘을 논리적으로 정합성있게 설명할 수는 있지만 그것을 문학사적 필연성이나 한국 근대문학 속에서의 모더니즘이라는 보편성 속에 관련시키는 데는 상당히 미흡한 것이다. 또 1930년대 식민지 자본주의의 일정정도의 성숙도에 따른 도시화와 도시세대의 등장을 모더니즘의 중요한 지표로 설정하고 이상의 소설을 그러한 관점에서 다루는 것이나 아니면 모더니즘의 내용을 언어적 실험과 기교중심으로 정의하고 이상의 소설에서 그러한 것들을 추출하는 것, 아니면 탈근대적 혹은 해체주의적 관점을 규정하고 이상 소설을 그에 적용하여 그것이 탈근대적혹은 해체주의적이라고 정의하는 관점들은 다분히 보편적인 규범들을 선험적으로 적용하여 이상 소설에 대한 내재적인 해명이 아니라 그 보편적인 규범내용들을 증명하는 것으로 이상의 소설이 취사선택되고 있다는 문제점이 있다. 또 이상의 문학을 연구함에 있어 그의 문학이 갖는 독특한 관념성에 압도되어 시, 소설, 수필 각각의 글쓰기 장르를 무시하는 것, 각 장르들에 공히 작용하는 관념이나 원리 등으로 이상 문학의 본질을 정의하는 것 역시 정당한 방법론이라 할 수 없을 것이다. 장르란 작가가 어떤 의도에 따라 선택할 수 있는 사항이 아니라 글쓰기를 가능케 하는 일종의 존재조건이기 때문에 각각의 장르의 글쓰기에는 그 장르 고유의 형식적 사회적 무의식의 가능성과 한계가 총체적으로 집약된다고 할 수 있다.

본고는 이런 문제의식하에 이상 소설 고유의 메커니즘을 살피고 그

것이 한국 근대문학의 보편성 속에서 어떤 위치를 갖는가를 암시적으
로나마 살펴보고자 하는 것이다. 그러기 위해서 먼저 2장에서는 이상
소설의 창작 원리와 그것이 전개되는 양상을, 3장에서는 소설장르 고
유의 서사성이 텍스트 생산방식에서 중요한 의미를 갖는 '맞수로서의
여성'과 맺는 관계 그리고 4장에서는 이상 소설의 특수성을 구인회와
관련시켜 문학사적 보편성의 일단을 해명해보고자 한다.

2. 이상 소설의 창작방법

이상의 소설에는 아주 이질적인 여러 요소들이 다양하게 섞여 공존
한다. 재기발랄한 말장난이 진행되다가 문득 "스물세살이오—3월이
오—각혈이다"라고 자전적 삶의 참담함을 고백하기도 하고, 단발소녀
들과의 현란한 지적 게임, 애정의 유희가 진행되다가도 '연심이'라고
고즈넉하게 아내의 이름을 부르기도 한다. 여성에게 순진한 애정을
구하다가도 그 애정이 발각될 것을 경계하면서 그런 애정을 구하는
자신을 냉소하고 조롱한다. 위트와 패러독스를 바둑포석처럼 늘어놓
으면서 고전 속의 문구들을 갖고 교만방자하게 장난을 하면서 「종생
기」를 쓰다가도, 종생하는 자신의 삶에 대한 회한이 스미기도 한다. 일
세의 천재인양 "천하의 눈 있는 선비들 앞에서 자기 재주를 자랑하
다"가도 그 재주의 송곳만도 못함에 자조하고 절망하기도 한다. 그렇
기 때문에 그의 소설들은 때로는 자전적 삶에 대한 고백에서 보이는
안정감이나 차분함을 보이면서도 그 고백하는 자신을 바라보는 냉소
와 자학 섞인 위악이 함께 공존한다. 아내나 작은 어머니등 주변의 인
물에 대해 연민의 시선을 보내다가도 그 연민은 금새 냉소로 바뀌고
자기 삶의 고백은 위악적 자기폭로로 바뀐다. 이런 분열성, 이질적이

고 상반되기까지 한 요소들의 공존은 그의 소설을 전체적으로 통어할
수 있는 어떤 의미를 고정짓지 못하게 한다. 이상의 소설에 나타나는
이러한 상반되는 두 개의 축은 비교적 초기의 소설로 추측되는 「휴업
과 사정」에서 아주 도식적일 정도의 분명한 양상으로 나타나고 있다.

> 삼년전이 보산과 SS 두사람 사이에 끼어들어앉아있었다. 보산에게다른
> 갈길이쪽을가르쳐주었으며 SS에게다른 갈길저쪽을가르쳐주었다. 이제담
> 하나를 막아놓고이편과저편에서 인사도없이그날그날을살아가는보산과SS
> 두사람의 삶이어떻게하다가는가까워졌다어떻게하다가는멀어졌다이러는
> 것이퍽재미있었다.(「휴업과사정」, 『전집』, 149쪽)[1]

담 하나를 사이에 두고 SS와 대립해 있는 보산은 그의 모든 일거수
일투족을 경멸하고 미워한다. 그러나 그들 둘 사이의 대립은 뚜렷한
원인이나 사건이 존재하는 구체적인 갈등이 아니다. 한쪽이 존재하고
그쪽을 끊임없이 바라보고 경멸하고 분노하고 복수를 꿈꾸고 그러면
서도 그쪽에 시선을 주지 않고는 삶이 영위되지 않는 다른 한쪽이 존
재한다. SS의 세계는 아침과 저녁의 질서, 아이와 아내로 표현되는
정상적인 일상의 삶이 있는 세계이지만 그와 대립해있는 보산의 세계
는 낮과 밤이 뒤바뀌고 끝없이 게으른, 삶의 일상성이 부재하는 세계
이고 그럼에도 그가 SS의 세계를 경멸할 수 있는 것은 그가 시를 쓴
다는 사실 때문이다. 일상적이고 평범한 SS의 세계를 뚜렷한 이유 없
이 거부하고 그러면서도 그 세계로부터 눈을 돌리지 못한 채 끊임없
이 주시하면서 경멸하고 복수를 꿈꾸는 보산의 세계, 그 두 세계 사이
의 대칭적일 정도의 분명한 대립만이 드러나고 있는 것이다. 그의 소
설에 나타나는 이러한 분열성, 혹은 상반되는 것들의 공존은 결국 삶

---

1) 김윤식 엮음, 『이상문학전집 2 소설』, 문학사상사, 1991. 이하 『전집』으로 표기.

과 관념, 적빈과 지성의 극치, 정조와 기법으로서의 연애, 19세기와 20세기간의 대결, 긴장의 관계로 수렴될 수 있을 것이다. 이런 이분법적인 대립은 그의 이후의 소설들에서 보다 복잡하고 왜곡된 양상을 띠면서 빠짐없이 나타나는 심층적인 구도로 자리 잡고 있다.

SS로 대표된 일상의 삶, 보산의 눈에 경멸과 연민과 복수의 대상인 적빈으로서의 삶은 「공포의 기록」에서는 미워하지 않을래야 않을 수 없는 작은 어머니, 집나간 아내, 회충약을 먹는 자기자신뿐만 아니라, 소, 닭, 개 등으로까지 확대되어 '불행하게 물려받은 추악한 화물'로 지칭된다. 그리고 이런 이 세계에 대립되어 설정되고 있는 세계는 자신만의 비밀스러운 재주로 이루어진 세계이다.

> 아무도 오지말아 안드릴 터이다. 내이름을 부르지 말라. 칠면조처럼 심술을 내이기 쉽다. 나는 이속에서 전부를 살라버릴 작정이다… 나는 마지막으로 나의 특징까지 내어놓았다, 그리고 단한가지 재조를 샀다. 송곳과 같은—송곳노릇밖에 못하는—송곳만도 못한 재조를—과연 나는 녹슬은 송곳모양으로 멋도 없고 비쩍 말라버리기도 하였다.
>
> 혼자서 나쁜 짓해보고 싶다. 이렇게 어두컴컴한 방안에 혼자 단좌하여 창백한 얼굴로 나는 후회를 기다리고 있다.(「공포의 기록」, 『전집』, 202-203쪽)

자신의 모든 것을 팔아 산 재주란 작은 어머니, 집나간 아내, 비쩍 마른 자신의 추악한 몰골로 드러나는 일상의 세계와 대립해서 그 세계를 바라보고, 경멸하고 미워하는 재주, 그 세계를 바라보는 시선 그 자체일 것이다. 다만 그것뿐이기에 그것은 송곳 노릇 밖에 못하는 재주일 것이고 그 재주로 하는 일이 "혼자서하는 못된 짓"이고 "잔인한 짓"일 것이다. 그러나 그 세계는 또 작은 어머니를 미워하면서도 그 미워하는 자신을 바라보는 또 다른 시선, 회충약을 먹으면서 비쩍 마른 자신의 삶을 추스르고자 하는 자신의 삶에의 본능을 슬프게 내려다보는 시선, 집나간 아내를 미워해야하는 것을 알면서도 미워하지 못하는 자신을 바라보는, 그 모든 일상의 삶을 '닭 구경'하듯이 바라보는 시선, 자의식으로 이루어진 세계이다. 이렇게 일상의 삶과 그것을 바라보는 시선을 독립시켜서 이원적으로 대립시킬 때, 이 후자의 시선은 결국 삶과 대결하고 삶을 부정하고자하는 의지라고 할 수 있다. 이 시선의 힘을 빌어 끊임없이 삶을 재단하고 냉소하고 거리두고 경멸할 수 있는 것이다. 이 구도를 19세기와 20세기, 적빈의 삶과 지성의 극치, 정조와 기법으로서의 연애 사이의 대립구도라 할 때 후자의 20세기, 지성의 극치, 기법으로서의 연애가 바로 이 시선, 자의식의 독립으로 이루어진 세계인 것이다.

그리고 여기서 더 나아가 그 시선, 자의식이 독립되어 "아무도 오지말라. 안 드릴 터이다."처럼 누구도 침범할 수 없는 자족적이고 자율적인 세계를 구축하고, 그 세계를 구체적인 실체를 갖는 삶의 세계에 대한 당당한 맞수로 설정하고 있다. 그것은 「휴업과 사정」에서 보산의 시쓰기, 편지쓰기로 나타났던 것으로서 글쓰기라는 예술적 공간이다. 그 세계의 비밀을 그는 "행운의 열쇠" "비밀" "송곳노릇 밖에 못하는 재주" "맵시의 절약법"이라고 표현함으로써 삶의 일상적인 세계를 경멸하고 그 세계에 대해 우월성을 행사할 수 있는 비장의 무기로 여긴다. 그러면서도 그 비밀스러운 재주를 수단으로 실현하는 예술, 글쓰기의 행위를 그는 "불행한 실천" "혼자서 하는 못된 짓" "잔인한 짓" "괴로워하기 실천" "범죄 냄새나는 신식 좌석"이라는 역설적인 어휘로 표현함으로써 적빈으로 대표된 일상의 삶에 대한 부정과 거부의 방식으로서의 글쓰기, 그 행위가 삶과 관계맺을 수밖에 없는 본질적인 측면을 동시에 보여주고 있다. 즉 후자의 비밀스러운 재주,

지성, 20세기라는 자랑과 우월감이 19세기, 적빈의 삶에 비추어질 때에는 죄가 되고 못된 짓이 되는 것이다. 결국 그의 예술, 그의 글쓰기는 한편으로는 우월감이, 한편으로는 죄책감이 잡아당기는 긴장의 간극에 존재하는 것이고, 삶을 벗어나고 거리두고자하는 그의 글쓰기가 그럼에도 불구하고 내면화된 부정성의 방식으로 삶과 가장 밀착될 수밖에 없음을 보여주는 것이다.

이제 그의 소설은 이 "두 개의 태양을 마주 놓고 낄낄거리는" 구도, 삶을 맞수로 놓고 그의 재주를 휘두르면서 대결하는 화려하고 목숨을 건 싸움터가 된다. 그리고 이 싸움은 뒤에서 살펴보겠지만 여성이라는 맞수를 놓고 벌이는 게임인 '기법으로서의 연애' 관계 속에 응축되어 나타난다. 여기서는 먼저 이 이분법, 특히 삶의 맞수로 세운 재주인 글쓰기의 의미를 살펴보고, 그 재주로 벌인 싸움의 전개양상을 살펴보도록 하겠다.

> 한여름 대낮 거리에 나를 배반하여 사람하나 없다.
> 패배에 이은 패배의 이행履行, 그 고통은 절대한 것일 수밖에 없다.
> 나는 그것을 잘 알고 있다—자살마저 허용되지 않고 있다는 것을.
> 그래 그렇기에—
> 나는 곧 다시 즐거운 산 즐거운 바다를 생각하지 아니하면 아니된다.—
> 달뜬 친절한 말씨와 눈길—그리고 슬퍼하기보다는 우선 괴로워하기부터
> 실천하지 아니하면 안된다.(「불행한 계승」, 『전집』, 208쪽)

앞서 「휴업과 사정」에서 보산과 SS로 나누어졌던 것이 「불행한 계승」에서는 '상'과 '언짢은 그림자의 사나이', '상과 꼭 같은 모양을 한 상'으로 나타난다. 패배에 이은 패배, 자살마저 허용되지 않는, '육신 위에 덮쳐오는 치욕과 후회'로 표현된 세계는 '상과 꼭같은 모양을 한

상의 어두운 그림자'가 속한 적빈의 세계, 치욕의 현실이다. '그래, 그렇기에'라는 냉소와 자조의 어휘에 의해 연결된 후자의 세계는 그 치욕의 세계를 달뜬 말씨와 즐거운 웃음을 생각함으로써 이겨보려는 세계이다. 그러나 그 후자의 것은 전자의 것과 같은 무게를 지니는 실제적인 '세계'가 아닌 것이 분명한데 왜냐하면 '생각'일 뿐이고, 그 생각하는 행위를 위에서 본 바와 같이 '못된짓 하기' '혼자서 잔인한 짓하기' '범죄 냄새 나는 신식좌석'이라고 표현한 것으로 미루어 볼 때 전자의 적빈의 삶, 현실에 대한 어떤 반응, 대응의 방식임— 즉 그것이 범죄적이고 잔인한 것은 삶, 현실에 대해 비추어졌을 때 범죄적이고 잔인한 것—이 분명하기 때문이다. 배반뿐인 세계에 대립되는 한쪽이 그와는 다른 화해로운 세계가 아니라 그 배반뿐인 세계를 바라보는 시선 그 자체, 그 세계를 극복할 대안으로 설정된 세계가 아닌, 그 세계를 부정하는 방식 그 자체인 것이다. 전자의 세계에 무방비 상태로 노출된 주체(상의 그림자)가 반응하는 방식이 '후회'와 '슬퍼하기'라면 그와 대립되는 주체 상이 주체를 배반한 삶에 대응하는 방식은 '괴로워하기의 실천'이다. 그 괴로워하기 실천은 그러니까 패배와 배반만을 안겨준 현실에 대해 그 현실과 대결하고 부정하는 방식이고, 그 방식은 "혼자서 하는 못된 짓", "범죄 냄새나는 신식 좌석", "송곳 같은 송곳 노릇 밖에 못하는 재주"와 같이 드러나듯이 예술행위, 글쓰기 행위이다.

그러나 당대의 삶을 바라보는 시선, 패배와 배반뿐인 삶에 대한 대결과 부정의 방식인 그의 재주, —이를 그는 위티즘, 아이러니, 패러독스, 지성의 극치라고도 한다.—가 정작 문제가 되는 것은, 위와 같은 초기의 소설들에서보다는 후기의 「단발」, 「동해」, 「실화」, 「종생기」에서이다. 거기서 보이는 현란한 애정의 유희, 말재간, 최소한의 이야기 구성조차 방해하면서 끊임없이 변조되는 스토리 라인, 자전적

인 삶과 그 삶에 대한 글쓰기의 뒤섞임과 같은 난해함과 복잡성이 해
명되지 않기 때문이다. 이런 난해성은 이분법중 한쪽을 구성하는 이
재주가 이야기의 구성요소만으로 머물지 않고 창작 원리로서 텍스트
생산에 능동적으로 개입하기 때문이다. 그의 재주는 스토리상에 나타
난 적빈의 삶에 맞서는 구성요소이면서 동시에 텍스트를 만들어가는
창작 방법이다. 그렇기 때문에 이상의 소설에는 창작방법으로 그려낸
어떤 이야기가 있는 것이 아니라 창작 방법을 실현해 나가는 과정자
체가 그려져 있다. 왜냐하면 그의 소설의 이야기라는 것이 기실은 창
작방법인 그의 재주로 삶과 맞서는 방식이기 때문에, 그의 재주가 괴
로워하기의 실천으로서 삶을 부정하는 재주라면 그 과정을 거친 하나
의 완결된 스토리가 아니라 그 삶을 부정하는 과정이 고스란히 드러
나고 있기 때문인 것이다. 그 과정이 소설 속의 스토리이면서 동시에
소설을 만들어가는 과정 자체인 것이다. 그러니까 그의 소설은 소설
안과 밖에 걸쳐서 삼중의 중층구조를 갖는데, 그것은 소설 밖의 작가
이상이 소설쓰기라는 재주로 삶과 대결하는 구조, 소설 안에서 서사
적 자아가 송곳 같은 재주, 혹은 맵시의 절약법이라는 재주로 소설 그
자체를 대상으로 대결하는 구조, 그리고 소설의 스토리상에서—이 스
토리는 그의 재주가 실현되는 과정이고 그것은 주로 여성과의 관계를
중심으로 이루어진다.— 소설 속의 등장인물 '상' 혹은 '그'가 '기법
으로서의 연애'라는 재주를 갖고 임이, 정희 등의 단발소녀들과 대결
하는 구조인 것이다. 문제는 둘째와 셋째의 재주이다. 소설쓰기라는
궁극적인 재주가 진정으로 삶과 맞설 수 있는 무기이려면 소설 속에
서 「날개」의 초두에서처럼 선언이나 경구로 고립되어 존재하는 것이
아니라 스토리 구성에 능동적인, 소설을 만들어가는 재주여야 하기
때문이다. 이는 구체적으로 「단발」 4부작에서 '기법으로서의 연애'
관계 속에서 여성이라는 맞수를 대상으로 펼쳐지는 경우로, 그리고

소설 텍스트 속에서 소설 텍스트 자체를 놓고 진행되는 경우이다. 여기서 살펴보려는 것은 둘째의 재주이고 다음 장에서 여성과의 관계 속에서 셋째의 재주를 살펴볼 것이다.

삶의 실체성에 저항하는 것이 예술행위라는 그의 재주이듯, 또 여성과의 연애관계에서 기법으로서의 연애가 연애의 본질, 실체인 애정(이를 그는 '정조'라는 말로 표현한다)에 저항하는 것이 그의 재주이듯, 소설 속에서 이 재주는 소설이라는 실체성에 저항하는데 쓰이고 있다. 그 저항의 방식은 말장난이나 어조의 양가성을 통해 서술된 의미의 확정성을 방해하는 소극적인 양상으로 나타나기도 하고 이미 씌어진 단락을 다음에서 부정하고 새로 씀으로써 기본적인 서사적 줄거리가 고정되는 것을 방해하는 것으로 나타나기도 한다. 그렇기 때문에 「동해」에서는 임이가 상의 신부가 되기도 하고, 그 임이의 칼 든 이미지가 이발사와 겹쳐지면서 임이와의 결혼을 가짜로 만들어버리기도 하고 꿈과 현실이 교차되면서 혼돈되기도 한다. 「실화」에서는 동경의 C양과 서울의 연이가 오버랩되면서 C양의 이야기와 연이의 이야기가 겹치기도 한다. 그리고 이런 서사성의 교란 행위는 더 나아가 「종생기」에서 보듯 이미 씌어진 서술을 다음에서 부정하고 새로 쓰고 그 과정을 공개함으로써 서술행위의 최소한의 확정성마저 흔들려 하는 것으로 나타난다. 그러나 이런 서사성의 교란, 소설의 실체성에 대한 저항은 궁극적으로는 성공하지 못하는데, 왜냐하면 여성과의 관계를 중심으로 간신히 유지되는 서사적 인과적 진행 때문이고, 궁극적으로는 그 모든 저항의 방식, 현란한 재주의 싸움이 바로 소설이라는 토대 위에서 진행되기 때문이다.

결국 적빈으로 표현된 삶의 무게, 현실의 실체성을 거부하고 부정하기 위한 재주를 버리어내고 그 재주로 행하는 예술행위를—글쓰기—를 삶의 맞수로 설정하는 이분법이 그의 소설에 두루 나타나는 요소이자 그것 자체가 창작방법임을 살펴본 셈이다. 이 이분법을 추동시키는 힘은 물론 삶에 대한 부정, 거부의 의지이다. 이것이 그의 전기적인 고백의 경향이 강한 소설에서는 일상적인 삶의 무의미성에 저항하는 방식인 '남들 좀 보라고 낮에 잠자기' '동물처럼 한없이 게으른 짓' 등 소설 속의 구성요소로만 한정되어 나타나고 그의 창작방법으로서의 재주, 위티즘 등은 선언적인 형태로만 나타난다. 그러나 이 이분법은, 그것을 추동시키는 원동력이 삶에의 부정성이라는 이유로 해서, 질곡의 현재와 희구하는 미래, 존재와 당위, 속악한 세계와 순수한 자아의 이분법과 동일시 될 수 없다.

지금까지 이상의 소설을 적빈으로 표현된 질곡의 현재와 희망하는 미래의 세계, 불화와 소외뿐인 현재와 그 반대로 주체가 희구하는 화해로운 공간이라는 이분법으로 설명하는 것이 이상 소설 연구의 많은 부분을 차지하고 있는 것이 사실이다. 이는 이상 소설뿐만 아니라 근대 소설 일반을 순수한 자아와 비속한 세계, 존재와 당위, 현실과 이상의 대립 구도로 설정하는 시각의 연장선상에 있다. 그러나 그의 소설에는 주체를 배반하는 속악한 현실이 나와 있지만 그것과 대립되는 당위나 전망, 주체가 희구하는 화해로운 세계는 드러나 있지 않다. 「날개」 정도에서 식민지 지식인의 궁핍하고 소외된 모습이 그려져 있고 '날자 한 번만 더 날자꾸나'라는 결말을 현실과는 다른 전망, 화해로운 세계에 대한 갈망으로 읽힐 수 있는 정도이다. 그러나 「날개」를 제외한 그의 대부분의 소설들에서 이런 이분법은 타당하지 않을 뿐 아니라 그렇게 해석했을 때 「무정」 이후의 근대소설과 동일한 담론 구조 속에 이상의 소설을 위치시킴으로써 모더니즘 소설의 중요한 변별력이 상실되고 모더니즘 소설로서의 지표는 기법실험 정도로 귀결되게 된다. 그러나 이상의 소설, 나아가 모더니즘 소설이 이광수와 카프로 대표되는 앞 시대 우리소설의 일반적인 담론구조와 결별하고 모더니즘만의 정체성을 성립시키는 결정적인 지점은 그가 펼쳐 보인 난해한 기법실험 보다는 그 기법실험을 추동시킬 수밖에 없게 만든 새로운 인식구조에 있고 그것은 속악한 세계에 대응해 세운 전망의 특수성—이상의 소설에서 삶의 맞수—에서, 이분법 자체의 특수성에서 찾아져야할 것이다.

앞서 말했듯 그가 삶의 맞수로 세운 대타적인 세계는 실체성을 갖는 전망, 미래 사회의 모델이 아니다. 삶의 맞수인 재주, 예술은 주체가 원하는, 삶을 대신할 세계가 아니라 삶을 견제하고 바라보고 동시에 거부하고 부정하는데 필요한 방법인 것이다. 내용 없는 방법 자체, 부정의 시선 그 자체인 것이다. 그렇기 때문에 그것은 이분법이지만 하나의 세계와 다른 세계의 이분법이 아니라 세계와 세계를 바라보는 방법간의 이분법이고, 이상은 우리 문학사에서 방법이 어떤 세계나 전망을 위한 수단으로서가 아니라 그자체로 삶과 맞서게 만들어 최초의 그리고 가장 극단적인 예술가이다. 삶의 맞수가 다른 삶이 아닌 삶을 부정하는 방법, 그 방법으로서의 예술이기 때문에 그것은 어떤 실체성으로 고정될 수 없고 현실에 대한 끝없는 부정성으로 끝없이 자기자신을 갱신해야하는 것이다. 모더니즘의 운명이 끝없는 매체실험으로 자신의 정체성을 유지할 수밖에 없는 것도, 그럼에도 그런 매체실험이 현실에 긴박된 채로만 가능할 수 있는 것도 이 때문이다. 이상의 '절망은 기교를 낳고, 기교가 절망을 낳는다'는 말은 이를 단적으로 드러내준다. 괴로움을 주는 현실을 다른 세계를 꿈꾸거나 도피하지 않고, 다른 세계로 가기 위한 실천으로 매진하지도 않는 것, 괴로움을 주는 현실을 오로지 '괴로와하기'를 극단으로 실천함으로써만 맞선다는 것, 그것은 속악한 현실에 대해 오로지 부정성을 견지하는 것으로만 맞서는 것이다. 그러므로 그가 세운 전망은 삶의 부정성을 비추는 미적 가상일뿐이고 그것이 미래 사회를 위한 어떤 실체적인 출구가 될 수도 없고 모든 실체적인 전망의 궁극적 담지체인 공동체적인 기반도 존재하지 않는 것이다.

구인회는 이런 낯선 전망을 도입한 최초의 세대이다. 즉 공동체의 미래를 열어주는 어떤 모델도 없고, 그것을 보증해줄 공동체에도 기반하지 않는 전망, 고정된 어떤 상으로서의 전망이 아니라 가상의 형태로 끝없이 갱신되어야하는 방법으로서의 전망을 도입한 최초의 세대인 것이다. 그 낯선 전망의 추동력은 현실을 부정하고 대신해줄 미래의 어떤 상이 아니라 부정성 그 자체이다. 이 부정성의 파토스는 정도를 달리하면서 1930년대 모더니즘 소설을 추동시킨 힘이고 현실을 부정하는 만큼 현실에의 강한 긴박성을 유지시키는 힘이며, 이는 해방공간에서의 그들의 집단적인 정치적 선택을 해명하는 고리가 될 수도 있는 것이다. 이런 부정성의 파토스 때문에 그들의 소설은 앞 시대의 근대 문학 일반의 담론구조와도, 일제 말기의 순수문학과도 갈라지는 것이다. 매체, 문장, 기교에 대한 자의식 때문에 일제 말기의 순수문학과 구인회를 묶는 것은 언뜻 보면 타당해 보일 수 있지만, 일제 말기의 순수문학은 그것이 '조선적인 것'이든, '구경적 삶'이든 미래의 유토피아이든, 과거의 손상되지 않은 원형이든, 현재의 삶과 대립되는 실체적인 전망이 존재하고 그 때문에 문학은 그 전망을 향한 매개, 수단이 되는 것이다. 또 속악한 삶에 대립되는 전망 속에 주체가 안주할 수 있기 때문에 1930년대 모더니즘 소설에서 보인 부정성의 파토스에서 견지되는 삶, 시대현실에의 강한 긴박성은 나타나지 않는다.

3. 여성, 서사성, 식민지 모더니스트의 토대

지성의 극치, 송곳노릇밖에 못하는 재주로 표현된 그의 창작방법이 실현되는 구체적인 공간은 여성, 더 구체적으로는 단발소녀들과의 연애를 중심으로 전개되는 소설들에서이다. 초기의 「휴업과 사정」이나 「지도의 암실」에서는 그의 창작 방법의 암시적인 일단만이 보이고 정작 그의 소설이 본격적으로 전개되고 그러면서 그의 창작방법으로서의 지성—그러니까 삶을 바라보는 시선, 자의식 그 자체를 독립시켜 이분법화하고 그 삶을 바라보는 자의식을 극단화시켜 자율적이고 자족적인 허구 세계 즉 예술, 텍스트의 세계를 구축하고 그것을 삶의 맞수로 대립시키는 창작방법—이 독립된 힘으로 능동적으로 개입되는 「단발」 이후의 소설들이 하나같이 임이, 연이, 정희와 같은 단발소녀들과의 연애 관계를 통해서 전개된다는 것이 이를 증명한다.

그러나 기존까지 이상의 소설들을 평가한 대부분의 연구에서는 이 부분에 대한 섬세한 검토가 누락된 것이 사실이다. 결핵과 자살 충동에 핵심을 맞춘 전기적 연구에서는 금홍으로 표현되는 이상 개인의 고백적 육성에 가까운 여성에 치중해서 맨 몸, 맨 목소리의 이상 개인을 재구성하는 하나의 구성 요소로 취급되어있고, 이상소설의 창작방법, 혹은 그의 문학 전체를 규정하는 관념이나 주제에 정향된 경우 「단발」 이후 「종생기」까지 걸쳐 나타나는 단발 소녀들은 그의 관념이 펼쳐지기 위한 수단 정도로 취급되어왔다. 스토리 그 자체로 볼 때 최소한의 일관성과 연속성을 유지함으로써 서사적 전개의 근간을 형성하는 이 소녀들과의 연애, 즉 그의 소설에서 여성이 하는 역할은 그의 소설이 보여주는 관념성과 결핵과 자살 충동이라는 전기적 사실의 압도적인 힘에 가리워져 제대로 드러나지 못한 것이다. 여성에 대한 이런 간과는 그대로 그의 소설에 어떤 식으로건 유지되고 있고 결국 그래서 그의 소설을 성립시키는 규정력으로서의 서사의 힘에 대한 간과와 모종의 연관관계를 갖는다. 그리고 스토리 내에서의 여성과 소설 장르 자체에 대한 이런 간과는 이상 소설을 당대의 현실과 연결시키는 보다 밀도 있는 천착을 방해해왔다. 이상 소설의 현실 연관성을 말할 때「날개」「지주회시」 등에서 간신히 나타나고 있는 식민지 지식인의 궁핍과 소외를 말하는 것 이상이 논의 되지 않고 있는데, 이 부분을 밝혀내기 위해서는 소설 속에서 언표된 어떤 소재나 요소 자체를 찾아내고 해석하는 것과는 다른, 그 소재나 요소가 취급되는 방식에 초점이 맞춰져야 한다고 본다. 따라서 여기서 논의하고자 하는 이상 소설에서의 '여성'이라는 주제는, 소설 속에서 그려지고 있는 여성의 성격이나 작가의 여성 의식의 유무, 혹은 그것의 진보성 여부를 문제 삼는 것이 아님은 물론이다. 본고에서 여성을 문제 삼는 것은 소설 속에서 여성이라는 소재가 갖는 기능이고, 그것이 다른 것들과 관계 맺는 보다 다층적인 방식인 것이다. 이런 기능 방식으로서의 여성을 살피기 전에 먼저 이상 소설 전체에서 여성 소재가 운용되는 전체적인 면모를 짚어볼 필요가 있다

　앞서 언급한 바와 같이 이상 소설의 그 난해하고 종횡무진하는 복잡한 변화 속에서도 집요하게 관철되는 것은 특수한 이분법 구조이고 다른 한편으로는 여성들과의 관계이다. 이 여성은 초기의 소설인「휴업과 사정」에서 SS의 아내를 통한 복수에서 암시적으로 예시되어 있다. 아내는 SS로 대표된 육친, 후회의 세계, 연민의 세계, 보산으로 대표된 도도한 지성의 세계, 그 둘에 공통으로 걸쳐 있다. 그러면서도 그 일상의 세계에 대한 복수라는 것이 끝내는 그 여성을 통해서만 이루어진다는 것은 이후 그의 소설의 많은 것을 암시해 준다. SS에게 속해 있는 아내의 세계는「지주회시」,「날개」,「봉별기」,「환시기」 등이다. 내용에 있어서의 전기적 유사성뿐만 아니라 고백적이고 안정적인 어조, 또 비교적 분명한 인과적 서사구조가 유지되는 이 소설들에서 여성, 아내들은 "네놈 보구져서 서울 왔지" 혹은 "연심이"처럼 이상의 맨 목소리를 전해준다. 그런 만큼 이 소설들에서는 그의 지성의

극치, 위티즘 등의 재주는 서사적 진행과는 상관없이 끼어드는 경구의 형식으로만 존재할 뿐 그의 교만한 자의식의 칼날 같은 지성은 무디어진 영역이다.

　문제는 아내가 보산에게 속해 있는 부분이다. 「단발」, 「동해」, 「실화」, 「종생기」를 일관하면서, 그것이 비밀이 되고, 그 비밀이 부유한 자랑이 되고 그것으로 삶에 복수할 수 있는 그 연애란 도대체 무엇인가?

　「단발」의 첫구는 소녀에 대한 드문 애정의 형식에서 출발하고 있다. 연애보다도 한 구의 위티즘을 좋아하는 그가 위티즘과 아이러니를 아무렇게나 휘두르며 연막을 펴면서 이중의 역설을 구사한다. 그 이중의 역설이란 애정이 있는 것을 숨기고 들키지 않게 공연히 '서먹먹하게' 구는 것이고 '그만 잘못해서 그의 소녀에 대한 애욕을 지껄여버리고 말았을 때' 그리하여 소녀의 애정이 자신에게로 왔을 때 '동물적 애정의 말을 소녀에게 쏟아' 소녀를 갈팡질팡하게 하는 수법이다. 상대의 감정을 치밀하게 재고 계산하면서 자신의 애정을 숨기고 견제하면서 유지되는 연애, 이는 고도의 지적 게임이고 치열한 싸움이다. 이런 연애를 그는 '기법으로서의 연애' '자각된 연애'라 하고 그것을 위해 그는 지성의 극치, 위트와 아이러니를 휘두르는 것이다.

　이와 같은 그의 연애, 그러니까 감정과 열정이라는 연애의 본질과 대결하는 그의 연애는 결국 죽음을 건 도박에까지 이른다. 그 도박은 소녀에게 정사, 즉 동반 자살을 제안하는 것인데 그것이 애정이 전제되지 않은 동반자살을 제안하는 것이다. 이와 같이 '감정의 공급을 딱 중지'함으로써 포즈화하는 이 기법으로서의 연애는 열정과 애정이라는 연애의 본질에 저항하고 그것과 대결하는 연애이다. 감정의 공급이 중지된 연애, 애정이 개입되지 않은 정사란 결국, 감정과 애정이 본질인 연애, 정사에 저항하는 역설적인 방식이다. 그 역설적인 저항을 펼치는 그에게는 그 싸움에서 자신만의 고유한 무기인 지성의 극치 등이 그토록 자랑스럽고 비밀스러운 무기가 되는 것이다. 결국 지성을 무기로 감정, 애정의 본질로 이루어진 연애에 목숨을 건 싸움을 벌이는 것, 연애의 질곡, 더 정확히는 연애의 본질인 애정으로부터 벗어나고자, 그 애정을 부정하고자 하는 의지가 '기법으로서의 연애'를 추동하는 힘인 것이다.

그러나 그 싸움에서 주체는 패배할 수밖에 없다. 그 이유는 바로 연애의 본질 때문이다. 지성의 무기, 송곳의 재주로 펼치는 싸움이지만 그 연애라는 싸움이 궁극적으로 성립되기 위해서는 주체와 소녀 사이에 애정이 전제되어야 하기 때문이다. 애정이 개입되지 않은 정사를 원하지만 그러나 그 죽음이 다른 것이 아니고 '정사'이려면 어떤 방식으로건 '애정'이 전제되어 있어야 하는 것이다. 그 연애라는 관계방식 속에서 주체와 대상인 여성의 관계는 바로 이 연애라는 관계의 본질때문에 만만한 것이 아니게 되고 그는 그의 재주만으로 모자라 목숨까지 걸어야하는 것이다.

주체가 갖는 그 강렬한 거부의지, 그가 갖고 있는 그 자랑스러운 비밀의 재주에도 불구하고 연애라는 관계의 본질이 요구하는 그 감정, 애정에, 그 맞수인 여성에게 얼마나 긴박되어있는지는 「동해」에서 잘 나타난다.

「동해」는 남성편력이 요란한 소녀 임이를 놓고 윤과 이상이 벌이는 삼각관계가 이야기의 주요한 축을 이룬다. 이런 삼각관계의 끝에 이상은 패배하고 임이는 윤에게 간다. "바톤 가져가게" 한다, 나는 일없다 거절하면서… 얼른 릴레를 기권했다' 주체인 상이 임을 놓아버리고 임이로 인해 주어졌던 감정의 시합, 연애의 지옥에서 벗어나는 것이다. 릴레에서 기권했다는 것은 지성을 무기로 치열하게 전개되어오던 무대에서 물러났다는 것이다. 그 연애의 지옥, 위티즘의 지옥에 벗어난 다음의 풍경이 다음과 같이 드러난다.

정신이 점점 몽롱해들어가는 벽두에 T군은 은근히 내속에 한자루 서슬
퍼런 칼을 쥐여준다.

'복수하라는 말이렷다'

'윤을 찔러야하나? 내결정적 패배가 아닐까? 윤은 찌르기 싫다'

'임이를 찔러야하지? 나는 그 독화 핀 눈초리를 망막에 영상한 채 왕생
하다니'

내 심장이 꽁꽁 얼어들어온다. 뻐드득 뻐드득 이가 갈린다.

'아하 그럼 자살을 권하는 모양이로군, 어려운데 어려워, 어려워, 어려워'

내 비겁을 조소하듯이 다음 순간 내 손에 무엇인가 뭉클 뜨듯한 덩어리
가 쥐어준다. 그것은 서먹서먹한 표정의 나쓰미깡. 어느 틈에 T군은 이것
을 제주머니에 넣고 왔던구.

입에 침이 좌르르 돌기 전에 내 눈에는 식은 컵에 어리는 이슬처럼 방울
지지 않는 눈물이 핑 돌기 시작하였다.(「동해」, 『전집』, 282쪽)

T군이 쥐어준 칼이란 무엇인가, 그것은 그가 연애관계에서 연막을
피며 휘두르던 위티즘과 아이러니, '지성의 극치를 흘낏 엿보는 재
주'이고 다른 작품에서 '맵시의 절약법'이라고, '송곳 같은 송곳만도
못한 재주'라고 했던 것이다. 그러나 그 재주가 발휘될 연애라는 무대
에서 기권하고 그 재주로 겨룰 맞수인 여성을 놓아버린 마당에서 그
칼, 그 재주는 무슨 소용이 있겠는가? 이제 그 칼로는 임이도 찌를 수
없고 윤에게도 복수할 수 없는 것이다. 여성을 잃음으로써, 주체가 여
성과 관계맺는 연애에서 해방됨으로써 주체에게 주어진 결과란 그가
그 토록이나 자랑해마지않던 그의 전가의 보도, 그의 유일한 무기, 그
의 비밀스러운 재주가 무용지물이 된다는 것이다.

이처럼 여성이란 스토리상에서 한갓 삼각관계의 한 축, 바람둥이
소녀지만 층위를 조금 달리하면 그의 비밀스러운 재주인 지성으로 겨
루는 최고의 맞수이고, 삼각관계의 연애의 지옥 또한 그의 재주, 그의

무기가 현란하게 펼쳐지는 무대, 그 재주 자체를 가능케 한 토대인 것이다. 그 무용지물이 된 칼로 선택하는 다른 길, 즉 T군이 쥐어준 칼로 선택하는 것은 결국 임이도 윤도 아닌, 나쓰미깡을 자르는 일이다.

나쓰미깡이란 무엇인가? 그것은 나쓰미깡으로 상징되는 동경행을 의미한다. 윗 구절 바로 앞에서 T군은 이상에게 '자네 그중 어려운 외국으로 가게…'라고 말한 것으로 이를 뒷받침한다. 레몬을 찾아 동경행을 감행하는 것, 이 작품 「동해」 속에서 그것은 연애라는 무대를 떠난 다른 무대를 찾아가는 의미이고, 다른 차원에서는 연애라는 무대 위에서만 유지될 수 있었던 그의 재주, 글쓰기, 그의 예술행위를 떠나 다른 삶의 차원을 선택한다는 것이다. 그 동경행에 대해 「환시기」 등에서 언급한 바처럼, 현란한 지적 유희로서의 글쓰기가 아닌, 생활의 설계, 새로운 전망에의 희망이 나타나는 것, 그리고 동경행이라는 것이 자살과 동일한 무게로 견주어져 택해진 것이 이를 말한다. 텍스트라는 가상의 방식을 통해 현실과 맞서는 대결의 끝에 그 긴장의 마지막 한계에서, 오직 예술로만 속악한 현실과 싸우는 지옥과 같은 삶을 견디지 못하고 자살인가 아니면 예술이 아닌, 새로운 삶으로서의 전망인가의 기로에서 자살이 아닌 삶을 선택하는 것이다. 동경행이 텍스트의 차원과 텍스트를 벗어난 전기적 차원 양자에 걸쳐 있는 것은 이 때문이다. 그러나 예술 즉 미적 가상의 방식으로 삶과 맞서지 않고 새로운 실체적인 전망 선택으로서의 동경행은 성공하지 못한다.

그 동경행 이후의 풍경이 「실화」이다. 「실화」 시작과 끝에는 '사람이—비밀이 하나도 없다는 것이 참 재산 없는 것보다도 더 가난한 일이외다 그려! 나를 좀 보시지요?'라는 수수께끼 같은 경구가 놓여 있다. 이 작품의 의미는 바로 이 경구를 해석하는 것, 그 자랑하고픈 비밀과 그것을 잃었다는 것이 무엇인지를 해명하는 데 있음은 물론이

다. 「실화」의 스토리는 「동해」와 직접적으로 이어져 있다. 「동해」에서
의 임이처럼 야웅의 천재인 연이의 남성편력에 상은 자살을 하는 만
큼의 결심으로 동경으로 온다. 그러나 동경에서 C양을 만나면서 서울
의 연이를 회상하고 연이의 남성편력을 생각하면서 C양의 남자관계
를 상상하고 술집의 나미꼬를 보면서 연이가 S와 같이 갔었다는 취벽
정, N빌딩 등을 상상하는 등 동경의 12월과 서울의 10월, 동경의 C양
과 나미꼬가 서울의 연이와 엇갈리고 교란된다.

　작품의 끝부분에서 그는 C양이 준 국화꽃, 서울의 연이와 살던 방
에서 유일한 장식이엇던 국화꽃을, 동경 거리 한복판에서 잃어버리고
'비밀이 없는 자신을 좀 보라고, 자신은 '이국종 강아지올시다'라고
한다. 그가 잃어버린 꽃은 그가 그토록 자랑하던 비밀이고 그것은 서
울에서 자신과 연이와의 방을 빛내던 꽃이고 그것은 「동해」에서 독화
핀 눈초리의 임이에게로 이어진다. 그 비밀, 그 독화란 말할 것도 없
이 그가 기를 쓰고 간직하려했던 그의 무기, 그의 재주 아니겠는가?
그것에 기대어 연이와의 싸움, 연이와의 연애가 가능했던 것, 연이와
오버랩되면서 동일시된 C양이 준 국화는 결국 앞서 밝힌 바와 같이
여성을 맞수로 '기법으로서의 연애'를 유지시키던 재주, 삶의 세계에
맞서 잔인한 짓, 못된 짓, 범죄 냄새 나는 신식 좌석을 가능케 해 준
그의 재주, 지성, 예술의 창작 방법에 다름 아니다. 그것을 그는 동경
에 와서 잃어버린다. 그 재주는 연애관계에서 여성과 맞설 때에만 의
미있는 것이고 연애를 떠나, 그리고 예술, 글쓰기를 떠나 새로운 삶,
실체적인 전망을 택했을 때 그 재주는 무용지물이 되는 것이다.

　실제 그의 전기상에서도 동경행이라는 실체적인 삶의 선택은 그에
게 죽음으로 되돌아온다. 삶의 세계는 끝내 그에게 배반뿐인 것이다.
이는 그들이 동경의 한 형태로만 맛본 서구의 모더니즘과는 다른 식
민지 모더니즘의 운명을 암시해주는 대목이다. 성공을 했다면, 동경

의 근대를 호흡하고 실체로서의 전망, 모델을 수립하고 그것에 매진했다면 우리 모더니즘의 판도는 달라졌을 것이다. 이상으로 하여금 동경행에 달려가지 못하게 하는 것, 그것은 여성이고 여성이 징후적으로 드러내주는 두고 온 삶의 영역, 즉 식민지 현실이다. 이는 동경 한복판에서 끝없이 상기되는 연이, 결핵으로 죽어가는 문우 유정의 편지로 나타나고, 일고생 앞에서 '이국종 강아지올시다'라고 탄식하게 한다. 이것이 바로 현실에서 결코 자유롭지 못한, 그것과의 관계지워짐—그 관계가 부정과 거부라 해도— 속에서만 성립된 식민지 모더니즘의 운명이고, 시와 달리 관념과 감각의 세련성만으로는 자기정체성이 유지될 수 없는, 결코 삶에 등돌릴 수 없는 소설로서의 모더니즘의 운명을 보여주는 지점이다.

그렇다면 여기서 소설의 서사적 주체인 상이라는 인물이 여성, 단발소녀들과 맺는 관계인 기법으로서의 연애를, 소설 밖의 차원에서 이상이라는 미적 주체가 그를 둘러싼 삶, 현실과 관계맺는 미적 형식으로서의 소설장르와 연관시킬 수 있다. 물론 이런 연관이 여성이라는 요소, 현실이라는 요소 그 자체의 비교가 아님은 물론이다. 그 요소 자체의 비교가 아니라 그 요소들의 관계방식간의 비교이다. 이 비교 속에서 왜 그가 연애를 그토록 게임으로 명명하면서 사활을 건 싸움으로 등장시켰는지, 지성의 극치라는 그의 창작방법을 연애에서의 여성에게 사용했는지, 그의 창작방법의 선전포고에 해당하는 「날개」의 초두에서 위트와 패러독스라는 그의 바둑포석과 여인과의 생활 설계를 동렬에 놓았는지, 그 여인과의 설계를 왜 온갖 것의 반이라고 했는지, 그리하여 결국 그의 글쓰기 속에서 여성성이 징후적으로 드러내는 의미가 무엇인지 밝혀질 수 있을 것이다.

바람꾼이고 변신술의 천재이며 야웅의 천재인 여성, 그 여성에 대한 애정으로부터 벗어나기 위해, 그 여성에 대한 대응방식으로 그는 여성을 완전히 떠나는 것이 아닌 '기법으로서의 연애'라는 방식을 취한다. 또한 적빈으로 표현된 당대 식민지 삶으로부터 벗어나고 그것을 부정하고 그것에 대응하기 위해 주체는 소설이라는 글쓰기 방식을 택한다. 소설 속에서 서사적 주체가 설계한 '기법으로서의 연애'라는 것은 그 여성으로부터 벗어나기 위해 선택한 방식임에도 그것이 본질적으로 갖고 있는 '연애'라는 성격 때문에 그는 여성에게서 벗어날 수 없다. 그 여성을 버리지도 벗어나지도 ,이기지도 못하는 연애, 결국 여성과 부정성으로 관계맺는 것이 그의 연애인 것이다. 앞서 세 가지 중층구조에서 언급했듯이 '역설적인 애정의 방식' '기법으로서의 연애'라는 기이하고 왜곡된 방식으로 여성에게 긴밀하게 구속되어 있듯이, 그의 맵시의 절약법으로 삶과 기이하고 왜곡된 방식으로 긴밀하게 연루되어 있다. 스토리에서 '상'이 역설적 재주로 여성과 게임하듯, '소설 속에서 여성과 게임을 벌이는 '상'을 서술해나가는' 재주로 삶과 게임을 벌이는 것이다. 게임의 궁극적 목표는 승리이고 승리란 상대를 무화시키는 것임에도 불구하고 연애라는 게임은 아무리 예리한 송곳 같은 재주로 무장한다 해도 그 본질상 대상에 대한 사랑이 전제되어 있어야하기에 그 게임은 패배가 예정된 것이다. 애정, 이상의 소설에서 정조라고 표현된 연애의 영역은 예리한 송곳 같은 재주, 지성의 극치로 포괄될 수 없는 영역이기 때문이다. 대상, 즉 여성은 게임의 상대이면서 동시에 그 게임을 성립시키고 한계짓는 거대한 토대인 것이다. 마찬가지로 소설을 구성함에 있어 삶의 영역은, 그러니까 적빈, 19세기, 정조라고 표현된 현실의 영역은 그가 거리두고 경멸하고 냉소하는 '치욕스런' 현실이기에 거기서 벗어나고자 사투—이 사투의 과정자체가 소설 창작 행위이다—를 벌이지만, 바로 그렇기에 그의 사투가, 그의 소설쓰기 자체가 가능토록해주는 대상이자 토대가 되는 것이고, 결국은 이상이라는 미적 주체의 존재근거가 되는 것이다. '상'이 여성에게 붙들려 벗어날 수 없는 것처럼, 미적 주체 이상은 바로 그만큼의 무게로 현실에 붙들려 있는 것이다.

그의 소설에 대해, 나아가 1930년대 모더니즘 소설에 내려진 비현실적이고 추상적이라는 평가는 이상이 펼친 재주에 의해 전달되고 포장된 내용에 대해서이기에 일면적인 것이다. 이상의 소설이 현실과 관계맺는 강렬한 구속은 그것을 전달하고 포장하는 재주, 형식 속에 굴절되어있는 것이고 나아가 형식 그자체로 현실과 대결하려는 것이다. 이것이 바로 모더니즘 소설이 당대 현실과 관계맺는 방식인 것이다. 소설 속에 전달되고, 언표되고, 반영된 현실 연관성을 찾는다면, 그것은 여성에 대한 병적인 집착, 각혈과 자살충동 등 특이하고 예외적인 우연성의 집합체로서의 한 개인이 있을 뿐이다. 이 특이하고 예외적인 우연성이 '부정성의 파토스'를 통해 현실과 미학적으로 관계맺음으로써 식민지 모더니스트의 보편성 속에, 그 보편성의 가장 앞선 자리에 위치지어지는 것이다.

이와 같은 1930년대 모더니즘의 현실대응방식을 시도 수필도 아닌 소설이라는 장르적 특성과 연관시켜볼 필요가 있다. 주체의 자의식, 관념의 극단화, 즉 주체가 가진 재주의 예리함만으로 유지될 수 있고 그래서 숫자나 도형만으로도 정체성이 유지될 수 있는 시와 달리, 그리고 미적 주체가 극도로 약화되고 소멸되어 삶이 압도하는 수필과 달리, 이상에게 있어 소설은 주체가 세계와 관계맺는 주체의 세계내적 존재방식이다. 그 소설은 최소한으로나마 유지되어야하는 서사적 인과성과 삶의 구체성, 그리고 소설장르에서 고유하게 내포할 수밖에 없는 주체의 존재방식에 의해 결코 삶에 등돌릴 수 없는 운명을 갖고 있다. 연애가 여성에게 결코 등돌릴 수 없듯이. 삶을 맞수로 그의 무기인 지성, 위티즘을 갖고 싸움을 전개하지만 그 싸움이 다름 아닌 바로 '소설' 속에서 진행되기에 그 싸움은 삶과의 뗄 수 없는 관계지움 속에서만 가능한 것이다. 기이하고 이상한 기법으로서의 연애가 끝내 연애일 수밖에 없음이 여성 그 자체와의 상관성 속에서 유지되듯, 그의 난해하고 파격적인 소설들을 소설로 유지시켜주는 것은 그가 소설을 통해 그토록 부정하려했던 삶 그 자체의 힘, 삶과 주체와의 상관성이다. 그 대상, 맞수(여성, 삶)에 대한 거부의지가 극에 달해 '감정의 공급을 딱 정지하는' 경우는 「날개」에서의 수수께끼 같은 서두의 경구에서 뿐이고 정작 「날개」의 본문은 아내로 표현된 삶에의 집착과 긴박을 보여주는 것이다.

연애라는 무대에서 여성은 거부와 부정의 대상이면서 동시에 바로 그 만큼의 무게로 연애를 유지시키는 힘으로 주체에게 긴박되어있는 토대이다. 예술이라는, 더 정확히는 소설이라는 무대에서 삶은 거부와 부정의 대상이면서 바로 그만큼의 무게로 소설이라는 장르를 유지시켜주는 토대인 것이다. 이것이 바로 시(관념)에서 소설을 거쳐 수필(동경행, 죽음)으로 이어진 그의 문학적 행적의 의미를 밝히는 대목일 것이다. 시와 수필, 관념과 죽음의 중간자리에 위치한 소설의 시기, 소설의 자리는 미적 주체로서의 이상이 삶 속에서 관념으로 벼리어진 그의 지성, 창작방법을 실천하는 '괴로와하기의 실천' 기간이었고, 삶에 예술을 맞수로 세우고 그 예술에 기대어 삶에 역설적으로 저항하는 기간이었고, 따라서 부정적인 세계, 속악한 현실 속에서 그 세계를 거부하고 부정하는 미학적 저항의 기간이었다고 할 수 있다. 이것이 그의 전기적 삶에서 소설 장르, 소설의 시대가 갖는 의미이자, 동시에 일제하 부정과 거부의 대상인 삶에, 그 삶과는 다른 세계로서의 전망을 믿지도 설정하지도 못하고 오로지 미적인 가상의 그 얄팍한 힘에 기대어, 미적인 방식으로만 삶이 가진 부정성에 맞서려했던 식민지 모더니스트의 자화상이기도하다. 그리고 주체가 가진 감각의 세련성과 관념의 치열성만으로 지탱이 가능한 시와 달리, 삶에 등돌릴 수 없는 소설로서의 모더니즘의 운명이기도 하다.

4. 이상과 구인회

이런 비극성을 체현하는 식민지 모더니스트로서의 이상이라는 개
인적 특수성, 이상 문학이 보여주는 독특성이 1930년대 중·후반이
라는 문학사적 보편성과 만나는 자리에 '구인회'가 있다. 이상이라는
이 천재는 국권상실의 위기에 애국계몽의 일환으로 문학 행위가 이루
어졌던 개화기나, 조선민중을 향해 선각자적인 교사의 목소리로 '정'
과 '개성'을 강조하면서 문학을 실천한 춘원이나 육당의 1910년대 혹
은 3·1운동의 실패 후 민족주의든 계급주의든 그 방향이 어느 쪽이
든 공동체적 전망을 설정하고 그것을 위해 문학이 기여하고 봉사해야
한다는 일념으로 뭉쳐 그 신념을 자신들의 문학의 정체성으로 삼고자
했던 1920년대에 문학 활동을 한 것이 아니다. 구인회가 문학활동을
전개한 1930년대의 사회문화적 조건에 대해서는 일반적으로 카프의
해체와 일제의 파시즘화에 따른 외압, 그리고 식민지 자본주의의 일
정 정도의 성숙에 따른 도시 세대의 등장을 꼽는 것이 일반적이다. 그
러나 카프의 해체나 일제의 외압으로 인해 문학의 이념성이 불가능해
졌다는 것은 구인회로 대표되는 모더니즘적인 경향의 등장을 외재적
으로만 설명하는 것이 되고, 예술의 순수성에 대한 자각, 미적 자율성
에 대한 자각이. 왜 이 시기에 등장했는지를 설명해주지 못한다. 자본
주의의 성숙과 도시세대의 등장은 모더니스트들이 갖고 있는 경쾌한
실험과 세련된 감각을 설명할 수는 있지만 그들에게 내밀하게 흐르고
있는 그와는 상반되는 요소를 설명할 수 없다. 모더니즘의 발생에는
그런 모든 요소들이 복합적인 원인으로 작용했을 테지만 더 중요한

것은 그 하나하나의 요인들이 종합되면서 본질적으로 유지되는 모더니즘의 세계 대응 방식, 그들의 문장이나 기법에 대한 남다른 자각을 추동시킨 보다 근본적인 세계관적 원리, 그 원리가 앞 세대와 갈라지는 세대론적 차별성을 모색하는 일일 것이다. 그래야만 모더니즘을 기법에의 자각과 외재적 발생의 울타리에서 구하는 길일 것이다.

개인으로서의 예술가 이상에게는, 그리고 구인회의 대부분의 회원들에게, 그들이 태어나 유소년기를 격은 환경은 식민지라는 삶의 조건이, 그리고 식민지 상태에서 전개된 근대화된 삶의 조건이 이미 하나의 선험성, 보편성으로 인식될 정도로 그 나름의 질서를 갖고 돌아가고 있었고, 이런 삶의 조건 속에서 성장하고 그것을 내면화한 어떻게 보면, 그 조건의 수혜자들이었다고 할 수 있다. 직접적으로는 근대화된 학교교육과 같은 구체적 삶의 과정을 통해서 혹은 보다 잠재적이고 내면적인 형태로는 그 근대화된 교육을 통해 흡수한 서구적 이상에 대한 동경을 체득한 수혜자들이었던 것이다. 구인회의 이론적 수장이었던 김기림이 보여준 과학적 시학 수립을 향한 욕망이 이를 말해준다. 그러나 그 근대화의 수혜가 다른 조건이 아닌 바로 식민지라는 토대위에서 이루어졌다는 사실은 그들을 근대가 주는 동경과 환상(이는 이상의 문학에서 '나쓰미깡', '레몬'으로 은유화되어 있다.)에 올곳이 탐닉할 수만은 없게 만든다. 그 조건 안에서 성장하고 그 조건이 부여하는 환상을 동경함에도 불구하고 그 근대적 삶의 조건 자체를 곁길에서 회의하게 만드는 것이다. 이 때문에 그들이 세계를 바라보는 시선은 깊은 자의식을 수반하고 있고, 이 자의식은 근대적 삶에 대한 동경과 그것의 속물적 이면에 대한 응시라는 이중적 시선으로 나타나기도 하고(박태원), 때로는 근대적 삶의 조건에서 소외되고 뒤쳐진 것들에 대한 겸허하고 따뜻한 시선(이태준)으로 나타나기도 한다.[2]
이상의 경우 이러한 자의식은 아주 복합적이고 다층적인 실험과 기교로 위장되어 있지만 수필과 같은 그의 육성이 배어있는 글에서는 연민과 회한으로 나타난다.

근대적 삶을 바라보는 이러한 이중적이고 분열된 시각에 대해 한 연구자는 '선취된 모더니즘'으로 설명하는 견해가 있어 주목된다.[3] 이런 분열성을 그들이 꿈꾼 인공낙원의 미래, 도시화 근대화가 보장해 줄 것으로 믿은 미래의 모델과 실재하는 자신들의 현실 사이의 갈등으로 보고, 그들이 꿈꾼 전망의 관념성과 피상성을 당대 모더니스트의 한계로 지적하는 것이다. 이는 모더니즘을 기법, 미적 자의식만으로 설명하는 것보다 다층적으로 규명하는데 도움이 될 수는 있지만 이러한 설명모델은 모더니즘을 현실 사회와 미래 사회, 존재와 당위 사이의 갈등과 간극으로 설명한다는 점에서 모더니즘을 이광수와 카프를 포함하는 앞 시대의 근대문학 일반의 담론구조 속에 포괄시키는 방식이다. 그들의 문학을 추동시킨 내적인 추진력을 모색함에 있어 앞서 논한 바와 같이 그들의 세계 대응 방식과 그 대응의 방식으로 설정한 전망의 특수성에서 찾는 것이 모더니즘 담론의 변별성을 정립시키는 데 유효할 것으로 보인다. 물론 구인회 회원들이 보여준 문학 경

---

2) 이러한 '동경태'와 '자의식'의 분열은 글쓰기 방식 자체와 긴밀하게 연관되어있다. 김기림, 이태준, 박태원등 구인회 회원들의 비평, 평문, 등에서는 문장우위의 예술관, 모더니즘에 대한 의식적이고 과학적인 주장, 논리화된 입장이 비교적 명료하지만 그들의 소설은 그런 주장과 반드시 일치하지는 않는다. 오히려 불일치와 간극이 우세하다고 할 수 있다. 이는 소설이 학문을 통해 배우고 습득한 관념상의 동경태와는 달리, 경험을 매개로한 구체적인 삶을 대상으로 한 영역이기 때문일 것이다. 거기에는 그들이 배우고 동경한 것과는 다른 현실, 그 현실과 관념 사이에서 머뭇거리는 자의식이 압도적으로 우세한 것이다. 지금까지 모더니즘 연구가 그들이 당시에 주장한 이론, 그것의 근거인 영 미의 모더니즘론을 규명하고 그것을 곧바로 소설을 평가하는 기준으로 대치한 규범비평이 대부분이었는데, 이런 방식은 그들이 '주장한' 입론 이상으로 나아갈 길을 사상시키게 된다. 그들이 동경한 세계와 현실이 일치되지 않았듯이, 그들이 '주장한' 것과 그들에 의해 '씌어질 수밖에 없었던' 것을 구분할 필요가 있는 것이다.

3) 류보선, 「이상(李箱)과 어머니, 근대와 전근대」, 『박태원 소설 연구』, 깊은샘, 1995.

향과 성취도의 다양성을 무시할 수는 없지만 그들이 동경한 서구적 이상과, 문학 행위 속에서 현실에 대해 설정한 미학적 전망을 구분하는 것이 필요하다. 모더니즘 비평과 소설 일부에 등장하는 도시풍물에의 압도와 외경으로 나타나는 그들의 동경태와, 그것과는 별도로 그 동경을 불가능하게 한 힘, 그리고 자신들의 동경의 불가능성을 표면적으로건 잠재적으로건 예감한 상태에서 그들이 현실에 대해 세운 미학적 전망을 구분하는 것이 필요한 것이다.

이렇게 둘을 구분하고 후자의 미학적 전망의 관점에서 볼 때, 구인회는 어떤 이유에서건 어두운 현실과 그 맞은편에 대안세계, 즉 공동체에 근거한 전망을 설정하고 그 전망을 향해 가는 하나의 방편을 자신의 문학의 정체성으로 삼는 세대와 결별한 최초의 집단이다. 그들은 어두운 현실 맞은편에 유토피아의 형태로서든, 구체적 전망의 형태로서든, 지켜야할 이념의 형태로서든 어떤 전망을 설정하지 않고, 그 자리 그러니까 속악한 현실의 맞은편에 예술, 문학을 설정한 최초의 세대이다. 구인회를 일컫는 미적 자율성이라는 개념이 그들이 보여준 언어의 예술적 가공, 기교에의 탐닉 자체만을 일컫는다면 그것은 지극히 현상적인 파악일 것이다. 그 언어적 가공에 탐닉해들어가는 이면에는 대안세계로서의 전망을 위해 기여하는 예술이 아닌, 그 자체가 목적일 뿐인 자기목적적 예술이라는 예술관이 자리하고 있다. 따라서 대안세계로서의 전망과 그 전망에 기여하는 예술의 진정성을 보장해주는 공동체적 기반이 없이, 오로지 자신의 내부에서 자신의 진정성을 보장해야하는 근대 예술의 운명이 숨어있는 것이다.

공동체적 전망, 공동체적 기반이라는 예술 외부의 진정성에 의해 예술의 정체성을 보장받지 못하고, 보장받기를 거부한 이들에게 자신들의 예술을 보장해줄 예술 내부의 근거란 무엇이겠는가? 즉 예술의 예술다움은 무엇이겠는가? 그것은 말할 것도 없이 바로 예술 자체의

'새로움'외에는 없다. 그리고 그 새로움이 가능할 수 있는 유일한 근거는 다름 아니라 바로 예술의 '매체' 자체일 뿐이다. 자기자신이 끝없이 새로워야하고 그 새로움을 위해 끝없이 매체를 갱신해가야 하는 새로움의 강박관념, 그리고 그 새로움, 그 창조성의 궁극적인 담지체일 수밖에 없는 개인으로서의 예술가인 천재라는 개념이 근대의 예술관의 핵심에 자리한다. 신도, 이념도 공동체도 아닌 오로지 자기자신이 자기 예술의 주인인, 그 예술로 속악한 현실 전체와 대결하는 예술가는 그러므로 앞 시대의 예술이 신과 이념과 공동체와 나누어가졌던 짐을 홀로 지고 있고, 바로 이 때문에 그는 감히 신과도 대결할 수 있는 것이다. 천재의 교만이 정당성을 획득하는 것이 근대 이후라는 것, 그리고 이상의 시와 소설에서 자주 나타나는 '기독과 모조 기독과의 싸움'이 이를 말해준다.

구인회 회원들의 문학적 경향의 공통성으로 흔히 지적되는 문장 우위의 예술관, 기교에 대한 집착, 미문의식과는 상반되게 편지나 수필, 잡문 등을 잡지에 싣는 행위 역시 이와 같이 해석할 수 있을 것이다. 또한 박태원이 이상으로 모델로 「애욕」, 「이상의 비련」 등의 소설을 쓰고, 이상이 김유정과 구인회 회원들을 모델로 일련의 소설을 씀으로써 자신들의 사적인 일상을 예술로 만들려는 행위 역시 이와 같은 이유에서라고 볼 수 있을 것이다. 자신들의 모든 글쓰기가 예술이라는 오만함이 그들의 미문의식과는 전혀 상반되게 그들을 묶는 끈으로 기능했을 것이다. 자기자신의 존재이외에 다른 어떤 목적을 위해서도 봉사하지 않는 예술, 그 예술의 진정성을 보증하는 것은 천재로 표현되는 개인으로서의 예술가 자신뿐일 때, 천재가 생산하는 것은 모든 것이 예술이고 그의 삶 자체가 예술일 수 있는 것이다. 천재는 종국적으로는 자기자신이 예술품이 되는 운명이기 때문이다. 이상이 펼쳐보인 삶에서의 기행, 삶을 삶으로 살지 않고 장난으로, 기행(奇行)으로 산 포우즈, 삶을 예술로 탕진해버린 그의 삶은 '천재의 포우즈'로 대표되는 구인회의 이런 오만한 동아리 의식은, 그 오만의 근거인 '근대적 예술가상'이 없었다면 불가능했을 것이다. 이상은 이러한 근대적 예술가상의 극단적인 최대치를 보여주는 것이고 이를 가능케 해준 것은 1930년대 후반의 사회 문화적 상황과 그 속에서의 '구인회'라는 상징적이고도, 실체적인 힘일 것이다.

이념 없는 주관성과 소시민적 장인의식

– 박태원 소설의 현실인식과 글쓰기 태도에 대하여 –

1. 문제제기

구인회의 멤버이자 이상과 쌍벽을 이루는 모더니즘 소설가로 알려진 구보 박태원(1910~1986)과 그의 소설에 대해서는 그동안 많은 연구가 축적되어 왔다. 대표작으로 알려진 「소설가 구보씨의 일일」에 대해 심리소설, 혹은 모더니즘의 대표적 기법인 미학적 자기반영이라는 시각에서부터 월북 후에 씌어진 『계명산천은 밝아오느냐』와 『갑오농민전쟁』에 대한 리얼리즘적인 평가에 이르기까지 연구의 시각은 실로 광범위한 영역에 걸쳐 있다. 그리고 이런 광범위한 시각을 가져올 수밖에 없을 만큼 그의 소설 자체가 내부적으로 다양한 경향을 갖고 있는 것이 사실이다.

「누님」이라는 시로 등단을 해서, 미숙한 습작의 단계를 보여주는 「적멸」, 「수염」을 거쳐 모더니즘 소설이라고 지칭되는 여러 가지 방법적 실험 의식을 보여주는 「피로」, 「거리」, 「딱한 사람들」, 「소설가 구보씨의 일일」을 거쳐, 『천변풍경』 이후에는 이전의 모더니즘적 경

향과 상반되는 「사계와 남매」, 「골목안」과 같이 하층민의 일상에 대
한 연민어린 시선에 기초한 자연주의적 관찰과 묘사를 보여주기도 하
고, 이후 일제 말기에는 『여인성장』, 『금은탑』의 통속적인 경향을 보
이는 장편과 중국고전의 번역에 몰두하기도 한다. 해방 후에는 「춘
보」와 같은 리얼리즘적이고 역사적인 시각을 보여주는 소설을 집필하
고, 월북 후에는 잘 알려진 『갑오농민전쟁』 등을 집필하기도 하였다.
한마디로 그의 소설은 모더니즘에서 리얼리즘, 기교주의적이고 세련
된 단편에서 사회 역사적인 전망을 담지한 대하장편에 이르기까지 소
설의 전 범위에 걸쳐 있다고 할 수 있다. 이렇게 변화무쌍하고 다양한
소설 세계에서 가장 박태원다운 문학적 특징, 박태원이 보여주는 새
로움은 무엇인가. 그리고 그 다양한 전체 소설 속에 흐르는 일관성과
내적 논리는 무엇인가. 또 이러한 개인으로서의 작가 박태원이 갖는
문학사적인 위상은 무엇인가와 같은 문제들이 논의의 핵심으로 제기
될 수 있다. 그의 소설에 대한 현재까지의 연구도 이런 관점으로 종합
될 수 있다.

　여기서 그간의 박태원 문학에 대한 연구의 몇 가지 대표적인 관점
들을 검토해 볼 필요가 있다. 첫째는 박태원의 소설이 보여주는 특징
을 주로 문학적 기교와 실험에서 찾고 그것을 모더니즘 소설로 범주
화하는 관점이다.[1]

　이는 그의 평문 「창작여록, 표현, 묘사, 기교」에서 개진된 그의 문
장에 대한 섬세하고 의식적인 배려, 의식의 흐름 수법 등 초기 소설에
서 보여주는 기교적인 실험과 미적 자의식 등을 거론하고, 이러한 실

---

1) 이는 현재까지 박태원의 소설을 보는 가장 일반화된 관점이라고 할 수 있다.
　최혜실, 「소설가 구보씨의 일일」에 나타난 산책자」, 『관악어문연구』 13집, 1988.
　나병철, 「박태원의 모더니즘적 연구」, 『연세어문학』 21집, 1988.
　명형대, 「박태원의 공간시학」, 『겨레문학』, 1990. 봄.

험과 서구 모더니즘의 기법과의 유사성에 의미를 부여하거나, 최근에
는 이런 제반 모더니즘적인 특징들을 자본주의 혹은 근대가 야기한
도구적 합리성에 저항하는 미학적 저항으로서의 미적 합리성으로 의
미화하는 데까지 이른다.[2] 이것은 대개 유진·런의 논의에서 제기된
서구 모더니즘의 규범과 프랑크푸르트학파에 의해 개진된 합리성과
저항의 관점에 입각하고 있는 것이 특징이다. 그러나 이 경우 서구 모
더니즘이라는 이론적 규범과 박태원 소설의 단순대비에서 얼마나 진
전될 수 있는가의 문제, 그러니까 이론적 규범과 그것에 미치지 못하
는 원전미달의 작품의 확인, 그 미달의 원인으로서의 식민지적 변이
태, 서구와 일본으로부터 유입된 사조로서의 모더니즘의 확인 이상으
로 얼마나 더 나아갈 수 있는지에 대해서는 회의적인 편이다. 둘째,
박태원 전체 소설의 변화와 다양성을 문제 삼을 경우 '모더니즘 작가
에서 리얼리즘 작가로의 전환'으로 그의 문학적 삶을 규정하는 관점
이다.[3] 이는 결과론적 혹은 목적론적 시각에서 최후의 완성태를 상정
하고 그 이전의 소설들을 그 완성태로 오기까지 지양되고 부정되어야
할 과정들로 보는 태도라 할 수 있다. 모더니즘에 대한 서구적인 정의
를 선험적으로 적용하고 그 원전미달을 확인하는 형태, 또『갑오농민
전쟁』과 같은 최후의 작품을 완성태로 보고 그에 준거해서 이전의 것
들을 재단하는 태도는 모두 공통적으로 '외삽된 기준'을 적용하는 태
도이다. 그러한 관점으로는 박태원 소설의 내재적 추진력을 밝혀내기
힘들다. 또 최근에 이르러서는 박태원의 소설에서 근대적인 것과 전
근대적인 것의 공존을 지적함으로써 박태원의 소설, 나아가 1930년

2) 강상희,「구인회와 박태원의 문학관」,『박태원소설연구』, 깊은샘, 1995.
　　나병철,「박태원소설의 미적 모더니티와 근대성」, 앞의 책.
3) 윤정헌,『박태원소설연구』, 형설출판사, 1994.
　　장수익,「박태원소설의 발전과정과 그 의미」,『외국문학』, 1992. 봄.

대 모더니즘 소설의 내재적 추진력을 밝혀보려는 시도를 들 수 있다.[4] 이는 근대에의 의식적 지향과 '어머니의 세계'로 통칭되는 전근대적인 세계에의 정서적 경사를 드러내 보임으로써 모더니즘 소설 내부의 착종과 다양성을 보여주는데 기여하고는 있지만, 이것으로는 박태원 소설에서의 미적 주체가 보여주는 세계관적 원리, 현실대응 방식의 특성과 내적 논리를 설명하기에는 미흡한 것으로 보인다.

본고는 이런 문제의식을 저변에 견지하고서 그의 전반기 소설을 고찰하려 한다. 이는 모더니즘을 기법 실험 자체에 대한 의미부여, 미적 합리성으로 도구적 합리성에 저항한다는 기존의 연구들을 무언가 그의 소설 내부에서부터 되짚어 보겠다는 의도에서이다. 이 되짚음은 서구 모더니즘의 규범과 박태원 소설의 단순대비가 아닌, 이 시기 그의 소설이 보여주는 기법 실험과 글쓰기의 특징을 통해서 그것이 잠재적으로 견지하고 있는 현실대응의 원리, 세계인식의 원리를 추론코자 함이다. 그리고 이런 원리가 밝혀진다면, 이후의 시기에 그가 보여준 변모의 성격과 내적 논리의 일단을 해명하는 실마리가 밝혀지지 않을까하는, 그리고 더 나아가 그의 소설이 보여주는 특징이 문학사 속에서 어떤 위상을 갖는지, 당대 다른 모더니즘 소설과의 공통성과 차별성은 무엇인지에 대해 어느 정도 실마리를 제공해줄 수 있지 않을까하는 기대에서 출발한다.

이를 위해 본고는 먼저 그의 고현학(考現學, modernology)에서 출발하고자 한다. 고현학은 박태원 스스로가 현대적인 글쓰기의 모범이자 자신만의 독특한 방법론으로 선언한 창작방법론이라고 할 수 있다. 때문에 여기에는 자신의 글쓰기를 스스로 이전의 글쓰기, 그리고

---

4) 류보선, 「이상과 어머니, 근대와 전근대—박태원 소설의 두 좌표」, 앞의 책.
  이선미, 「구인회의 소설가들과 모더니즘의 문제—이태준과 박태원의 경우」, 『근대문학과 구인회』, 깊은샘, 1996.

당대 다른 작가의 글쓰기와 구분짓는 근거가 잠재해 있다고 볼 수 있다. 그리고 그것이 적용된 작품을 산출함으로써 자신의 의식적인 선언이나 의도 외에 그 의도가 사회 역사적 맥락 속에 관철되는 방식을 동시에 보여준다고 할 수 있다. 이는 소설이라는 장르 자체가 창작방법의 선언과 반드시 일치하지 않는 사회적 무의식적 강제력이 관철되는 장르이고, 이런 강제력과 작가 개인이 연관되는 고유의 논리와 방식을 내재적으로 담지하는 것이기 때문이다.

2. 인식의 객관성의 근거찾기로서의 고현학

먼저 조금 돌아서서 그의 습작기의 소설 몇 편을 보자. 다른 작가의 경우와 같이 박태원의 초기 습작 형태의 소설은 이후의 보다 성숙하고 세련된 작품들에 크게 미치지 못하는 미숙함을 드러내는 것이 사실이다. 그럼에도 불구하고 이후의 그의 소설이 보여주는 다양한 면모의 잠재적인 형태들을 앞서서 보여주고 있기도 하다. 자기자신을 소설의 대상으로 삼으면서 보여주는 도도하고 자신만만한 자의식, 그 자의식의 근저에 자신과 타인들을 구분짓는 우월성의 근거를 예술에서 찾는 태도는 「수염」에서 그 단초가 보이고, 이는 「소설가 구보씨의 일일」, 「피로」, 「거리」, 등으로 이어진다. 그리고 「꿈」과 「최후의 모욕」에서 보이는 전근대적 인물들과 소외된 하층민들의 세계는 후기의 「골목안」, 「사계와 남매」, 「길은 어둡고」 등에서 보다 구체화 되어 나타난다. 그리고 소설의 소재를 찾아 노트와 단장을 들고 서울 거리로 나가, 거리에서 보고 들은 것을 그대로 기록한다는 그의 소위 '고현학'의 형식을 보여주는 「적멸」은 이후 「소설가 구보씨의 일일」이나 「애욕」, 「식객 오참봉」에서 반복된다. 이와 같이 그의 습작기의 몇 편의 소설은 그 미숙성에도 불구하고 이후 소설의 다양한 경향들의 단초를 보여주고 있다는 것에 그 의미가 있고 이는 역으로 그의 소설적 변모가 시기적 변모이기 이전에 내부적으로 처음부터 공존하는 경향일 수 있다는 말도 된다.

그러나 기존의 연구에서 이런 이후의 경향을 보여주는 초기 소설 부류에서도 제외되어 있던 소설이 있는데 그것은 바로 「행인」이다. 이는 작품 연보에서도 수필로 분류되어 있을 뿐만 아니라 문학적 허구의 형태로 보기엔 거의 무리할 정도로 정제되지 않았기 때문인 것으로 추측된다. 그러나 이 미숙한 작품이 겉보기와는 달리 이후의 박태원의 글쓰기 태도에서 아주 중요한 국면을 암시하는 것으로 판단되기에 주목할 필요가 있다. 그의 글쓰기의 방법론을 고현학 혹은 미적 자의식이라 본다면, 「적멸」은 관찰과 그에 입각한 기록이라는 방법을, 「수염」은 자신의 그런 글쓰기라는 예술 행위에 대해 갖는 오만한 자신감을 예고한다고 할 수 있다. 반면 「행인」은 그러한 글쓰기의 이면에 전제된, 혹은 그러한 글쓰기 방식을 배태시킨 '대상 세계에 대한 주체의 인식 방법' 일단을 암시적으로 보여준다고 판단할 수 있다.

그 사람은 여러 날 동안 길을 걸었다. 발이 아프고 고단할 때 아무렇게나 주저앉아쉬고 쓰러져 자고 마음 내킬 때 오십리 백리 길을 걸어 여러 날 그저 앞으로만 나가는 동안에 그는 자기가 지금 어떠한 곳을 걷고 있는지를 잊었다. 어데로 가려고 이 나그네 길을 나선 것인지도 물론 잊었다. 잊은 채로 그대로 그래도 그는 길을 걸었 다.

언뜻 그가 정신 차려 사면을 둘러 볼 때 그는 자기가 있는 곳이 얼마나 이상한 풍경 으로 꽉 찬 곳인지를 알았다.

이상한 풍경—

그것은 나이 진득한 햇발 말고는 아무것도 없는 풍경이었다.

그는 동쪽을 바라보았다.

—까마아득하니 하늘 끝닿은데 그는 서쪽을 바라보았다.

—까마아득하니 하늘 끝닿은데.

그는 다시 고개를 돌려 남쪽 북쪽을 바라보았다.

—까마아득하니 하늘 끝닿은데.

......

그는 그의 눈을 의심한 것일까. 몇 번이나 그의 눈은 참 것을 찾으려는 욕구로 빛났다.—그의 눈에 비친 풍경은 이미 요전 순간까지의 '그 풍경'이 아니었다.[5]

이상은 「행인」의 시작과 결말 부분이다. 나그네가 끝없이 길을 가고 '한층 더 이상한 풍경'과 마주하는 것이 내용의 전부인, 이 짧은 이야기의 핵심은 '낯설음'이다. 주체 밖의 대상 세계의 사물들이 그 주변의 관계망들로부터 떨어져 나온 상태에서, 이전까지 익숙해 있던 것들이 주는 낯설음의 감정인 것이다. 이 낯설음은 서사구조와 그것이 야기한 어조에까지 영향을 끼치고 있다. 「꿈」「최후의 모욕」등이 이야기의 단편성에도 불구하고 하나의 사건과 그 사건을 중심으로 얽혀있는 인간관계와 심리가 표출되는 일정 정도의 안정된 서사구조를 갖고 있고, 「적멸」「수염」역시 자신의 이야기 혹은 자신이 보고 들은 이야기를 기록하는 고백의 안정성과 자신감이 존재하는 반면에, 이 「행인」은 그런 안정된 서사구조를 결여하고 있다. 인물의 설정도 확실치 않고 인물이 외부 세계에 대해 보이는 그 낯설음이 어디에서 기인하는지도 확실치 않다. 소설 속의 인물이 갑작스럽게 낯선 진공상태 속에서 외부 세계에 직면해 있듯이, 소설의 서사구조 역시 서사구조가 가져야할 안정된 관습과 지평으로부터 동떨어진 채 진공상태 속에서 전개되고 있는 것이다.

---

5) 박태원, 「행인」, 『신생』, 1931. 12. 『이상의 비련』(깊은샘, 1991)에서 재인용.

한 주체가 익숙해 있던 대상에 대해 어느 날 갑자기 낯설어한다는 것은 무엇을 의미할까? 여기에는 대상이 대상으로 존재하면서 관계 맺고 있는 관습지평들을 한꺼번에 괄호쳐 부재로 친 상태에서 대상과 인식주체가 마주한다는 사실이 전제될 것이다. 「행인」이 단초적으로 제기하는 것은 이와 같이 '몇 번이나 참 것을 찾으려는 욕구'와 그 욕구에 끌려 다시 바라볼 때마다 '요전 순간까지의 풍경을 벗어나 한층 더 낯설어지는 대상'의 문제, 즉 인식의 객관성의 문제라 할 수 있다. 이는 결국 기존의 관습지평들을 부재로 친 진공상태 하에서 대상 자체의 자기동일성의 문제, 대상을 인식하는 인식주관의 문제, 그 대상을 인식함에 있어서 객관성의 근거를 어디에 세우는가의 문제 등을 아우르고 있는 것이며, 이런 인식의 객관성의 근거를 찾고자하는 문제의식이 박태원의 고현학을 근본적으로 추동시키는 힘이라고 할 수 있다.

따라서 문제는 고현학이다. 고현학이란 '현대인의 생활을 조직적으로 조사 연구하여 현대의 세태풍속을 분석 해석하는 일'을 말하고 이 고현학의 대상은 외부의 대상세계, 곧 풍속이다. 이를 위해 구보 박태원은 책상 앞에 앉아 창작을 하는 대신 한 손에는 대학노트를 들고 한 손에는 단장을 들고 서울 거리로 나갔던 것이다. 그런데 고현학에 대한 그간의 연구들을 보면, 박태원이 주장하고 언표한 고현학을 그대로 수용하고 그 이상으로 깊이있게 탐색하지 않은 측면이 있다. 즉 고현학의 의도는 객관적인 관찰과 그에 입각한 기록이라는 것이었고 그가 거리로 나간 것에서 보이듯 그 대상은 외부의 세계이다. 그런데 정작 고현학을 직접 언표하고 적용한 가장 모범적인 예라고 하는 「소설가 구보씨의 일일」 등의 작품은 당대 경성이라는 도시에 대한 풍부하고 상세한 묘사도 물론 존재하지만, 보다 근본적인 대상은 소설가 구보 자신이다. 때문에 이 소설은 경성이라는 대상세계에 대한 객관적 기록이 아니라, 작가 자신을 소설의 대상으로 삼는 미학적 자기반영의 산물이라 할 수 있다. '대상 세계와 그 속의 풍속에 대한 객관적 관찰과 기록'이라는 의도와 결과물로 주어진 자기대상화, 자기반영성은 분명 서로 모순되는 것이다.[6] '현대인의 생활을 객관적으로 조사 연구하여 기록한다'라는 이 문장을 풍속의 충실한 기록, 세부묘사의 정확성의 차원에 국한시킨다면 이는 자연주의와 다를 바 없게 된다. 『천변풍경』등이 결과적으로 자연주의적 세태묘사로 나아간 측면이 있지만 그 의도와 결과 사이에는 분명 위와 같은 단절이 존재하고, 결과 자체도 「소설가 구보씨의 일일」과 같은 자기반영과 『천변풍경』과 같은 자연주의적 묘사로 양극화 된다. 때문에 고현학의 출발 자체를 다시 고구하여 그것이 대상의 객관성에 집착하는 태도의 의미를, 또 그런 태도가 어떻게 이런 상반된 결과를 가져왔는지를 살펴야 할 것이다. 즉 인식의 객관성을 주장하는 층위와, 결과로서 주관성이 전면화된 층위 간에 개재하는 논리를 탐색해야하는 것이다. 이를 위해 여기서는 고현학을 선언하고 주장한 내용과 그것이 그의 작품 속에 적용 혹은 관철되는 방식 간에 몇 개의 층위를 구분할 필요가 있다고 생각한다.

첫째, 고현학을 주장하고, 고현학을 주장하는 자기자신을 소설의 대상으로 삼는 심리소설, 심경소설, 사소설이라 칭해진 부류의 소설로 「적멸」, 「피로」, 「소설가 구보씨의 일일」이 이에 해당한다.

---

6) 이러한 모순에 대하여 김윤식은 "서울 거리를 배회하되 오직 자기자신을 대상으로 하여, 자기만이 관찰하고 판단한 단일 시점에서 기술함이 고현학의 순수형태"라 하여 「소설가 구보씨의 일일」을 최정점에 놓고 「애욕」과 『천변풍경』을 전지적 시점과 생활의 개입으로 인해 퇴보한 형태로 규정할 뿐 이 두 어긋남 자체에 대해서는 언급하지 않고 있다. 「고현학의 방법론」, 『한국현대현실주의소설연구』, 문학과지성사, 1990. 또 최혜실은 자기반영과 심리소설에 치중해서 "경성공간의 재구는 주체의 방심상태를 나타내는 과정에서 나온 부산물"로 보고 있다. 『한국모더니즘 소설연구』, 민지사, 1992.

둘째, 고현학이라는 방법론을 의도적으로 소설에 적용하여 작품을 창작한 부류의 것으로 「애욕」과 『천변풍경』이 이에 속한다.

셋째, 위와 같이 선언을 하거나 의도적으로 적용하지 않은 채 고현학에 내포된 인식방식이 작품 속에 내재적으로 관철되고 있는 부류의 소설로 「행인」, 「누이」, 「오월의 훈풍」, 「옆집색시」, 「진통」, 「보고」, 「향수」 등이 이에 속한다.

위에서 제기한 인식의 객관성을 주장하는 층위와 결과로 주어진 주관성의 문제를 살피려면 셋째 부류의 소설을 검토하는 것이 우선적이다. 앞질러 말한다면 셋째 소설에서의 문제의식과 인식론적 특성 때문에 첫째와 둘째의 작품 경향이 결과적으로 발생한다고 보이기 때문이다. 셋째 부류의 문제의식을 보여주는 최초의 작품이 위에서 분석한 「행인」이다. 「행인」에서는 위에서 언급한 대로 주관과 객관에 대한 문제를 단지 문제 자체로서 그것도 주체에게 다가오는 낯선 충격이라는 형태로 제기할 뿐이지만 이후의 작품에서는 인식의 객관성의 근거찾기의 문제가 다각도로 탐색된다.

먼저 「누이」를 보자. 이 소설은 소설가인 내가 치마를 염색하는 여학생인 누이를 지켜보면서 자신의 셔쓰도 염색해 달라하고, 그 대가로 누이의 양말을 사주겠다고 약속하는 내용의 대화의 전말을 기록한, 상세한 보고서의 형식으로 되어있다. 나의 눈에 비쳐진 누이의 표정과 말, 행동, 누이와 자신과의 사이에 오고 간 대화를 옆에서 엿들은 자가 기록을 하듯이, 나의 감정이나 주관적 판단을 최대한 억제한 채 상세히 기록되어 있다. 이러한 작위적일 정도의 객관성에의 노력과 주관 배제의 태도는 '누이'라는 객관적인 대상을 바라보는 방식, 그것을 그리는 시각의 갱신을 요구하는 것으로 해석해 볼 수 있다. '누이'라는 대상 자체가 객관적으로 존재한다거나, 그것을 있는 그대로 그릴 수 있다는 전제를 회의하면서, '누이'라는 대상은 '나'라는 주관의 눈에 다가오는 방식으로만 그 존재를 확인할 수 있을 뿐임을 선 언하고 그것의 실례를 그대로 보여준 것이다. 그 결과 이 소설은 '누 이'라는 전체의 상이 그려지는 것이 끝없이 방해받고, 유보되면서 그 누이는 단지 주관의 눈에 이러이러하게 보이는 것일 뿐임을 상기시키 는 것이다. 그 대상에 대해 독자는 어떤 전체의 상도 제공받지 못하고 주관의 눈에 보여진 보고에 의해서 단편화된 상태로만 인지할 수 있 을 뿐인 것이다. 누이라는 대상에 대한 주관적 감정과 선입관을 배제 한 '객관적'인 보고서는 이렇게 파편화된 모자이크와도 같은 보고서 로 되어버린 것이다.

왜 이런 결과가 발생했을까? 왜 대상의 객관성을 향한 충동이 주체 에 의해 파편화 되고 엿보여진 보고서로 되고 말았을까? 이는 객관성 의 근거를 찾는데 있어서 이전까지 유지된 사고 체계, 관습지평과 명 백하게 단절하려했기 때문이라고 볼 수 있지 않을까? 즉 기존에 객관 성을 상정하는 지평과 박태원이 여기서 '객관성'을 설정하는 지평 간 에 어떤 차이가 존재하는 것으로 볼 수 있다는 것이다. 「누이」의 객관 성에 결핍된 것은 대상의 '총체성'이다. 그러나 대화의 내용을 사실적 으로 재구성하여 마치 있는 그대로인 것처럼 보이는 것을 거부하고, '물어 보았다' '나는 생각하였다' '일러주었다'라는 종결어미로 일관 함으로써 관찰과 전달의 주체인 주관의 비보편성, 비절대성을 끊임없 이 인지시키는 것에서 보이듯, 이 총체성은 결핍이 아니라 의도적인 거부에 가깝다. 즉 대상의 객관성은 눈으로 본 것, 감각으로 지각한 것—이것이 고현학의 최초의 충동이다—의 차원이며, 대상의 객관성 의 분명한 구성요소 혹은 객관성의 근본적 전제라고 여겨졌던 총체성 은 주체가 가진 관념, 선험적 이념으로 구성한 차원의 것이라는 것, 총체성은 주체가 대상에게 부여 혹은 투사한 것이지, 대상 자체가 가 진 속성은 아니라는 것을 선언하고 있는 것이다. 나아가 대상 자체가 총체성을 담지하고 있는지 아닌지는 알 수 없다는 것, 다만 사물의 객관적 인식과 묘사를 위해서는 주체가 가진 선입견, 선험적 이념, 가치지평들을 무화시키고 대상 자체를 '관찰'해야만 한다는 것, 그리고 이 관찰의 객관성은, '구성'의 차원─총체의 상을 정립하려는 구성의 차원에는 주체가 가진 관념이 투사될 수밖에 없으므로─이 아니라 '감각'─대상과 주관이 만나는 가장 분명한 계기는 바로 감각이다─이 그 최종적 근거라는 것을 주장하는 것이다. 그러한 선험적 이념을 배제시킨 「누이」는 한 대상이 주체에게 지각되는 방식과 과정을 실험적으로 소설화해서 보여주고 있는 것이다.

　고현학을 의식적으로 선언하고 추동시킨 근저에는 그 출발부터 바로 이와 같이 인식의 객관성의 근거를 찾고자하는 충동이 개재해 있고, 이 충동의 근저에는 이전까지 객관성을 규정했던 인식방식에 대한 반발, 거부가 잠재해 있다. 이전까지 객관성을 규정했던 사유방식이란 대상을 보이는 그대로가 아니라 '아는 대로', 즉 주체가 가진 선험적 이념의 가치지평에 의해 투사된 총체성이 지배하는 방식이라는 것이다. 이런 선입견, 선험적 이념의 가치지평을 괄호쳐 무화시키고 대상 자체와 진공상태 속에서 만난다는 이런 방식은 「행인」에서 이미 그 단초를 보여준 것이며 이런 인식의 객관성의 근거찾기에서 추동된 고현학은 근본적으로 현상학적 환원[7]의 원리에 기초해 있다고 할 수 있다. 이에 근거해 대상의 객관성과 그 대상을 의식하는 의식 주관성

───────────────

7) 현상학적 방법이란 대상들과 내용을 대함에 있어서, 철학자나 학자들에게 문제가 되는 것은 그것들의 가치나 실재성 따위를 따지지 않는데 있으며 그것들이 스스로를 드러내는 그대로, 의식의 순수하고도 단순한 표적으로서, 의미화로서 그것들을 서술하고, 있는 그대로 그것들을 드러나게 하며 보이도록 해주는데 있다. 이는 결국 두가지 목표, 즉 절대적이며 객관적인 토대를 찾는다는 목표와 의식의 주관성에 대한 분석이라는 두가지 관심사에 의해 추동되는 것이다. 피에르·테브나즈, 심민화 역, 『현상학이란 무엇인가』, 문학과지성사, 1992.

이 만나는 종합의 상태를 '지향성' 개념이 담지한다고 할 때, 이런 종
합의 상태를 보여주는 작품들이 「진통」, 「보고」, 「향수」 후기의 「여관
주인과 여배우」이다.

「진통」은 한 남자의 짝사랑에서 비롯된 착각의 전말을 그리고 있
다. 여기에는 남자의 눈으로 관찰되고 그 관찰에 의거해 추측된 여자
의 모습과, 여자에게 반하고 몰두하는 관찰의 주체인 나의 모습, 그리
고 관찰의 대상인 여자와 관계 맺으면서—이 관계는 순수하게 남자의
의식 속에서만 일어난다— 나의 내면에 일어나는 감정의 파장이 교차
서술되고 있다. 이는 후기의 작품 「여관주인과 여배우」에서 악단의
여배우들의 생활이 관찰자인 나의 시선에 의해 제시되는 측면과, 그
여배우들에게 이끌리는 주체의 시선과 감정이 교차 서술되는 것과 통
한다. 「진통」에서 아마도 여급으로 추정되는 아래층 여자(대상)의 실
체는 나의 착각과 추측에 의해 파편화된 채 제시되어 있고, 그것들을
재구성해서 대상의 모습을 완성하는 것은 독자의 몫으로 남겨져 있
다. 대상은 주관의 개입에 의해서만 제시되어 있으며, 엄밀한 의미에
서의 대상 자체, 대상의 본질은 없고 주관의 눈에 의해 분산 왜곡된
채, 보이는 현상 자체가 본질을 대신하고 있는 것이다. 그리고 대상을
바라보는 주체의 감정과 심리 역시도 고립화되어 존재하기보다는, 대
상을 향해 열려있을 때, 그 여자에게 귀와 시선이 집중되고, 그리로
향해 있을 때 형성되는 것이다. 「보고」에서도 관찰자인 일인칭 서술
자가 술집 작부와 살림을 차린 친구를 찾아가 '가족을 생각해서 현재
의 상태를 청산하라'고 설득하려 하지만 그들이 사는 모양, 그러니까
'몇 가지 살림기물, 단정한 책상과 목각종이, 일력'같은 것들에서 받
은 주관의 인상 때문에 그들을 비난할 수 없고 그들의 행복을 빌고 싶
은 마음이 생겼다는 내용이 서술되고 있다. 여기서도 친구인 최군이
작부와 살림을 차린 것은 봉건적인 가족 윤리에 의해 규정되지도 않

고, 김동인이나 염상섭의 소설에서와 같은 개인의 근대적인 자아각성의 시각에서 규정되지도 않고 있다. 작부와의 동거는 외부의 어떤 선험적 기준에 의해서 규정되지 않은 채 다만 아무 선입견 없이 무사심하게 바라보고 지각하는 주체에게 다가오는 대로, 그 주체에게 불러일으키는 감정의 파장대로 서술될 뿐이다.[8]

이러한 소설들에서는 대상은 바라보는 주관의 선입견, 선험적 이념으로부터 벗어나서 주관과 내밀하게 만나고 있다. 이 만남 속에서 대상은 이념에 의해 재단되지 않은 채 순수한 자기의 모습으로 제시되며, 그 대상과의 만남의 과정을 통해서 주관의 감정, 심리가 촉발되고 전개되며 이 둘은 상승작용을 하면서 종합되어 있다. 그러나 이러한 종합은 아주 애매모호하고 위험한 것인데, 그것이 결코 오래 지속될 수 없는 긴장을 내포한 종합이고 따라서 새로운 딜레마를 야기시키기 때문이다. 주체가 가진 선입견을 배제하고 대상의 객관성에 다가가기 위해, 아는 대로가 아니라 보이는 대로를 외치고 거리로 나갔지만 이 '아는 대로'가 아닌 '보이는 대로'란 결국 주체의 눈에 들어온 사물이고, 주관의 의식에 비쳐진 대상인 것이다. 기존에 객관성이라고 여겨져온 것은, 선험적 이념의 투사에 의해 구성된 총체성에 다름 아니므로, 이 선험적 이념, 가치지평을 선취 혹은 내면화하고 있는 보편적이고 집단적인 주체에 의해 구성된 객관성인 것이다. 이러한 기존의 객관성의 준거를 거부하고, 그것을 현상학적 환원의 원리에 입각한 '지각', 혹은 주관의 의식에 현상하는 것으로 대체했을 때 결국 그 객관

---

8) 「보고」와 같은 소재를 다룬 1920년대의 소설에서 주관, 내면 서술되는 경우는 '나'가 아니라 일반적으로 가족과 구식 아내를 버린 '친구 최군'일 경우가 많다. 이 경우는 선택과 결단 행위의 실행자이고 일반적으로 '근대적 자아각성'이라는 이념, 가치지평에 입각한 경우이다. 그러나 박태원의 소설에 와서는 행위의 실행자가 아닌 바라보는 자의 내면이 서술되고 있고 이는 대상에 대한 판단 이전에 대상을 그대로 수용하는 내면이고, 대상이 자기에게 다가오는 방식에 의해 규정되는 내면이다.

성의 준거는 사적이고 개별적인 주관으로 떨어지고 마는 것이다. '엄밀한 객관성의 근거찾기'로 추동된 고현학은 그 최종적인 준거로 '개별적이고 사적인 주관'에 귀착되고 마는 것이다.

  이런 위험한 긴장을 유지하지 못하고 사적이고 개별적인 주관에 함몰되는 경우는 「옆집색시」, 「오월의 훈풍」, 「향수」 등이다. 「오월의 훈풍」에서는 주인공이 어린시절 기순에게 입힌 상처로 인해 그녀가 불행에 빠질 수 있으리라는 생각 때문에 생긴 죄책감이라는 감정과, '그는 행복하다, 아들 낳고 딸 낳고… 분명 어머니의 기쁨이 있을 게다'라고 하며 그 죄책감으로부터 놓여나오는 심리적 추이를 그리고 있다. 여기서는 '죄책감'의 감정으로 주체와 불편하게 구속되어 있는 현실, 그 현실이 주는 억압에 대해 속물적 행복을 설정하고 그 행복으로부터 주체를 자발적으로 소외시킴으로써 그 억압으로부터 놓여나오는 과정을 보여준다. 「옆집색시」에서도 여학생이 아닌 성숙한 여인의 모습으로 성장한 옆집 색시에게로 향하는 주체의 감정이 그려지고 있다. 그러나 이 감정은 앞의 소설들에서 비록 주관의 의식속에서나마 이루어지던 대상의 재구성, 대상과 주관의 만남과 함께 제시되지 못하고 있다. 그리고 대상 역시 풍금소리와 함께 불러일으켜진 주체의 그리움이나 향수 같은 감정을 일으켜주는 도구적 역할을 할 뿐이다. 여기서도 주체는 원산 해수욕장에서 그녀를 놓치고 후회하는 것에서 보이듯, 대상과의 거리를 전제하고 그 대상을 손잡을 수 없는 것으로 설정한 상태에서 대상을 향해 불러일으켜지는 기억, 연상, 그리움 등의 감정을 향유하는 것이다. 이러한 방식은 「향수」에서 주인공이 동경에서 기생과 연애를 하면서도 그 기생이 보여주는 쪽진 머리, 노랑 저고리, 흰 고무신에서 불러일으켜진 자신의 향수를 사랑하고, 현재 그 애인을 기억하면서도, 과거라는 시간적 거리감에 의해 보장되는 대상에 대한 접근 불가능의 상태에서만 가능한 우울과 향수라는 주체의 감정을 향유하는 것으로 이어진다. 앞서의 「진통」, 「보고」 혹은 후기의 「여관주인과 여배우」 등에서 가까스로 견지되던 주관과 대상의 만남 혹은 종합, 그러니까 대상은 주관에 의해 주관은 대상에 의해 서로를 규정하고 드러내주는 방식은 쉽게 사라져 버리고, 결국 위와 같이 개별적이고 사적인 주관만이 전면화되고, 대상은 주관의 내면에서 일어나는 심리적 파장들을 그리기 위한 수단으로만 제시될 뿐인 것이다.

인식의 객관성의 근거를 찾는 것에서 추동된 고현학은 그 객관성의 근거를 인식주관의 감각적 확실성에 기초한 '주관성'에 귀착시킬 수밖에 없게 되고, 이러한 주관성은 그 출발부터 선험적 이념, 집단적 가치지평과의 결별을 전제했기에 그런 이념과 가치지평을 담지한 집단적 주체가 아닌 '개별적이고 사적인' 주관성, 내면성이 그 본질인 것이다.

3. 이념 없는 주관성, 순응주의적 주체

그래서 이제 문제는 '주관성'이다. 그간의 연구에서 주관성의 문제는 모더니즘의 주요 특징으로 부각되어 왔었다. 박태원의 소설에 나타나는 주관성을 미적 자의식 혹은 자기반영성의 징표로서 모더니즘의 주요 원리로 의미부여해 왔고, 나아가 식민지 룸펜 지식인의 불안한 내면 심리의 묘사로서 넓은 의미에서의 반영론적 시각에서 시대적 규정성 속에 포괄시키기도 했었다. 이러한 의미규정과 더불어 이제 필요한 것은 박태원이 보여주는 주관성의 구체적인 성격과 내용, 즉 그 주관성 속에 관철되는 현실대응의 원리와 역사적 규정성을 확인하는 것이다. 이를 위해서는 결국 박태원의 주관성을, 전대의 소설 속에

서의 주관성뿐만 아니라 동시대 모더니즘 소설에서의 주관성과 비교
하여 그 공통성과 차별성을 확인하는 것에서 시작하는 것이 유리할
것이다.

　이 주관성, 혹은 내면이란 우리 소설사 속에서 박태원에게서 처음
등장하는 것은 아니다. 우리는 일상적 인간이 속한 삶의 세계를 유한
함과 속악함으로 의미화하고, 그것에 대해 대타적인 영원성의 세계를
예술적 허구로 자립화시킴으로써 주체가 가진 예술적 열망이 자아 외
부의 모든 공동체적 이념적 가치에 반하는 광기로까지 치닫는 자아의
내면, 즉 낭만주의적 주관성의 극단화된 모습을 김동인의 소설에서
이미 보아왔다. 또 카프 계열의 리얼리즘 소설에 나타나는 재현에 있
어서의 핍진성과 개연성을 위해 봉사하는 주인공의 내면 묘사, 그리
고 고백과 반성적 사유를 통해 대상세계는 물론 자기자신의 내면까지
를 냉담하게 관찰하고 소설화하는 주체의 내면성을 염상섭의 소설에
서 이미 보아왔다. 때문에 이상이나 박태원의 모더니즘 소설에 등장
하는 주관성, 혹은 내면이란 그 자체로서 시초의 것, 새로운 것은 아
니다.

　박태원의 주관성, 내면의 새로움을 살핌에 있어 그것이 고현학, 즉
인식의 객관성의 근거찾기로부터 출발한다는 사실은 아무리 강조해
도 지나치지 않다. 이 말은 그의 주관성, 내면에의 집착이 소설의 사
건 전개에서 핍진성을 도와주는 그럴법함이나 개연성에서 유래한 것
도 아니고, 세계를 속악함으로 보편화시키고 그 속악함을 구원할 수
있는 유일한 가능성으로 보편화시킨 낭만주의적 주관성과도 거리가
멀다는 것이다. 박태원의 주관, 내면은 '이미 존재하고 있는 대상세
계'와 그것을 인식하는 문제에 촛점을 두는 것에서 출발하고 있는 것
이다. 이런 인식론적 문제틀에서 주관, 내면은 외부의 대상세계를 인
식하는 객관성의 최종적 근거이기 때문에 전면화되는 것이다. 이러한

주관은 당연히 대상세계의 속악함과 유한함을 대신할 만한 어떤 보편적 원리, 선험적 이념도 보유하지 못하고, 오히려 그러한 원리를 거부한 그야말로 투명하고 냉담한, 텅 빈 주관이다. 주관이 어떤 보편적 원리를 내면화하고 있다면 그것이 대상을 객관적으로 인식하는데 방해 요소로 작용하기 때문에 그런 선험적 이념들을 모두 탈각한 상태의 순수한 주관은 투명한 내면이고, 그런 내면을 통해 '지각'된 대상만이 객관적인 대상인 것이다. 따라서 이념적 판단을 배제한 '감각'만이 주관과 객관을 이어주는 최초의 매개이고 바로 그런 이유에서 객관성의 최종적 근거로 자리잡는 것이다.

이렇게 어떠한 선험적 보편적 이념과도 단절된 채 무사심하게 텅 빈 내면은 문학사 속에서 박태원의 소설에 처음 등장하는 경우라고 할 수 있는데, 이런 내면이 현실과 관계맺는 방식은 '순응주의'라고 할 수 있다. 주체가 가진 내면의 이러한 성격은 기존 연구에서의 '산책자' 유형과 비교가 가능하다. 기존의 연구에서는, '거리를 목적 없이 떠도는 산책자가 생활에서 한발 물러선 아웃사이더적인 특성 때문에 온갖 모순의 집결지인 경성이라는 공간을 객관적으로 드러낼 수 있고 이런 점이 모더니즘의 비판적 잠재력중의 하나'[9]라고 보고 있다. 그러나 이러한 비판적 잠재력은 적어도 박태원의 경우에는 가능성의 차원에 그칠 뿐, 그의 무사심한 내면은 존재하는 현실 전체에 대한 무차별적 긍정으로 나타난다. 대표적으로 「소설가 구보씨의 일일」에서 구보가 보여주는 판단 유보의 태도, 마지막에 가서 갑작스럽게 긴장을 풀어버리는 어정쩡한 화해, 그리고 후기의 소설들에서 보이는 대상세계에 대한 무차별인 연민과 긍정의 태도로 미루어 볼 때, 박태원의 내면은 대상과의 거리감각하에서의 현실 비판보다는, 이념을 거부

9) 최혜실, 「한국현대모더니즘 소설에 나타나는 '산책자'의 주제」, 「한국문학과 모더니즘」, 한양출판, 1994, 33쪽.

한 주관이 현실에 대해 '순응'의 방식으로 관계맺고 있는 것이라고 할 수 있다.

이러한 순응주의적 현실대응 방식은 그의 주관성의 출발 자체에 내재하고 있는 성격이라고 볼 수 있다. 박태원의 내면이 대상에 대한 인식의 객관성의 문제에서 출발한다고 했을 때, 이런 문제틀은 대상의 존재 자체를 이미 주어진 소여로 인정한 상태에서 문제를 출발시키기 때문이다. 대상이 갖고 있는 모든 조건들을 괄호쳐서 무화시키고 진공상태 속에서 바라보는 '인식'의 문제에서는 객관성의 근거를 찾는다는 본질이 유지될 수 있었다. 그러나 순수한 인식주관이 아닌 삶과 관계맺는 개인으로서의 주체가 '서사'의 틀 속에서 현실적으로 존재할 때는 선험적 이념과 가치지평을 무화시킨 진공상태의 주체, 즉 텅 빈 투명한 내면의 주체는 결국 현실에 무방비상태로 노출된 채 주어진 현실을 고스란히 받아들일 수밖에 없는 순응주의적인 주체로 되는 것이다.

주관, 내면의 이러한 성격 때문에 박태원의 소설은 모더니즘 이전의 소설과도, 또 동시대 모더니즘 소설가인 이상과도 분명한 변별성을 갖는 것이다. 이런 선험적 이념, 공동체적 가치, 보편적 원리를 탈각한 내면으로서의 주관성은 동시대 모더니스트인 이상의 소설에도 동일하게 나타나는 주관성의 모습이다. 물론 이상의 내면의 출발이 박태원— 고현학으로 대표된 인식의 근거찾기, 현상학적 환원, 개별적이고 사적인 주관에서 근거를 세우는—과 같지는 않다. 이상의 주관성의 출발과 근원이 어디인지, 그 수순은 어떤 과정을 거쳤는지는 고를 달리하여 살필 문제이지만 적어도 그 내면이 도달한 성격, 공동체적 가치지평을 철저히 탈각한 내면이라는 공통성은 분명하다. 그러나 이상 소설의 주관성이 박태원과 같이 공동체적 가치, 보편적 원리에 의해 보증 받지 못하고 오히려 그것을 거부하는 것이 분명함에도 불구하고, 그 내면을 현실, 삶의 세계와 이분법적 대결의 구도 하에 설정하는 것이 특징적이다. 대결은 힘의 우위를 쟁취하기 위한 싸움이기 때문에 주관은 자신의 우월성의 근거를 가져야하는데, 이상 소설의 경우 이 근거를 선험적 이념이나 공동체적 가치와 같은 주관 외부의 힘이 아닌, 시 창작과정에서 드러나는 것과 같은 자신만의 관념의 독자성에서 찾는다. 이 '관념'의 독자성 때문에 그의 주관성은 '꽉 찬', 강력한 내면을 형성하고, 이 관념을 무기로 이상은 거대한 현실과 싸워나가는 것이며, 이런 미학적 싸움의 과정이 그의 소설 창작 과정이라고 할 수 있다.[10]

그러나 박태원에게 있어서의 주관성은 현실과의 대결에 의해 유지되는 내면이 아닌, 현실을 주어진 소여로 인정한 상태에서의 그것을 인식하고 받아들이는 주관성이기 때문에, 여기에는 대결의 구도도, 그 대결을 가능케 해줄 주체가 가진 고유한 무기도 처음부터 부재하는 것이다. 이는 앞서 지적했듯이 주관성의 출발에 내재하고 있는 본질적 원리 때문이라고 할 수 있다. 박태원의 고현학이 근거하고 있는 현상학적 환원의 원리에는 현실과의 대결의 구도가 결코 들어설 수 없다. 현상학 자체가 주관과 객관, 주체와 객체의 이분법의 구도를 회의하고 무화시킴에서 출발하는 인식방식이기 때문이다. 엄밀한 객관성이 주체와 대상의 이분법적 전제에서 출발하는 데카르트와 달리 과학의 엄밀성을 지각, 지향성에서 찾는 현상학은 이분법의 구도를 다시 회의함이 그 전제이기 때문이다. 그러나 현상학에서의 지향성 개념이 의식주관성에 함몰되거나 경험주의로 나아갈 소지가 있는 모호한 긴장의 상태이듯, 박태원의 고현학이 보여주는 이율배반성의 문제, 즉 객관성을 향한 충동과 결과로서의 주관성은 결국 『천변풍경』

---

10) 졸고, 「이상 소설의 창작원리와 미적 전망」, 『근대문학과 구인회, 깊은샘, 1996. 참고.

처럼 자연주의적인 세태묘사나, 「소설가 구보씨의 일일」처럼 주관의 극단화와 미학적 자기반영의 형태로 양극화되기 쉬운 모호성을 내재하고 있는 것이다. 어쨌든 이런 현상학적 환원의 원리에서 출발한 박태원의 주관성이 현실과 관계맺는 방식은 낭만주의적 주관이 갖는 보편화에 입각한 도피도 아니고, 이상 소설에서의 주관성이 보여주는 '부정성'도 아닌, 현실에 대한 '순응'이 그 본질이라고 할 수 있다.

4. 소시민적 장인으로서의 글쓰기 태도

고현학에서 출발해서 그 귀착지인 주관성의 성격, 그 주관성이 현실과 관계맺는 방식으로서의 순응주의까지를 살폈다. 이제 문제는 박태원만의 변별적 특징으로 보이는 이 주관성이 그토록 다양한 경향을 보여주는 그의 소설 작품 전체 속에 어떻게 관철 혹은 단절되는지의 문제, 그러니까 그의 전체 작품속에 흐르는 박태원의 글쓰기 태도는 무엇인지, 그것이 갖는 사회 역사적 의미망은 무엇인지이다. 이는 박태원의 소설이 보여주는 독특성이 어떠한 보편성과 맞물리는가의 문제와도 관련된다. 고현학이 '관찰의 기록'이라 할 때 앞장에서는 관찰의 문제로부터 출발했다면 여기서는 이제 '기록'의 문제로부터 출발해보자. 현실에 대해 순응주의로 관계 맺는 주관성의 글쓰기의 태도[11]는 무엇이고 그것은 어디에서 유래하고, 무엇을 징후적으로 드러내는가?

---

11) 여기서의 '글쓰기 태도'는 소설의 서사적 전개와 관련된 스토리, 문체나 표현의 방법에서 비롯되는 작가의 개성적인 스타일만을 지칭하지는 않는다. 또 작가의 '세계관'이 갖는 의식적 결단과 선택 혹은 '창작방법'이 갖는 글쓰기의 방법만으로는 환원될 수 없는 개인으로서의 작가가 자기 토대에 대해 취하는 의식적 무의식적 반응과, 토대로서의 공동체가 개인을 규제하는 다층적인 통로가 작품을 통해서 결합 혹은 착종되는 방식을 말한다.

여기서는 「소설가 구보씨의 일일」을 검토하는 것에서 출발하기로 하겠다. 이 소설은 같은 시기에 씌어진 「피로」, 「거리」나, 식민지 시대 말기에 씌어진 「음우」, 「투도」, 「재운」 등 소설 쓰는 자신을 대상으로 삼은 자기반영류의 소설들 중 가장 정제되고 깊이 있는 모습을 보여주는 것으로 평가된다. 이 부류의 소설들은 앞 장에서 고현학에 대해 살피면서 그것을 의식적으로 선언하는 층위, 의식적으로 작품에 적용하는 층위, 그것이 관철되어진 층위로 분류했을 때, 첫 번째 부류, 그러니까 고현학을 의식적으로 선언하고 그러한 자기자신을 소설의 제재로 삼는 경우에 해당한다. 이 때의 고현학은 의식적인 주장 하에 그 본질적 내용성이 작품 속에 적용되거나 충분히 녹아 있지 않다 그렇기 때문에 고현학의 내용적 본질 ―그러니까 인식의 객관성의 준거의 문제―을 직접 다루지는 않지만, 글쓰는 일에 대한 자의식, 그러니까 소설을 쓴다는 행위가 박태원 자신에게 어떤 의미인지를 보여준다는 점에서 박태원식의 주관성이 사회역사적으로 자리잡는 한 방식을 엿볼 수 있게 해준다.

우리는 앞에서 「오월의 훈풍」, 「옆집색시」, 「향수」 등의 소설을 보면서, 거기 등장하는 주인공들이 일상의 삶에 거리두고 행복과 결별함으로써 이루어진 자발적 소외를 대가로 자신들만의 우월성의 영역을 확보하는 것을 보았고, 그 우월성의 근거는 자신들이 소설가라는, 예술가라는 사실에 기인하고 있음을 잠깐 살폈었다. 「소설가 구보씨의 일일」의 구보나 「피로」, 「거리」의 일인칭 주인공 '나'역시 마찬가지의 성향을 보여준다. 그들은 모두 일상의 행복에 대해 거리를 두고 예술 영역 그러니까 소설쓰기의 영역을 고립화시키고 그야말로 거기에 칩거한다. 이 고립은 그 자체가 자기 예술 행위의 우월성을 위해 초래한 자발적 소외이면서, 동시에 외부 세계에 능동적으로 참여할 수 없는 '무력감'에 의해 강요된 성격이기도 하다. 그렇기 때문에 이 주인공들은 「거리」에서 밀린 방세 때문에 이루어진 가족의 위기에 내가 보이는 태도에서 보이듯 항상 무기력하다. 이런 '무기력'을 두고 기존의 연구에서는 경제공황 등의 사회 역사적 원인에서 비롯된 식민지 지식인들의 실업과 궁핍에서 그 원인을 찾고, 이런 모더니즘 소설이 당대 현실을 일정정도 반영하거나 혹은 그 당대적 현실에 의해 규정받고 있는 한 증거로 다루어왔다.[12]

그러나 실업과 궁핍이야 식민지 시대의 지식인 일반을 규제하는 삶의 조건이었음은 주지의 사실이다. 현진건의 「빈처」에서 보이듯 지식인, 예술가, 작가들이 일상적 유용성의 기준에서 밀려나 있음은 박태원의 소설에서 처음 나타나는 현상도 아니며, 또 그것이 작품 속에서 중요한 제일의적 원인으로 제시되지도 않은 경제공황과 같은 사회적 원인을 지적하는 것만으로는 박태원 소설의 핵심에서 멀어지는 일일 뿐일 것이다. 그렇다면 지식인, 소설가 주인공들이 보여주는 이 무력감은 어디에서 기인하는가? 이들의 무력감은 자신들이 '사회적으로 무용한 인간'이라는 자각에서 온다. 그의 소설에 나타나는 실업 지식인들에게는 이전 시대에까지 보이던 사회적 가치와 자존심이 없다. 즉 일상적 세속적 안락을 희생한 것이야 개화기 이래 지식인들에게서 공통적으로 나타나는 현상이지만 이런 일상적 행복의 희생과 소외를 감내하고도, 감내했기에 더욱 자부심을 부여해주던 정신적 가치, 그러니까 한 사회, 한 민족의 정신적 지향성을 드러내주고 그것의 맨 앞자리에 서 있다는 자부심, 그러한 지식인 자신이 공동체에 대해 갖는 선각자로서의 희생정신과 계몽에의 사명감이 부재하는 것이다. 이들은 이광수 식의 문사 개념에서도, 소설가 이전에 한 지식인이고 논객이었던 이전의 작가 개념에서도 이미 너무나 멀리 떨어져 있는 것이다.

---

12) 나병철, 『근대성과 근대문학』, 문예출판사, 1995, 212-219쪽.

그렇기 때문에 박태원의 소설에서의 무력감은 이중의 차원에서 기인하는 것으로 볼 수 있는데, 일상적 행복으로부터의 소외와 이전 시대까지 지식인들의 자기정체성을 구성하던 제일의적 요소였던 '사회적 윤리적 가치로부터의 소외'가 그것이다. 그리고 이 후자의 원인이 박태원 소설의 본질적 핵심을 드러내 주는 것은 물론이다.

「소설가 구보씨의 일일」에서 구보는 소설쓰기에 강한 집착을 보이고, 소설 쓰는 일, 소설가로서의 자신을 작품의 대상으로 삼으면서 글쓰기에의 욕망을 강력하게 드러낸다. 그러면서도 정작 '어떤' 소설을 쓰고 싶은지, '무엇'을 쓰고 싶은지에 대해서는 한 번도 물음을 제기하지 않는다는 것은 아이러닉한 사실이다. 초기의 「적멸」에서부터 후기의 「음우」, 「투도」, 「재운」에 이르기 까지 이 부류 소설의 대부분이 자기자신의 정체성은 다만 글을 쓰는 사람일 뿐이고, 따라서 어떤 글이건 글을 써야한다는 초조감만을 드러내고 있을 뿐, 어디에서도 그의 소설관, 소설에의 가치기준은 찾아볼 수 없는 것이다. 그러나 이 아이러닉함, 즉 '어떤' 소설이 아니라 그냥 소설을 쓰겠다는 무목적적인 글쓰기에의 욕망이 바로 박태원의 글쓰기 태도의 핵심이라 할 수 있다. 그렇기 때문에 당대의 비평가 임화가 1930년대 후반의 소설을 평하면서 박태원의 소설을 들어 내성과 세태의 분열을 언급하고, 말하려는 것과 그리려는 것의 분열을 지적하는 것은[13] 박태원 글쓰기 태도의 본질을 제대로 지적한 것이라고 할 수 없다. 박태원에게는 임화가 말한 바의 '말하려는 것'이 없다. 말하려는 것이란 작가가 가진 이념의 차원이고, 사회와 역사에 대해 설정한 집단적 가치를 작품 속에 투사하는 것이기 때문이다. '말하려는' 것 없이 다만 무언가를 그리겠다는 의지, 무엇이 되었건 '잘 그리겠다는 의지'만이 존재하는 것이다.

---

13) 임화, 「세태소설론」, 『문학의 논리』, 서음출판사.

대상에 대한 탐색이나 대결이 아닌, 존재하는 대상을 인정한 상태에서, 그 대상을 '그리는 것'에 관심을 둔다는 것은, 어떤 일이 그 일이 대표하는 '가치'에 의해서가 아니라, 그 일의 '숙련도와 전문성'에 의해서만 결정되는 방식과 관계있다. 이런 방식으로 표현된 박태원의 글쓰기에 대한 태도는 철저히 전문가, 장인의식에 기초한 소설가의 태도이다. 소설을 쓴다는 것이 공동체의 앞날을 인도하는 선각자로서의 행위가 아니라, 다만 하나의 기능인, 전문가일 뿐이라는 의식의 표현인 것이다. 이는 어떤 일이, 그 일의 가치를 근원적으로 결정해주고 인도해줄 집단적 차원, 이념적 차원의 가치평가를 괄호쳐 부재로 친 상태에서, 그 일이 대변해줄 어떤 외부의 가치, 보편타당한 이념 때문이 아니라, 다만 그 일을 얼마나 '합리적이고' '세련되게' '전문적으로' 했는가하는, 일의 숙련도에 의해 그 가치가 결정되는 전문가로서의 소설가 개념의 표현인 것이다. 이를 김윤식은 '가치중립적 글쓰기'라고 했지만, 앞서 고현학에서의 인식의 객관성에의 욕망이 순응주의에 기초하게 되듯이, 이 때의 가치중립성이란 기실은 존재하는 가치의 인정, 순응의 표면적 형태일 뿐이다.

순응주의적 주체의 글쓰기를 지탱시켜주는 것은 이와 같은 가치중립성을 표면화한 전문가로서의 작가 개념이고, 이는 근대 이후 자본주의가 야기한 '합리화의 흐름'이 예술, 특히 문학의 영역에서 현상하는 방식의 하나라고 할 수 있다. 합리화란 무엇보다도 제 가치 영역들의 분화 및 개별화의 필연적 흐름으로 특징화될 수 있다. 정치, 학문, 예술 등 제반의 개별 영역들이 그것들을 하나로 통어해주던 공동의 이념 혹은 가치체계로부터 결별하고 각각의 분야가 자율적이고 전문적인 자기 질서와 흐름을 갖는 것을 말한다.[14]

이러한 합리화의 운명은 예술의 영역 역시 피할 수 없기는 마찬가지이다.[15] 그 단적인 표현이 근대 이후 등장한 '예술을 위한 예술' 즉 자기목적적인 예술, 예술의 자율성 개념이다. 이것은 예술이 합리화의 방식에 몸을 싣는 고유의 논리이면서 동시에 합리화의 운명에서 자신을 지키려는 몸부림이기도 하다. 주술성, 보편적이고 선험적인 가치, '진'과 '선'을 그 자체에서 함유하고 있는 '미'로서의 칼로카가티아가 더 이상 예술에 속하지 않을 때 예술의 가치, 예술의 자기정체성은 결국 예술 고유의 메커니즘에의 충실성에 있다. 따라서 이제 예술이 의미 있는 것은 예술 작품을 통해 표현되는 어떤 '의미' 때문이 아니라, 다른 모든 전문적 영역들처럼 기능의 '숙련도'와 '세련미' '전문성' 때문인 것이다.

요컨대 이렇게 자율적이고 고립화된 예술의 질적 차별성, 자기 정체성은 외부의 선험적 이념이 아닌 자기 내부의 고유의 메커니즘에 의해 결정되고 이 고유의 메커니즘은 결국 기교와 방법이다. 그 기교와 방법은 의미를 '더 잘' 전달하려는 목적에서가 아니라 자기자신을 위해 소모되기 위해서, 소모되어 늘 새로운 것으로 갱신되기 위해서만 존재하는 것이다. 모더니즘 예술에서 기교가 그토록 전면화되는 이유, 그토록 사활을 걸고 기교에 집착하는 이유도 바로 여기에 있다.

그러나 근대의 예술가들이 '예술을 위한 예술'을 오만하게 선언하고 기교에 강박적으로 매달리는 태도의 이면에는, 주술성과 결별하고

---

14) 막스 · 베버, 이상률 역, 『직업으로서의 학문』, 문예출판사, 1994, 53-56쪽.

15) 프랑크푸르트 학파는 이러한 피할 수 없는 합리화의 운명이 가져오는 파괴적인 결과에서 인류를 구원할 마지막 희망을 예술의 영역에서 찾고자했고, 그 근거를 예술이 가진 주술성의 힘, 즉 주술이라는 말이 은유적으로 지시하는 신이나 초월적인 이데아, 공동체의 앞날을 예견하고 가야할 길을 밝혀주는 힘에 두고 있다.(M. 호르크하이머/M. 아도르노, 김유동 · 주경식 · 이상훈 역 『계몽의 변증법』, 문예출판사, 1995) 우리 모더니즘 문학 연구에서, 도구적 합리성에 저항하는 미학적 저항으로서의 미적 합리성을 말할 때 그 근거를 여기에 두고 있는 것이 대부분이다. 그러나 이상이나 단층파의 유항림, 혹은 경향은 약간 다르지만 허준의 경우와 달리, 이러한 미학적 저항의 측면을 박태원의 소설에서 찾아보기는 어렵다. 몇 단계의 변화와 다양한 경향들 속에서도 유지되는 '순응'의 현실대응 방식 때문이다.

이제 더 이상 진리의 현현체일 수 없는 예술 자신의 운명을 바라보는 원한 섞인 반항과, 그것이 바로 자기 시대의 운명임을 자각하는 체념 섞인 냉담한 순응의 모습을 동시에 갖고 있다. 따라서 이러한 시대적 운명을 타고난 근대 이후의 예술가들은 세계 속에서 보상도 대가도 없는 길을 택한 자의 광기와 위악의 모습을 보여주면서 끝없이 자신을 소모시키는 악마주의에서부터 감각적이고 경쾌한 딜레탕트의 모습, 그리고 주술로부터 해방되어 그 주술의 주인이었던 신, 이데아, 초월적 진리, 공동체의 이념의 종속물의 지위에서 격상되어, 그런 신 혹은 초월적 힘과 대등한 '창조자'로서의 천재의 우월감으로 표현되기도 한다.

박태원의 '이념 없는 주관성'이 보여주는 전문가로서의 글쓰기 태도는 그 배면에 바로 이러한 '예술을 위한 예술' 개념을 체현하고 있다. 그의 소설에 나타난 기교와 실험은 그 자체의 새로움이나 독특성 때문에 의미가 있다기보다는 예술의 영역에서 합리화가 관철되는 고유의 방식과 논리를 보여준다는 점에서, 그 과정에서 근대 예술가가 취하는 태도의 한 전형, 그러니까 현실에 대해 부정과 반항, 조롱의 태도를 보이며 예술에 탐닉하는 '천재'의 태도(이는 동시대 모더니스트 이상의 모습에 가깝다)와는 달리, 현실에 대해 '체념'과 '순응'으로 일관하면서 소시민적 성실성에 기초한 장인, 전문가로서의 작가의 태도를 보여준다는 점에서 그 보편성을 획득하는 것이다. 물론 이러한 보편성의 해명을 위해서는 1930년대 중반 이후 식민지 자본주의의 성숙 정도와 사상사적 변동, 문단의 경향 등 다양한 각도에서의 조명이 선행된 후에야 판단될 문제이다. 그러나 적어도 이 시기의 문학이 이광수와 카프로 대표된 계몽의 담론, 그러니까 작가가 선험적 이념, 공동체의 집단적 가치를 선취하고 구현하고자 하는 지식인의 태도와 결별한다는 것, 그리고 그러한 결별 이후 나타나는 제반의 문학 경향 가운데 같은 구인회 회원이었던 이상과 더불어 박태원이 보여주는 글쓰기 태도는 하나의 비교 가능한 전형을 보여준다는 점에서 문학사적 보편성을 획득할 수 있는 것이다. 이러한 '합리화'와 '예술의 자율성'이라는 보편성 속에, 궁핍하고 뿌리 없는 천재라는 특수한 개인으로서의 작가 이상이 등재되는 방식이 '부정성'의 파토스였다면, 글쓰기에 대한 소시민적 성실성으로 전 생애를 일관하면서, 경제적으로 여유 있고 근대화 과정에서 발 빠른 대응을 해왔던 중인 계층 출신의 작가 박태원이 그 보편성에 등재되는 방식은 '순응주의'에 기초한 전문가로서의 글쓰기 태도라 할 수 있는 것이다.

5. 남는 문제

그렇다면 이러한 식민지 시대의 소시민적 장인의식으로서의 글쓰기 태도, '순응주의'적인 현실대응의 방식, 그것을 근본적으로 추동시킨 인식론적 객관성의 충동과 계층적 기반이 해방 이후 북한에서의 『갑오농민전쟁』에까지 이어지는 창작 활동상의 변화와는 어떤 관계가 있을까? 이는 기존에 '생활'의 발견에 따른 현실주의로의 이념적 변모, 모더니즘에서 리얼리즘으로의 전환 등으로 논의되어 온 부분이고 또 박태원 개인뿐만 아니라 월북작가들의 내부적 차별성과 공통성, 해방공간이 작가에게 가한 작용과 반작용의 문제, 이념적 전환과 맞물리는 예민한 부분이기에 본고의 논의 범위를 벗어나는 문제이다.

그러나 해방 이후 북한에서의 창작 경향을 살핌에 있어 소설의 서사적 스토리의 차원과 위에서 논의한 글쓰기 태도의 차원을 구분지어 생각해본다면 적어도 해방 후의 소설들을 세계관의 변모, 이념 전환만으로는 볼 수 없는 점이 있는 것은 분명해 보인다. '글쓰기 태도'를 소설의 서사적 내용이나 작가의 의식만이 아닌 한 개인으로서의 작가가 자기가 속한 시대 및 사회적 공동체에 대해 갖는 의식, 무의식적 태도의 총체를 이르는 것으로 본다면, 여기에는 '세계관'이 갖는 의식적 결단과 선택의 범위, '창작방법'이 갖는 글쓰기 방법의 범위를 넘어서거나, 혹은 그 두 범주가 포괄하지 못하는 개인으로서의 작가가 자기 토대에 대해 취하는 무의식적 반응 혹은 토대로서의 공동체가 개인을 규제하는 다층적인 통로를 볼 수 있는 가능성이 생길 수 있을 것이다.

따라서 해방 후 북한에서의 작품들이 소설의 서사적 층위에서는 더 이상 현실에 대한 순응의 태도를 보이지 않고, 대결과 승리의 모습까지 형상화되어 있는 것이 사실이지만, 각도를 달리하여 이 소설들이 씌어진 사회적 맥락을 고려해 볼 필요가 있는 것이다. 그럴 때 스토리상에 전개된 사회 역사적 전망이 식민지 시대에 씌어진 사회 역사적 전망과 과연 등가일 수 있는가? 식민지 시대에 주로 카프 작가들에 의해 씌어진 소설에 나타난 이러한 전망들은 그 소설이 쓰여진 사회적 맥락에서 보면 억압의 대상이었고, 기층 민중이나 집단적 공동체의 원망을 이념의 차원에서 구현하고 있는 '선취된 보편성'을 가질 수 있었다. 그렇기 때문에 그 소설들이 갖고 있는 사회 역사적 전망과 그것으로 표현된 작가의 세계관은 선택과 결단의 차원이었던 것이다. 그러나 박태원이 이러한 전망에 기초한 소설을 쓸 때의 사회적 맥락에서는 그것이 더 이상 억압의 대상이 아니고 열려진 가능성 중의 하나, 혹은 더 나아가 존재하는 현실에서 유일하게 주어진 지배이념이었다고 볼 수도 있다. 그렇다면 이 때에는 동일한 전망, 동일한 세계관을 위해 어떤 선택이나 결단이 없이도 '받아들일 수 있'거나 '받아들이기'를 강요받았을 수도 있었다고 추측해 볼 수 있을 것이다. 따라서 적어도 이 시기의 박태원의 소설은 세계관의 의식적 선택이거나 방향 전환, 혹은 의식 각성의 산물이 아니라, 주어진 전망, 강요된 전망의 수용으로 볼 수 있고, 이는 식민지 시대를 일관한 '체념'과 '순응'의 논리의 연장선상에 있다고 볼 수 있을 것이다. 받아들인 대상(전망)은 변화했지만 주어진 것을 '받아들인다'라는 태도, 순응과 긍정의 현실대응 방식, 그리고 그 전제하에서만 가능한 장인으로서의 글쓰기 태도는 그대로 유지되고 있다고 추론해 볼 수 있을 것이다.

물론 이러한 추론은 많은 실증적인 증거를 필요로 하는 비약일 수 있고, 또 자본주의와 더불어 생성된 예술에서의 합리화, '예술을 위한 예술'에 근거한 순응주의적인, 소시민적 장인으로서의 글쓰기 태도가 사회주의 사회에서 어떻게 관철되는가에 대한 보다 상세한 이론적 접근이 필요한 것은 사실이다. 그러나 월북 문인들이 정치적 문제 때문에 대부분 숙청을 당하는 데 비해 박태원만이 작가적 생명력을 끝까지 유지했다는 것, 『갑오농민전쟁』과 같은 대작을 그토록 오랜 시간에 걸쳐 집필할 수 있었다는 것은 그의 장인, 전문가로서의 끝없는 글쓰기 욕망과 현실대응의 방식을 말해준다고 하겠다. 글쓰기의 가능성, 글쓰기의 자유를 얻기 위해, 주어진 현실을 받아들이는 순응을 대가로 지불해야 하고, 그 순응을 감추거나 최소한 인정하지 않기 위해 세계에 대해 냉담한 거리를 취하는 방식을 말이다.

이는 어쩌면 애초부터 신으로부터 추방당하고, 선험적 이념과 결별한 주관을 갖고 태어날 수밖에 없었던 근대의 예술가들이 자신의 예술을 지키기 위해 전문인으로서, 장인으로서의 예술가를 자처하면서 예고된 운명일 것이다. 그 운명에서 식민지의 모더니스트로부터 출발해서 사회주의 사회로 월북한 개인으로서의 작가 박태원도 그렇게 자유롭지는 못했던 것이 아닐까?

자기부정을 통한 이념의 대상화와
모더니즘적 글쓰기
- 유항림의 소설을 중심으로 -

1. 문제 제기

최근 1930년대 후반의 문학에 연구의 관심이 집중되고 있다. 이 시기의 문학을 한국문학의 근대성이라는 사적 맥락에서, 이전 시기와의 차별성에 근거해 반근대, 탈근대, 혹은 근대의 한 양상으로 파악하는 것에서부터, 그 시기의 문학을 바라보는 관점 자체의 방법론적 새로움에까지 다양한 논의들이 이어지고 있다. 이러한 문학사적 혹은 방법론적 관심을 최종적으로 뒷받침해주는 것은 개별 작품에 대한 분석이라 할 수 있다. 최근 최명익이나 김동리의 소설에 대한 지속적인 관심도 여기에서 비롯된다고 볼 수 있다.

유항림의 소설을 살펴보고자 하는 이 글 역시 그의 소설 자체에 대한 해명보다는, 그의 소설을 놓고 그려질 수 있는 1930년대 후반 문학사에서의 어떤 종적 횡적 축에 관심이 두어져 있다. 그리고 필자가 잠정적으로나마 그 축의 중심으로 설정하고 있는 것은 '모더니즘 소설'[1]과의 관계이다. 지금까지 유항림의 소설에 대해 언급하는 경우,

그가 동인으로 참가한 '단충파'와의 관련 하[2]에 혹은 1930년대 카프 해체 이후 전향과 주조상실이라는, 이 시기의 지식인들이 처한 일반적인 분위기[3]에 집중되어 있다. 그러나 '모더니즘 소설'이라는 관점으로 유항림의 작품을 볼 경우, 전향 지식인의 내면 심리에 대한 지적이나 역설, 상징, 알레고리 등 작품 속에 나타나는 기법에 대한 설명을 통한 모더니즘 규정만으로는 미흡하다고 여겨진다. 제반의 형식들을 추출해서 모더니즘이라고 규정하기 이전에, 제반의 형식적 실험들을 모더니즘이라는 상위의 범주로 연결시켜주는 근거라 할 수 있는

---

1) 그러나 이러한 중심을 설정하자마자 몇 가지 난제가 동시에 수반된다. 보통 '모더니즘 소설'을 연구 대상으로 분석할 경우, '모더니즘'이라는 명칭, 범주를 어떤 근거에서 적용할 것인가가 가장 기본적이면서도 당혹스러운 문제 중 하나일 것이다. 리얼리즘과의 대비 하에 그에 대한 반정립으로 정의하는 경우, 정의 방식 자체가 외재적이이라는 한계를 안고 있다. 또 '형식 실험'이라는 분명한 특징에 주목해서 형식을 추출하고 그 형식이 소설 속에서 의미하는 바를 파악하는 것은 모더니즘 소설에 접근하는 가장 일반적인 관점이고 일견 타당성있는 관점일 수 있다. 그러나 이 경우 형식은 주제, 의미를 효과적으로 전달하는 수단으로 기능할 뿐 그 '형식'이 '모더니즘'이라는 상위의 범주를 뒤바침하는 근거에 대해서는 답할 수가 없게 된다. 또 이 경우 하나의 서사구조로서의 소설을 단위 기법들로만 분해하는 것에 그치게 되고 그것이 모더니즘 '소설'이라는 장르의 정체성은 망각되기가 쉽다. 이렇게 되면 모더니즘의 기법적 특징이라는 것은 시, 소설을 막론하고 적용 가능한 어떤 중립적인 기준, 혹은 심한 경우 수사법의 일종으로 환원되어 버릴 수도 있다. 그렇게 되면 모더니즘 소설은 소설의 비소설적 특징의 집합이 되고, '가장 근대적인 장르'라는 소설이 내포할 수 있는 근대의 문제틀에 대해 소설 장르가 가질 수도 있는 해답의 가능성마저도 봉쇄되어버리고 만다. '모더니즘 소설'에 있어 적어도 형식이 가장 큰 특징일 수는 있지만, 그 형식을 다른 것이 아닌 모더니즘 소설이라고 볼 수 있게 하는 '형식의 사용'은 다른 더 큰, 혹은 더 기본적인 토대에 의해 강제되고 있다고 볼 수 있을 것이다. 모더니즘 소설에 대한 연구는, 이 토대에 대한 해명 쪽으로 관심의 초점이 이동될 필요가 있을 것이다.

2) 최재서, 「『단층』파의 심리주의 경향」, 『최재서 문학평론집』, 청운출판사, 1961.
   홍성암, 「『단층』파의 소설 연구」, 한양대 석사 논문, 1983.
   신수정, 「『단층』파 소설 연구」, 서울대 석사 논문, 1992.

3) 이상갑, 「『단층』파 소설연구─전향지식인의 문제를 중심으로」, 『한국학보』, 1992. 봄호.
   류보선, 「전환기적 현실과 환멸주의─유항림론」, 『한국문학과 모더니즘』, 한양출판, 1994.

'토대'에 대한 고찰이 우선되어야한다. 즉 동일한 시대 상황 하에서 각각의 글쓰기의 주체들을 모더니즘적 형식 실험으로 추동시킨 어떤 힘들과 그 힘들 간의 관계의 총체라 할 수 있는 조건들이 먼저 규명되어야하는 것이다.

이 글은 이러한 문제의식하에 유항림의 소설을 형식적 특징 등의 기준을 놓고 모더니즘으로 규정하기보다, 잠정적으로나마 그 형식을 발생시킨 전제조건과의 관계를 먼저 고찰하고자 한다. 그의 소설을 '단층파'라는 집단이 보여주는 예외적 특질[4]이나 전향 지식인이라는 일반적 소재의 관점을 일단 배제하고, 우선적으로 주체가 자기 존재를 정립하는 방식, 그 주체가 세계에 대해 갖는 태도의 문제를 중심으로 살펴보고자 하는 것이다. 그리고 이러한 특징들이 이광수 이래 우리 근대 소설사 속에서 어느 지점에 위치하는지, 또 동시기 다른 소설들과 관련해서는 어떻게 차별화되는지를 고찰해 보고, 이를 통해서 유항림의 소설과 그것이 징후적으로 드러내는 1930년대 후반 모더니즘 소설의 한 특징을 추론해 보고자 한다.

---

4) 김윤식은 단층파의 문학을 '평양 중심주의'로 보고 단층과 최명익의 관계를 '서울 중심주의'인 구인회와 이상의 관계와 대응되는 것으로 본다.(김윤식, 『한국 소설사』, 예하, 1993, 245쪽) 신수정의 경우 한층 구체적으로 단층파의 모더니즘적인 특징을 그들의 공통된 계층적 기반—예컨대 평양중심의 기독교 계통의 교육을 받았다는 점, 자본가 출신이라는 점—에 기초한 집단의식과 연관시켜서 해석하고 있다. 즉 '단층'이 보여주는 문학적 특징을 아도르노적인 비동일성의 사유로 파악하고, 이는 그들이 기독교와 자본가적 삶이라는 자기기반에 대해 갖는 양가적 의식에서 연원하는 것으로 보고 있다.(신수정, 『단층』과 소설 연구, 서울대 석사, 1992) 그러나 이처럼 '단층'이라는 집단의 예외적 특질로 그들의 문학을 규명할 경우, 그 동인들 개개인의 문학에 대한 정치한 비교 연구는 물론, 그들 집단의 문학이 우리 근대 문학사 속에서 갖는 위치는 문제로 제기될 여지가 없게 된다. 이처럼 '단층'이라는 하나의 문학적 대상을 특수성 중심으로 해석하려 할 경우, 우리 근대사 속에서 평양, 기독교, 식민지 자본주의 단계에서 자기기반에 대해 지식인들이 갖는 태도 등등의 특수한 사실에 대한 규명 자체가 얼마나 실증적 근거에 기반하고 있는가도 문제이지만, 특수성 중심의 문제제기 자체가 갖고 있는 한계 역시 분명하다고 할 수 있다.

2. 자기부정을 통한 이념의 대상화

식민지 시대에 씌어진 유항림의 소설은 네 편에 불과하고 거의 1937년부터 1941년까지 비교적 짧은 기간 동안에 발표되었다.[5] 이 소설들에는 어찌 보면 유형적이라 할 만큼 전향 지식인의 내면과 그 지식인들의 남녀간의 애정이라는 두 개의 기본적인 이야기 축이 공통적으로 등장한다. 남녀 주인공이 상대방에 대해 갖는 순정 혹은 열정과 과거 주의자가 내면에서 고민하는 이념을 향한 열정의 문제, 소설은 이 두 개의 순정이 맞물리고 교직되면서 진행된다.

먼저 과거 주의자의 이념을 향한 열정부터 보도록 하자. 그의 소설에는 과거 사회주의 이념을 간직하고 있는 주인공이 등장하고, 옛날에 함께 했던 동지들의 달라진 현재 모습이 나타나는 '주의자의 후일담'이 주류를 이룬다. 이점에서 같은 시기 구카프계의 소설과 유사성을 지닌 것으로 보인다. 이에 근거해 당대의 비평가 최재서는 '맑시즘과 프로이디즘의 결합'으로 평하기도 했다. 그러나 과거 주의자가 소설 속에서 다루어지는 모습은 이들과 상당히 다르다. 그의 소설은 과거 주의자들이 변해버린 상황에서 과거의 이념을 지속할 수 없게 되었을 때, 그 이념 대신 무엇을 가질 것인가, 즉 이념이라는 외적 전망 대신 무엇에 주체를 동일화시킬 것인가에 관심을 둔 한설야나 이기영의 경우, 그리고 이념에 대한 회의가 이념과 동일화시켰던 주체 자신에 대한 관찰과 고발의 모습을 보이는 김남천의 경우와 다르다고 할 수 있다. 그의 소설에는 애써 이념을 간직하려는 인물이 주인공이긴

---

5) 유항림의 소설은 「마권(馬券)」(『단층』, 1937. 4), 「구구(區區)」(『단층』, 1937. 10), 「부호(符號)」(『인문평론』, 1940. 10), 「농담(弄談)」(『문장』, 1941. 2) 등이다. 텍스트는 『월북작가 대표작 전집』, 서음출판사, 1988.으로 대신했고, 인용할 경우 각 작품의 면수만 표시했다.

하지만 그는 혼자 주체로 내세워지기보다는 주변의 인물들과 함께 등
장하면서 그 이념을 간직하는 모습이 조롱당하고 공격당하는 모습으
로, 혹은 지독한 자기반성의 형식으로 등장한다. 과거 주의자인 '인
물'이 문제가 아니라, 그리고 그 인물이 어떻게 살 것인가하는 '행동'
의 문제가 아니라 오히려 인물이 과거에 지녔던 '이념' 그 자체에, 이
념의 타당성과 정체성 자체에 소설의 초점이 놓여 있다고 할 수 있다.[6]

「마권」에서 종서[7]는 "시대의 거도와 보조를 같이하는 세계관과 젊
은 열정을 갖고 졸업했지만 세상은 벌서 혼미한 적막이 있을 뿐이고
포부를 살릴 길 없는 현실에 부딪혀 이론으로서는 극복했다고 믿었던
가정과 빵을 위하여 이십오원의 초라한 밥자리에 매달리는" 인물이
다. 관념상으로는 여전히 사회주의를 고수하고 친구들이 허무주의로
흐르는 것을 막으려 하지만 항상 벽에 부딪히기만 한다. 이러한 종서
가 갖고 있는 사회주의 이념은 만성에 의해서 "통용치 못할 루불 지폐
를 금고 속에 쌓아두고" 있는 것이라고, "절망적 현실에서 눈을 가리
고 이론이란 장님의 지팡이만을 의지하고 걷고 있다"고 비판당한다.
그리고 소설 전체는 만성을 중심으로 그가 의미 없이 행하는 무위의

---

6) 유항림의 소설에서 무수히 등장하는 '이념'은 이론 이데올로기라는 말들과 거의 구별
되지 않은 채, 스토리상으로는 주인공들의 과거 독서회 활동으로 표현되는 맑시즘을,
그리고 작가 유항림에게 있어서는 카프의 활동으로 대표되는 이론적 실천적 활동 전반
을 의미하는 것으로 보인다. 과거 이념과 그 이념에 근거해 활동했던 과거의 실천들에
대해 반성적으로 탐색하는 그의 소설들에는, 이념을 주체를 외적 이념에 폭력적이고
배타적으로 동일화시키는 집단적이고 마법적 힘이라고 보는 부정적 인식이 잠재하고
있는 것 같다. 그러나 이런 인식은 결과론적인 것일 뿐 그의 소설의 과정은 이념을 방
어 고수하려는 자의 내면적 반성의 형식으로 진행된다.
7) 최초의 작품인 「마권」에서는 이념을 간직하려는 종서에 비해, 과거 독서회 사건에 연
루되었다가 현재는 자본가인 아버지의 돈으로 철저한 무위의 삶을 사는 만성의 생활이
더 많은 부분을 차지하고 있다. 그러나 동일한 인물 유형을 보이는 이후의 작품들에서
는 종서의 의식을 갖고 있는 인물들이 주인공으로 등장하고 그들의 관념의 행로에 초
점이 맞추어져 있다.

생활에 많은 부분이 할애되고, 결말에서도 그의 '동경행이라는 마권'
으로 귀결됨으로써, 실천의 유효성이 없는 이론을 고수하는 태도에
대한 비판으로, 비이성적인 행동에의 투신으로 보이기까지 한다. 이
념에 등돌리고 과거와는 전혀 다른 삶을 살아가는 만성의 비판이 압
도적이라는 것, 종서 자신이 행하는 이념에 대한 검증과 분석이 뒤의
작품에 비해 거의 부재하다는 것, 그리고 종서의 애인 혜경이 태흥과
약혼함으로써 종서의 '순정'은 소설 속에 자리잡지 못한다는 것, 이
세 층위는 서로 밀접하게 서로를 규정짓는 필연적 조건들이다. 「마
권」에서의 문제는 이후의 소설을 거치면서 자기검증 과정을 거쳐 「부
호」에서 보다 밀도 있고 분명하게 재론된다.

「농담」에서도 과거의 이념을 간직하고 있는 영배는 "자기 생명의
요구를 솔직히 듣는 사람의 독특한 명쾌"를 보이는 정일의 태도에 비
추어 자신의 태도를 견주어 본다. 정일은 과거에 자신의 인도로 이념
적 실천에 투신했지만, 이제는 그 이념이 불가능해진 상황에서 쉽게
'생활'로 돌아선 인물이다. 현재 정일이 보이는 생활력이나 생명력이
과거에 이념과 긍정적으로 결합되어있을 때에는 '실천'의 한 모습으
로 감싸여 있던 특성들이다. 그러나 과거에 건강한 실천으로 보였던
그 생명력 혹은 생활력이란 사실은 현재, 자신이 경멸의 시선으로 보
고 있는 소박한 단순성이나 속물성과 무엇이 다른가? 그렇다면 '실
천'의 이름으로 그 단순성과 속물성과 하나로 뭉뚱그려져 있던 이념
이란 무엇인가? 소설은 이처럼 영배가 정일을 대상으로 자신이 가졌
던 이념을 비교해 보고, 나아가 그러한 소박한 자의 모습에 때때로 압
도당하는 자기 이념의 궁색스러움을 응시하는 하나의 이야기 축과,
경희에 대한 사랑이라는 이야기 축으로 이어져 있다.

「구구」에서의 주인공 면우 역시 과거 독서회 사건에 연루되었던 주
의자이다. 그러나 현재 그는 자기가 택했던 길을 단념하지 않을 수 없

고 이론의 원동력인 실천에 냉소적이지만, 근조로 대표되는 가식과 속물적인 생활력에 대해서는 뿌리 깊은 경멸과 증오를 느낀다. 근조는 과거에 같은 동지였지만 현재 면우를 "유물론을 읽고 있는 관념론자, 젖비린내 나는 이상주의자"로 공격하면서 일찌감치 이론을 청산하고 생활의 안위를 위해 살아가는 인물이다. 그러나 한편 「농담」이나 「구구」에서는 「마권」에서와 달리 주체는 면우, 영배이고 그들의 눈에 비친 상대방의 속물성과 단순성이 비판적으로 관찰된다. 이념에 등을 돌린 행동의 실체, 우월한 위치에 선 것처럼 이념을 공격하는 힘이라는 것이, 기실은 속물성에 가까운 생명력이며, 남이 안 보이는 곳에서 자신의 행동을 제어할 윤리적 기준도 없고, 거리에서는 영웅연하는 허영심으로 나타날 수도 있는 것들이다. 주체의 눈에 비친 상대방의 '행동'이라는 것, 즉 이념이나 윤리적 기준이 탈각된 실천의 위험성이 주체의 관찰적 자의식에 의해 분명하게 거부되는 것이다.

그럼에도 불구하고 이 소설들에서는 과거 동지들에 의해서, 이념을 간직하는 것이 도덕적 사상적 우월성이나 순수성의 징표가 아닌 '모자란 반편이'로 비춰지면서 등장한다. 즉 주체는 이념을 간직하고 있지만, 그것은 사방으로부터 공격당하고 회의의 시선으로 해부당한 채 소설에 등장하고, 이 해부와 회의의 과정이 소설 전체의 진행 과정을 이루는 것이다. 인물들의 존재는 이념 부재의 상황에서의 각이한 삶의 방식을 드러내 주는 것이 아니라, 하나의 이념이 그 이념의 대립자들에 의해 비추어지고 공격당하는 이념의 '시련 과정'을 보여주는 도구들이라고 볼 수 있는 것이다. 과거 주의자들의 각이한 삶의 모습은 '어떻게 살아야하는가?'에 대한 올바른 답을 찾는 과정이 아니라, 이념을 견지하려는 자가 그 이념을 버린 자들의 삶의 방식에 비추어 자신의 이념을 들여다보고 회의하는 것이 보다 본질적인 것이다. 문제는 현실이 아니라 이념 자체이고 과거에 '단일한 하나'라고 여겨졌던 이념을 그 내부에서 각각의 이질적인 요소들을 구분해 내고 떼어내어 이념의 실체를 가리어내는 것이다. 생활력, 솔직함, 행동력 등과 같이 이념의 자장 내에서 실천의 모습으로 뭉뚱그려졌던 것이 이념의 자장 으로부터 벗어나면 한편으로는 현실적으로 무기력해진 이념을 공격 하는 무기이지만 한편으로 속물성과 허영과 무방향성의 본질을 드러 내는 것이다.

그렇다면 역으로 과거에 그토록 분명하고 옳다고 여겨진 이념, 진 리, 기준이라는 것은 실은 이런 방향성 없는 행동의지, 영웅심리, 속 물적 생활력 등의 이질적인 요소들과 잠재적으로 연대해 있던 것은 아닌가? 아니 이 이질적 요소들을 '실천'의 이름으로 변질시켜주는 허구적인 마술 장치는 아니었던가? 이 이질적 요소들과 함께 묶여져 있는 것이 과거 이념이라면, 아니 이 요소들을 실천의 신화로 변질시 켜준 허구적 마술이었다면, 그 과거 이념과 현재 자신이 고수하고 있 는 이념은 과연 동일한 것인가? 나는 왜 이 이념을 고수하려고 하는 가? 이러한 물음은 이념의 대립자 설정을 통한 비판에서 더 나아가 자기 내부에서 생경한 관념 그대로를 주체 스스로 곱씹는 자기검증 과정으로 나타나기도 한다.

근조의 위험과 싸우는 가운데 실천의 반면이 봉쇄된 이데올로기의 반면 만으로는 결코 그것을 극복할 수 없다는 데서 억제할 수 없는 생활력에 끌 리어 들어가며 그것을 변명하는데 이용되는 이론의 존재를 두려워하게 되 고 거기서부터 윤리의 지배에서 실천을 해방함으로써 '행동'에 환원하고 실천의 연대성을 해임함으로 이데올로기를 지식에 환원하지 않았던가. 절 연된 행동과 지식은 배우와 관중의 관계를 맺어 변명의 생활 비겁한 인격 을 분열하고 해산하지 않았던가.(「구구」, 216-217쪽)

　이상은 면우 자신이 행하는 내면의 독백의 일부분이다. 그는 이념 속에 하나였던 지식과 윤리, 즉 앎과 실천, 지성과 순정이라는 두 개의 항을 떼어내고 지식이 윤리, 순정의 지배로부터 벗어나 있기를 희망한다. 즉 '실천적 기준'이라는 이름으로 신화화될 수도 있었을 후자의 항목들을 거부하는 것이다. 그리고 나서 남는 것이 결국 자신이 견지하고자 하는 '이념'일 텐데, 그것은 지식, 지성, 그러니까 윤리의 지배에서 해방된 앎일 뿐인 것이다. '이념'의 이름으로 뭉뚱그려져있던 두 개의 항은 반성적 회의의 과정 속에서, 각각으로 자율화되어버리는 것이다. 이론은 윤리적 기준과 결별하고 행동은 당위와 결별하는 것이다. 그렇다면 이런 논리에서 윤리의 지배에서 해방된 실천의 현재 모습인 근조의 생활력은 비난될 수 없는 것이 된다. 그럼에도 자신에게 남아있는 근조에 대한 뿌리 깊은 증오는 해결되지 못한 채 자가당착에 빠지게 된다.

　이처럼 유항림의 소설에서 이념이 존재하는 방식은, 이념을 내부에서부터 분석하고 해부하고 그 내부에서 이념의 대립자를 떼어내어 이념의 본질이라고 할 수 있는 것을 탐색하는 이념의 자기검증 과정이라고 할 수 있다. 그러므로 이때의 이념은 현실을 재단하는 '인식의 틀'과는 상관이 없는 '사유의 대상'으로 존재하는 것이다. 이념은 이제 주체를 보증하고 매개해줄 어떤 당위적 총체성, 외적 실체, 전망의 지위에 있지 않기 때문에, 그것은 당위도 행동의 지표도 현실 파악의 보편타당한 지렛대도 아니다. 다만 그것은 주체에 의해 의심되고 회의되는 사유의 대상, '마술성을 잃어버린' 대상일 뿐인 것이다.

　이러한 이념의 존재방식은 우리 문학사에서 처음으로 등장하는 모습이다. 문학적 사유의 대상이 '현실'이나 그 현실 속에서 살아가는 인간의 문제가 아닌, 관념 자체를 사유의 대상으로 삼는 관념은 유항림의 소설이 보여주는 문학사적 새로움이라고 할 수 있다. '이념의 탈주술화'라고 할 수 있을 이 새로움은 "이론의 마술성을 잃게 되었을 때 그 이론 자체가 생활의 한 단면임을 알게 된 세대"의 주체 정립 방식과 관계된다. 이들에게 이념은 이념이 예전에 갖던 기능—당위적 총체성의 형태로 보편적 진리와 개별자를 매개해주는—을 박탈당한 채, 주체의 최소한의 자기유지, 자기정체성의 근거를 외적 보편성이 아닌 자기 내부에서 찾아야하는 내적 근거로 기능한다. 이제 이념은 외적 보편성도 그 외적 보편과 개별자를 매개해주는 실천의 지표도 아닌, 속물적 삶 속에서 자기를 구분짓고 자기를 자기이게 하는 정체성의 기호에 불과한 것이 된다.

3. 남녀관계로 치환된 열정의 의미

이처럼 '이념 자체'에 대한 집요한 검증과 해부의 결과 귀착되는 것은 어디인가? 이념의 내부를 그 내부의 이질적 요소들로 분해하고, 여러 비본질들을 양파껍질 벗기듯 하나씩 벗겨 나갔을 때, 그러고도 남는 것, 그것이 주체가 고수하려는 이념의 실체일 것이다. 비록 과거에 무차별적으로 섞여 있던 것들을 다 탈각했기에 '이념'이라는 말로 불리워질 수 없을 지도 모르지만, 그럼에도 불구하고 남아있는 것, 버릴 수 없는 것, 그것이 주체가 고수하려는 것일 텐데 그것은 무엇인가?

그런데 이 물음 앞에서 소설의 구조가 문제로 된다. 그토록 치밀하게 자기 검증하던 탐색과 회의의 끝에 확인한 이념의 실체는 불분명하게 처리된 채, 갑작스럽게 여성을 향한 남성의, 혹은 남성을 향한 여성의 열정을 확인하는 것으로 결말이 나기 때문이다. 이념적 열정에 대한 물음이 남녀 관계에 대한 열정으로 귀결되는 구조인 것이다.

결론부터 본다면 남녀관계에 대한 열정을 확인한다는 것은 모든 대립
자들을 하나씩 버리고도 남아 있는 이념에 대한 열정을 확인한다는
것과 구조적으로 등가관계에 있는 것이라고 할 수 있다. 내부의 이질
적인 요소와 대립자들을 모두 버리고 남은 그것을 무엇이라 이름할
수 있는가? 남은 그것이 이념이라고 할 수 있는가? 무엇이라 이름할
수 없지만 그것에 대한 강력한 '열정'만은 선명하게 존재하는 그 대
상, 주체의 내면이 열정적으로 향하고 있는 그것은 '연인에 대한 순
정'이라는 방식으로 치환되어 텍스트 속에 자리잡는 것이다.

「농담」은 앞서 언급한 것처럼, 영배가 정일을 대상으로 자신의 이
념을 되돌아보는 부분과 경희에 대한 사랑이라는 이야기축이 전혀 별
개로 진행된다. 더구나 경희에 대한 사랑은 일기라는 형식으로 삽입
된 채 따로 떨어져 진행되기 때문에 이후의 반전을 위한 복선 정도로
만 취급될 수도 있다. 그러나 오히려 눈여겨 볼 부분은 경희에 대한
사랑을 영배 스스로가 확인해가는 삽입된 일기의 내용 자체이다.

눈을 감는다. 경희의 모습을 그려본다…… 어제도 경희의 얼굴을 보며
집에 돌아와 뜬 눈으로 초상을 그릴 수 있도록 기억을 훈련시키지 않았는
가. 그러면 이는 화가들이 하는 눈의 훈련은 될지언정 정열의 척도는 될 리
없다…… 사랑 그 자체가 의심스러운 일임에는 틀림없다…… 계집을 끊은
지 1년 가까운 나에게는 단지 한 여인의 몸둥이를 정복코자하는 야망의 초
조 밖에 아무 것도 아니다. 나는 경희를 사랑하지 않는 것에 틀림없다. 대
체 내 정신 상태같이 오탁해서야 어찌 그렇듯 순진한 여인을 순정으로 사
랑할 수 있으랴. 그러나 나는 지금 문득 이런 단정이 전부 거짓이 아니라
하더라도 나와 같이 감정의 에누리를 업 삼아온 놈에게는 이는 가장 교활
한 간계인지도 모른다는 생각이 일어난다. 어쨌든 경희에게 얼마간의 연모
를 품고 있음이 사실이니 그를 전혀 사랑치 않는다고 단정한 뒤에 오는 반
동으로서 마음속에 스며들 그리운 정을 맛보고자 하는 계략이 아니라고 어

찌 단정할 수 있으랴. 그렇다, 아무것도 사랑할 수 없고, 가장 수월히 사랑할 수 있을 가정까지도 혐오하는 나로서 황폐한 마음속에 경희라는 생의 애착과 희망을 찾으려는 경건한 마음에 이르지는 못하였어도 얼마간의 사랑은 거짓이 아닌 진정이다…… 거듭 말하지만 사랑이란 언제나 상대자의 마음속에 일어나는 것 여하가 아니고 자신의 정열 여하를 문제로 하여야 한다.(「농담」, 269-271쪽)

경희에 대한 영배의 사랑은 처음부터 이미 존재하는 사랑이다. 그러나 그는 그것을 즉각적으로 인정하지 않고 자신의 내부에 사랑 외에 어떤 불순물이 끼어있지 않나, 자신의 순정이라는 것이 정말 순수한 사랑인가를 끊임없이 묻고 부정하기를 거듭한다. 그것은 화가의 기술적 작업과, 여성일반에 대한 육체적 욕망과도 비교되고, 또 자기 문학에 생명력을 부여하려는 도구로 이용하려는 의도는 없었는지까지, 그리고 마지막에는 어린시절 조혼했던 자기 아내에 대한 죄책감의 무게에 대해서까지 비교와 부정을 거듭한다.

이 일기는 이후에 올 반전을 예고하기 위해 삽입된 구조 이상의 의미를 갖는다. 얼핏 보면 스토리상 경희에 대한 영배의 사랑의 성취가 그의 주저와 회의 때문에 이루어지지 못하다가, 이를 나중에 알게 된 정일의 도움으로 성취되는 것으로 보일 수 있다. 이 때문에 정일로 대표되는 '조잡한 생명력'에 영배의 이념이 패배하는 것으로, 따라서 비이성으로의 함몰로 보는 시각이 있을 수 있다. 그러나 그러한 구조로만 보기에, 경희에 대한 자신의 순정을 놓고 자기해부하는 주체의 정신은 너무나 치열하다. 이는 하나의 순정, 사랑을 놓고 에두르고, 견주고, 부정하는 주체의 자기회의, 자기 검증이 어디까지 나아갈 수 있는가를 보여주는 극단적인 예라고 할 수 있다. 이 치열한 자기검증과 부정과 회의 끝에 스스로 확인하는 자신의 순정이 표면적으로 나타난 것처럼 경희라는 여성에 대한 순정만이 아님은 이미 「구구」에서 예고되어 있다. 「농담」이 두 개의 이야기 축이 본 서사와 삽입된 일기로 명백히 분리된 두 축으로 진행되면서 이념에 대한 이야기에서는 뚜렷하지 않던 자기 탐색이, 삽입된 일기의 속에서 경희라는 대상을 놓고 행하는 자신의 열정에 대한 자기 탐색과 검증으로 치환되어 있다면, 「구구」는 이념적 열정과 녹주에 대한 순정이 하나로 응축되어 진행되면서 하나에 대한 순정을 인정하는 것이 곧 다른 순정을 인정하는 구조로 이루어져 있다고 할 수 있다.

「구구」에서는 과거의 이념을 회의적이고 냉소적인 채로 나마 유지하고 곱씹고 있는 면우의 이야기 축과 달리 또 하나의 이야기 축은 면우와 기생 녹주와의 애정관계이다. 겉으로는 육체적인 쾌락으로 대상으로 대하고, 록주의 "순정을 그리는 동경을 팔을 내저어 몰아내고 싶어"한다. 녹주의 "정신—이상, 순정, 자존심 등등을 될 수 있으면 그의 인간성을 유린하고 허울 벗은 매춘부를 만들어 놓지 않고는 안심이 안되"는 것이다. 그러나 면우는 최변호사와 살림을 차리는 것이 계기가 되면서 자신 속에 있는 록주에 대한 열정을 확인한다. 그는 앞서 본 것처럼 근조를 바라보면서 이념의 실체와 그것을 향한 자신의 내부의 열정의 문제를, 녹주를 놓고는 녹주에 대한 자기 열정의 굴곡이 이념을 향한 열정과 어떤 관계에 있는지를 고민한다.

비겁한 센티다. 그는 정색하고 자기의 사상과 직면하여 귀를 기울였다. 록주는 있어야하는가. 어쩌면 계집이 필요할는지도 모른다. 그러나 다른 아무도 아닌 록주를 생각한다곤 어리석은 순정이란 물건의 탓이 아닌가. 순정을 찾으려면 좀더 그럼직한 곳에서 찾아야 옳지 않은가…… 순정을 가지려고 원하는 사람이라면 록주와의 관계도 관계려니와 근조를 대하는 태도를 그렇게 할 수 있는가…… 짐짓 근조와의 싸움은 자기의 패배임을 원통히도 인정할 수밖에 없었다. 순정을 짓밟았다고 생각하면서 결국은 순정에 끌려오고 있다는 것을 인정할 수밖에 없었다. 록주의 순정을 아니 자기의 순정을 경멸하려고 항상 마음을 무장시키던 그것이 도착된 순정이 아니고 무엇인가. 행동과 지식의 절연은 순정, 대체로 윤리를 배격하지 않았던가. 선과 악을 아는데 그치고 근조를 증오할 수 없는 게 지식이 아닌가, 그러나 증오를 느끼지 않고 그를 대하지 않을 수 있었던가. 태연한 교우 속에서도 증오가 얼마나 도착되어 불타고 있었던가…… 아무래도 록주 없이는 견딜 수 없다. 록주, 록주 록주.(「농담」, 223-224쪽)

선과 악을 아는 데에만 그치는 지식은 행위의 기준의 되는 윤리, 실천이 부재하는 이념이다. 앞에서 보았듯, 이념으로부터 윤리, 순정을 떼어내고 그것을 부정하려했기 때문에 그 부정의 도달점은 실천 없는 행동, 윤리나 순정이 없는 지식이다. 그리고 그것을 보여주는 예가 근조의 행동인 것이다. 따라서 윤리, 실천과 함께 했던 이념을 부정하고 회의하는 그로서는 근조를 증오할 기준이 없는 것이고, 그러므로 증오해서는 안되는 것이 논리적 귀결이다. 그럼에도 불구하고 자신 속에 근조에 대한 증오가 있다는 것은 무엇을 의미하는가? 열정이, 윤리, 실천, 이념을 향한 어떤 열정이 존재한다는 역설적 확인 아닌가? 여기서 면우는 록주의 순정을 그토록 경계하고 의심한 것은 자기의 순정을 경멸하려고 마음을 무장시킨 도착된 순정이었음을, 그리고 녹주에 대한 순정은 자기의 (이념에 대한)순정과 동일한 것이었음을 인정하는 것이다.

여기서 '자기의 순정'의 그 대상이 기생인 녹주이든 유치원 보모인 경희이든 상관이 없게 된다. 어떤 대상'을 향한 열정'으로 자기를 유지하는 것, 자기임을 확인하는 것, 주변과 자기를 구분하는 것이 중요하기 때문이다. 앞서 인용된 「농담」의 영배의 일기에서 "사랑이란 상대자의 마음속에 일어나는 것 여하가 아니고 자신의 정열 여하를 문제로 하여야한다."라고 한 이유도 여기 있다고 할 수 있다.

남녀 관계에서의 순정으로 치환된 이념을 향한 열정의 확인은 다른 작품에서도 공통적으로 존재한다. 「마권」과 「부호」에서 연인에 대한 순정을 회의하고 확인하는 몫은 여성 인물에게 주어져 있다. 「마권」에서 종서의 애인 혜경이 일상의 안위가 약속된 태홍과 약혼하는 것에서 끝났었다면, 「부호」는 바로 그 직후, 그러니까 주인공 동규의 애인이었던 혜은이 속물적인 힘과 생활력을 대변하는 성호와 결혼한 지 1년 만에 동규 앞에 나타나는 것으로 시작된다. '이론에 피곤해지고, 이상에 피곤해져서 그 정반대의 대상에 자신을 버린다는 식으로 결혼'했지만 '야성적이라고 할 조잡한 신경이 부러웁다는 것과 그것을 대하여 견딘다는 것이 다름'을 깨닫고 후회하는 것이다. 혜은이 성호를 바라보는 부러움과 경멸은 「농담」에서 영배가 정일의 솔직한 생명력을 바라보는 그것과 닮아 있다. 동규로 대표된 이론, 이상에 대한 거부의 방식으로 그 정반대를 선택하지만 결국은 동규에 대한 자신의 열정을, 그 열정으로만 자신이 존재할 수 있음을 확인하고 죽어가는 동규에게로 돌아오는 것이다.

이 작품에서 혜은과 동규의 사랑은 처음부터 끝까지, 동규나 혜은 자신에게나 심지어 같은 동인 활동을 한 친구들에게까지도 분명하게 존재하는 '변함없는 사실'이었다. 혜은의 결혼에 대한 소문들 속에서도 그녀의 사랑의 변화가 아닌, 다른 원인(성호의 폭력이나 혜은의 나약함)에 대한 의문과 소문이 무성했을 뿐이다. 그들의 사랑, 즉 열정은 처음부터 항상 존재하는 분명한 사실이다. 그러나 그녀는 그것을 부정하고, 부정의 결과 다시 돌아온다. 처음부터 존재하는 열정과 부정을 경유한 열정. 「부호」는 이 두 개의 열정 사이에서, 그 열정을 확인하기까지의 부정, 머뭇거림, 그 순정을 거부하는 자기 내면에 대한 탐색으로 이루어져 있다.

두 개의 열정 사이에 있는 차이, 그러니까 하나의 열정이 다른 열정으로 귀결되는 동안 확인되고 변모된 것은 무엇일까? 이는 이념에의 열정을 선택한다는 결론이 처음부터 '옳은 하나'를 버리지 않고 고수하는 것이 아니라, '옳았었다고 하나뿐이었다고 여겨졌던 것'을 여러 부정의 계기를 경유해 회의하고, 반성하고, 포기하고, 검증하는 것이다. 그 이전의 이념적 열정이 이성으로 논리로 무장되어 있었다면 이제 확인한 순정은 이성, 논리의 자멸 과정, 껍질벗기기의 과정(작품 속에 관철되는 역설의 기법, 제 꾀에 속아 넘어가는 논리 등이 이를 말해준다)을 모두 거친 이념에의 열정인 것이다. 그렇기 때문에 그것은 가치기준이나 행동의 좌표 같은 예전의 기능이 아닌 검증의 과정 속에 녹아 있는 자기부정의 힘으로 자기자신을 유지하고 자기정체성을 확립하게 해주는 어떤 순수하게 내적인 힘으로 전화된 것이다.

4. 대상화된 이념이 의미하는 몇 가지 문제

회의와 검증을 통해 대상화된 이념, 그럼에도 불구하고 남녀관계의 구조를 통해 확인된 그 이념에 대한 열정. 이처럼 유항림의 소설은 '대상화'되고 '탈주술화'된 이념과 그 이념을 향한 '열정'이라는 이율배반적인 문제를 자체 내에 고유하게 갖고 있다. 그렇다면 이러한 유항림 소설의 이율배반성이 1930년대 후반 소설의 지형도에서 갖는 위치와 제기하는 문제는 무엇일까? 이는 세 가지로 구분지어 살펴볼 필요가 있다. 첫째, 이념이 다루어지는 방식의 측면에서 카프적 사유방식과 갈라지는 지점, 둘째 근대적 자아의 개인주의의 측면에서 주체가 자기를 정립하는 방식의 문제, 셋째 그러한 개인주의적 주체의

자기정립 근거로서 구체화된 형태가 '글쓰기'라는 사실이 보여주는
모더니즘적 의미망의 문제가 그것이다.

1) 이념의 탈마술화

먼저 이념이 다루어지는 방식을 보자. 유항림의 소설에서는 이념이
현실 연관을 떠나서 사유의 대상으로 귀착되고 결국 자기확인과 자기
정체성의 지표로만 존재한다. 그리고 이것이 카프 소설에서의 이념의
위상과 갈라지는 지점이다. 그의 소설에서 확인된 이념이라는 것은,
'있어야할 미래의 상'이나 '집단적 공동체가 나아가야할 방향'을 지시
하지 않는다는 것, 현재 존재하는 현실을 파악하고 재단하는 어떤 과
학적 방법도 아니라는 것, 다만 반속물성으로 자기자신을 유지하고
타인과 분리시키는 기호일 뿐이다. 지식인들이 그토록 많은 회의와
부정을 거쳐 확인하고 움켜쥔 이념이지만 그 부정과 확인을 거치면서
많은 대립자들, 내부의 이질적 요소들—생활력 솔직함, 행동—과 결
별했기에, 남는 것은 오히려 실천의 신화로 이어주던 이념의 주술성
을 탈각한, 대상화되고 '탈마법화된 이념'일뿐인 것이다. 그러한 이념
이란 이제 이념이라기보다는 자기를 자기로 보증해주는 '정체모를 열
정'에 불과한 것이다.

   이는 이념이 집단과 개인, 혹은 보편적 진리와 개별주체간의 문제
가 아닌, '자아를 자아로 정립시키는 실체가 무엇인가' 하는 물음, 즉
근대적 개인주의와 관련되는 것으로, 카프 이전의 문제틀이 반복되거
나 회귀된 혹은 잠재하던[8] 문제틀이 다시 드러난 형태라고 할 수 있

---

8) 이는 1920년대의 소설과 카프의 소설을 염두에 둔 것이다. 1920년대 자아각성, 개성
   해방이라는 근대적 문제틀 이후, 카프가 그러한 근대적 문제틀의 극복을 과제로 삼았
   다고 본다면 유항림의 소설은 회귀 혹은 퇴화된 문제틀일 것이다. 그러나 카프의 소설

다. 그리고 동시에 이는 현실의 문제가 아니라 주체의 문제가 초미의 관심사가 되었던 1930년대 후반의 문학적 상황과의 관련 하에 놓이는 문제이다. 이런 점에서 유항림의 소설은, 카프 해체 이후 주체 재건의 문제가 주요한 쟁점이 되었던 비평적 논의는 물론이고 그 연장선상에서 창작 작업을 해나간 김남천의 소설, 그리고 생활의 발견을 통해 자존심을 유지하려 한 한설야 소설과 어느 정도 공통점을 갖는다.

그러나 사실상 주체 확인의 방식에 있어서, 최선의 유일한 전망을 이야기하던 그 방식 그대로 차선으로서의 생활을 이야기한 한설야와는 그 사유구조, 주체정립의 방식에서 차이를 갖는다. 그러니까 한설야의 이 시기의 소설은 전망에 주체를 동일화시킴으로써 주체를 유지하는 방식을 취하고 있다. 따라서 주체를 주체로서 정체성 부여하고 이끌어나가는 힘은 주체 외부의 실체이며, 이 실체가 다만 이념이 아니라 생활로 그 내용만 바뀌었을 뿐이라는 점에서 유항림의 소설과는 전혀 다른 층위에 놓인다고 보아야할 것이다. 또 주체 자신이 동일화시켰던 이념 자체를 검증하는 것이 아닌, 이념의 대리자였던 주체 자신을 관찰하고 고발한 끝에 결국 자기냉소에 도달한 김남천과도 거리가 있는 것이다.

최선의 전망이 불가능할 때 차선을 그 방식 그대로 선택한 경우나, 해체에 가까운 자기 냉소에 이른 경우에는 주체가 동일시한 이념 자체에 대한 검증은 문제화될 수 없는 것이다. 여기에는 이념과 주체의 분리, 분리된 '이념 자체', '이념을 구성하고 있는 여러 이질적인 계기'들에 대한 반성과 탐색이 들어설 수 없기 때문이다. 이 점에서 유

이, 나아가 식민지 시대 소설 전체가 근대적 자아의 개인주의라는 틀 속에 포함될 수 있고, 카프가 내세운 집단적 이념이나 근대극복의 내용들은 그러한 틀 속에 담긴 각이한 내용이라고 본다면 이는 지속적으로 유지되고 있는 문제틀일 것이다. 필자는 후자의 시각이 더 타당하다고 본다.

항림의 소설은 구카프계의 소설들과 분명한 변별점을 갖는 것이고 따라서 '전향 지식인'이라는 소재적 기준으로 함께 묶여질 수 없는 것이다. 주체가 동일시했던 이념을 자의식을 무기로 주체 자신과 분리시켜 관찰하고 나아가 이념 내부의 비본질적 자질들을 분리시켜 하나하나 검증한 끝에 이념의 본질이라고 할 수 있는 것이 무엇인가에 궁극해 들어가는 반성의 치밀함은 1930년대 후반의 소설에서 유항림의 소설이 보여주는 의미있는 변별적 특성이라고 할 수 있다.

2) 개성, 근대적 개인주의의 주체 정립 방식

그의 소설은, 이런 반성의 끝에 '그럼에도 불구하고' 버릴 수 없는 것, 그것이 소설 주인공의 언술 그대로 '윤리'이든 '이념'이든 어쨌거나 과거의 이념을 반성하고 이념 내부의 타자를 분리한 끝에 남는 그것을, 주체 자신의 것으로, 주체의 자기정체성을 최종적으로 보증하는 실체로 확인하는 것이다. 그 실체가 만일 이념이라면 그 이념은 이제 주체를 공동체적 집단이나 보편적 진리와 매개해주지 않는, 그 자체 단독적이고 자율적인 자기정립의 징표에 불과한 것이 된다. 따라서 주체를 집단적 전망과도, 보편타당한 진리와도 매개시켜주지 않는 이념은 이념이 아니라 다른 이름을 가져야한다. 이념을 탐구한 끝에 도달한 실체는 그 탐구 과정에 내재한 자기부정의 힘에 의해 '이념 아닌' 다른 것으로 귀착된 것이다. 그것은 무엇일까?

여기서 두 번째 문제, 즉 이념으로부터 개성으로 귀결되는 주체의 자기정립 방식, 그러니까 근대적 개인주의의 자기정립방식이 문제로 되는 것이다. 자기부정의 검증 과정 끝에 확인한, 주체를 주체로 정립시켜주는 실체는 등장인물들에 의해 '이념에의 순정'이라고도 '윤리'라고도 명명되고, 「부호」에서는 이전 구세대를 대표하는 택규에 의해

"뒤집어지고 엎으러져서 이상스러워진, 언제 폭발할 지 몰라 섣불리 다치기가 서머서마한 열정"으로도 명명된다.

그러나 이 실체가 「구구」에서 면우의 "각인의 진실을 인정한다는 것은 아무의 진실도 인정치 않음이 되고 마는 것 쯤 알고 있지만 자기의 진실을 가졌다는 것은 벌써 지식의 영역을 뛰어나 윤리의 문제가 아닌가."라는 진술을 통해 볼 때, '윤리'라고 언표된 말이 함의하는 바가 '각인의 진실'로서의 '개성'의 문제임을 파악할 수 있다. 이 점에서 유항림 자신의 유일한 평문인 「개성 · 작가 · 나」에서 이것이 '개성의 문제'라로 언급된 다음과 같은 진술은 주목을 요하는 대목이다.

> '전형적인 정세에서 전형적인 성격'을 표현하여야 비로소 개성이 표현된다. '한 개의 전형인 동시에 전연 독특한 개성'이 아니어서는 단지 독특한 것 기이한 것 불구의 것이 되는데 지나지 못한다…… 그러나 현실 이상의 진실을 그려야한다. 개성을 생각한다면 전형만을 생각한 것 같다. 전형은 본질 필연에서 오는 것이고 그 개성은 그 본질에 대하여도 임의인(우연. 자유) 어떤 성격에서 빌어서 구상화되는 필연이다. 그 임의의 어떤 성격을 주는 것이 소설가의 역할이다.[9]

전형은 본질, 필연에서 나오는 것이고 '개성은 그 전형에 대해 임의적인 우연이나 자유같은 성격'을 통해 구체화된다는 말은 앞 대목에서의 '전형적인 정세에서의 전형적인 성격'이라는 말과 모순된다. 여기서 유항림이 의미하는 개성은 '현실 이상의 진술을 그려야한다'는 말에 의해 뒷받침되는 뒤의 진술 '본질에 임의적인 성격'일 것이다.

개성이라는 비평 개념은, 문학사적으로 논의되는 맥락을 미루어 볼 때, 그 개념이 본질적으로 지시하는 어떤 내용, 그러니까 주관성의 원

---

9) 『단층』, 1938. 3, 141-142쪽.

리, 개인의 자유에 대한 자각과 같은 내용 자체 보다는, 그 개념이 무엇을 '부정'하는가에 초점을 맞출 때 그 의미가 분명해질 것으로 보인다. 이광수의 '정육론'이나 1920년대 김동인이나 염상섭의 개성론, 그리고 1930년대 이태준의 펼쳐 보인 개성론은 모두 동일하게 개성을 문제삼고 있지만 그 함의는 각각의 시기, 각각의 논자마다 그 내용이 다르다고 할 수 있다.[10] 우리 근대 문학사는 카프의 경우만을 제외하고는, 기존의 문학관에 반기를 들고 자신의 새로운 문학이념을 내세울 때 '개성'이라는 비평적 개념에 의존해 왔다고 볼 수 있다. 그렇기 때문에 그 개성이 때로는, 전통적 권위에 대립하는 근대적 개인에 대한 자각이라는 광범위한 틀로, 때로는 개인의 예술적인 독창성을 지칭하는 것으로 서로 상이한 지시물을 갖는 용어로 기능한 것이다. 따라서 '개성'이라는 용어가 지시하는 의미내용은 그것이 부정하는 대

---

10) 우리 근대 문학사에서 '개성'이라는 개념이 문제시되는 비평적 맥락은 대략 다음과 같다. 이광수가 초기의 평론 「금일 아한 청년의 정육」과 「문학이란 하오」에서 펼친 '정육론'을 통해 유교적 인습과 도덕적 교훈주의를 비판하고 '정의 문학론'을 주장하고 이것이 미의 추구로까지 귀결되는 점에서 문학의 자율성과 개성에 대한 주장으로 미루어 볼 수 있는 것이다. 이는 물론 「문학이란 하오」 일부, 그리고 「문사와 수양」 「천재야! 천재야!」에서 정의 문학론에서의 천재와 효용론적 관점에서의 계몽적 지도자를 동일시하는 모순적이고 미분화된 논리적 결함 속에서 개진되고 있는 한계를 안고 있다. 김동인의 「자기의 지배한 창조의 세계」나 「조선근대 소설고」 등에서 '자기가 지배하는 자기세계의 창조'를 주장하면서 내세운 예술지상주의적 문학관과 염상섭의 「개성과 예술」 「지상선을 위하야」에서 '인형의 집'의 노라와 같은 자기혁명과 자아실현으로서의 개성화에 대한 주장은 계몽주의 문학관에 대한 부정과 자아각성으로서의 개성을 내세운 것이라고 할 수 있다. 이러한 1920년대의 개성론이 비록 명시적으로는 춘원의 계몽주의적 문학관에 반대하는 것이라 해도, 기존의 전통적 권위에 대한 부정과 개개인이 지닌 생명력의 고양을 지칭한다는 점에서 춘원의 경우와 함께 근대적 자아각성으로서의 개성론으로 묶일 수 있을 것이다. 반면 1930년대 이태준이 주장하는 '개성'은 심미적이고 예술적인 차원에서의 개성, 곧 작가의 독창적인 예술미의 표현이라고 할 수 있다. 이로 미루어 볼 때 우리 근대 문학사는 카프의 경우만을 제외하고는, 기존의 문학관에 반기를 들고 자신의 새로운 문학이념을 내세울 때 '개성'이라는 비평적 개념에 의존해 왔다고 볼 수 있다.

상과의 반정립을 통해 추론될 때, 한 단위의 문학이념이 자기정체성
을 획득하기 위한 문학사적 부정의 추진력과 지향성이 드러날 것이다.

이런 관점에서 본다면 유항림의 소설과 비평에서 보이는 '개성'도
명시적인 지시내용만으로 미루어 개성에 대한 일반적 지적 차원으로
돌릴 것이 아니라, 그 '개성'이 무엇을 부정하는가에, 그 부정을 통해
무엇을 향하는가에 주목해야만 동일한 '개성'의 문학사적 변별성과
유항림 소설의 특징이 드러날 것이다. 그러므로 유항림이 의미하는
'개성'은 카프식의 현실인식의 회복을 의미하는 '구체적인 현실인식
의 필요성을 제기'[11] 하는 것이라기보다는, 미묘하게 그것을 부정하면
서 주장하는 '본질에 임의적인 자유, 우연'을 내적으로 '필연화'시키
는 어떤 성격이라고 볼 수 있을 것이다.[12]

---

11) 류보선, 앞의 글, 76쪽.

12) 이런 '전형'과 '개성'이 보여주는 미묘한 부정의 양상은 우리 근대 문학사 속에서 두
가지로 생각해 볼 수 있다. 첫째 이론적인 사유 자체의 관점에서, 새로운 개념이나 주
장이 자기입지를 드러내기 위해서 벌이는 '개념의 헤게모니' 싸움을 연상시킨다. 그러
니까 '개성'에 대한 주장마저도 그 개성과 대립항을 이루는 '전형'의 구속하에서, 그
'전형' 개념이 영향력을 행사하는 자장 내에서 진행되고 있음은, 그 대타적인 기존의
개념이 보유하고 있는 영향력의 지평이 얼마나 지대한가를, 그리고 거기서 벗어난다는
것이 얼마나 힘든가를 보여준다. 유항림 소설의 등장인물들이 이념이 아닌 개성의 존
재방식을 드러내기 위해, 이념을 대상으로 이념의 자장 내에서 치열한 반성을 벌이듯,
유항림은 자신의 비평에서 전형에서 자유로운 '개성'에 대한 주장을 '전형'에 구속되고
긴박된 채 시작하고 있는 것이다. 최재서가 이상과 박태원의 모더니즘 소설이 갖는 새
로운 의미를 주목하고 그것을 고평하기 위해 설정한 개념이 '리얼리즘의 확대와 심화'
였다는 것도 이와 같은 맥락에서 생각해 볼 수 있을 것이다. 둘째 1930년대 전후반 나
아가 식민지 시대 전체를 통해서 '리얼리즘'이나 '전형성'의 문제들이 그토록 지배적이
었다는 사실 자체가 보여주는 문제이다. 이는 그 개념 자체의 중요성이나 이론적 적확
성의 여부를 떠나서, 식민지 시대 지식인 사회의 '담론 구성체'의 성격과 한계를 보여
준다고 하겠다. 그 개념이 아우르고 있는 '집단적 주체', 혹은 공동체 내에서 개인이 위
치지어지는 '문제적 인물' 개념, 공동체의 더 나은 미래와 연결될 수 있는 '전망'의 개
념들은 문학적이기보다는 지극히 '정치적'이고 '현실적'이고, 따라서 지식인 개인에게
는 '도덕적'인 개념이다. 이는 그러한 정치적이고 현실적이고 도덕적인 담론이 식민지
지식인 사회에서 원천적으로 봉쇄되어 있었다는 상황과 불가분의 관계를 맺는다. 즉 지

  그렇다면 여성에 대한 열정으로 치환된 이념을 향한 열정, 결국 주체를 주체로 정립시켜주는 열정이라는 것은 개개인의 개성에 다름 아닌 것이 된다. 이념으로부터 출발해 개성으로 귀결되는 동안, 애초에 이념이 갖고 있던 공동체적 전망, 보편적 진리를 개별 주체의 자기정립으로 매개해주는 이념의 매개적 계기는 사라지고 만 것이다. 이제 주체를 보증하는 개성이라는 것은, 주체의 자기정립의 근거를 외적 이념과의 매개가 아닌 순수하게 주체 내부에서 길어 올려야하는 단독자로서의 자립화된 개인의 징표로 된다.

  이처럼 유항림의 소설은 '이념'이라는 공통의 화두로 출발해 근대적 주체 정립의 극단적인 두 가지 방식의 전환 과정을 보여준다. 그 한 가지 방식이 앞 세대 이광수의 소설과 카프의 소설로서, 외적 이념의 매개에 의해 주체를 정립시키는 방식, 그러니까 매개의 계기를 통해서 개별주체가 공동체적 전망과 보편적 진리에 의해 정체성을 부여받는 방식이다. 유항림의 소설은 이와 달리 주체를 외부의 어떤 실체와도 동일화시키기를 거부한 채, 주체 내부에서 자기 정체성의 근거

  식인들이 자기가 속한 공동체에 대해 갖는 정치적이고 윤리적인 관계가 다른 방식의 담론을 통해 표출될 수 없었다는 것이고, 오직 문학적 담론을 통해서만 가능했다는 것이다. 이는 우리 근대 문학사에서 비평의 성격이 분석비평보다는 지극히 계몽적인 지도 비평이 우세했다는 것, 유학생 출신의 지식인들의 대다수가 문학인으로 존재했다는 것, 식민지 시대 내내 수많은 잡지, 동인지들이 문학지였다는 것, 나아가 기자, 교사, 작가 등의 직업에 대한 기능적인 분화에 대한 개념이 없었다는 것과 일맥상통한다. 지식인의 세계에 대한 발언의 출구가 다른 길은 거의 막혀 있고 오직 문학만이 열려 있다는 상황이, 다른 담론에 비해 문학적 담론을 그토록 비대하게 만들었고, 문학적 담론을 지극히 정치적이고 도덕적인 방향으로 정향지었다는 것이다. 따라서 우리 근대문학사에서 리얼리즘 담론의 지배적 지위는 정치적 윤리적 담론이 봉쇄된 상황에서 문학적 담론이 그것을 대신한 대응물의 성격이 강하다고 볼 수 있다. 이러한 상황에서는 동일한 리얼리즘 담론이라 해도 엥겔스식의 '리얼리즘의 승리'에 부응할 만한 소설은 생산되기가 쉽지 않고, '현실의 객관적 반영'이라는 모토는 '주관적 현실의 표현'으로 나타나기 쉬웠을 것이다. 리얼리즘이라는 문학적 담론을 통해 억압된 정치적 무의식과 도덕적 지향을 드러내야만 했기 때문이다.

를 찾아야하는 '자립화된 단독자적 개인'이라는 근대적 주체 정립의
다른 한 가지 방식을 보여주는 것이다. 유항림의 소설이 보여준 전자
에서 후자로의 전환 과정은, 아니 전자의 주체 정립 방식 자체를 검증
의 대상으로 삼아 후자의 주체 정립 방식으로 귀결되는 과정은 그 자
체가 1930년대 중·후반을 전후한 문학사적 전환의 과정을 내포적으
로 담지하고 있는 것이다.[13]

그러나 이러한 전환의 과정은 다분히 일제 말기의 상황의 악화라는
현실의 변화에 의해 강제된 측면이 강하다. 이는 이 개성이 문학사적
으로 문제시된 카프 이전의 1920년대 작가들의 소설과 비교할 때 분
명해진다고 할 수 있다. '개성'의 문제가 등장하는 문학사적 계기를
볼 때, 1920년대 소설의 주요한 이슈였던 '근대적 자아각성' '개성 해
방'이 뒤늦게 다시 문제화되는 것으로 볼 수 있다. 그러나 염상섭의
내면, 자아 각성, 개성의 해방은 '지상선(至上善)' '신생의 길'이라는
표현에서 보듯 미래적 지평으로서의 근대의 이념의 한 이름이었다.
즉, 김동인이나 염상섭의 소설에서 보이는 개성, 예술 그 자체의 문제
는 정치가 아닌 미적 영역에서 조선의 근대를 앞당기는 보편적이고
정치적인 행위의 일종이었다. 여기에는 자신들의 미적 근대가 근대이
념의 선취이고 그렇기 때문에 조선의 근대를 앞당기는 행위라는 자신
감이 지배적이고, 이는 보편성의 후광을 업고 있는 개별자의 자신감이
라 할 수 있다. 근대로의 발전이 예정된, 적어도 발전해 가야할 1920
년대의 전근대적 현실 앞에서 그 '근대 이념 선취'의 기호인 '개성'은,
유항림의 경우와 동일하게 주체를 근거짓는 것이기는 해도, 그 근거

---

13) 주체의 자기 정체성의 유지가 문학적 사유의 관건이 되는 1930년대 후반의 상황에서
유항림 소설에서의 '개성'은, 최명익의 '독서', 김동리의 '예술', 그리고 이태준의 '의
고취미' 등이 나타내는 의미 맥락—반속물성으로 현실과 거리두면서 자립화된 개인으
로 주체의 정체성을 유지하는 —과의 연관 관계하에서 조명될 필요가 있을 것이다.

가 선취된 보편성에 매개되어 있기 때문에 자신감에 차 있을 수 있는
것이고 동시에 과장된 선언의 형식을 취할 수 있는 것이다.

그러나 1930년대 후반의 소설에는 이러한 자신감이 없다. 자신들
이 매달리는 개성, 예술, 글쓰기가 주체 자신을 넘어선 사회, 공동체라
는 보편에 어떻게 매개되는지에 대한 관심이, 최소한 자신감이 없다.
이 때의 '개성'에는 과장된 선언이나, 미래를 선취한 자의 안정감이
아닌, 절박한 자기확인에의 몸부림이 강하게 작용하고 있는 것이다.

1920년대 작가들과 유항림의 소설 사이에 놓이는, 두 개의 개성 사
이에 놓이는 단절적 계기는 아마도 가장 소박하고 원초적인 의미에서
'희망'의 문제라고 할 수 있다. 세계가 더 좋은 상태로 발전해가리라
는 것에 대한, 개별자로서의 주체가 우리라는 사회적 공동체의 일부
분이라는 것에 대한, 그렇기 때문에 나의 개인적 선택과 결단과 윤리
가 내가 속한 집단에 공동체의 미래와 필연적으로 연결되어 있다는
것에 대한 '믿을 수 없음'이 1920년대의 개성과 1930년대 후반의 개
성 사이에 가로 놓여 있는 것이다. 최명익, 유항림, 허준 등의 소설에
서 비관적 세계인식과 데카당스적인 분위기가 압도적으로 나타난다
는 것이 이를 말해 준다. 그들이 자기확인으로 택한 개성, 열정, 내면
은 그 개성 해방이 약속해줄 근대라는 미래의 상을 향해 열려 있는 것
이 아니라, 몰락해가는 세계, 죽어가는 세계를 향해 열려 있는 것이고
그 앞에서 자기정체성의 확인이 그토록 절박한 문제로 다가오는 것이
다. 이런 점에서 「부호」에서 보이는 다음과 같은 상징은 참으로 의미
심장하다고 하겠다.

열이 담겨 있었다. 택규는 무슨 뜻인지 몰랐다. 모르지만 아까부터 혜은의
열정에 압도되어 있었다. 그는 혜은의 시선을 따라 앞을 내다 보았다. 윈도
글래스에 떨리며 달려오는 거리는, 전차궤도는 황혼이었다.(「부호」, 259쪽)

위암으로 죽어가는 자신의 옛 애인을 향해 온 열정을 다해 달려가는 혜은의 앞길은 그 자체가 어떤 희망이나 미래의 설계가 있을 수 없는 몰락해 가는 황혼이고, 그것은 죽음 앞에서의 혹은 죽음을 향한 열정을 자신의 유일한 삶의 징표로 삼은 1930년대 소설이 택한 글쓰기의 한 양상에 대한 상징이라 할 수 있다.

3) 글쓰기에 대한 실존적 자의식으로서의 모더니즘

여기서 세 번째 문제, 그러니까 개성이라는 자기정립의 내적 근거가 텍스트 속에 구체적으로 실현되는 양태가 '글쓰기'라는 사실이 보여주는 모더니즘적 의미망이 문제로 된다. 자기정체성의 근거인 이 '개성'이 등장인물의 언술이나 작가 유항림의 평문의 형식으로 선언되는 층위가 아닌 텍스트 속에서 구체적으로 실현되는 양상에 관심을 둘 때, 「부호」에서 보이는 다층적인 소설의 형식과 글쓰기에 대해 보이는 실존적 자의식은 상당히 문제적이다.

「부호」는 여주인공 혜은이 상과 출신의 운동선수 성호와 갑작스럽게 결혼한 지 1년 만에 예전의 애인 동규에게로 돌아오는 것에서 시작된다. 그녀가 왜 돌아왔는지, 그 동안에 무슨 일이 있었는지, 애초에 서로 사랑하던 동규를 놔두고 왜 성호와 결혼했는지 어떤 것도 구체적으로 밝혀져 있지 않다. 등장하는 친구들은 물론 삼인칭 관찰자 시점으로 서술해가는 화자도, 그리고 당사자인 동규나 혜은 자신도 분명히 알지 못하는 것으로 나온다.

그러나 소설이 진행되면서 일어난 사건들의 전모와 그 사건을 일으킨 진정한 원인이 조금씩 드러난다. 이는 이들이 발표하는 소설 '낙오' '고독' '호노리야' 등을 통해서 이루어진다. 태환이 쓴 '낙오'는 허영에 끌려 애인을 버린 여인과 실연의 고통을 술로 잊으려하고 예술의 영원성을 부르짖는 주인공이 등장하는 것으로 주변의 친구들이 생각하는 동규와 혜은이 모델로 되어 있는 것이다. 그러나 정작 사건의 중심인물인 혜은은 그러한 단순한 허영이라는 것은 현대의 인텔리겐차에겐 어울리지 않는다고 비판하고, 역설적 행위의 이면에 있는 자신을 모델로 '고독'이라는 소설을 발표한다. 또한 동규가 쓰는 '호노리야'는 문명이 발달한 로마 왕녀 호노리야가 야만족 앗치라에게 몸을 던짐으로써 초래되는 호노리야 자신의 멸망과 로마라는 문명국의 종말의 과정을 그리는 소설이다. 동규가 혜은과 만나면서 호노리야의 형상은 혜은의 형상과 겹쳐지고 이 두 형상은 종말로 치닫는 1930년대 현실 앞에 지식인이 처한 상황과 겹쳐진다. 그 소설들을 통해서만 사건의 진실은 자기 목소리를 갖고 등장하고 그 각각의 소설들은 서로를 규정짓는 중층적 구조들이다. 혜은이 행한 역설적인 사랑과 배신의 의미는 '고독'을 통해서만, 동규와 혜은의 사랑의 전말이 이해되는 방식은 '낙오'를 통해서만 그리고 그러한 사랑으로 치환된 지식인이 몰락을 향해 치닫는 당대 사회에 반응하는 곤혹스러움은 '호노리야'를 통해서만 진실로서 목소리를 갖는 것이다

즉 일어난 사건들에 숨겨진 진정한 원인, 본질들은 '무성한 소문들'로만 언급된 채 진실을 밝혀주는 기능을 상실하고, 사건에 대한 허구화 작업인 소설들만이 진실을 알려주는 기능을 담당하는 것이다. 그러므로 여기서의 소설쓰기는, 사건에 관계하고 있는 각각의 주체가 자신의 현실을 미학화하는, 즉 객관적 사실로서의 현실을 미학화된 현실로 변개시킴으로써 그 진정성을 찾고자하는 한 방식이라 할 수 있다. 이들에게 삶의 진정성은 '주체를 주체로서 정립시켜주는 내적인 근거', 즉 그의 다른 소설에서 문제시 되었던 "각인의 진실로서의 개성"이라 할 수 있다. 「부호」에서 이 개성으로서의 삶의 진정성은 객관적인 현실과의 일치 여부가 아닌, 그 현실의 미학화인 글쓰기에 의

해서만 그 진정성이 보증되는 것이다. 이제 글쓰기는 주체가 세계와 만나는 유일한 진정성의 통로, 그리고 주체 자신의 존재증명의 유일한 징표로 되는 것이다.

이러한 주체의 존재증명으로서의 글쓰기의 의미는 주인공 동규가 쓰는 '호노리야'를 통해 분명하게 드러난다. 야만족과 문명국 로마 사이에서 호노리야가 위치하는 상황과 혜은이 동규와 성호 사이에서 위치하는 상황, 그리고 1930년대 후반의 지식인이 처한 상황이라는 3 중의 의미망은 죽음 앞에서의 글쓰기라는 동규 자신의 극한적 상황과 맞물려 진행되는 것이다. 위암으로 사형선고를 받은 그는 예정된 죽음 앞에서 오로지 '호노리야'를 완성하는 것에 매진하려 한다. 이제 그의 살아있음의 유일한 징표는 소설쓰기이지만, 역설적으로 이 소설쓰기의 진행과정은 위암의 악화와 함께 한발 한발 죽음에 다가가는 과정이다. 그에게 죽음의 과정을 가장 확실한 살아있음으로 만들어주는 것은 글쓰기이지만, 역설적으로 글쓰기의 과정이야말로 바로 죽음의 과정인 것이다. 이처럼 「부호」에서 확인되는 개성, 주체의 자기정체성이 텍스트 속에 현현되는 구체적인 양상은 죽음을 무릅쓰고, 죽음과 등가로 교환되는 '실존적 차원의 글쓰기'라고 할 수 있다.

유항림에게서 보이는 이러한 실존적 차원의 글쓰기는 같은 모더니즘 소설이라 해도 앞 시기 구인회의 경우에 보이는 '실험과 포즈로서의 글쓰기'와 구별되는 면모이다. 구인회의 경우, 주체의 자기 정체성을 부여하는 근거가 외적이념의 매개가 아닌 내적 근거를 갖는 단독자적 개인주의라는 점에서는 동일하다고 볼 수 있다. 그러나 주체를 정립시켜나가는 대립항으로서의 타자가 구인회의 경우에는, 이상에게서 보듯 19세기적 현실 즉 전근대적 혹은 반봉건적 현실이다. 주체는 한편으로는 그 전근대적 현실의 현현체인 '어머니', '누이' 등에 대해 거리두면서 자기를 정립하는 내면과, 다른 한편으로는 그 현실에

대해 '죄의식'의 형태로 잠재하는 유대감 혹은 윤리적 구속성을 이중
적으로 견지하고 있다. 현실에 대해 대타적으로 설정한 개인의 내면
은 실험과 포즈로서의 글쓰기로 나타나지만, 둘 사이에 존재하는 불
일치는 이상의 경우 자신의 존재 조건에 대한 분열된 죄의식과 시, 소
설, 비평 등에서의 각기 다른 글쓰기의 형식으로 나타난다.[14]

 그러나 유항림의 경우 주체를 정립시켜가는 대립항인 '이념'이란,
구인회의 현실이라는 대립항과 그 성격이 판이하다. 유항림에게서의
'이념'은 지금까지 주체가 동일시함으로써 자기정립했던 '사유방식'
자체인 것이다. 이 때문에 자기의 사유방식을 대상화하는 내면, 관념
을 대상으로 하는 관념이라는 자기부정적이고 자기반성적인 성격이
훨씬 강한 것이다. 반면에 그의 소설에 나타나는 아버지들이 보여주
는 속물적인 부르주아 세계, 그들을 둘러싼 물적 조건들에 대해서는
무관심할 정도로 정서적 반응이 거의 없는 편이다. 그것들은 바라보
여지는 대상의 일부로만 존재한다. 이상 소설에 나타나는 바와 같은
주체의 존재조건과 맺는 분열된 죄의식, 박태원의 소설에 보이는 것
과 같은 '속물성과 반속물성 사이에서의 흔들림'과 같은 것이 거의 없
는 것이다. 유항림의 소설에서는, 나아가 1930년대 후반의 소설가들
에게는 '죄의식'으로 연결된 현실과의 유대감보다는 세계 앞에서의
자기확인이, 자기 존재증명이 더 성급한 과제였기 때문일 것이다.

 이런 절박한 자기확인에의 욕망은 주체가 자신이 속한 세계를 '황
혼'과 '몰락'으로 파악하는 비관적 세계인식 태도에서 기인한다고 볼
수 있다. 세계가 지금보다 더 나은 세계로 발전해가리라는 믿음이 부
재하는 비관적 세계인식 태도와, 주체를 정립시켜줄 외적 전망이 부
재하는 단독자적 개인주의는 동전의 양면인 것이다. 이러한 비관적 세

---

14) 졸고, 「이상소설의 창작원리와 미적전망」, 상허문학회, 『근대문학과 구인회』, 깊은
   샘, 1996.

계인식과 단독자적 개인주의의 주체에게 있어 글쓰기는, 예전에 존재하던 '세계에 대한 물음', '현실 인식'의 계기는 사라지고 자기존재 확인 욕망과만 관련된다. 이제 글쓰기는 객관적 현실의 반영도, '주관적 현실'의 표현도 아닌 자기존재 자체이고 따라서 세계 자체인 것이다.

여기서 존재하는 세계에 대한 거부, 그 세계에 대한 변혁의 욕구, 그리고 있어야할 세계를 앞당기는 갱신에의 노력은 문학적 새로움을 추구하는 노력으로 전환된다. 즉 문학적 기법의 갱신, 새로움의 추구는 이러한 좌절된 '세계변혁'이 '텍스트의 변혁'으로 전도된 형태라고 할 수 있다. 기존의 연구에서 유항림 소설의 기법적 특징으로 분석된 바 있는 상징, 역설, 중층구조를 통해 서로를 비추는 다층적 서사구조 등의 형식실험들은 그 심층적 기저에 이러한 '글쓰기를 통한 주체의 존재증명'이라는 글쓰기에 대한 실존적 자의식이 자리잡고 있는 것이다. 그리고 여기에는 '변혁시킬 수 없는 세계'에 대한 거부의 욕망을 '텍스트의 변혁'으로 전도시킨 1930년대 후반의 현실적 상황이 억압적이고 부정적인 방식으로 작용하고 있는 것이다. 그러므로 제반의 기법적 혁신을 통해 드러나는 미적 갱신으로서의 모더니즘은 그 근저에 놓인 비극적 세계관, 현실의 변화가능성에 대한 좌절 때문에 그 자체 현실과 역설적으로 관계맺고 있는 것이다. 즉 현실을 거부하고 자기존재가 중심화되는 상황자체가 근대적 주체정립의 전환이라는 내재적 계기와 더불어 1930년대 후반이라는 현실 상황에 강제되어 있는 것이다.

이는 우리 근대 문학사에서 주체의 세계 내적 존재방식이 장르적 규정성으로 작용하는 '소설' 장르에서 모더니즘이 관철되는 특성과 연관된다고 볼 수 있다. 1930년대 후반 모더니즘 소설에서 나타나는 미적 갱신은 현실에 대한 억압된 부정성의 양상을 중심으로 발현되는 것이고, 이 부정성의 무게중심은 정치적 현실에 강하게 긴박되어 있는 윤리적이고 도덕적인 문제의식이라고 할 수 있는 것이다. 이는 '식민지' 모더니즘과 '소설'에서의 모더니즘이 나타내주는 가장 중요한 특징이라고 볼 수 있을 것이다. 서구에서의 모더니즘을 무엇으로 정의하는가는 논의마다 개별적이고 다양할 수 있겠지만, '새로움'을 향한 강박관념, '끝없는 새로움'을 추구하는 '미학적 갱신'이라는 특징과 아도르노가 보여주는 부정성으로서의 모더니즘이 공통적인 특징일 것이다. 우리 모더니즘의 경우 앞서 잠깐 언급한 것처럼 문학적 담론이 정치적 윤리적 담론을 대신했다는 식민지적 특징과, 1930년대 후반의 문학적 특징들이—주체의 자기정체성 유지가 관건이 된다는 것, 집단적이고 실체적인 전망을 설정할 수 없는 비관적 세계인식— 일정 부분 일제말기의 악화된 현실상황에 기인하는 것이라는 점에서 '정치적 부정성'을 암묵적으로 내포한다고 가정해 볼 수 있을 것 같다.

그리고 1930년대 모더니즘과 자본주의를 연결시켜 '자본주의화된 도시적 일상'의 경험 양식이 '새로움을 향한 강박관념', '미학적 갱신'을 추동시키는 원동력으로 파악하는 경우가 있다. 이것이 결정적인 문제틀로 부각되려면 이 '자본주의화된 도시적 일상'이 소설 속의 한 요소로 '반영'된다거나 '등장'하는 차원—이는 모더니즘의 외양을 가진 요소를 반영론적으로 취급하는 것이기 때문에 모더니즘을 논의하는데 중심적인 조건이 될 수 없다—이 아닌, 적어도 그것이 개인의 경험양식과 사유방식을 구조화할 수 있는 조건들과 관련되어야만 하고, 이 조건이 '미적 갱신', '새로움에의 강박관념'이라는 미학적 충동을 구조지을 수 있어야 할 것이다. 서구 모더니즘에서 이 조건들은 여러 가지가 있을 수 있겠지만 그 중 '자본주의적 상품 생산'과 관련되는 것 또한 중요한 조건들 중 하나일 것이다. 끝없이 새로운 상품들이 생산되고, 그것이 상품이기 때문에 끝없이 소비되어야한다면, 소비를 발생시키는 취미는 언제나 상품 생산의 속도에 맞추어 갱신되어야하는 것이다. 즉 취미의 갱신이 자본주의적 일상과 관련되려면 그 사이에, 기술 진보와 상품 생산이 도시의 개개인의 일상을 지배할 만큼 그야말로 일상화되어야만하는 것이다. 그러나 식민지 시대 모더니즘 소설이 보여주는 새로움이나 미적 갱신을 이런 식으로 해석하기에는 자본주의적 발전단계상 상당한 무리가 뒤따른다. 때문에 식민지 모더니즘 소설에 대해 '수입' 혹은 '이식문학'으로 자리매김하고 원전미달을 지적하는 것이나, 식민지 모더니즘을 모더니즘의 한계로 지적하고 그 한계의 원인을 지적하거나, 그 한계 내에서 가능했던 최대치를 고평하는 관점들은 모두가 연구의 초점을 자본주의 발전단계와 모더니즘, 미적 실험을 하나의 일관된 틀 속에서 해명되는 서구 모더니즘에 기준점을 맞춘 결과이다.

우리 식민지 모더니즘의 경우에 나타나는 미적 갱신, 끝없이 새로운 실험을 추동시킨 원동력은 자본주의보다는 가설적인 수준에서지만 '억압된 정치적 부정성'에 연루되어 있다고 볼 수 있을 것이다. 현실을 변화시킬 수 없는 상황이 텍스트를 변화시키는 것으로, 글쓰기를 갱신시키는 욕망으로 전환되어 나타난 것으로 추측해 볼 수 있는 것이다. 따라서 언제라도 정치적 부정성이 현실화될 수 있는 조건이 되면 텍스트 실험보다는 현실 변혁을 위해 투신할 수 있는 것이고, 이는 해방기의 모더니스트들이 보인 정치적 행적으로 현실화된 것은 아닐까 추측해 볼 수 있는 것이다.

이는 특히 시나 비평 장르보다 소설 장르에 우세하게 나타나는 특징이라 할 수 있다. 시와 비평은 그 장르 성격상, 새로운 감각의 실험 그 자체, 이론의 현학적 자기과시만으로도 가능하지만, 소설 장르는 서사적 본성이 요구하는 시간과 당대성의 세계에 구속될 수밖에 없기 때문이다. 이는 우리 모더니즘, 특히 다른 장르에 비해 소설이 현실을 끊임없이 언급하게끔, 심지어 현실을 부정하고 도피하는 행위를 통해

서마저도 억압된 채 현실을 지시하도록 이끌어간 규정성이라고 할 수 있을 것이다.

5. 남는 문제

유항림의 소설을 놓고 여러 가닥의 이야기를 혼란스러울 정도로 늘어놓은 감이 있다. 이는 유항림이라는 작가 개인의 작가론적 특질의 해명보다는 그의 소설적 특징이 보여주는 문제를 출발로 카프 소설과의 관련성, 1920년대 소설과의 공유되는 문제, 그리고 1930년대 후반에 보이는 비관적 세계인식 등과 관련해 어떤 선 그리기가 목표였기 때문이다. 이 선 그리기에서 필자가 잠재적으로 갖고 있는 선 중의 주요한 축은 모더니즘 소설과의 관계였다 .

그러나 모더니즘을 형식적 특징 등의 기준을 놓고 분류하기보다 잠정적으로나마 그 형식을 발생시킨 전제조건과의 관계로 의미지우려 했다. 따라서 주체가 자기 존재를 정립하는 방식, 그 주체가 세계에 대해 갖는 태도의 문제를 축으로 놓고 이것이 우리 문학사 속에서 어떻게 차별화되는가를 먼저 살펴보았다. 이 과정에서 그의 소설은 '이념'에 대한 자기부정을 거쳐 확인한 그 이념에의 순정이라는 것이, 사실은 주체를 주체로서 정체성을 부여해주는 계기를, 외적 실체적 전망이 아닌 주체 자신의 '개성'에서 찾는 단독자적이고 자율적인 개인의 주체 정립 방식이라는 것을 확인했다.

이러한 근대적 주체 정립의 한 방식이 1920년대 소설에서 보이는 '개성'과 구별되는 것은 비관적 세계관임도 살펴보았다. 이 비관적 세계 인식 태도는 일제 말기 악화된 현실 상황과 그 상황을 돌파해 나갈 집단적이고 실체적인 전망을 발견할 수 없는 상황에서 그 세계를 몰락을 향해 치닫는 종말론적 세계로 파악한 것에서 기인하는 것이다. 이 때문에 이러한 주체와 세계 인식 태도는 그 자체가 주체 내적 계기와 현실적 상황에 의해 강제된 외적 계기라는 이중적 계기를 동시에 갖고 있는 것이다. 때문에 모더니즘 소설로서의 글쓰기에 대한 자의식도 구인회의 경우와 같은 '실험과 포즈로서의 글쓰기'가 아닌 자기확인으로서의 '실존적 차원의 글쓰기'의 태도를 보이는 것이라고 할 수 있다.

이 글은 모더니즘 글쓰기의 현상학에 대한 해명보다는 모더니즘의 토대를 이루고 있는 것들이 무엇인가에 대한 관심이 앞섰다고 할 수 있다. 그러나 모더니즘의 토대를 이루고 있는 개인적 주체, 비관적 세계인식, 억압된 채로 현실과 연루되어있는 소설로서의 장르적 규정성 등은 '모더니즘' 보다는 리얼리즘과 더불어 식민지 시기의 우리 근대문학을 결정짓는 조건이라고 볼 수도 있을 것이다. 이러한 근대문학적 조건 내에서 모더니즘 소설이 갖는 변별적 특징과 내재적 원리는 형식에 대한 보다 상세한 인식론적 분석을 통해서만 더욱 분명해질 수 있을 것이다. 이러한 과제는 다음 기회로 미룰 수밖에 없다.

최명익 소설의 양식적 특성과 그 의미

1. 서론

1920년대는 민족주의와 계급주의 문학의 시대였다. 그것들은 서로 대타적으로 다른 입장을 전개하고 내부적으로 서로 다른 편차를 보이지만, 개화기 이래 지속되어온 계몽성이라는 커다란 흐름으로 종합되고, 염상섭, 현진건, 이기영, 한설야 등에게서 정점화되듯, 사실주의 문학으로 종합된다는 점에서, 즉 그 둘을 지속시켜 온 내적 파토스와 문학적 형식의 측면에서 동일한 것이라 할 수 있다. 1930년대 이후에는 여기에 모더니즘이 추가된다. 그러나 모더니즘은 앞의 두 경향과는 극히 상이한데, 그것을 추진시켰던 내적 파토스의 측면에서 모더니즘 소설은 계몽성과 전혀 다른 파토스를 갖고 있고, 그것이 성취한 방법론도 전대에 성취한 사실주의 경향과는 상이하다. 그렇기 때문에 1930년대 이후의 모더니즘 소설은 동일한 파토스, 동일한 소설 형식에의 단순한 추가나 발전이 아닌, 소설에 대한 인식에 있어서의 근본적인 변화라고 보아야 할 것이다.

이러한 모더니즘의 발생에 대한 기존의 연구에서는 백철[1]의 연구에서처럼 일제의 외압, 세계공황에 따른 실업의 발생, 카프의 해체에 따른 주조상실 등으로 내재적인 원인을 설명하고, 프로이드, 로렌스 등의 해외문학이론의 유입이 외재적 조건으로 작용했다고 설명해왔다. 그러나 문학상의 어떤 경향, 특히 모더니즘과 같은 근본적인 변화의 발생 원인에는 여러가지 복합적인 요소들이 서로 얽혀서 작용을 하고 있고, 그 중 위의 설명들은 무엇이나 타당하지만 근본적이고 전체적인 변화를 설명할 수 없다는 점에서 그 일면성을 면치 못한다. 특히나 1930년대 후반에는 모더니즘적 경향의 소설뿐 아니라 역사소설, 김말봉 등의 통속소설, 김동리, 현덕, 황순원 등 소위 당대의 신세대 소설 등 아주 다양한 종류의 소설들이 한꺼번에 분출되고 있다. 1930년대 후반의 어떤 요인들이 어떻게 작용을 해서 이런 소설 상의 지각변동을 가져오는가하는 문제는 문학사적인 과제이다. 본고는 이런 문제의식을 기본적인 전제로 갖고서 최명익 소설의 양식적 특성을 분석하고자 한다.

최명익은 『白稚』 창간호에 「戲戀時代」를 발표하면서 문인으로서의 활동을 시작했고 단층파와 관계를 가지면서 소외된 지식인의 내면세계를 심도 있게 그려 문단의 관심을 끌었었다. 당시 최명익에 대한 논의는, 지식인의 자조와 무기력을 주 내용으로 삼아 예술적으로 역량 있는 작품을 쓰는 신인으로 평가[2]되기도 하고, 행동력을 상실한 지식인의 자조라는 비판[3]이 가해지기도 했다. 근래에 이르러서는 모더니즘 소설에 대한 연구와 더불어 최명익의 소설에 대해서도 다양한 연

1) 백철, 『조선신문학사조사: 현대편』, 3장 「파시즘의 대두, 세계의 위기와 현대문학사조의 분화기」, 4장 「구인회와 예술파의 신흥」, 5장 「기교파와 모더니즘의 등장」.
2) 엄흥섭, 「문예시평」, 조선일보, 1936. 5. 10.
   백 철, 「금년간의 창작계 개관」, 『조광』 2권 4호, 54쪽.
3) 임화, 「창작계의 일년」, 『조광』 5권 12호, 134쪽.

구가 시도되고 있지만 당대의 논의와 비슷한 방향에서 1930년대 식민지 사회의 지식인의 자의식과 소외라는 주제론적 고찰이 대부분이다.[4] 그리고 심리소설의 측면에서 그의 소설을 분석한 최혜실의 논문[5]이나 공간구조를 분석한 김겸향의 논문,[6] 그리고 서술자를 중심으로 치밀한 분석을 하고 있는 윤부희의 논문[7] 등에서 최명익 소설의 형식적 특징을 탐구하고 있다.

본고는 최명익 소설의 형식적 특성을 해명하는 것이 일차적인 목표이지만, 그것을 통해 그 이전의 소설과의 형식적 차이와, 그 차이의 근저에 있는 인식론적 지평의 변화를 해명하고자 하는 것이 보다 근본적인 목표이다. 그러기 위해서 최명익의 소설의 여러 요소 중 다른 소설과의 비교에서 드러나는 형식적 차이를 추출하고 그것의 의미와 효과를 분석하는 방식을 취하고자 한다. 이 때 '다른 소설'이란 앞 시대의 리얼리즘 소설을 지칭한다. 따라서 본고는 최명익의 소설을 분석하면서 리얼리즘 소설 일반과의 비교가 전제되기 때문에 어느 정도 논의의 이분법과 도식성을 지닌 채 출발할 수밖에 없다.

최명익의 해방이전의 소설은 「비오는 길」, 「역설」, 「무성격자」, 「심문」, 「폐어인」, 「장삼이사」, 「봄과 신작로」가 있다. 「봄과 신작로」와 「장삼이사」를 제외하면 등장인물의 직업 및 성격, 인물의 구성 등 몇 가지 측면에서 대체적인 공통성을 갖고 있다. 본고의 논의의 대상이 되는 작품은 주로 앞의 다섯 작품이다.[8]

---

4) 이동하, 「「장삼이사」에 나타난 세계상과 지식인의 문제」, 『현대소설의 정신사적 연구』, 일지사, 1989.
　　이재선, 「의식과잉자의 세계: 장삼이사」, 『한국현대소설사』, 홍성사, 1979.
　　강현구, 「최명익 소설 연구」, 고려대 석사학위 논문, 1984.
5) 최혜실, 「1930년대 한국 심리소설 연구: 최명익을 중심으로」, 서울대 석사학위 논문, 1986.
6) 김겸향, 「최명익 소설의 공간구조 연구」, 이화여대 석사학위 논문, 1990.
7) 윤부희, 「최명익 소설 연구」, 이화여대 석사학위 논문, 1993.

2. 서술자의 자의식과 주관성

리얼리즘 소설은 무엇보다도 객관성의 미학이라고 할 수 있다. 이
는 소설이 취하는 내용과 그것을 그리는 방식, 그리고 그 두 가지가
이루어지는 세계관 혹은 인식론적 지평이라는 세 가지 층위에서 그러
하다. 리얼리즘 소설은 객관적인 현실 혹은 그 현실의 총체성을 재현
하는 것이 목표라는 점에서, 그리고 그 객관적 현실의 총체성을 표현
함에 있어 작품을 총체성과 전형성이라는 원리에 입각해서 그리려한
다는 점에서, 앞의 둘은 텍스트 내적인 층위에서의 객관성의 미학이
라 할 수 있다.

한편, 이 텍스트를 통해 연결되고 있는 작가와 독자 사이에는 어떤
묵계가 있다. 작가의 측면에서는 씌어진 텍스트가 앞의 두 층위—표
현된 내용이 어떤 방식으로건, 현실을 반영한다는 것과 표현하는 방
식이 사실적이라는—에서 객관적이고 적어도 객관성에 가까이 가려
는 의도에서 씌어진 것이라는 전제가 있고, 독자의 측면에서는 그 씌
어진 텍스트가 앞의 두 층위에서 사실적이거나 혹은 사실적이지 못하
다는 평가가 있을 수 있다. 이런 작가의 전제와 독자의 가치평가 사이
에는 어떤 묵계, 즉 공통의 인식론적 지평이 존재해야 한다. 즉 현실
(세계)은 객관적으로 존재하고 그 현실은 객관적으로 인식 가능한 것
이라는 전제인데, 이는 곧 인식론적으로는 진리의 문제와 연관된다.
즉 객관적 진리는 존재하고 그것은 인식가능한 것이라는 공통의 지평
이 있어야만 이 작가의 전제와 독자의 가치평가가 가능할 수 있는 것
이다. 이 인식론적 전제와 동전의 양면으로 존재하는 것이 주객동일
성[9]이다. 이 전제가 예술에, 좁게는 소설에 관류할 때 나타나는 것이

---

8) 텍스트는 『장삼이사』(을유문화사, 1988, 북으로 간 작가선집), 『한국 해금문학전집』
   (삼성출판사, 1988)을 대상으로 했다.

리얼리즘의 객관성의 미학이다. 즉 주체와 객체의, 자아와 세계의 동
일성이 인식론적 낙관주의(자아가 세계를 인식할 수 있다는 가능성)를 낳
고, 이것이 세계를 인식하고 표현하는 주체로서의 작가, 작가의식, 작
가의 세계관에 대한 책임부여와 신뢰를 낳는 것이다. 그리고 현실을
표현한 작품과 그 작품의 표현 대상인 현실간의 동일성의 전제가 반
영론을 낳고, 이는 그 둘의 공통적 가능태로서 총체성(외연적 총체성과
내포적 총체성)[10]과 총체성의 표현적 양태로서 전형성에 대한 요구를
낳는다.

　그러나 이런 인식론적 가능성이 의문시되고 주객동일성의 전제가
위기에 부딪힌다면 그에 기반하고 있는 리얼리즘적 소설양식, 그리고
리얼리즘적 소설로 대표될 수 있는 서사성 자체까지 문제시 되고 변
화가 생길 수밖에 없다. 이 변화는 리얼리즘 혹은 서사성에 대한 의식
적 거부나 무의식적 변화 등 텍스트를 생산하는 작가의 태도의 측면
에서 나타날 수 있다. 그리고 1930년대의 이상의 여러 소설에서와 같
이 현실의 문제에 등돌리고 자아에만 집중한다든지, 박태원의 「천변
풍경」같이 주체의 인식가능성을 포기하고 보여지는 사물성에 몰입하

---

9) 주객동일성에 대해서는 철학적 인식론적 맥락에서 보다 풍부한 논의가 필요할 것이
다. 그러나 이는 본고의 범위를 벗어나는 일이므로 여기서는 가능하지 않다. 다만 이
글에서는, 인식의 대상이 되는 외부세계를 객체로, 그것을 인식하는 자아를 주체로 설
정했을 때, 주체가 객체를 인식할 수 있다는 가능성이 성립하기 위해서는 그 인식의 대
상과 인식의 주체가 기본적으로 동일하다는 전제가 성립한다는 범박한 의미에 한정된
다. 이런 동일성의 전제가 소설 속에서 명시적으로 드러나는 경우에는, 자아와 세계의
화해나 통일로, 그것이 이루어지지 않은 소망으로 드러나는 경우에는, 잠재적인 전망
(perspective)으로 나타난다고 할 수 있다.

10) 외연적 총체성은 말 그대로 외부의 다양하고 풍부한 현실세계가 갖는 객관적 총체성
이라면, 내포적 총체성은 그것을 작품으로 표현했을 때 작품 속에 드러나는 총체성이
다. 다양한 현상계의 단순한 모사만으로는 현실의 총체성을 구현할 수 없으므로 현실
속의 진정한 본질을 간취하고 표현해야하는데, 내포적 총체성은 그런 요구를 구현하고
자하는 당위이자 가능태라고 할 수 있다.

는 양태, 혹은 이효석의 서정소설처럼 서사성 자체를 배반하는 것 등, 생산된 텍스트 자체의 성격의 측면에서 나타날 수도 있다. 이런 면에서 본다면 1930년대 이후 모더니즘 소설을 비롯한 여러 소설에 나타나는 변화의 면모는 결국 "소설성"의 문제, 그리고 그것을 가능케 한 인식론적 전제에서의 이탈 혹은 거부로 수렴될 수 있을 것이다.

여기서는 이 객관성과 동일성의 미학을 무너뜨리고 그 자리에 들어서는 자의식과 주관성의 문제를 최명익의 소설에서 분석하고자 한다. 그리고 그 분석의 결과 이 자의식과 주관성이라는 것이 단순히 소설 기법이나 패배적 지식인의 과잉된 자의식이라는 소재의 차원에서만이 아니라, 인식론적 지평의 변화에 따른 소설관, 세계관 자체의 변화의 한 징후임을 드러내는 것이 이 절의 목표이다.

최명익의 소설들에는 기존의 연구자들이 지적한 것처럼, 이념적인 측면에서건, 생활의 측면에서건 현실에서 절망하고 소외된 지식인들이 주요 인물로 설정되어있다. 고학력의 룸펜, 과거 한 때 명성을 날렸던 좌익 이론분자, 실직한 교사 등으로 설정된 그 인물들은 자신들이 처한 상황 때문에 현실생활에서 소외되어있다. 그리고 그 인물들이 초점화자[11]로 되어있기 때문에 그들의 눈에 비친 현실의 단면, 그리고 그 단면이 불러일으킨 과거의 기억, 회상, 인상들이 주요 서술대상이다. 기존의 연구들에서는 최명익의 소설속의 지식인들이 현실적 연관을 상실하고 내면으로 도피하여, 이 내면세계의 자의식을 표출하

---

11) 초점화자와 서술자는 일반적으로 일치되는 경우가 많지만 반드시 그런 것은 아니다. 최명익의 소설에서 「역설」, 「무성격자」, 「폐어인」 등은 3인칭 시점으로 쓰여 있어서 서술자는 3인칭 객관적 서술자이지만 중심인물인 정일, 문일, 현일등의 의식과 관찰에 기대어 그 인물의 시선으로 서술되기 때문에 초점화자는 이 중심인물들이다. 그러나 「심문」은 주인공 명일의 시선으로 관찰되고 그의 의식과 시선의 중개에의해 서술이 진행되기 때문에 초점화자는 명일이고, 동시에 명일에 의한 1인칭 시점으로 진행되기 때문에 그는 동시에 서술자이기도 하다.

고 있기 때문에 '주관적'이라는 평가를 내려왔다. 그러나 이런 평가는 자의식을 그리기 때문에 주관적이라는 지극히 환원론적인 평가이고 그것은 소설의 본질적인 변화를 설명해주지 못한다고 본다.

이러한 소재와 기법의 환원적인 해석을 벗어나기 위해 여기서는 서술자의 서술방식의 측면에서 이 문제를 다루고자 하는데, 이 측면이 앞서 리얼리즘을 언급하면서 제기했던 세 층위에서의 변화를 해명하는데 관건이 된다고 여겨지기 때문이다.

서술자는 소설에서만 독특한 현상이다. 작가가 현실을 묘사, 서술함에 있어 작가가 아닌 서술자가 전달하고, 이 서술자는 "편집자적 서술자"로서 주관적인 논평을 가하는 서술자에서부터 철저히 서술을 삼가고 묘사에 일관하는 "객관적 서술자"에 이르기까지 다양할 수 있다. 그러나 이런 다양성에도 불구하고 소설의 내용은 서술자에 의해 전달되고 서술자는 대부분 어떤 식으로건 소설 전체의 질서를 주관하는 얼굴임에는 변함이 없다.[12] 「무성격자」는 이런 서술자의 존재방식이 가장 대표적으로 문제시되는 소설이다.

"…커피의 자극만으로는 만족하지 못하여 술을 먹고 싶어하는 자기를 깨달았다"
"… 저도 그렇게 생각하는데요, 이렇게 농담처럼 웃으며 말하고 싶은 충동이 일어나 것을 깨달았다"
"…정일이는 도리어 머리가 텅 빈 사람같이 눈을 껌벅이며 자꾸 술을 마시고 있는 자기를 깨달았다"
"…정일이는 오히려 흥분이 가라앉아 신열에서 놓여난 병인같이 잠속에

---

12) 이런 다양한 서술자들은 전달되는 내용의 객관성과 정당성을 위해 봉사한다는 것에서는 공통적이다. 묘사적 소설은 물론이고 카프의 목적의식기의 소설처럼 서술자가 소설의 흐름에 개입해서 주관적인 논평을 가하고, 결과적으로 "객관성"을 떨어뜨릴 때조차도 전달되는 내용의 정당성을 주장하기 위해서인 것이다.

서 잦아져 들어감을 깨달았다."[13]

대상을 서술함에 있어 '이것이 사실이다'라고 하는 것과 '나는 이 것을 사실이라고 말한다.'의 차이는 아주 중요하다. 리얼리즘의 서술 방식이 전자의 것이라면, 위의 예문들은 후자의 방식이다. 내 눈에 사 실이라고 보여진 것을 서술하지만 그것이 정말 사실인지는 확신할 수 없다는 태도인 것이다. 주체와 객체의 자기동일성을 의심하는 상태에 서 서술자는 객관적이기를 포기하고 자신의 주관성을 전면화시키는 것이다. 그리고 이 전면화된 주관성에는 내가 나를 바라보는 자의식 이 내재해 있다. 즉 사물을 관찰하는 것이 아니라 '사물을 관찰하고 있는 나를 관찰하는' 서술자의 자의식이 소재의 차원이 아닌, 서술방 식의 차원에서 드러나고 있는 것이다. 이러한 글쓰기 방식 속에 관류 하는 자의식과 주관성이 전체의 서술상의 어조를 결정하고 이는 작가 와 독자의 공통의 인식론적, 가치평가적 지평이 부재함을 반증하는 것이다.

이러한 자의식과 주관성은 다른 서술방식에서도 드러난다. 소설이 담화의 수준에서는 서술자의 담화와 인물의 담화로 이루어진다고 했 을 때, 그 두 담화가 교묘히 얽히는 방식이 바로 자유간접화법[14]이다.

"정일이는 이렇게 전보를 친 집에서는 자기가 반듯이 이번 급행으로 올 것을 믿고 기다릴 모양이라고 설명할 밖에 없었다. 문주는 고개를 끄덕이 고 자기 걱정은 하지 말고 다녀오라고 말하며 요위에 놓인 자기 손을 잡은 정일에게 웃어 보이려는 노력까지 보였다. 문주의 손을 만지면서 실심한

---

13) 최명익, 「무성격자」, 『장삼이사』, 을유문화사, 1988, 39–46쪽.
14) S. 채트먼, 한용환 역, 『이야기와 담론』, 고려원.
   김천혜, 『소설구조의 이론』, 문학과지성사.

사람같이 앉아있는 정일에게…"[15]

자유간화법은 화자의 목소리라는 형식에 인물의 발언이 실리는 경우를 말한다. 위의 인용문은 초점화자인 정일의 의식내용이고 그가 보는 문주의 모습인 것 같다. 즉 정일에 의해 중개되고 있는 듯한 것이 사실이다. 그러나 사실은 '자기'라는 대명사나, '실심한 사람같이 앉아있는 정일에게'라는 부분에서, 인물의 밖에서 인물의 대화를 전달해주는 서술자의 모습을 본다면, 그 담화의 형식상의 주인은 서술자임이 명백하다. 그러나 그 담화의 내용은 사실은 인물(정일)의 발화이다.

그리고 말로 표현된 인물의 담화뿐만 아니라 인물의 의식인 내적 독백을 서술자가 전달하는 간접적 내적 독백도 자유간접화법과 같이 서술자의 말이라는 형식에 인물의 의식 내용이 혼합되어 나타나고 있다.

"눈을 감은 정일이는 <u>문주의 약한 몸을 아끼는가? 혹시 문주의 병독 있는 입김을 꺼리는가?</u> 이렇게 중얼거리듯이 생각하는 그는 찬비에 내장으로 쫓겨들었던 술기운이 다시 전신으로 퍼지는 듯 흥분을 느끼었다. 문주의 손톱을 다스려 줄 때에 자기 뺨에 서리는 그 병독있는 호흡이 아니면 문<u>주의 눈이 그렇게 낭낭할 리 없고 그 마음이 그렇게 애연할 리 없고 그 마음이 그렇게 맑고 그 감정의 흐름이 그렇게 선률적일 리 없고 그 직감력이 그렇게 예민할 리 없고</u>… 이렇게 연달아 중얼거려지는 자기 생각에 눈 앞에 나타나는 문주를 보는 정일이는 사람다운 체온이 있을 것 같지 않은 문주의 몸에서 결핵균의 시독(屍毒)인 신열이었을지도 모를- 오히려 뜨거운 정렬을 느끼었든 것을 생각하며…"[16]

---

15) 최명익, 「무성격자」, 앞의 책, 24쪽.
16) 최명익, 「무성격자」, 앞의 책, 43쪽.

위의 담화는 서술자의 것이지만 밑줄을 그은 의식내용의 주체는 정일이다. 서술자의 말과 인물의 의식이 결합되어 제시되는 것이다.

이러한 자유간접화법, 간접적 내적 독백에서 보여지는 서술자와 인물의 혼합양상은 주체가 인물의 발언을 전달하면서 그것의 객관성을 보증하는 것이 아니라, 그 인물의 주관성에 함께 녹아들어가는 것이다. 인물의 서술과 의식이 갖는 주관성은 객관성의 외형을 띠어 전면화 되고, 서술자가 가졌던 객관성은 인물이 가진 주관성에 자리를 내주게 된다. 그러면서 독자에게는 인물의 발언과 의식의 절실함과 진실성이 직접적이고 보편적으로 전달되는 것이다. 이런 상태에서의 서술자는 소설의 '질서를 주관하는 얼굴'이 아니라 인물의 감정, 의식의 주관성을 보편화시켜주고 있는 것이다. 이런 방식의 글쓰기는 현실세계의 객관적 총체성과 전형성을 인식하고 표현하고자하는 전망을 이미 포기하고 있는 것이다. 소설의 내부세계와 외부세계의 중개자라고 할 수 있는 서술자가 객관적 판단자, 가치평가자의 자리에서 물러나 주관의 내면화와 절대화에만 기여한다는 것은 그 서술자가 현실과의 연관고리를 상실하고 있다는 것을 뜻하고 이 때문에 더 이상 리얼리즘적 글쓰기는 불가능하게 되는 것이다.

그러므로 이런 글쓰기 방식에 나타난 자의식은 단순한 기법만의 문제가 아니고 전망(perspective)이 부재한 상황에서의 필연적인 하나의 양식이다. 그리고 소설적 전망의 부재는 작가 개인의 소설관의 문제를 넘어 주체가 객체를 인식하는 것이 불가능하다는, 주체와 객체의 궁극적인 비동일성이라는 인식론적인 전제에 근거하는 것이다.

3. 시간인식의 변화

이상의 서술자의 서술방식의 변화된 양상은 곧바로 시간의 문제와 연결된다. 소설이 인물, 사건, 상황 등 여러 요소들의 총체라 할 때, 서술자가 그것들을 종합하는 질서의 얼굴이라면 시간은 그것을 종합하는 질서의 틀이기 때문이다. 리얼리즘 소설뿐만 아니라 서사장르자체는 서사적 계기성에 의한 선조적(線條的) 시간인식을 바탕으로 진행된다. 소설이 이야기와 담론, 혹은 스토리와 플롯으로 분석될 수 있다고 할 때 그 이야기가 담론으로 혹은 스토리가 플롯으로 전환되는 데에는 인과론적 구성이 전제된다는 것이 일반적이다. 구체적으로 소설 속에서 시간이란 인물의 행위가 진행되고, 그 진행 속에서 성장 발전하고, 숨겨졌던 혹은 앞서 있던 원인에 따른 결과가 나타나고, 그러므로 숨겨진 의미가 드러나게 하는, 그런 제반의 진행이 가능하도록 만들어주는 기본적인 축이다. 그러므로 소설구성에서 사건에 대한 선조적 시간인식과 그 사건을 구조화하는 데 있어서의 인과론적 플롯은 동전의 양면과 같고, 이는 신생-성장-죽음이라는 유기체적 발전의 논리에 동일하게 근거를 두고 있다. 그러므로 발단—전개—절정—결말이라는 일반적인 플롯의 진행과정은, 사건의 순차적인 진행에 따르는 선조적인 시간인식을 바탕으로 한 것이면서 동시에 여러 사건들을 구성하는데 있어서 원인과 결과라는 인과론적인 원칙에 근거한 것이기도 하다.

그런데 서사에, 좁게는 소설에 이런 시간의 선조적인 계기성이 깨어진다면 이는 무엇을 말하는가? 예를들어 1930년대 후반의 이효석의 소설이나 황순원의 소설에서 시간의 선조성이 후퇴하고 인물이 '무시간적 진공상태 속에서 존재'[17] 한다는 지적이나 박태원의 「소설가 구보씨의 일일」을 베르그송의 '지속'의 시간개념으로 해석하는 많

은 논문들은 이미 서사성과 선조적 시간성의 불일치를 밝혀온 것이
다. 최명익의 소설에서도 이러한 선조적인 시간인식이 후퇴하고 다른
시간인식이 나타나고 있으며, 이는 일반적인 의미에서의 소설이 주는
효과와는 다른 효과를 거두고 있다.

여기서는 대표적으로 「무성격자」에 나타나는 '회상'에 의해 나타나
는 '시간의 공간화' 양상을 살펴보겠다. 「무성격자」에서는 회상 속에
서 과거와 현재의 일들이 교차함으로써 시간의 계기적 인식이 후퇴하
고 있다. 물론 모든 '회상'이 시간의 선조성을, 인과론적 진행을 방해
하는 것은 아니다. 그러나 이 소설에서 회상된 과거는 인물이나 사건
의 내력을 전해준다거나 현재나 앞으로 올 미래의 일에 대해 어떤 실
마리를 제공해주는 기능을 하지 않는다. 즉 그 과거는 현재나 미래와
시간적으로, 인과적으로 관계맺지 않는다. 다만 기차가 K역을 통과하
고 있기 때문에 두어 달 전 K역에서의 문주를 떠올리는 것이고 그 회
상된 과거 속에서의 문주와 현재의 문주가 K역이라는 공간에서 동시
적으로 제시된다. 과거와 현재가 하나의 공간에서 병치되는 것이다.
스토리상의 사건의 진행이 인과적인 관계없이 과거와 현재가 나열,
병치되고 있기 때문에 결말에서의 사건은 그 이전에 제시된 사건들과
논리적인 연관관계를 갖지 않는다.

그리고 「비오는 길」에서는 '반복'의 시간구조에 의해 시간이 공간
화 되고 이것이 선조적인 시간인식을 대체하고 있다. 주인공 병일은
아침의 출근과 저녁의 퇴근길에 똑같은 길을 하루도 빠짐없이 걸어
다니고 있다. 그 퇴근길에 사진관 주인 이칠성을 만나고 그 만남의 과
정에서 자신이 가졌던 폐쇄적인 자의식과 타인에 대한 방관자적 의식
을 벗어날 수도 있는 기회를 갖지만 사진사의 죽음으로 인해 그 폐쇄

---

17) 단일한 효과, 단일한 인상을 주기 위한 단편소설의 방법이라고 해도 그 근저에는 분
   명히 서사성과 시간성의 불협화음이 존재한다.

성에 다시 갇히게 된다. 여기서 주인공이 우연히 이칠성을 만나고, 다시 오랫동안 못 만나다가 그가 죽은 것을 알게 되는 과정에서 기본적으로 시간의 흐름이 전제되어있다. 그럼에도 불구하고 그 시간의 흐름은 주인공의 폐쇄적인 자의식과 방관자적인 태도를 변화시키지 못한다. 즉 사건의 표면적인 흐름과 그 표면적 흐름 속에 무시간적으로 항존하는 고독과 자의식이 대립되고 있는 것이다. 이 대립은 결국 무시간적인 고독과 자의식으로 해소되는데, 이 과정에서 사건의 표면상의 계기적 흐름은 똑같은 출퇴근길이라는 폐쇄적인 공간에 갇히고 마는 것이다. 즉 출근과 퇴근, 하루하루 날들의 진행이라는 명백한 시간적 진행이 '비오는 길'이라는 폐쇄된 공간 속에서 이루어지면서, 그 공간이 가진 정체성, 무시간성으로 대체되는 것이다.

「무성격자」가 '회상'에 의해 시간의 공간화가 나타나고, 「비오는 길」에서는 '반복'에 의해시간의 공간화가 나타난다. 이렇게 시간이 공간화 됨으로써 사건을 시간적 질서에 의한 흐름, 원인과 결과의 과정으로 이해하는 인식의 틀이 깨지고 있다. 이는 무엇을 말하는가? 선조적 시간관과 인과론적 인식은 주체가 현상세계를 경험함에 있어, 다양하고 무작위적으로 존재하는 현상세계에 질서를 부여하고 재구성하는 경험의 방식이자 인식의 준거틀이라고 할 수 있다. 그리고 이런 인식의 준거틀은 궁극적으로 대상세계는 객관적인 질서를 갖고 있고, 주체는 그 세계를 인식할 있다는 인식론적 낙관주의와 주객동일성에 근거한다. 그런데 이러한 인식의 틀이 해체된다는 것은 대상세계를 그 본질에 의해 재구성하는 것이 아니라, 그 대상세계가 경험되는 방식대로 인식한다는 것을 뜻한다. 즉 경험을 이미 존재하는 기준이나 인식틀에 기대어 인식하는 것이 아니라, 경험의 방식 자체가 인식의 방식으로 되는 것이다. 이것은 이미 존재하는 기준이나 인식의 틀이 더 이상 유의미하지 않다는 것이거나 그것이 이미 부재하게 되었음을 의미한다. 이는 작가에게 있어 전망(perspective)의 상실로 구체화되어 나타난다.

앞 장에서 서술자가 보여주는 글쓰기 방식의 자의식이 소설적 전망의 상실에 기인하고, 이는 궁극적으로 인식론적 회의주의와 주객동일성에 대한 불신에 기인하듯이, 최명익 소설에서 나타나는 이러한 시간인식의 변화된 양상 역시 동일한 근거에서 해석될 수 있는 것이다.

4. 은유와 상징의 의미와 기능

이와 같이 시간의 선조적인 계기성과 인과론적인 연관관계가 후퇴하고 있다면, 소설에서 개개의 사전을 연결시키고 구조화하는 힘은 무엇인가? 즉 소설을 구조화하는 질서가 '논리적인 연관관계'가 아니라면 어떤 연관관계와 질서에 의해 구조화되고, 전달되는가? 이 연관관계는 구조주의적으로 볼 때 통합관계적 성격이 아니라 병렬관계, 즉 계열체적 성격을 갖는다고 할 수 있다.[18] 소설 속에서 개개의 사건이나 요소들이 전체에 봉사하지 못하고 서로간의 시간적, 인과적 연관이 없을 때, 이 요소들은 의미의 유사성에 바탕한 계열체의 방식으로 구조화된다고 할 수 있을 것이다. 최명익의 소설에서 이런 의미화 방식은 구체적으로 은유적 이미지와 상징적으로 나타난다.

최명익의 소설을 연구했던 기존의 연구에서, 많은 논자들이 그의 소설에 나타나는 동물적 상징을 언급하고 있다. 실제로 그의 작품에는 쥐, 고양이, 죽어가는 물고기, 옴두꺼비, 청개구리 뱃가죽 등 다양

---

18) 통합체(syntagm)은 대상들 간의 인접성에 근거한 환유에 의해 의미를 이루는 방식으로 서사성의 기초가 되고, 계열체(paradigm)는 대상들 간의 의미의 유사성에 근거한 은유에 의해 서정성의 기초가 된다.

한 동물적 상징들이 음습하고 참담함 분위기 속에서 나타나고 있다. 그러나 이 연구들에서는 이러한 상징, 비유들이 '현실에서 소외되고 좌절한 지식인의 내면을 비유적으로 제시하고 있다'고 언급함으로써, 이 비유와 상징이 지시하는 바를 드러내는데 그쳤을 뿐, 그 비유와 상 징이라는 형식을 선택하게 한 근거와 효과에 대해서는 언급하지 않았 다. 때문에 이 비유와 상징은 소설에 삽입되거나 차용된 단순한 기법 의 수준에 머물고 그 이상의 의미규명으로는 나아가지 못하고 있다.

은유와 상징은 일반적으로 서정 장르의 특성이다. '비유적 이미지 는 기억, 연상을 통해, 혹은 직접적으로 지각된 것에 대한 사적인 정 서적 가치를 시사함으로써, 상징은 압축된 지각양식이나 확산된 의미 를 암시함으로써 의식 속의 사적 내밀성을 표현하는'[19] 특징이 있다. 때문에 자아와 세계가 분리되어서 자아가 세계를 객관적으로 인식하 고 그 세계의 본질과 총체성을 드러내는 서사장르에서는, 이와 같이 상상력에 의해 주체와 객체를 통합 용해하는 은유적 관점[20]은 서로 어 긋나는 것이다. 이렇게 서사장르에는 어울리지 않는 은유적 관점이 왜 소설 속에서 사용되고 있고, 사용됨으로 해서 어떤 효과를 야기하 는가, 그리고 그것은 1930년대 후반 소설의 지형변화에 어떤 몫을 하 고 무엇을 드러내는가를 고찰하는 것이 이 절의 목적이다.

잠깐 언급한대로 최명익의 소설에서 동물적 상징의 예들은 다양 하다.

"문일이는 현관 문 밖에 큰 두꺼비 한놈이 명상에 취한듯이 앉아있는 것 을 보았다. …… 문일이는 옴두꺼비의 안내로 의외로 발견한 무덤가에서 생명체이던 형해조차 이미 없어진 지 오랜 빈 무덤 속에 드러누웠거나 앉

---

19) R. 험프리, 이우건, 유기룡 공역, 『현대소설과 의식의 흐름』, 형설출판사.
20) P. 휠라이트, 김태옥 역, 『은유와 실재』, 문학과지성사, 1982.

아있을 옴두꺼비를 생각하며 자기 방에 누워있을 자기를 눈앞에 그려 보았다."[21]

우연히 옴두꺼비를 발견하고 그 두꺼비가 고총(古塚)속으로 들어가는 것을 지켜보면서 문일은 썩은 무덤 속에 묻힌 두꺼비와 암울한 현실 속에 놓인 자기를 등치시키고 있다. 두꺼비와 자신을 비유함으로써, 암울한 현실에 대한 어떤 직접적인 서술이나 묘사 없이도 썩은 고총의 이미지가 현실의 이미지로 강하게 제시되고 있고 그 이미지는 구체적이고 직관적이다.

이외에도 「폐어인」에서는, 쥐를 잡아먹은 고양이가 먹은 것을 다 토해내고 입가에 피를 묻히고 죽은 모습과, 폐병으로 각혈을 하며 고독과 생존에의 위협 속에 놓인 주인공 현일이 등치되어 비유되고 있다. 재직하던 학교가 폐교되면서 직장을 잃고, 폐결핵으로 하루하루 생명이 위협당하고, 과거의 문학적 열정도, 교사로서의 성실성도 모두 잃어버린 현일의 상황이, 이야기로 언급되기 이전에 소설초두에서 피를 토하고 기운을 잃고 늘어진 고양이에 대한 장황하고 세밀한 묘사로 먼저 제시됨으로써, 주인공이 처한 상황의 절박함과 참담함이 그 참담한 분위기와 함께 서술 이전에 각인되어버리는 것이다.

이런 동물적인 상징, 비유적인 이미지들이 제시하는 메시지, 전달의 내용 자체는 그것이 직접적으로 서술되었을 경우와 다르지 않을 것이다. 그러나 이런 방식을 사용해서 전달하는 것은 서사적인 설득력과는 다른 설득력에 의존하고 있는 것이다. 전달되는 의미가, 인물의 행위나 그 행위의 귀추, 혹은 행위가 이루어지는 여타 다른 요소들과의 갈등, 역관계의 결과에 의해서가 아니라, 직접적인 이미지로 인

---

21) 최명익, 「역설」, 앞의 책.

상에 각인됨으로써 설득되는 것이다. 전자는 궁극적으로 객관성과 타
당성에 기대어 전달되고, 전달하는 쪽이나 전달받는 쪽이나 공통의
객관성과 논리가 전제되지만, 후자는 직접적인 이미지로 인상과 감각
에 각인되어버림으로써 서사적 전달에서 요구되는 객관성과 논리는
전제되지 않는다. 때문에 전달하는 내용이 현실적인 것이건, 주관적
인 것이건, 아니면 주관적임을 숨기지 않고 전면에 내세우는 경우에
도, 그 전달자체가 직접적이고 인상적이기 때문에 전달된 상황, 의미
등은 논리에 기대지 않으면서도 보편성으로 인식되는 것이다.[22]

이런 형식은 서술되는 내용과 밀접한 관련을 갖는다. 「폐어인」에서
주인공이 다니던 학교가 폐교되어 그의 생활이 위기에 처하는데, 정
작 그런 상황을 가져온 원인은 서술되지 않고 있다. 이 소설뿐 아니라
그의 다른 소설들에서도 공통적으로 소외된 지식인을 그리면서, 그
소외의 원인에 대한 언급은 거의 없이 소외된 상황만이 그려지고 있
다. 상황을 야기한 원인이 부재하는데도, 그 부재하는 원인이 야기한
상황, 그 상황에서 벌어지는 여러가지 것들이 설득력을 지닐 뿐만 아
니라 보편적인 상황으로 공감을 일으키는 것은 바로 이런 비유적 이
미지와 상징에 기대고 있기 때문이다.

의미를 전달하는 쪽과 전달 받는 쪽 양측에 공유할만한 공통의 인
식지평이 부재할 때, 혹은 기존의 인식지평에 대한 불신감이 전면화
될 때, 기존의 인식지평에 근거하고 있는 소설형식은 와해될 수밖에
없다. 따라서 그것은 소설 속에 사용된 단순한 기법 이상이다.

이와 같이 대상들 간의 의미론적 유사성에 의한 비유와 상징 외에

---

22) 이런 비유와 상징이 논리에 기대지 않고 보편성을 직접적으로 각인시킨다는 점은, 일
제말의 파시즘의 논리와 그에 동조했던 작가들의 세계인식 방식의 비논리성과 연관시
켜 생각해 볼 수 있다.
　류보선, 「전환기적 현실과 환멸주의」, 『한국의 현대문학 3집』, 한양출판, 1994.

도, 최명익의 소설에는 서로 상반되는 이미지, 상반되는 의미가 병치
되어 나타나는 경우가 있다.

> 문일이는 그러한 S씨의 모양에서 난(蘭)을 그리고 있는 교원실의 S씨를
> 보았다… 이렇게 긴장에서 좀 놓여난 그의 귀에는 어느새 또 세레나데가
> 들리었다.
>
> ……
>
> 또 시작된 세레나데를 들으며, 흰 수목 두루마기 자락을 펄럭이며 거칠
> 어진 가을 보잘 것 없는 풍경 사이를 걸어가는
> S씨의 멀어진 뒷모양…[23]

S씨는 문일에게 교장자리를 추천하고자 온 청년시절의 은사이고,
세레나데는 기생 계향이 문일과 트롯을 추고자 할 때 암호로 보내기
로 한 음악이다. 난을 치는 노스승과 기생의 세레나데, 흰 수목 두루
마기와 세레나데라는 시각적이고 청각적인 이미지 등 상반되는 의미
를 지닌 상반되는 이미지들이 하나의 장면에 병치되고 있는 것이다.
소설의 내용에서 문일은 교장 후보가 될 만큼 인덕과 교양이 있는 인
물이면서, 기생과 퇴폐적으로 놀아나기도 하는 인물이다. 또 교장직
의 권유를 뿌리치는 하나의 행위는, 최후의 자존심과 양심으로 교장
직의 권유를 거절하는 것이면서도 "들려오는 세레나데에 이끌려 노스
승을 축객하는" 것이기도 하다. 서로 배타적인 의미들이 한 인물, 한
사건의 양면으로 제시되고 있는 것이다. 그리고 소설 속에서 어떤 한
편이 본 모습이라는 단서는 없고, 어떤 쪽도 자신의 진정성을 주장할
수 없는 상황이다.

일반적인 소설에서 자아와 세계의 대립, 혹은 프로타고니스트와 안

---

23) 최명익, 「역설」, 앞의 책.

타고니스트의 갈등과 함께 사건이 진전되고 이 진전과정에서 승리, 화해, 패배라는 결말을 통해 숨겨진 진실, 주제, 혹은 작가의식이 드러난다고 할 때, 여기서 전제되는 것은 자아의, 즉 주체의 단일성이다. 주체가 단일해야만 더 나아가, 그 주체가 옳다는 신념이 있어야만 그 주체와 대립되는 세계와의 싸움이 성립되는 것이다. 즉 소설의 성립을 가능케 하는 기본전제가 자아와 세계의 대립이라면 그 기본전제의 근거에 자아의 단일성(identity)이 먼저 전제되고 있는 것이다.[24]

그런데 「역설」에서와 같이 주체의 단일성이 무너지고 양면성이, 따라서 의미론적 양가성이 전면에 나서는 경우 전통적인 형식의 플롯, 전통적인 의미의 소설은 불가능하게 된다. 플롯을 진행시키는 인과론적, 가치판단적 기준 자체가 문제시되기 때문이다. 그러한 플롯, 나아가 그러한 서사성이 문제시 될 때 취해진 것이 위의 예문과 같은 은유적 병치이다.

5. 결론

이상으로 최명익 소설의 형식적 특성을 분석하고 그것을 통해 리얼리즘 소설 일반과의 형식적 차이와, 그 차이의 근저에 있는 인식론적 지평의 변화를 살펴보았다.

서술자가 객관성을 상실하고 글쓰기 방식에서 자의식과 주관성을 전면화 시킨다는 것, 소설 속의 여러 사건과 요소들이 선조적인 시간

---

24) 1930년대 이전에도 소외된 지식인, 현실에서 좌절하고 패배한 지식인의 문제는 많이 다루어져왔다. 그러나 이 소설과의 명백한 차이는 그 이전의 소설에 있어서, 자아와 세계의 싸움에서 자아가 패배하고 좌절하는 면모를 보인다 해도, 이들은 그 패배와는 상관없이 자아가 옳다는 신념을 끝까지 견지하고 있다.

인식에 기초하지 않고, '회상'과 '반복' 등을 통해 시간의 공간화 양상
이 나타난다는 것, 그리고 소설의 의미가 서사적 설득력이 아닌 은유,
상징 등을 통한 직관과 암시에 의존하여 구조화되고 있음을 살펴보
았다.

그리고 이런 형식적 특성들은 작품에서 사용된 단순한 기법의 수준
을 넘은 인식론상의 변화의 징후임도 살펴보았다. 즉 이 특성들은, 현
실세계는 그 자체로 자명하게 존재하고, 그 현실은 객관적으로 인식
가능하다는 인식론적 낙관주의가 문제시 되면서, 대상세계에 대한 인
식론적 낙관주의의 근거인 주객동일성에 대한 신념의 후퇴와 주체의
자기정체성이 분열의 징후인 것이다.

이런 철학적 인식론적 변화는 작품에 있어서는 소설적 전망의 상실
로, 작가와 독자간의 공통의 가치평가의 부재로 나타난다. 전망이 상
실되고 작가와 독자간의 공통의 가치평가가 부재할 때, 그에 기반하
고 있던 리얼리즘의 글쓰기방식, 나아가 서사성이 위와 같이 문제시
되어 드러나는 것이다.

물론 최명익 소설만을 대상으로 위와 같은 인식론상의 변화를 추론
한다는 것은 무리일 수도 있다. 최명익 뿐만 아니라 당대 모더니즘 경
향의 소설, 그리고 김동리, 황순원, 현덕 등 당대의 신세대 작가들 전
제를 대상으로 한 면밀한 분석이 필요하다. 그리고 이를 증명하기 위
해서는 텍스트의 분석뿐만 아니라 일제말의 지적, 사회적 분위기에
대한 정치한 분석도 요망된다. 본고는 이런 연구를 행하기 위한 시론
적 ,가설적 성격을 갖고 출발했기에 논의의 도식성과 비약이 포함될
수밖에 없었다. 이러한 미비점들은 앞으로의 연구에서 보충 수정되어
야할 대목이다.

2부

1930년대 전통과 근대의 그물망

1930년대 『월간야담』과 『야담』의 자리

1. 근대적 문화 상품으로서의 잡지

근대문학은 문학이 사회적으로 존재하는 방식에서 이전시기의 문학과 분명한 차별성을 갖는다. 근대사회에서 문학이 도덕적 형이상학적 의미와 분리되어 순수한 의미에서의 개인의 창작품이 되는 생산의 차원과 그 창작된 작품이 궁극적으로 불특정 다수의 대중에게 유통되는 상품이라는 수용과 유통의 차원은 근대 문학을 사회적으로 존립시키는 기본 패러다임일 것이다. 이때 문학이라는 상품을 유통시키는 잡지, 출판, 문단사회 등등의 제도와 매체는 문학을 근대사회에서 존립시키는 토대라고 할 수 있다. 잡지, 즉 불특정 다수를 대상으로 해서 일정한 가격을 받고 정보와 지식을 제공하는 정기간행물은 이런 관점에서 문학을 근대적으로 존립시켜주는 중요한 제도적 장치중의 하나이다.

지금까지 우리 근대 문학 연구는 일제하라는 시대적 상황을 근거로 민족적 저항담론과 근대화 과제를 중심으로 구성되면서 작가의식과 작품의 미학주의적 측면, 즉 문학의 생산적 차원을 중심으로 조명되어왔고 문학의 물적 토대라고 할 수 있는 신문이나 잡지 등 매체 자체가 조명된 것은 극히 드물었다고 할 수 있다. 더구나 이 매체는 저널리즘의 영역으로서 국문학 연구의 영역을 벗어나는 성격을 갖기 때문에 문학 연구에서 매체가 다루어질 때는 국문학 연구의 지배적 형식에 적절한 방식으로 편입되어왔다고 할 수 있다. 예컨대『문장』지의 세계관이나『인문평론』과『문장』의 대비,『창조』,『백조』,『폐허』,『단층』등 문예동인지 중심으로 이루어졌다. 즉 작가와 문학 집단, 세계관과 작가의식의 관점으로 매체가 선택된 것이다. 이는 잡지라는 매체와 더 나아가 문학이라는 사회적 행위가 최종적으로 창조자로서의 작가에 의해 생산된다는 관점이 전제된 것이고, 나아가 근대주체로서의 작가라는 완결된 개인을 상정하는 것이다. 이런 관점에 따라서 잡지나 유통의 환경, 문학의 사회적 물적 토대가 문학작품과 작가를 강제하고 구성하는 측면이 배제되었다고 할 수 있다. 그러나 문학이 갖는 수용과 유통이라는 사회적 물적 토대의 측면은 문학을 근대적으로 존립시키는 본질적인 특징이라고 할 수 있다. 본고에서 1930년대 중반의『월간야담』과『야담』이라는 잡지를 다루는 것은 이러한 물적 사회적 토대로서의 근대성을 중심으로 문학이 구성되는 차원의 일단을 살피려함이다.

잡지라는 형태의 제도 혹은 상품은 그것이 물질적인 측면에서 출판, 인쇄, 유통 등의 기초적인 물적 토대와 그 잡지를 돈을 주고 살 수 있는 소비자층으로서의 독서대중의 존재를 전제로 한다는 점이 가장 기본적인 특징이다. 이러한 기본적인 특징은 정보나 지식 혹은 문학작품을 소비하는 익명의 독서 대중이 먼저 창출되어 있어야한다는 점에서 근대적 학교교육이나 문맹퇴치 등을 통한 계몽운동 그리고 그것을 수행할 사회 전체의 근대적 제도화가 전제되어있다. 즉 잡지의 존재형태는 실제로 그 사회의 근대화의 방식과 단계와 밀접하게 관련되어있는 것이다.

　그런데 1930년대의 두 야담 잡지는, 이러한 근대적 제도로서의 잡지가 대상으로 하는 것이 근대적인 문학 장르가 아니라 시효가 만료된, 한낱 항간을 떠도는 옛날이야기에 불과한 '야담'이라는 것은 주의를 요한다. 이런 야담이 1930년대 후반이라는 시기, 즉 그 동안 진행되어온 근대화의 물결이 사회전체, 적어도 도시 전체의 차원에서 실질적인 결과로 나타나고 그에 따라, 사회 문화적인 판도가 민족주의적이거나 사회주의적인 지식인만이 아닌, 대중의 생활의 차원에서까지 급속하게 근대적으로 변모되는 시점에서 전문잡지로 창간되었기 때문이다. 앞질러 말한다면 이 두 잡지는 일상의 문화에 있어서의 근대화가 전문화와 대중화의 방식으로 안착되었음을 징후적으로 보여준다는 점에서 지극히 근대적이고, 그 근대의 내용이라는 것이 조선의 전근대적인 야담이나 야사, 사담의 개작이나 수용으로 이루어져있다는 점에서 우리 근대의 질적 내용의 한 축을 징후적으로 가리키고 있다. 본고는 1930년대의 『월간야담』과 『야담』을 근대적 제도 내에서의 문화 상품으로서의 잡지가 존재하는 방식의 하나로서, 이것이 우리 근대형성의 논리 속에서 존재하는 위상을 살펴보고자 한다.

2. 『월간야담』과 『야담』의 서지사항

　『월간야담』과 『야담』은 모두 1930년대 중반에 창간된 것으로서, 거의 비슷한 편성체계와 내용, 필자를 공유하고 있다. 이들 잡지는 1934년과 1935년에 창간되었고 전자는 1939년까지, 후자는 1945년까지 지속된 잡지들로서, 당시 대표적인 필자는 윤백남, 양건식, 김동인,

신정언, 차상찬 등이다.[1]

1) 윤백남(충남 공주 출생. 1888. 10. 4 ~1954)— 소설가, 극작가, 영화감독. 본명은 교중(敎重). 개척기 한국영화계의 선구자적인 인물로 꼽힌다. 1902년 경성학당을 졸업한 후 일본에 유학, 와세다 실업학교「早稻田實業學校」를 거쳐 관비유학생으로 와세다대학 정경과(政經科)에 진학했다. 그러나 조선침략을 획책하던 일본이 세운 조선통감부의 방해로 수업이 중단되었고, 도쿄 고등상업학교로 이적했다가 1909년에 귀국했다. 식산은행의 전신인 한성수형조합의 간부로 잠시 재직하다가『매일신보』기자가 된 후 극단 문수성(文秀星)에 참여해 연극활동을 했다. 1919년 동아일보사에 입사,『수호지(水滸誌)』를 번역·연재했고, 한국 최초의 대중소설『대도전(大盜傳)』을 발표하고 이어서 월간지『월간 야담(野談)』을 발간했다. 1922년 예술협회 소속 극단 예술좌(藝術座)에 참여한 데 이어 민중극단을 조직, 신극운동을 전개하였다. 1923년 조선총독부 체신국의 의뢰를 받아 한국 최초의 극영화로 기록되고 있는「월하의 맹세」라는 저축계몽영화를 감독하면서 영화활동을 시작했고, 부산에서 설립된 조선키네마주식회사의 2번째 영화「운영전」의 감독을 맡은 이후 본격적으로 활동했다. 1925년 영화사 '윤백남 프로덕션'을 설립하여「심청전」·「개척자」를 제작했으나 흥행부진으로 영화사는 곧 해체되었다. 1928년 이기세·김을한·안종화·염상섭 등과 함께 문예영화협회라는 단체를 만들어 영화연구와 신인교육을 시도했으며, 1930년 동아일보사가 창간 10주년 기념으로 제작한 영화「정의는 이긴다」의 각본과 감독을 맡았다. 1934년 만주에 건너가 1945년 귀국 때까지「낙조의 노래」·「야화」등의 역사소설을 발표했다. 6·25전쟁 때는 해군 중령으로 복무, 1953년 서라벌예술대학 학장, 1954년 초대 한국예술원 회원이 되었다. 작품으로『항우(項羽)』,『난아일대기(蘭兒一代記)』,『봉화(烽火)』,『흑두건(黑頭巾)』,『해조곡(海鳥曲)』,『백련유전기(白蓮流轉記)』,『미수(眉愁)』,『낙조(落照)의 노래』,『야화(野花)』,『조선형정사(朝鮮刑政史)』가 있다.

백화 양건식(1889. 5~1944. 2)— 1900년경 한성관립학교를 다니면서 신교육에 접하고, 중국유학을 한 것으로 추정된다. 1915년『불교진흥회월보』에「석사자상」을 발표하면서, 소설, 평론, 수필, 번역, 번안, 야담 등 여러 가지 글을 발표했다. 순수창작품은「미의 몽」,「귀거래」,「슬픈모순」등 1910년대에 한정되어있다.

차상찬(車相瓚. 호: 청오, 1887~1946), 저널리스트—『개벽』창간 동인.『개벽』지가 폐간된 후 1934년 11월 다시 같은 제호로 속간을 꾀하였으나 1935년 2월에 4호로 끝나고, 1946년 1월 1일 편집 겸 발행인 김기전(金起田)의 이름으로 복간(腹刊)이 시도된 바 있다. 이외에도 개벽사에서 발행하는 잡지『혜성』의 편집 겸 발행인이고, 1926년 11월에『별건곤』을 창간하면서 이사제도를 채택할 때 차상찬, 방정환, 이돈화, 김기전, 박달성, 민영순, 전준성과 함께 이사로 취임했다.『어린이』에 사담, 야담, 영웅담을 어린이에 맞게 쉽게 풀어 쓰고 있다. 백철은 그를 "저널리스트 특히 '칼럼리스트'로 역사학자로서 재능을 지니고 있었으며 기지가 빛나고 유머가 있고 그 문장도 간결하여 당시 그를 따를 사람이 없었다."고 회고한다.

신정언— 다수의 글을 싣고 있지만 생몰 연대가 불분명하다. 납북자 명단에서 저

『월간야담』은 1934년 10월에 윤백남에 의해 창간되고 癸酉社에서 출간되어 55호(1940년 10월)까지 발간되었다. 1938년 11월 통권 46호 부터 발행인이 '윤백남'에서 '박희도'라는 인물로 바뀌는데, 이 박희 도는 민족대표 33인 중의 한사람이었지만 1939년 이후 친일 경향을 띄게 된다. 『월간야담』 창간호의 권두언에서 윤백남은 "가을이다. 하 늘은 높고 물은 기리 맑다. 그리고 벗을 등하에 짝할 때가 왔다. 이 적 은 『월간야담』은 때의 정기와 때의 리를 얻어 奔馬馳空의 세로 여러 분의 품에 안기랴한다. 우리의 기도는 크다. 얄팍한 현대문명으로서 두툼한 조선재래의 정서에 잠겨보자. 그리하야 우리의 이저진 아름다 운 애인을 그 속에서 차저보자"²라고 창간의 변을 내놓는데, 여기서 얄팍한 현대문명은 자신들이 내놓는 『월간야담』이라는 잡지를, 잊혀 진 아름다운 애인은 야사 속에 묻혀진 인물을 비유한 것이라고 할 수 있다. 『월간야담』은 알려지지 않은 역사상의 숨은 인물을 발굴하여 당대의 독자들에게 알릴뿐만 아니라, 역사의 표면이 아닌 이면을 통 해 역사에 접근하는 관점을 취하고 있다.³ 여기에는 '야담=야사=민중 사'라는 인식하에 이전 시기의 한문단편집에 수록된 야담이나 역사적 기담, 사담 등을 개작하거나 한글로 번역한 것, 혹은 창작된 야담을 싣고 있다.

이 『월간야담』이 요구하는 야담의 기준은 『월간야담』의 22호에 '一 金壹百圓 현상원고 대모집'이라는 사고를 통해 살펴볼 수 있다. 여기 에는 야담이 갖추어야할 조건으로 "첫째, 야담은 역사의 증거가 있어 야 하고, 둘째, 문학적 문체가 있어야 하며, 셋째, 읽어서 공리가 있어

술가로 직업이 분류된 동명의 사람이 있는 것으로 미루어 같은 사람이 아닐까 추측된 다. 동아일보 등의 신문과 『야담』 1938년 10월호에 "야담계 거장 신정언 저 명야담집 (인문사간)"이라는 광고가 있는 것으로 미루어 야담가이자 저술가였던 것으로 추측된다.
2) 『월간야담』 창간호, 1943. 10.
3) 정부교, 「근대야담의 서사적 정통과 대중 지향적 변모」, 부산대학교 석사 논문, 1999.

야 하고, 넷째, 대중적 취미가 있는 것을 택한다.”고 적고 있다. 역사
적 증거는 사담이나 일화에서 취하는 소재영역을 국한한다면, 문학
성, 공리성, 대중성이라는 세 범주가 이 『월간야담』이라는 잡지에서
요구하는 기준에 총동원되고 있는 것이다.

그런데 이 세 범주는 사실상, 그때까지 문학의 근대화를 위해 선택
되었던 이데올로기라고 할 수 있다. 공리성은 애국계몽기의 문학이념
으로서, 당시 야담 필자 중 양백화가 대표했던 이념이다. 문학성은 근
대적 미학주의를 표방한 순문학 운동의 모토로서 김동인이 대표했던
이념이라고 할 수 있다. 그리고 대중성은 이 시기 이후에 전면화되는
개념으로서 윤백남의 행적이 대표한다. 『월간야담』이라는 잡지가 우
리 근대 한 세대가 진행된 이래의 근대를 추진시켜온 이념적 명분 전
체를 요구하고 있는 것이다. 이는 곧 문학성이나 공리성이라는 이전
시기의 이념이 대중적 취미라는 이 시기에 전면화된 가치에 통합되고
그것을 위한 장식으로 기능한다는 것을 의미한다. 애국계몽주의자와
순문학주의자가 영화 제작자이자 대중문화의 선두격인 윤백남의 휘
하에서 야담을 썼다는 사실은 그대로 1930년대 중반 우리 문학의 근
대가 서있는 자리의 한 국면을 선명하게 보여준다고 하겠다.

『야담』은 김동인에 의해 1935년 11월에 창간되었고 1937년 5월에
발행권을 임경일에게 넘긴다. 이 잡지는 1945년 2월 통권 110호까지
낸 잡지로서 상당히 장수한 잡지에 속한다. 『야담』 창간호(1935. 12. 1)
는 “논문”, “소설”, “야담”, “시”, “잡조”란으로 구성되어 제일 앞부분
의 “논문”란에 『삼국유사』가 번역 연재되고 “소설”란에 김동인의 「광
화사」와 역사소설 「왕자의 최후」가 연재된다.[4] 그러나 이후부터는

---

4) 논문, 시, 소설, 잡조란은 1920년대부터 거의 대부분의 잡지들이 공통적으로 견지하
   는 기본 형식이라고 할 수 있다. 서구나 일본의 앞선 이론을 소개하는 이론적이고 비평
   적인 논의인 ‘논문’ 혹은 ‘비평’란이 잡지의 제일 앞부분에 놓이고 시와 소설의 창작, 그

『삼국유사』만 지속적으로 번역 연재되고, 다른 시나 소설은 부정기적으로 실리고 야담만 집중적으로 실리게 된다.

그 야담들은 매번 실리는 내용에 따라 "王宮秘話「感古堂」" "麗末史話「文武嫉視의 英斷刀」" "艶談「수심가 듯는 용」" "怪奇史談「邪戀」" "巨人群像「報恩戀愛」" "漢城實話「純情」"(이상, 1938년 목차 중 일부)와 같이 제목 앞에 그 내용을 짐작할 수 있는 분류를 해서 이것이 흥미를 북돋아주고 있다. 부정기적으로 양백화의 소설「여장소년」박월탄의 「은애전」이 연재되기도 하고, 단편소설로 이효석의 「가을과 산양」, 김남천의 「주말여행」, 한설야의 「귀향」, 한인택의 「여사감과 송서방」 등 1930년대 후반의 단편이 간혹 실리기도 했다. 그리고 김시습의 「萬福寺樗蒲記」, 「醉遊碧停記」 등이 번역되어 실리지만 1940년대에 들어서서는 "권두언"으로 「결승의 신춘」, 「우리들의 각오」, 「防空生活을 설계하자」, 「戰線將兵의 敢鬪를 신뢰하자」 등 전시체제 하의 친일 분위기가 확연해지고 "內地傳記", "內地掌篇", "內地逸話" 의 소분류 하에 일본야담이 상당수 실리기도 한다.

김동인은 잡지 창간의 상황을 다음과 같이 회고한다. "1935년 윤백남이 내게 무슨 원고를 한 뭉치 보내면서 그것을 읽어보고 그 이야기에 따라서 원고지 백매 가량의 소설을 하나 써 달라는 것이었다. …… 백남이 내게 보내준 원고(「원두표」였다)를 참고하여, 원두표 이야기를

리고 마지막으로 '잡조'란에서 당시 일반 대중들의 일상, 유행, 모던보이와 모던걸들에 대한 사회적 풍자, 혹은 명사들의 가벼운 수필이나 동인들의 친밀한 사적 생활 등 다양하고 '가벼운 읽을 거리'를 두고 있다. 식민지 시기 잡지의 변천과정은 이 잡조란의 확장과 독립과정이리고 볼 수 있다. 『삼천리』, 『조광』, 『별건곤』 등 대중교양지들은 이러한 잡조란이 확장된 것이고 이는 곧 대중성이 전면화되어가는 것과 일치한다. 김동인이 출간한 『야담』의 창간호에서 잡지의 기본틀인 논문, 시, 소설, 잡조란의 형식을 보이는 것, 더구나 삼국유사의 번역을 '논문'란에 싣고 있다는 것은 기존까지 유지되어온 관습의 힘을 보여주는 것이라고 할 수 있다. 그러나 대중성의 전면화와 함께 이런 잡지 구성의 관습도 곧 사라진다.

한 편 써서 백남에게 보였다. 이것이 인연이 되어서 사담 방면으로 손
을 벌리게 되었다…… 그것을 한동안 보다가 나도 한 잡지를 시작해
보기로 하였다…… 제호는 『야담』, 『월간 야담』의 경영상태를 보니
제법 수지가 맞는 모양이었다."5) 이처럼 '수지가 맞는다'는 이유에서
차린 『야담』이기에 『월간야담』이 명분으로나마 내세웠던 공리성이나
문학성은 별로 내세우지 않는다. 오히려 다음과 같이 대중성을 표나
게 선언하고 있다.

　문예창작, 옛말, 사화(史話), 일화(逸話) 등등에서 순전히 취미 있고 이
야기로 될 만한 것을 편집하였으며 장래의 방침으로 결정하였습니다. 여러
분은 여행을 가시려고 기차에 오르실 때에 지리한 기차 여행의 시간을 보
내기 어려워서 책사의 점두를 기웃거려 본 일이 없었습니까? 사랑하는 아
드님 혹은 손주님이 옛말을 하여 달랠 때에 할말이 없어서 그 대신 꾸중을
하여본 일이 없습니까. 친구들끼리 모여서 이야기를 할 때에 당신의 차례
에는 이야기의 재료가 없어서 얼굴을 붉혀 본 적이 없으십니까. 혹은 가을
겨울의 긴 밤과 여름날의 녹음 아래를 소일이 없어서 무위히 보내신 적은
없습니까. 젊은 내외분끼리 서로 할 이야기가 없어서 소위 결혼 권태기를
한탄하여 보신 일이 없습니까. 그밖에도 거기 유사한 일이 많거니와 이 책
은 그런 때에 여러분께 만족을 드리고자 편집한 것이올시다.6)

이처럼 잡지를 창간하는 선언이 '심심풀이 시간 죽이기용'임을 처
음부터 분명히 하고 출발하는 모습, 더구나 춘원 이광수를 재래의 통
속소설과 다를 바 없다고 몰아세우던 김동인에 의해 이런 창간 선언
이 씌어진다는 것은 기이하기까지 하다고 할 수 있다. 이 기이할 정도

　5) 김동인, 「문단 30년사」, 『김동인 전집』 6권, 삼중당.
　6) 『야담』 창간호, 1935년 11월.

의 변화를 가능케 한 것은 김동인 스스로의 말대로 "돈에 몰려서 아무 글이나 닥치는 대로 쓰던" 경제적 이유 때문이기도 하지만, 그것이 가능할 수 있었던 것은 1930년대 중반 이후의 변화된 문화 지형도 때문일 것이다.

1930년대에 발간된 이들 두 야담 잡지는 명백히 '옛날이야기를 재미있게 복원'하는 것을 모토로 하고 있다. 그 대상이 야담, 옛날이야기라는 점에서 이 잡지들은 근대 문학의 관점에서 시효가 만료된 장르이거나 혹은 근대문학의 장르 체계 속에 포괄되지 않는 비공식적 잉여의 문화물을 대상으로 한 잡지들인 것이다. 따라서 이 시기 이전 즉 야담이 과거의 장르가 아닌 현재의 장르로 존재하던 과거 문학에서 야담의 존재형태와, 이러한 과거의 장르인 야담이 1930년대 인기 있는 정기간행물이라는 근대적 형식 속에 담기는 메카니즘을 살펴볼 필요가 있다.

3. 야담집 출간의 역사

우리 문학에서 야담은 세 번의 각기 다른 역사적 존립 방식을 보여준다. 시기적으로 보면 18~9세기에 나온 한문단편 형식의 야담, 1910~20년대에 발간된 국한문혼용체의 야담집과 야담구연운동, 그리고 1930년대 중반에 이르러 『월간야담』과 『야담』이라는 정기간행물의 형태로 나온 야담의 순서로 놓이게 되는 것이다. 이 세 단계의 야담집의 출간의 역사, 곧 조선 후기 전통 사회의 해체와 우리 근대 문학 형성이 이루어지는 시기 사이에 이루어진 야담이라는 장르의 부침은 "재미있는 옛날 이야기"라는 것이 각각의 사회구성체에서 어떤 방식으로 존립하는가를 보여준다.

먼저 조선 후기 야담 혹은 한문단편으로서의 야담을 살펴보자. "야

담이란 보고 들은 것을 기록한 것'이라는 『계서야담』의 서문이 간명하
게 보여주듯, 조선 후기 시정 주변에서 떠돌던 다채로운 삶에 관한 이
야기를 한문으로 기록한 짧은 형식"[7]이다. 조선 후기 봉건사회의 해
체기에 나타난 야담은, 먼저 도시의 발달과 새로운 시정문화의 형성
을 배경으로 이야기꾼, 강담사, 강창사라는 전문적 직업적 예능인의
출현과 그들에 의한 시정 주변의 민중들의 일상생활의 구연이라는 측
면에서 논의되었고,[8] 이렇게 구연된 이야기들은 『동패낙송』, 『계서야
담』, 『삽교만록』, 『청구야담』, 『동야휘집』 등의 한문단편으로 수록되
어 출간되었다. 이러한 조선 후기 야담은 이야기꾼이라는 구비담당층
과 한문단편 편찬의 기록담당층의 이원화 현상과,[9] 변화된 외부세계
에 대한 이 야담 양식의 대응력의 미비로 인해 사멸되어 간 것으로 보
고 있다. 박희병은 이 야담의 사멸과 관련하여, "이 양식(야담계 한문단
편소설)이 내부적으로 봉건 말기 체제의 모순이 가일층 심화되고, 외
부적으로 제국주의의 침략이 시작되면서, 엄청나게 달라지게 된 19세
기 후반의 현실에 적극적으로 대처해 나갈 수 없었고 그 자체의 양식
으로서는 이미 시효가 다했다"고 설명한다.

 이들 조선 후기 18~9세기 야담집에서 뽑은 야담들이 현토체나 현
토체에 가까운 국한문 혼용체의 형태로 『靑丘野談』, 『實事蕑談』, 『大

---

7) 정출헌, 「야담의 세계」, 민족문학사연구소, 『민족문학사 강좌(상)』, 창작과비평사,
   1995, 286쪽.
8) 임형택, 「18·9세기 '이야기꾼'과 소설의 발달」, 『고전문학을 찾아서』, 문학과지성,
   1976.
9) 이와 관련하여 정출헌은 "기록담당층인 한문단편의 작가들이 시정세계에서 구연되던
   이야기에 담겨있던 서민들의 활기찬 의향을 작자자신의 계급적 관점에 의해 변질시키
   거나 허구화된 윤리의식으로 왜곡시키기도 했다"고 지적하고"특히 『동야휘집』 등의
   19세기 후반에 편집된 야담집은 새로운 사회로의 진전을 따라잡지 못한 채 흥미위주로
   이야기를 수용하여 기록으로 남긴 사대부들의 역사적.계급적 한계가 초래한 통속적인
   결과"라고 보고 있다. 정출헌, 위의 글, 285-286쪽.

東奇聞」, 『靑丘彙編』의 이름으로 조선서관에서 출간된 바 있다. 이들 전래 야담집에 실린 상당수의 야담들이 1934~5년 이후 『월간야담』 과 『야담』에 순한글체로 번역되고, 단순한 이야기에서 소설적 흥미와 구성에 의해 변형되어 실리고 있다.[10] 그러니까 1930년대의 야담집은 그 전사로서 두 단계를 앞세우고 있는 것이다. 기존의 연구에서는 조선 후기 야담에 대해서는, 그 발생의 측면에서 보여주는 자생적 근대성의 양상에 주목하는 시각과 이러한 자생적 근대의 가능성이 지속되지 못한 내적 한계에 대한 논의가 주를 이루었다.[11]

주로 고전문학 연구 분야에서, 이 조선 후기의 야담은 봉건 사회의 해체기를 배경으로 한 민중들의 삶에 밀착된 일상의 문학이라는 점에서 도시의 발달과 소설의 발달, 그리고 새로 형성되는 계층과의 연관을 중시하는 것에서 보듯 1970년대부터 이어져온 자생적 근대화론의 시각에 입각해있다고 볼 수 있다. 그러나 이러한 조선 후기 야담이 일제하 근대 사회에서 존립하는 야담과의 관련성의 문제는 심도 있게 논의되지는 못했다고 볼 수 있다.[12] 이는 고전문학과 근대문학과의 영

10) 임형택, 「야담의 근대적 변모」, 한국한문학회, 『한국한문학연구』, 학회창립 20주년 기념호, 1996.
11) 야담계 한문단편과 이후 근대 문학 속에 존재하는 야담과의 관련성에 관한 논의는 그 렇게 활발하지 못한 편이다. 박희병은 야담계 한문단편이 개화기에 이르러 장르변신 노력을 기울였다고 시사하면서 "20세기 초에 간행된 각종 신문이나 잡지 등에 야담계 한문단편 들이 적지 않게 번역되어 실리고, 더러는 새로이 한글로 창작되기도 했다."라 고 언급하고 있다. 그러나 이러한 언급은, 개화기 작자층과 이전의 작자층의 상호관계 의 문제나 개화기 단편 형성에 미친 영향 등에 관한 가능성의 차원에 머물러 있다. 박 희병, 「『청구야담』 연구」, 서울대 석사 논문, 1981, 181-182쪽. 그러나 조선 후기의 사 멸된 장르인 야담과 근대 문학사 속에서의 야담의 연속성의 문제는 바로 다음 시기인 개화기나 혹은 창작주체들의 계승이나 복원의지의 차원으로는 설명될 수 없을 것이다. 무엇보다 동일한 한문단편의 야담집이 1920년대에 재출간되기도 했고, 이와 더불어 조선후기와는 다른 지평과 환경 속에서 야담구연운동이 유행하기도 했기 때문이다.
12) 근대 야담을 실증적으로 연구한 것으로 임형택의 「야담의 근대적 변모」와 정부교의 「근대야담의 서사적 전통과 대중지향적 변모」가 있다.

역 분리 때문일 수도 있지만, 우리에게서 근대를 바라보는 서로 다른 지평 때문이라고 할 수 있다. 즉 1970~80년대에 주로 고전문학 분야에서 논의된 조선 후기 야담계 한문단편 연구는 우리 근대를 바라보는 자생적 근대화론에 입각해 있어서 근대의 내적 발생의 가능성을 입증하는 증거 찾기와 그 해석에 편중되었다고 할 수 있다. 반면에 제국주의의 침략과 식민지화를 통해 이러한 가능성의 강제적 소멸이라는 시각에 의해, 존재하는 동일성 혹은 연속성을 탐구할 이론적 근거가 박약한 것이다. 즉 야담이 18세기에도 1920년대와 1930년대에도 존재하지만, 근대의 내적 발생을 안타까운 가능성으로 보는 고전문학의 시각과, 근대적 작가주의와 미적 엄숙주의를 기준으로 하는 근대문학의 시각이 '대중적 오락물로서의 비문학적 이야기'인 근대 야담을 배제하는 것이다.[13]

우리 역사에서 야담의 두 번째 존재형태는 1920년대에 나타난다. 앞서 언급했듯, 조선서관에서 번역된 조선 후기 야담집의 편찬이 그것이다. 그러나 앞의 18~9세기 야담이 구비담당층과 기록담당층의 이원적 현상이 있었던 것처럼 1920년대에도 국문번역되어 출간된 한문단편집들은 당대 문화에서 영향력을 발휘하지는 못한다. 오히려 당시 활발하게 일어난 야담구연운동이 근대문학과 문화운동의 차원에서 영향을 끼쳤다고 할 수 있다. 그런데 여기에는 이야기구연이라는 동일한 행위가 수용되는 각기 다른 사회구성체 내의 문화적 환경의

---

13) 그렇다면 이처럼 존재하는 사실을 규명하지 못하는 이론적 전제들은 재고의 대상이 될 필요가 있을 것이다. 본고가 생산자 중심의 논의에 의문을 제기하고 제도적 환경이 가하는 능동성과 구성의 측면에 주목하고자하는 것은 그 일환이다. 물론 이러한 존재하는 사실의 연속성이 또 다른 의미에서 '우리 것'을 강조하는 민족주의적 시각이나 근대의 내적 발생론으로 회귀되는 것은 경계할 필요가 있다. 중요한 것은 동일한 사실이 각기 다른 환경 속에서 존재하는 방식의 대비를 통해 우리 근대의 작동원리를 해명하는 것이라고 할 수 있다.

변모가 놓여있다. 1920년대 야담구연운동은 동일한 구연문화형식임
에도 18~9세기 이야기꾼과 구연문화의 계승이라는 측면보다는 당시
일본에서 유행한 강담의 이입에 의한 '신강담'과의 관련 하에 관심의
대상으로 부각되었다. 그리고 이러한 강담과의 관련 하에 당시 활발
히 창작되기 시작하던 역사소설과의 관련성이 논의되었다. 그러니까
'재미있는 옛날이야기'로서의 야담이 1920년대 우리 근대 사회에서
위치한 방식은, 외래 장르인 일본 신강담과 근대문학의 주류장르인
소설과의 관련 하에 위치지어지는 것이다.

　일본에서의 강담은 "일종의 대중적 역사물로서, 일본의 고유의 전
통의 하나로서 역사적 사건에 대중의 기호를 위해 허구와 전설 등을
가미시켜 구연되는 이야기를 뜻한다."[14] 이 구연된 강담을 기록한 것
이 '속기강담'이고 명치 44년 講談社에서 『講談俱樂部』란 잡지에 자
주 게재되었다. 강담의 속기 외에 작가가 창작한 강담이 실리기도 했
는데 이것이 신강담이다.[15]

　이러한 일본의 신강담과의 관련 하에 1920년대 후반에는 야담운동
이 일어났고,[16] 이 운동의 주요인물들이 거의 그대로 1930년대 『야
담』과 『월간야담』의 필진으로 이어진다. 1920년대의 야담운동은 김
진구의 주도하에 1927년 이종원, 민효식, 신중현 등의 발기로 최남
선, 양건식, 신상찬, 방정환 등을 고문으로 '朝鮮野談社'를 창립하면
서 발족되었다.[17] 이 때의 야담의 野란 朝野와 正史.野史의 野에 해당

---

14) 신재성, 「1920~30년대 한국역사소설연구」, 서울대 석사 논문, 1986, 15쪽.
15) 三好行雄, 竹盛天雄, 일본근대문학 4(有斐閣雙書, 1977), 벽초 홍명희의 『임거정』도
　　연재되기 이전에 '신강담'으로 선전되었고, 당시 신문에는 『講談俱樂部』잡지가 광고란
　　에 오르내리기도 하였다. 앞의 논문에서 재인용, 16쪽.
16) 양건식, 「강담과 문예가」, 『중외일보』, 1927. 11. 15.
17) 조선야담사 창립 이후 1928년까지 약 1년 동안 동사주최의 야담 공개대회만 5차례 치
　　루어졌다.(김진구, 「야담운동의 1년 회고」, 『조선일보』, 1928. 12. 16) 야담구연대회는
　　1930년까지 김진구와 윤백남 등을 중심으로 지속된다. 신재성, 앞의 글 재인용, 17쪽.

하는 것으로서, 왕조 중심의 소수 특권계급의 역사가 아닌 민중사의 기록이라 할 수 있고, 나아가 이러한 역사를 민중들에게 전달하는 유효한 수단으로서 의미부여하고 있다.[18] 야담은 이처럼 일종의 역사의 대중화를 위한 계몽 수단으로서 주창된 측면과 더불어 당대 "민중예술", "민중오락"으로 선전되기도 했다. 예컨대 당시의 염상섭 같은 경우 "강담이라는 형식을 수입하는 것은 문단적 현상으로는 퇴영이요 타락이지만 문예의 초보적 민중화라는 점으로 보아서, … 고급한 문예를 민중이 이해 소화식힐 소지 소양을 만든다는 의미로 환영"[19] 한다는 발언을 한다. 즉 강담 혹은 야담은 그 내용이 우리 역사이고, 그 강담이라는 형식 자체는 일본으로부터 수입된 것이라는 것이 전제되어있는 것이다. 그리고 이러한 강담 혹은 야담이 대중적 오락물이어서 고급한 근대문학의 기준에서는 타락이요 퇴보이지만, 계몽과 교화의 측면에서는 수용해야한다는 인식이다. 이러한 인식은 1920년대 역사의 문예화 논의와 함께 나타나기 시작한 역사소설의 맥락과 함께 위치한다. 즉 역사를 대중화하는 문예형식이라는 측면에서 야담과 역사소설은 공통된 지평 속에 놓이는 것이다.

결국 1920년대의 野談, 野史의 개념은 '역사적 사실'과 비공식성, 대중성, 통속성이 결합됨으로써 민족주의적 계몽의 일환이면서 동시에 통속적 오락의 두 측면을 함께 공유하고 있는 것이다. 역사를 민중에게 계몽한다는 고결한 이념과 이것이 오락적이고 통속적인 것이라는, 야담이 갖고 있는 두 날개는 1920년대 당대 문단뿐만 아니라 이후의 문학사나 연구사에서 역사소설을 바라보는 이중적 관점 속에 지속된 것이다. 계몽성과 통속성의 이 모순적인 이중성은 일종의 필요악으로 해결됨으로써 우리 근대 담론 방식 속에 위치한다. 당시의 대

---

18) 김진구, 「야담출현의 필연성」, 「동아일보」, 1928. 2. 1~1928. 2. 6.
19) 염상섭, 「강담의 완성과 문단적 의의」, 「조선지광」, 1929. 1.

중성, 통속성은 염상섭의 논조에서 보듯 대중계몽을 위해 일종의 필요악으로 마지못해 인정되는 것이고, 이를 통해 서구적 근대문학의 우위에 대한 지식인적 가치화와 대중 계몽이라는 식민지 지식인의 당위적 가치체계 속에 위치하는 것이다.

1920년대로부터 이어지는 1930년대 중반의 『야담』과 『월간야담』으로 대표되는 야담집이 우리 역사에서 세 번째 야담의 존재형태라고 할 수 있다. 1920년대에는 구연활동과 관련된 강담운동과 관련되어 있었지만, 1930년대의 야담은 전문잡지의 출간과 함께 구연이 아닌 활자매체 형식 속에서 자리한다. 그리고 1920년대 필요악으로서 용인되었던 대중성은, 1930년대에는 앞서 서지 사항에서 보았듯 그 자체가 전면화된 가치로 내세워진다. 그런 패러다임을 강제하는 힘으로서의 대중의 존재는, 1920년대까지 남아있던 계몽 대상의 성격에서, 잡지라는 문화 상품의 수요층으로서의 대중으로 변모했음을 보여준다고 할 수 있다. 그러나 무엇보다도 가장 큰 차이점은 1920년대의 야담이 문단에서 일본의 신강담과의 관련 속에서 위치지어졌다면, 동일한 야담이 1930년대에는 조선적인 것, 우리의 전통이라는 뚜렷한 인식 속에 놓여있다는 것이다. 이는 야담이 1930년대 후반의 지적담론에서 중요한 코드였던 '조선적인 것'의 범주 속에 함께 놓여있음을 의미한다. 벽초 홍명희의 『임꺽정』이 연재되기 이전에는 '신강담'으로 선전되었지만, 11년간의 연재를 마친 이후에는 '조선어휘의 보고'로 격찬된 것[20]이 이를 말해준다. 1920년대에는 야담 혹은 강담이 일본의 신강담의 이입에 의한 것이라는, 새로운 문화형식으로 인식되었

---

20) 「약동하는 조선어의 대수해」, 『조선일보』, 1939. 12. 31.자에는 "전문단의 우화 가튼 찬사"라는 제목하에 이기영의 「조선문학의 대유산」, 이효석의 「조선어휘의 대연해」, 김상용의 「조선어휘의 풍부한 보고」, 이광수의 「조선어의 생명을 가치한 천하의 대기서」, 김남천의 「조선문학의 대수해」라는 찬사가 실린다.

고, 1930년대에는 '우리 옛 것', '조선적인 것'이라는 인식이 앞서 있었다.

동일한 야담이 이렇게 상반되게 인식되는 데에는 1930년대 광범위하게 펼쳐진 전통론 혹은 고전부흥론 때문일 것이다. 이 다름은 야담이 1920년대와 1930년대 각기 다른 사회문화적 장 속에 위치한다는 것을 보여준다. 물론 1930년대의 야담은 역사를 대중화하는 문예장르로서의 역사소설과 밀접한 관련 속에 존재한다는 사실에서 보듯 공통되는 특징을 갖기도 한다. 그러나 이러한 역사소설이 계몽의 차원에서 정당화되는가 재미의 차원에서 정당화되는가, 그리고 그 재미로서의 대중성이 당시 지적 담론 내에서 어떤 관련 하에 정당화되는가의 측면에서 1920년대와 1930년대는 차이가 분명하다고 할 수 있다. 이는 『월간야담』과 『야담』이라는 잡지를 1930년대 우리 근대 문화제도의 구성논리와 속에서 상세히 살펴볼 필요성을 제기한다고 하겠다.

4. 한국근대의 형성원리와 1930년대 야담잡지의 위상

野談이란 正史가 아닌 野史나 민간에 전해 내려오는 옛날이야기이다. 이 '재미있는 옛날이야기'인 야담은 근대적 문예창작물이 아니라 전설, 민담, 혹은 역사적 실화와 같은 불특정의 '이야기'일뿐이다. 그러므로 야담이란 허구적 창작물로서의 이야기와 역사적 사실로서의 이야기를 가르는 근대적 경계 사이에 놓여있다고 할 수 있다. 이 전근대적인 이야기를, 1930년대 후반이라는 근대적 문화제도 내에서 잘 팔리는 문화상품으로 존재하게 한 메카니즘은 무엇일까? 1930년대 문화 지형도 속에서 시효가 만료된 야담 장르를 전문화하는 두 야담잡지의 위상이 우리 근대성과 관계 맺는 의미를 살펴볼 필요가 있다.

이것을 살펴보기 위해서 식민지 시대 잡지 변천사를 중심으로 우리 근대성의 형성원리를 살피고 이 속에서 1930년대 두 야담잡지가 갖는 위상을 살펴보고자 한다.

1) 대중화와 전문화로서의 문화제도

식민지 시대의 잡지는 1919년부터 문화정치의 공간에서 문학 동인지 『창조』와 종합지 『개벽』 그리고 각종의 신문들이 간행되면서 급속히 전면화되었다. 문화적 민족주의에 기반한 야학이나 농민운동을 통한 문맹퇴치가 활발하게 일어나고, 『신생활』이나 『신계단』등과 같은 이념적 성향을 분명히 하는 잡지 등 총체적이고 다양한 방향으로 발전되는 시기가 1920~30년대이다. 이런 과정에서 창간호가 종간호이거나 2-3호를 겨우 내고 폐간되는 순문예동인지부터 오랫동안 장수하면서 유지된 『여성』, 『신여성』, 『삼천리』, 『별건곤』 등 대중 취향의 잡지 등이 혼재하게 된다.

이런 다양한 잡지들을 그 변모과정을 중심으로 살핀다면 초기에는 각종 학교나 학회, 교회 등에서 내는 '학회지'나 '기관지' 등으로부터 시작해서 이념과 취향을 공유하는 소수 지식인 중심의 '동인지'와 사상, 이념, 사회적인 이슈를 논하는 '종합지'로, 나아가 대중의 일상과 첨단의 유행, 새로운 문물 세태에 대한 취재 기사로 이루어진 『삼천리』나 『별건곤』, 『조광』 등의 '대중잡지'로 변모해왔다고 할 수 있다. 이러한 변천사는 곧바로 '무가지'에서 '유가지'로 변모해온 것을 보면, 잡지의 사회적 존재형태의 변모의 근저에는 독서 대중의 성장이라는 물적 토대가 놓여있음을 알 수 있다. 이 때의 독서 대중이란 단순히 대다수 민중이라기보다는, 자본주의적 체계 내에서 문화 상품에 대한 일정한 취미와 구매 욕구를 갖고 있고 구매능력을 소유하고 있어서

잡지 매체 자체의 지속과 존폐 여부를 결정짓기도 하는 집단 혹은 계
층이라고 할 수 있다. 이 독서 대중이란 문자해독 능력을 가진 대다수
의 평균적인 집단이나 계층을 의미한다는 점에서 근대적 계몽운동이
만들어낸 기초 위에서만 존립할 수 있는 것이라 할 수 있다

또 하나 변천의 특징은 잡지가 다루는 대상 영역이 박물학적 교양
에서 한 분야에 대한 전문성으로의 변모한다는 것, 즉 종합 교양지에
서 전문지로의 변모를 들 수 있다. 즉 초기 학회지나 기관지에서는 의
학, 생물학 등 박물학적 지식을 압축적으로 전달하는 계몽적 잡지라
고 할 수 있다. 이후 문학이나 문학 내에서의 시나 소설 등 각 장르별
전문지로의 분화해 왔다. 1910년대의『청춘』이나『학지광』과 1920년
대의『창조』,『폐허』등의 동인지가 보여주는 변별성은 이런 전문화
와 분화라고 할 수 있다. 이 전문지는 문예지뿐만 아니라 종교나 과학
등의 학술분야에서 내는 전문학회지 역시 포함되는데, 이런 전문지들
은 문학, 과학 등과 같은 근대적 학문체계와 시, 소설 등과 같은 근대
문학의 장르체계의 제도화 과정의 산물이라고 할 수 있을 것이다. 그
러니까 이런 전문지라는 것은 근대적 학문체계의 분화와 그 하위 범
주로서의 문학, 그리고 그 문학의 하위범주로서의 문학 장르에 대한
체계화와 구분이 전제된 상태에서 가능한 것으로서, 이런 전문잡지의
등장은 우리에게 있어서 근대가 분화와 전문화의 제도적 장치 속에
배치, 안착되어있음을 말해주는 것이다. 그러나 이런 전문화의 결과
로서의 전문지라는 것은 필연적으로 소수화될 수밖에 없고, 그래서
전문지는 곧 동인지나 학회지로서, 그것을 공유할 대중적 토대가 없
는 상태에서 뜻을 같이하는 동인들만의 소통과 창조의 공간이라고 할
수 있는 것이다.

이처럼 잡지 변천의 방향은 대중화와 전문화라고 요약될 수 있을
것이다. 이 대중화와 전문화는 사실상 근대화 자체의 방향이기도 하

다. 우리 문화사에서 이러한 대중화와 전문화로서의 두 방향이 각기
그 발전의 정점을 보여주는 시점은 1930년대 이후라고 할 수 있다.
한편으로는 대중잡지들인 『조광』, 『여성』, 『신여성』, 『삼천리』, 『별건
곤』 등이 장수하면서 팔리고, 다른 한편으로는 『장미촌』, 『단층』, 『시
와소설』처럼 시전문지 혹은 소설전문지 등의 단명한 소수 동인지들이
자주 출몰한다. 이전 시기에 둘을 매개하던 이념으로서의 계몽성이
상실되면서, 소수 창조자로서의 작가가 갖는 전문성과 분화된 소수의
미적 전유물로서의 문학을 향유자와 창조자가 극히 폐쇄적인 전문지
와, 앞 시기 '잡조란'의 확장과 취재기사로 이루어진 대중지로 양극
화되면서 자율적으로 발전하는 것이다.

　이런 환경 속에서 잡지 『월간 야담』과 『야담』의 존재는 특이하다.
이 잡지들은 분류를 한다면 시사 종합지가 아닌 문예지에 속하고, 문
예지 내부에서의 시전문지 『장미촌』이나 소설동인지 『단층』과 같이
일종의 한 장르에 대한 전문지로 분류할 수 있는 것이다. 이처럼 사회
적 존재형식에서는 신문학을 추구해온 기존까지의 문예의 추동력 내
부에 있으면서, 이념적으로나 그 대상에 있어서 새로운 것을 거부하
고 명백히 옛 것을 고집한다는 것, 그러면서도 『문장』과 같이 그 옛
것, 우리 것에 대한 어떤 이념적, 지식인적 관점도 드러내지 않는다는
것, 오히려 전문지이면서 대중의 흥미와 취미를 제일의로 삼겠다는
것을 선언한다는 점에서 그러하다. 즉 전문화의 형식 속에 대중적 통
속성을 내용으로 하는 것이다. 이 두 야담 전문잡지는 잡지 변천의 방
향이자 근대화 방향이었던 대중화와 전문적 분화가 서로 상충되지 않
고 오히려 상승적으로 결합된 전문지이자 대중지이다.

　이런 특징은 이 시기 『야담』을 창간한 김동인이 근대적 문학관으로
부터 퇴락했다고 보는 것, 혹은 『월간야담』의 윤백남 등이 애초에는
역사 계몽의 의지에서 출발했지만 이후 통속화되고 친일화했다는 생

산자의 의식중심의 가치평가 속에서는 드러나지 않는 국면이다. 전문화라는 근대적 형식 속에 전근대적인 야담을 담고있고, 그것이 자본주의적인 교환체계에서 장사가 되었다는 것은 야담으로의 '퇴행'이라는 현상이 지극히 근대적인 제도적 구성력 속에서 산출된 것으로 볼 수 있는 것이다. 이는 1930년대 후반의 지적 담론에서 중요한 코드인 전통론, 고전부흥론의 맥락과 연결시킬 때 그 의미가 보다 분명해진다.

2) 대중적 재미의 근원으로서의 '이야기'의 존재방식

사실 근대적 문화매체로서의 잡지란 기본적으로 읽히고 팔려야 존속할 수 있다는 점에서 모든 잡지는 필연적으로 대중성을 전제하거나 요구할 수밖에 없다. 그러나 잡지의 이러한 기본적인 요구와 대중들이 실제로 그 잡지를 사서 보느냐하는 문제는 다른 차원이다. 이런 대중성의 차원에서 식민지 시대 상당수의 종합지들의 편성체계와 그 변모 방향은 주목을 요한다. '논문', '창작', '번역' 이외에 책의 거의 마지막 항목에 '잡조'란을 마련하고 일반 대중들의 일상, 유행, 모던보이 모던걸들에 대한 사회적 풍자, 혹은 명사들의 가벼운 수필이나 동인들의 친밀한 사적 생활 등 다양하고 '가벼운 읽을거리'를 두고 있다. 이 '가벼운 읽을거리'들은 앞부분의 진지한 담론으로 이루어진 근대적 체계에서 벗어나는 '잉여의 영역'이자 동시에 대중적 일상의 영역이 제도적 담론들 속으로 진입, 등록되는 공간이라고 할 수 있다. 이런 '잡조'란의 성격은 갈수록 확대 전면화되는데 대표적으로『삼천리』,『신여성』,『별건곤』등의 장수하는 여성지나 종합지들이 그 예이다. 일상에 침투한 서구적 근대는, 새것에 대한 흥미와 첨단의 유행에 대한 추구로 나타나고 이것이 대중성의 핵심을 형성한다. 대중성이

가볍고 일시적인 유행으로 등치되는 관념은 아마도 이렇게 해서 형성된 것이리라.[21]

이런 측면에서 보았을 때 『월간야담』이나 『야담』의 대중적 성공은 하나의 이율배반으로 보인다. 이 잡지의 내용이란 최첨단의 감각적인 유행이나 통속적인 애정물이 아닌 『삼국유사』나 『어우야담』, 『청구야담』, 『동야휘승』 등 전래의 야담이나 사화, 사담 속의 이야기를 읽기 쉽고 재미있게 현대적으로 개작한 것들이다. 근대적인 문화상품의 형식 속에 전근대적인 내용을 담고 있고, 더구나 그것이 '장사가 되었다'는 현상의 문제성을 어떻게 보아야할까?

이는 대중성이라는 것이 첨단의 유행만이 아닌 다른 면이 있다는 것을 증명한다. 아마도 그것은 이야기 자체의 흡입력일 것이다. 활자화되기 이전부터 익숙하게 흘러 다니는 옛날이야기들, 그러니까 만남, 헤어짐, 기연, 복수와 보은, 신기하고 비현실적인 환타지, 변신담, 사필귀정 등등의 뻔한 플롯임에도 그 이야기에 귀기울이게 만드는 힘이라고 할 수 있다. 이것은 현대의 소설, 영화, 드라마, 만화, 환타지 등의 각종 서사물들이 끊임없이 다시 씌어지고 만들어지게 하는 힘이기도 하다. 1930년대 야담잡지라는 대중적 문화 상품의 근저를 이루는 것이 '재미있는 옛날이야기'라는 것은 이런 이야기 자체의 흡입력으로 설명될 수 있을 것이다. 『야담』이나 『월간야담』의 잡지가 거의가 옛날이야기로만 이루어진 현대판 잡지이고, 그것이 "수지가 맞는 장사"였다는 것은 바로 이런 이야기의 본질, 아니 인간이 가진 서사, 이야기에의 근원적 욕망을 보여주는 것이라고 볼 수 있다.[22]

그러나 사실상 이러한 이야기에의 욕망이란 어떤 의미에서는 동서양을 초월한, 초시간적일 정도로 보편적인 것이라고 할 수 있다. 이런

---

21) 김진송, 『현대성의 형성: 서울에 딴스홀을 허하라』, 현실문화연구, 1999.

'재미있는 이야기'에 대한 보편적인 욕망이 구체적인 사회 내에서 존재하는 방식은 각기 구체적이고 특수한 형태를 보일 것이고 이러한 특수한 형태가 각기의 사회 구성체가 보편적 욕망을 정초하고 소비하고 관리하는 문화적 제도라고 할 수 있을 것이다. 앞서 본 세 단계의 시기별 야담의 존재방식의 역사는 민중들 사이에 존재하는 본질적인 '이야기'에의 욕망이 당대의 문화적 물적 토대와 어떻게 상응하는가를 보여주는 것이라 할 수 있다. 이 세 시기의 야담은 근대적 문예창작물이 아닌 전근대적인 이야기라는 점에서 공통적이지만, 이 소비대상을 소비시키고 유통시키는 시스템의 관점에서 분명한 차이를 보이는 것이다.

18~9세기 이야기꾼과 한문단편이 봉건사회 말기의 이런 이야기 욕망이 소통되고 제도화된 방식이라면, 1920년대 일본 신강담과의 관련하에 야담구연운동이 논의되고 '재미있는 이야기 욕망'을 역사의 대중화라는 계몽의 담론으로 정당화하는 것은 근대가 이 이야기 욕망을 정초하고 관리하는 방식인 것이다. 그러나 이렇게 1920년대에 남아있던 구연문화와 근대를 계몽담론의 프리즘으로 관리하던 체계는 1930년대 이후 전혀 다른 패러다임으로 변모한다고 할 수 있다. 1930년대 중반 『월간야담』과 『야담』잡지의 존립을 가능케 한 문화 구성체는,

---

22) 앞서 김동인이 『야담』 창간호에서 밝힌 야담의 필요성이 '심심풀이 시간 죽이기용'이고 그러한 필요에서 가십거리, 가벼운 읽을 거리로서의 정기간행물을 창간한다는 것은 그 이후 현재까지 이어지는 각종의 유머시리즈에, 그리고 버스터미널이나 가차, 지하철역의 가판대에 놓인 주간지들이나 가십거리, 그리고 오늘날의 인터넷 공간의 유머방에서 흘러 다니는 이야기의 원조격이라고 할 수 있을 것이다. 실제로 『월간야담』은 '史屑片話'라는 고정란을 두고 있는데, 이는 역사 부스러기, 이야기조각이라는 뜻에 걸맞게 한 페이지의 지면에 재미있고 짧은 이야기 2-3편이 만화같은 삽화와 함께 실린 것이 이를 말해준다. 언제어디서나 존재하는 대중들의 이야기에의 욕망과 형식적으로 완결되지 않은 상태의 간단한 이야기, 그러면서도 더 이상 항간에서 입에서 입으로 떠도는 이야기가 아니라 문화적 제도의 틀 속에 명실상부하게 소속되고 배치된 정기간행물이자 문화 상품의 형태로서의 원조인 것이다.

야담이 이전시기의 존재형태인 구연의 방식과 결별하고, 순수한 활자 매체인 정기간행물로 정착됨으로써 근대적 독서대중과 만난다. 특히 기관지나 동인지가 아닌 돈을 주고 사서보는 대중잡지의 형태로 이루어졌다는 것은 이야기, 서사에 대한 욕망이 자본주의적인 질서 속에서 하나의 문화상품으로 존재하게 되었다는 것을 말해준다.

3) 문화코드로서의 '조선적인 것', 근대에서 전통의 존재 방식

그러나 이런 가벼운 오락거리로서의 야담이 당대에 잘 팔리는 문화상품일 수 있었던 것은 순수한 의미에서의 오락성이라고만 할 수는 없다. 잡지라는 문화상품이 속한 근대적 문화제도 속에서 그 오락성을 정당화해주는 명분 혹은 당대 문화적 자장을 상정해 볼 필요가 있는 것이다. 『야담』에서 김동인은 매호 끝 부분의 편집후기에 해당되는 "溫故"란에서 야담의 가치를 우리 옛것을 부흥하는 전통복원의 가능성에서 찾고 있다.

> 지나간 조상의 자랑스런 역사를 알아서 우리의 자존심을 배양하며 그들의 과실을 캐어서 우리의 앞길의 향도자로 삼는 것은 우리들의 권리이며 또한 의무올시다. 불행히 우리에게는 우리 조상의 밟은 자최를 돌아볼 방도가 막혔습니다, 정사의 일부분은 학교의 교과서에도 들어 있다하나 야사와 일화는 낡은 문적을 뒤적이기 전에는 얻어볼 바이 없습니다. 그리고 그 낡은 문적이라 하는 것은 유실되고 散逸되고 그나마 남은 것은 한문으로 되어있어서 오늘날의 우리들로서는 알아보기가 매우 힘듭니다.[23]

---

23) 『야담』 창간호.

이와 같은 창간의도 하에 실제로 『삼국유사』의 번역[24]을 집중적으로 연재했고, 김시습의 한문소설도 번역해서 싣고 있다. 그리고 『월간야담』이나 『야담』 모두 전대의 야담집에 실린 이야기들을 수정 개작해서 싣는 것이 상당수 존재한다. 이는 1930년대 후반의 조선적인 것의 표방으로 대표되는 '고전 부흥론'이 『야담』이나 『월간야담』 잡지를 견인해간 하나의 축이기도 함을 의미한다. 즉 '조선적인 것'이라는 당대의 문화 코드 안에 야담 역시 소속되어있다고 볼 수 있는 것이다. 이는 야담으로의 퇴행이라는 문화적 현상이 한편으로는 통속성과 상업성이라는 자장 속에 위치하면서도, 그러한 통속성이란 그것이 정당화될 장 속에서만 존재한다고 볼 수 있는 것이다.

이처럼 대중성과 연관된 전통론은 사실 그 동안의 연구사에서 조명된 바가 미약하다고 할 수 있다. 김동인이나 박종화 등의 역사소설이 갖는 대중적 측면이 비판되기는 했지만, 이 역사소설과 야담을 포함하는 역사물, 시대물이 당대 고전부흥론이라는 지적담론에서는 배제된 것이다. 전통론은 주로 『문장』지를 중심으로 이루어짐으로써 상고주의나 근대에 대한 회의의 관점[25] 혹은 일제말기 대동아 공영권의 자장 속에 위치할 가능성을 탐색하는 논의들[26]이 주류를 이루면서, 지식

---

23) 『야담』 창간호.
24) 물론 이러한 옛것의 복원은 당대의 『문장』의 작업과는 달리 철저히 재미를 중심으로 이루어졌다. "창간호에 있어서도 다른 것보다도 가장 여러분께 자랑하고저 하는 것은 삼국유사의 번역이올시다… 삼국시절의 온갖 기담, 로맨쓰, 일화 등으로 본시 삼국유사는 역사적 가치보다 문학(취미문학)적 가치가 더욱 높은 자라 여러분이 손에 땀을 흘리면 읽으실 줄 믿는 바이올시다."
25) 황종연, 「한국문학의 근대와 반근대-1930년대 후반기문학의 전통주의 연구」, 1991, 동국대학교 박사 논문, 한형구, 「1930년대 한국문학의 미의식 연구」, 1992, 서울대 박사 논문. 이들의 논의는 카프 해산으로 대표되는 문단 내적 변모가 지식인들의 근대성 추구를 불가능하게 했고, 근대에 대한 대항적 의미에서 고전에 대한 관심이 활기를 띠었다고 보고 있다.
26) 소영현, 「1940년 전후 동양담론 분석」, 상허학회, 『1930년대 후반 문학의 근대성과

인의 전망 차원에서의 근대와 반근대의 이분법이나 지식인의 친일에
의 위험 등이 논의의 중심으로 차지하고 있다.

이처럼 과거의 복원이라는 동일한 문화적 현상이 당대에나 이후의
문학사에서나 '퇴행'과 '부흥'이라는 상반된 가치평가를 받고 있고, 부
흥으로서의 지식인의 비평담론을 중심으로 논의된다는 것은 생산자
혹은 창조자의 의도를 중시하는 근대문학의 관점이 전제되기 때문이
다. 그러나 근대성을 이런 완결된 주체의 관점이 아닌 주체를 구성하
는 '장'의 작동논리의 관점에서 보면, 이 과거의 복원이라는 행위는
그 행위를 가능케 한 동일한 체계 속에 위치하는 것이다. 그 '장' 혹은
'체계'는, 다루어지는 대상인 전통이나 과거적 사실을 넘어선, 그리고
개인주체의 양심이나 의식을 넘어서 있는 근대적 장 혹은 체계라고
할 수 있다. 즉 근대적 장의 논리 혹은 형식이 그 대상으로서 전통이
나 고전을 소유하고 배치하는 것이라고 할 수 있다.

이 근대적 '장'이 앞서 잡지 변천의 과정을 통해 두드러지는 대중화
의 방식으로 과거나 고전을 소비하고 배치하는 형식이 야담이라는 정
기간행물과 신문연재소설로서의 역사소설이었다고 할 수 있다.[27] 그

자기성찰」, 깊은샘, 1998, 신형기는 『계몽과 해방』(태학사, 1997)에서 전통지향의 여
러 양상들이 민족진영을 묶어주는 구심적 기반으로 작용했고 이것이 친일경향으로 나
아갈 빌미로 작용했음을 지적한다.
27) 역사소설은 1920년대 말부터 발표된 이광수의 『단종애사』(동아일보, 1928. 11~1929.
12)를 필두로 1930년대에 들어서 역사소설의 유행시대를 연다. 이광수의 『이순신』(동
아일보, 1931. 5. 26~1932. 4. 3), 『이차돈의 사』(조선일보, 1935. 9. 30~1936. 4.
12), 김동인의 『젊은 그들』(동아일보, 1930. 9. 2~1931. 11. 10), 『운현궁의 봄』(조선
일보, 1933. 4. 26~1934. 2. 15) 현진건의 『무영탑』, 『흑치상지』, 박종화의 『금삼의
피』, 그리고 벽초 홍명희의 『임거정』 등 역사소설의 붐을 이루었다. 이들 역사소설은
거의 대부분이 신문의 연재소설이었고, 신문의 부수를 늘리기 위해서 이광수나 김동인
에게 역사소설의 청탁이 많았다는 것에서 보듯 역사소설은 신문독자 유지의 중요한 수
단이었다고 할 수 있다. 역사소설에 대한 이러한 대중적 수요는 그대로 야담에 대한 수
요로 이어졌다고 할 수 있다. 실제로 김동인은 『야담』 창간호부터 「왕자의 최후」를, 월

리고 고전부흥론으로 대표되는 당대 지적담론을 추동하는 근대적 장의 논리는 근대적 저널리즘[28]과 분화와 전문화로서의 근대적 학문체계와 그에 근거한 근대적 '앎'의 방식이라고 할 수 있다. 즉 1920년대 이래 한국사 해석의 정통으로 군림해온 관념론적 민족주의가 1930년대 들어서 진단학회의 실증주의 사학, 백남운, 이청원의 유물론적 역사학을 통해서 한국학이 방법론적으로 분화되고, 과학화되었고 이러한 신진 한국학의 성과가 문학에 파장을 끼친 것이 전통부흥론이라고 볼 수 있는 것이다.[29] 따라서 1930년대 지적 문화적 코드로서의 전통론이 전문적 분화를 통한 근대적 앎의 체계를 통해 자가자신의 과거를 앎의 대상으로서 발견하고 구성하는 방식인 것이다. 또한 동일한 저널리즘이라는 근대적 제도가 한편으로는 '퇴행' 현상인 역사소설과 야담을 추동하고 다른 한편으로는 고전 '부흥'론을 비평적 쟁점으로 제기하는 가치론적 양면성은 이처럼 근대적 제도와 장의 논리 속에서 해명가능한 것이다.

이러한 문제를 근대적 보편주의와 민족적 혹은 지역적 특수성의 논리를 사고하는 관점으로 연관시킬 수 있을 것이다. 근대적 장이나 체계화 원리라는 보편주의와 이에 대립하는 민족적 특수성[30]이나 전통

탄 박종화는 1938년 9월호부터 「銀愛傳」을 연재하기도 하고, 『야담』이나 『월간야담』에는 단행본으로 출간된 역사소설에 대한 광고가 자주 실리고 있다. 그리고 당시 평론가로 활동하던 홍효민이 『월간야담』을 통해 「인조반정」을, 윤백남은 선조로부터 계해반정까지를 전기로 적고있는 「흑두건」을 연재하는 등 역사를 쉽게 소개하거나 역사소설을 연재하기도 한다. 역사소설의 신문연재가 만들어낸 독자층을 야담잡지가 공유하는 형국이었다고 할 수 있다.

28) 고전부흥론이 대두된 것은 1935년 1월 『조선일보』가 학예면 특집으로 『조선고전문학의 검토』와 「조선문학상의 복고사상 검토」를 내면서부터이다. 고전부흥론을 비평적 쟁점으로 제기한 것은 특정한 개인이라기보다는 저널리즘이었다. 황종연, 앞의 글, 19쪽.

29) 황종연, 앞의 글, 26쪽.

30) 이 특수성은 우리 식민지 사회의 1930년대에는 우리의 옛것이나 전통일 수 있을 것이고, 일본이 내세우는 대동아 공영권의 논리에서는 동양일 수 있을 것이다. 근대적 사

이, 사실은 서로 대립하는 전망이나 대안이 아니라, 보편주의적 형식이 특수성으로서의 내용을 장악하고 소비하는 근대적 논리라고 볼 수 있는 것이다. 중립적 원리로 지칭되는 '보편'이 장악하고 소비하는 대상으로서의 '특수성'이란, 서구가 장악하고 소비하는 식민지인 것처럼, 식민지 내부에서는 보편으로서의 근대에 적응된 시각으로 스스로를 대상화하고 장악하고 소비하는 대상으로 창출되고 구성된 전통이나 과거일 것이다. 퇴행으로서의 야담이나 통속적 역사소설과 부흥으로서의 전통논의나 내간체 문장은 근대적 체계와 장의 논리로서의 보편주의가 스스로를 타자화하고 소유하고 소비하는 일종의 내부 식민지라는 점에서 동일한 위상을 갖는다고 할 수 있다.

5. 결론

野談이란 "正史가 아닌 野史" 혹은 "朝野"의 野자와 관련되는, 민간에 전해 내려오는 옛날이야기이다. 1930년대 중반에 시효가 만료된 야담이라는 장르를 전문적으로 다루는 『월간야담』과 『야담』이 1930년대 문화 지형도 속에서 자리잡는 위상을 살펴보았다. 이를 위해 이 글에서는 18~9세기 조선 후기의 이야기꾼과 한문단편, 1920년대 야담집의 번역과 야담구연운동, 그리고 1930년대 중반의 『월간야담』과 『야담』이라는 세 가지 역사적 존재 형태를 살펴보았다. 이러한 역사적 존재 형태의 비교를 통해 드러나는 1930년대 야담의 특징은 다음과 같다. 1920년대에는 구연활동인 강담운동과 관련되어 있었지만,

---

고 사유패러다임으로서의 보편성과 특수성이 맺는 관계에 대해서는 사카이 나오끼, 하루투니언 외 엮음, 곽동훈 역, 「모더니티와 그 비판: 보편주의와 특수주의의 문제」, 『포스트 모더니즘과 일본』 참조.

1930년대의 야담은 전문잡지의 출간과 함께 구연이 아닌 활자매체 형식 속에서 자리한다. 그리고 1920년대 그리고 필요악으로서 용인되었던 대중성은, 1930년대에는 그 자체가 전면화된 가치로 내세워진다. 대중이란 1920년대까지 남아있던 계몽 대상의 성격에서, 잡지라는 문화 상품의 수요층으로서의 독서대중으로 변모한 것이다.

1930년대 두 야담집이 당대 문화제도 내에서 위치하는 이러한 방식은 사실상, 그때까지 추동된 우리 근대성의 형성원리와 귀결점을 보여주는 것이라고 할 수 있다. 인간이 가진 이야기에의 욕망을 자본주의하의 문화상품으로서의 정기간행물의 형태로 상품화하고 이것을 가능케 한 독자 대중과 적극적으로 만나고 있다는 점에서 이 시기까지의 잡지 변천의 방향인 대중화와 전문화의 흐름을 보여주는 것이다. 그리고 시효가 만료된 과거의 장르를 복원하는 야담은, 1930년대 고전부흥론으로 대표된 문화 코드를 공유하고 있다고 볼 수 있다. 따라서 당대 고전부흥론의 외연은 『문장』이나 지식인들의 비평담론으로부터 역사소설이나 야담까지 넓혀질 필요가 있고, 그 의미 또한 근대와 전근대의 이분법보다는 근대적 제도의 구성원리가 작동하는 방식 내에서 이것이 대상화하는 특수성의 영역으로 볼 필요가 있다.

이는 궁극적으로 문학을 근대적 주체성을 전제한 생산자 중심적 시각을 벗어나서 문학을 추동하고 그 문학이 속해있는 근대적 장이나 체계의 원리를 고구하기 위한 출발점이라고 할 수 있다.

근대의 역상(counter-mirror)으로서의 동양적인 것

- 김동리 소설을 중심으로 -

1. 서론

마르크스는 『공산당 선언』에서 견고한 모든 것들을 대기 속에 날려버리는 부르주아의 힘에 대해 매혹어린 찬탄과 의지적인 결별을 함께 행하고 있습니다. 견고한 것, 가치의 원광과 결별한 어떤 힘, 결국 시간의 힘에 대해 말한 것이지요. 이런 테마는 짐멜, 버만 등에 의해 재해석되고 증폭되어왔지만, 결국 근대, 근대화하는 어떤 추동력이 가진 가공할 힘, 말 그대로 시간의 물살에 대한 것임에는 변함이 없습니다.

근대, 현대화라는 막지 못할 전일적 힘과 그것이 휩쓸어 삼켜버리는 옛것, 견고한 것의 대립, 이것은 전통과 현대로, 세계화 앞에서의 동양적인 것과 서구적인 것으로, 혹은 남성적 힘과 여성적인 것과의 대립으로 변주될 수 있습니다. 이런 대립은 나쁜 새것과 좋은 옛것이 만들어내는 가치와 필연의 이율배반이라고 보편화할 수 있고, 이 틀은 사실상 근대성의 내적인 본성일 것입니다.

그런데 이런 대립의 양축이 사실은 각기 다른 차원이라는 점에서 사실은 사이비 대립이기도 합니다. 사실의 차원과 가치의 차원이 대립되어있는 것이지요. 따라서 표면상의 대립의 담론은 항상 사실의 승인과 가치의 부정을 동시에 내포한 하나의 얼굴일 뿐인 것이지요. 이것을 마치 가치의 대립인양 호도하는 담론들은 그래서 사실상 사이비일 가능성이 많습니다. 이런 역설이나 위험은 공산당 선언의 맑스에게서도 이미 잠재되어있습니다. 부정해야할 대상에 대한 매혹과 찬탄, 특히 그 부정해야할 대상이 가진 역동적 힘에 매혹되어있다는 점에서 또 그것을 부정하는 자신이 바로 그 힘으로부터 나온 자식이라는 점에서, 『공산당 선언』은 이후 근대 담론이 갖는 딜레마의 어떤 원형이라고 할 수 있습니다.

사실 세계가 가진 힘과 논리를 승인하는 것과 그 사실 세계가 가진 가치를 부정한다는 근대의 딜레마는, 근대 자체가 세계화되면서 식민지사회에서 동일하게 그러나 다른 방식으로 변주 지속됩니다. 이 지속, 변주되는 메카니즘 속에서 표면적으로는 근대적인 것의 대립자인 동양적인 것, '식민지 내적인 고유함으로 명명된 것'의 지위가 함께 지속되고 변주됩니다. 이 동양적인 것, 전통적인 것이 때로는 이광수의 「민족개조론」으로 대표되는 계몽주의에서처럼 계몽의 대상으로서 쓸어버려야 할 악덕으로 규정되거나, 1920~30년대 리얼리즘 소설에서처럼, 근대화하는 거대한 세계의 물살 속에 희생되는 불쌍한 희생자로 그려지거나, 혹은 1930년대 후반 일부 문학담론에서처럼 사실의 세계가 가진 부정적 가치에 대립하는 어떤 가치로운 원형으로 그려지거나, 그것은 언제나 근대, 서양적인 것과의 관계 속에서 구성되는 것입니다. 그 동양적인 것에 대해서 어떤 실체성을 부여하든, 어떤 실증적 작업을 통해 추론하든 그것은 이 근대의 체계 속에서만 비로소 자리잡는 것입니다.

후발 근대국가인 우리나라에서 근대소설이 발생한 이래, 근대소설의 틀 속에서 전근대적, 반근대적 형상은 끊임없이 생산되어왔다는 것은 주지의 사실입니다. 1920년대의 나도향의 소설이나 1930년대의 이태준, 김동리의 소설, 해방 후 김동리 황순원, 오영수 등의 소설, 그리고 이청준의 「줄」, 「매잡이」나, 아주 가까이는 양귀자의 「숨은 꽃」의 김종구라는 인물까지, 우리는 근대적 힘, 소위 대세라는 이름으로 쳐들어오는 힘 앞에 노출된 이런 인물들, 이미지들에 토속성, 민족성, 순수성, 원초적 생명력 등의 이름을 부여한 문학사적 자산을 가지고 있습니다. 어쩌면, 최인훈이나 이상, 조세희 등 특별히 도시적이거나 지식인 취향의 소설가들을 제외한다면, 양의 다소를 불문하고 이런 경향의 소설 한 두 편을 갖지 않은 작가가 거의 없다고 할 수도 있을 것입니다.

본고는 이런 근대성이 가진 힘의 승인과 가치의 부정이라는 문제, 식민지 근대에서 동양적인 것과 근대적인 것의 대립의 문제를, 우리 근대소설, 특히 김동리의 소설을 놓고 살펴보려는 자리입니다.

2. 본론

1) 에피고넨의 자기등록 방식으로서 구별짓기와 장의 논리

해방 이전 김동리 소설은 크게 세 부류로 볼 수 있습니다. 「무녀도」와 「황토기」로 대표되는 동양적인 것, 반근대적인 경향을 보이는 소설, 「솔거」 등의 예술가 소설 3부작, 그리고 「젊은 초상」, 「두꺼비」, 「혼구」 등 1930년대 유행하던 전향 지식인을 다룬 사소설적 경향의 소설 등입니다. 이후의 문학사에 김동리의 대표적 경향으로 자리매김된 것은 전자의 두 부류입니다. 그런데 여기서 제거된 마지막 한 부류의 내용을 잠깐 검토해 볼 필요가 있을 것 같습니다. 이 부류의 내용과 이것이 제거된 이유를 고찰해보면, 역으로 대표경향으로 남은 두 부류와의 관계 속에서 취사선택의 맥락을 추출해 볼 수 있기 때문이지요. 이 취사선택의 맥락은 작가가 의식적으로 선택한 것이면서, 그 선택을 필연적으로 만든 문화적 장 속의 상호작용을 포함할 것입니다.

김동리는 「화랑의 후예」와 「산화」로 등단한 이래 다양한 소설을 씁니다. 이중 「무녀도」, 「황토기」 등의 소설과 「불화」 등의 예술가 소설 이외에, 그리고 「팥죽」이나 「소년」, 「다음항구」 등 짧은 소품류들을 제외한다면 「젊은 초상」, 「두꺼비」, 「혼구」, 「오누이」 등의 소설이 남습니다. 이 소설들은 1930년대 당시 유행하던 사소설 형태의 것입니다. 즉 무당이나 문둥이, 퇴락한 기생 등이 펼치는 음습한 형상이나 현세를 등지고 은거해 사는 예술가가 아니라, 작가의 모습으로 유추할 수 있는 소외된 지식인의 일상이 중심이 된 소설입니다. 그리고 이런 소설들은 당대에 씌어진 사소설의 여러 모티브와 상황 설정에서 당대 소설과 유사한 면모를 보여줍니다.

「젊은 초상」의 나는, 금년 봄에 신춘 현상 문예에 당선된 작가이지만, 몇 달치 하숙비가 밀린 채 골방에서 뒹굴면서 공상으로 소일하는 사람입니다. 이 나가 골방 속의 일기를 인용하여, 친구와의 술자리에서, 오가는 길거리 산책과 순례, 그리고 원고청탁과 함께 돈을 받고 감옥에서 나온 친구와의 술자리에서 뛰쳐나와 파란 지폐를 한 장 한 장 뽑아 개천 물에 던지는 것으로 이루어져있습니다. 최근에 등단한 작가라는 설정을 비롯해 작가 김동리의 모습으로 추측할 수 있는 이 소설에서, 무력한 지식인이 하숙비 독촉을 받고 거리를 떠도는 장면은 박태원의 산책자 유형의 소설 「소설가 구보씨의 일일」이나 초기작 「적멸」 등의 소설을 연상합니다. 뿐만 아니라 술자리를 박차고 원고료로 받은 지폐를 개천에 던지는 모습은 이상의 「날개」를 연상하기도 합니다. 또 "능구렁이에게 먹히는 두꺼비의 이야기를 듣던 종우는 첨으로 각혈이란 것을 하게 되었다"로 시작되는 「두꺼비」는, 쥐를 잡아먹은 고양이가 그 쥐를 그득히 게워놓을 것을 보는 장면과 함께 심한 각혈로 시작되는 최명익의 소설 「폐어인」과 닮아 있습니다. 또한 이 작품의 내용이, 정희라는 기생을 타락 속에서 구원하는 문제에 대해 휴머니즘의 위선이라고 비판하는 것이라는 점에서, 김남천의 소설 「제퇴선」에서 마약중독자 기생 향란과 그녀를 구원하는 박경호의 자기고발과 닮아있습니다. 또 「혼구」의 정우라는 교사가 학숙이라는 여학생과 그녀의 아버지 송또상이 펼치는 속악한 삶의 논리의 앞에서 자기 무력감과 분열을 느끼는 문제설정은, 허준의 소설 「탁류」에서 채숙과 아내 사이에서 분열하는 철의 형상을 닮아 있습니다.

이처럼 김동리의 소설 중에서 문학사에서 지워진 한 부류는 당시 활발하게 창작되고 있던 소설들과 상호작용, 모방, 닮음의 면모를 강하게 보입니다. 이런 현상은 물론 신인작가가 습작의 과정에서 흔히 있는 의식적, 무의식적 현상일 것입니다. '영향에의 불안'에 사로잡히고 그럼에도 영향의 자장 속에 있을 수밖에 없는 현대작가의 운명이겠지요. 이런 작가 자신의 그림자를 강하게 드러내면서, 지식인의 자의식을 그리는 이 종류의 소설을 버리고, 「무녀도」 등의 전근대적 인물과 토속적 세계로 자기경향을 굳히게 된 것은 일차적으로 생각하면 영향에의 불안에서 벗어나 자기만의 색채를 가지려는 지극히 당연한 근대작가의 열망이라고 볼 수 있을 것입니다. 그 열망은 부르디외의 표현을 빌린다면 일종의 '구별짓기' 욕망이라고 할 수 있을 것입니다. 근대예술이 숙명적으로 요구하는 독창성, 창조성의 패러다임과 끝없는 갱신을 요구하고 새로움의 지상명제, 이 속에서 현대 예술가들이 갖는 숙명적 욕망이 구별짓기이지요. 이는 대가, 선후배, 당대 예술과의 비교 속에서 자신만의 독창성을 추구하는 것을 작가의 가장 기본적인 열망으로 자리잡도록 만드는 동력입니다. 김동리가 가졌을 이 구별짓기, 차이화의 열망이 성공해서 문학사에 장착된 것은 이후의 문학사와 「무녀도」, 「황토기」 등이 갖는 가히 정전적 지위에서 알 수 있습니다.

그런데 이런 열망만으로 김동리와 같은 지위에 오를 수 없는 것은 또한 삼척동자도 알 수 있는 일입니다. 독특함과 새로움이 이해되지 못하고 외면 받는 일은 '예술사회'에서 비일비재한 일입니다. '때를 못 만난 불운한 천재'도 얼마나 많습니까? 우리가 문학사나 예술사에서 알고 있는 새로움들은 그 새로움이 소통되는 장과의 적절한 선택과 결합을 통해 그 장 속에서 새로움으로 등극된 경우일 뿐이라고 할 수 있을 것입니다. 이처럼 새로움과 독창성이 소통되는 유형, 무형의 제도적 장치를 부르디외는 '예술사회', '장'의 개념으로 설명합니다. 이것은 잡지나 출판물, 유행담론, 학교나 학파, 인맥 등 많은 것들, 그것들이 만들어내는 어떤 질서를 포함합니다.

김동리의 대표작으로 남은 「무녀도」와 「황토기」, 전근대적 혹은 반근대적 표상으로 대표되는 이런 인물 형상은 그것이 소통될 장 속에서 등록되고 승인된 것이지요. 당시 「화랑의 후예」가 당선된 시기가 1935년, 「산화」는 1936년입니다. 이 시기는 카프 해체 이후 전향소설 등의 지식인 소설이 대거 창작되는 시기이면서 동시에 다양한 평단의 논의 속에서 전통론, 조선적인 것에 관한 관심이 광범위하게 일어난 시기입니다. 신문, 잡지 등의 저널리즘에 의해 대중적으로 확산되는 것과 함께, 이전시기부터 축적되어 성과를 보인 조선학 연구 분야와, 대중적으로 소통되는 역사소설이나 야담 잡지, 그리고 지식인 취향의 학술 교양지 『문장』까지 1930년대에는 전통, 조선적인 것의 논의가 광범위하게 전개되었습니다. 이 과정에서 「화랑의 후예」는 이태준에 의해 조선중앙일보 신춘문예에 당선되었던 것입니다. 즉 선배작가와

의 유사성을 강하게 갖는 별 새로울 것 없는 작품임에도 그 닮은 점이
바로 조선적인 것이라는 점에서 당선되었다고 볼 수 있습니다. 이후
작가로 활동하면서 『문장』과의 친연성을 스스로 밝히고 있는 글이나
또 「찔레꽃」, 「동구앞길」, 「다음항구」 등 보잘것없는 간단한 소품류가
『문장』의 지면을 통해 발표되고 있다는 점은 문장이 김동리에게 얼마
나 전폭적 지지를 보냈는가를 짐작할 수 있게 합니다. 그 지지의 이유
는 바로 전근대적인 것, 동양적인 것, 전통적인 것, 근대에 뒤떨어진
형상에 대한 관심과 관련되어있음은 물론입니다.

  이렇게 본다면, 독창성, 구별짓기의 욕망은 어쩌면 차후의 문제일
것입니다. 앞서 본 소설이 삭제된 것은 그 소설이 에피고넨적 특징 때
문만은 아닐 것입니다. 에피고넨적 특징은 「화랑의 후예」에서 보인
조선적인 것, 전통적인 인물 형상 역시 뚜렷합니다. 그럼에도 두 번째
부류가 살아남은 것은 그것이 구별짓기로서의 독창성 때문이 아니라
당대 문화적 장의 논리 속에 전통적인 것, 동양적인 것이 선택되었기
때문일 것입니다. 따라서 초기 김동리 소설의 경향과 그것의 선택과
배제는 구별짓기와 구별을 등록 유통시키는 장의 논리에의 안정적 장
착의 관점에서 볼 수 있습니다. 이 문화적 장 속에서, 한편으로는 전
통, 토속성, 동양의 형상으로 정착하고, 한편으로는 '신세대 논쟁' 등
의 비평을 통해 차별화를 의식적으로 기획하는 것이지요. 이 신세대
논쟁 등의 비평은 여기서 살필 것은 아니지만, 이것은 누구보다도 에
피고넨으로 출발한 신인의 영향에의 불안에 대한 역설적 반응 방식일
수 있을 것입니다. 그러나 우리의 관심은 범위를 좁혀서, 이렇게 선택
안착된 동양적인 것, 토속적인 것의 작동 메카니즘입니다.

2) 근대와 반근대, 뒤집어진 거울

이렇게 선택된 전근대적인 것의 형상을 살피기 위해서, 우리는 등
단작 「화랑의 후예」와 「산화」를 먼저 살펴보아야 합니다. 「화랑의 후
예」는 이태준의 「불우선생」이나 「영월영감」 「복덕방」과 사뭇 유사하
게 시대에 뒤떨어진 노인의 주제 모르는 허풍을 그린 모습입니다. 끼
니도 해결 못하는 무능한 노인이 옛 문벌이나 찾고 구걸이나 다름없
는 행위에서도 체면을 차리려는 모습 등은, 그것을 관찰하고 전달하
는 나에 의해 중개되고, 결국 사기죄로 끌려가는 모습으로 끝나면서,
비하와 경멸의 대상으로 자리매김됩니다. 여기서 '조선적인 것의 심
볼'이 게으르고 체면, 문벌이나 따지면서 현실적 능력은 없는 것으로
의미화함으로써 '조선적인 것'에 대한 객관적 형상부여와 주관적 가
치부여를 동시에 행하고 있는 것입니다. 이런 방식은 유명한 이광수
의 「민족개조론」에서 조선민족의 특성과 개조해야할 것으로 지적된
관점과 동일한 것으로서, 식민지 근대의 조선이 자기를 표상하는 기
장 기본적이고 보편적인, 계몽의 타자로서 자기를 대상화하는 관점입
니다.

이후 이태준과의 유사성이 지적되면서 자존심이 상한 그가 「산화」
로 재등단했다는 것은 잘 알려진 사실입니다. 「화랑의 후예」가 황진
사의 행동을 통한 사건과 귀추, 종말을 통해 행동의 의미가 드러나는
방식을 택하고 있다면, 「산화」에서 전근대적 인물 형상인 뒷실이 일
가에게는 이런 서사성의 토대가 제거되어 있습니다. 산골에서 숯 굽
는 가난한 일가, 이 가난 속에서도 "아무리 아내가 퍼붓고 조르고 쫑
알거리고 원망을 해도, 꽥 소리 한번 지르는 법도 없이, 늙은 어머니
가 고기 타령을 하든, 어린 자식이 밥 타령을 하든, 듣기만 하고 앉아
곰방대만 뻐끔뻐끔 빨면 그만 만사는 절로 해결되어가는 것"으로 살

아가는 뒷실이의 자발적 무위의 모습, 산싱령님을 찾아 발원하는 할
머니, 활활 타오르는 산불의 이미지……, 이런 것들은 윤참봉 일가의
모습과 대비되어 정지된 풍경으로 제시되어있습니다. 윤참봉 일가는,
윤새령에서 윤주사, 거기서 또 윤참봉으로 이름이 바뀐 것과 함께 화
물자동차 운전이나 만물 잡화상 가게를 비롯해 시간에 따른 축적과
발전을 통해 근대화에 진입하는 모습을 보입니다. 그리고 이런 시간
에 따른 발전과 축적이라는 현실적 필연의 영역에서의 승리는 그가
구현하는 도덕적 악—죽은 쇠고기를 파내서 마을 사람에게 팔고, 이
때문에 마을 전체에 식중독이 돌게 된 것—과 함께 합니다. 이는 당위
혹은 가치의 측면에서의 악으로, 현실적 필연성의 측면에서 성공과
승리로 자리매김하는 방식으로서, 근대적 필연성의 승인과 당위적 가
치의 부정을 함의하는 축입니다. 이 윤참봉 측의 근대적 발전서사의
필연성 및 악마성과 비교되는 뒷실이와 그의 가족의 형상은 근대성의
기준에서 보면 「화랑의 후예」에서의 황진사와 그리 다르지 않습니다.
내용상 그리 다르지 않은 형상을 다르게 보이게 하는 장치는 비교, 관
찰, 전달하는 시선입니다. 「화랑의 후예」는 일인칭 관찰자이자 지식
인인 나에 의해 중개됨으로써, 이 일인칭 인물이 전달자의 객관성과
관찰자의 중립성이라는 장치 그 자체였습니다. 이 장치에 의해 조명
되는 피사체에 불과한 황진사가 비하되고 우스꽝스러웠던 것은 이 장
치의 특성상 당연하지요. 그러나 「산화」에서 윤참봉은 이런 장치로서
의 보편성을 벗어나, 죽은 쇠고기를 팔아서 마을 사람들을 죽게 만드
는 부도덕한 악의 화신으로 그려집니다. 악한 인물이 갖는 근대적 필
연성이라는 점에서 그의 모습은 이기영의 『고향』의 안승학을 비롯한
1920~30년대 리얼리즘 소설의 면모를 닮아있습니다. 이 비교에 의
해 조명된 뒷실이와 그의 일가의 모습이 가난하고 순진한 희생자 형
상이라는 점에서 최서해나 현진건의 1920년대 소설과 닮아있습니다.

이점에서 김동리의 등단작 두 편은 사실상 1910년대의 계몽주의와 1920년대의 사실주의 소설에서 식민지 근대 조선이 자기를 표상하는 시선과 매커니즘을 그대로 따르고 있는 것입니다. 그런데 그 이「산화」에서 무능하고 불쌍한 희생자의 모습을 약간 비껴나는 모습, 즉 뒷실이가 체현하는 어떤 적극적 무위와 생존에 대한 무관심, 거기서의 어떤 자립적인 무게감 같은 것이 김동리가 가치를 부여하려는 대상입니다. 이런 전근대적 인물 형상이 갖는 무게감, 기품, 아우라가 이후 김동리 소설의 대표작들의 본령으로 자리잡습니다. 그리고 이점이 동양적인 것, 전통적인 것을 대하는 이전의 시선과 갈라지는 부분입니다. 이후의 소설은 「산화」에서 윤참봉 일가의 근대성의 발전서사라는 비교의 틀을 버린 전근대적 풍경화의 보완과 증폭이라고 할 수 있을 것입니다. 그리고 물론 이 보완과 증폭의 방향과 메카니즘이 문제일 것입니다. 이 부류의 대표작은 잘 알려진 「무녀도」, 「황토기」와 「먼산 바라기」 그리고 「허덜풀네」입니다.

「무녀도」에서 주인공은 무당 모화입니다. 이 무당의 모습은 「산화」에서 뒷실이 어머니가 보인 산신령을 두려워하고 발원하는 모습, 현실적 삶의 원리를 무심하게 등진 뒷실이의 모습을 훨씬 더 적극적으로 구현하고 있습니다. 분명 근대의 현실적 삶의 원리와는 반대되는 것이지만, 그것의 내용이 굳이 무엇인가를 묻는다면 분명하게 대답할 수 없습니다. 아마도 벙어리 귀머거리인 낭이의 싸늘한 그로테스크함이라든가, 그 낭이와 욱이의 근친상간이라는 비정상적 어둠, 신주상 앞에서 발작적으로 춤을 추며 주문을 외는 모화의 굿처럼 어둡고 음습하고 그로테스크한 어떤 분위기로 정초됩니다. 그것은 모화의 집을 나타내는 도깨비굴이라는 표현이 집약적으로 드러내지요

한 머리에 찌그러져 가는 묵은 기와집으로 지붕 위에는 기와버섯이 퍼렇

게 뻗어 올라 역한 흙냄새를 풍기고, 집 주위에는 앙상한 돌담이 군데군데 헐린 채 옛 성처럼 꼬불꼬불 에워싸고 있었다. 이 돌담이 에워싼 안의 공지같이 넓은 마당에는, 수채가 막힌 채 빗물이 고이는 대로 일년 내 시퍼런 물이끼가 끼어…… 그 아래로 뱀같이 길게 늘어진 지렁이와 두꺼비 같이 늙은 개구리들이 구물거리고…… 이미 수십 년 혹은 수백 년 전에 벌써 사람의 자취와는 인연이 끊어진 도깨비굴 같기만 하였다.(「무녀도」, 김동리 전집 1권, 79쪽)

이렇게 마을에서 멀리 떨어진 폐가에 유폐된 모화 모녀의 집에 오래 전 집을 떠난 아들 욱이가 돌아오면서 이야기가 시작되지요. "욱이가 어머니 집이라고 찾아온 곳은 지금까지 그가 살고 있던 현목사나 이장로의 집보다 너무나 딴 세상이었다. 그 명랑한 찬송가 소리와 풍금소리와, 성경 읽는 소리와, 모여앉아 기도를 올리고, 빛난 음식을 향해 즐겁게 웃음 웃는 얼굴들"의 세계에서 돌아온 욱이는 모화가 "서역귀신"이라고 말하는 신약전서를 가지고 모화가 거쳐하고 있는 세계를 부정합니다. 욱이가 속한 밝고 명랑한 세계, 서양문명이 지배하는 기독교의 세계와 모화가 속한 음습한 폐허의 귀신의 세계. 이렇게 욱이와 모화가 대립되고 있는 것이고, 둘의 의미내용 자체도 이 대립에 의해 부여되고 있는 것입니다.

이 대립은 어쩌면 우리 근대가 시작된 이래, 동양과 서양이라는 익숙한 이분법을 되풀이하는 것은 분명하지만, 여기에는 그 이전에 없는 아주 특별하고 새로운 면모가 있습니다. 그것은 바로 기독교 서구 문명을 정초하는 방식입니다. 멀리 도회에서 돌아온 욱이는 신약전서를 갖고 돌아온 문명의 아들입니다. 그러나 그 욱이는 보통 식민지 시대 근대체험 후의 귀향 지식인 청년이 갖기 마련인 문명의 냄새와 계몽의 아우라를 제거했습니다. 사실 한국근대 문학에서 기독교 선교사가 갖는 이런 위상은 참으로 기이합니다. 「혈의루」나 「무정」 이후 1930년대 당시 이태준의 「불멸의 함성」까지 '선교사'란 일종의 '해결사'였다고 할 수 있습니다. 누적된 갈등, 고군분투하는 순결한 주인공의 열망을 일거에 해결해주는 것이 바로 자비로운 선교사에 의한 미국유학이지요. 그것은 외부에서 들어온 자비로운 원조자이거나, 밖으로 열린 문제 해결의 전망이었지요. '유학', '전망', '귀향'이라는 한국소설을 규정짓는 모티브들의 원동력은 가치로운 서양문명과 만남, 귀속, 그것이 약속해주는 장미 빛 미래의 상과 연결되어있지요.

그런데 「무녀도」는 어떻습니까? 욱이가 상대하는 세계는 마을 전체의 가난, 무지, 나태 등이 아닙니다. 낭이와 모화를 상대로 "하나님 아버지의 외아들 예수그리스도가 온갖 사귀들린 사람, 문둥병 든 사람, 앉은뱅이, 벙어리, 귀머거리를 고친 이야기와 십자가에 못 박혀 죽은 지 사흘 만에 승천했다는 이야기를 한정없이" 쏟아냅니다. 이처럼 욱이가 전하는 서양문명과 기독교는 기실, 앉은뱅이 고쳐주고 죽었다가 다시 살아났다는 '미신의 이야기'일 뿐입니다. 나아가 "반신불수와 지랄병까지 믿음여하에 따라 '죄씻음'을 받을 수 있다"는 말은, 서양문명을 말 그대로 혹세무민하는 잡귀와 미신으로 규정하는 것이지요. 이에 대해 "그까짓 잡귀신들"하면서 픽 웃어버리고 마는 모화의 반응은 사뭇 싸늘하고 기품이 넘치기까지 합니다.

그렇다면 우리는, 「무녀도」가 한국근대에서 전통과 문명, 동양과 서양을 구획하는 이분법과의 차이점을 알 수 있습니다. 서양문명인 기독교가 모화가 속한 세계보다 우월한 문명이 아닌 전혀 다른 개별적인 것이라는 것입니다. 모화가 하나의 미신의 세계라면 기독교 역시도 그와 같은 위상을 갖는 단지 하나의 미신의 세계라는 것입니다. 서구와 기독교를 이처럼 한갓 미신으로 자리매김함으로써, 그것에 씌워졌던 보편성과 가치중립성의 패러다임을 던져버리는 것입니다. 「무녀도」의 진가는 어쩌면 이것일지도 모릅니다. 즉 모화가 상징하는 세계에 대한 실제적인 의미나 내용—이는 기존 연구에서 구경적 생, 원형 등으로 개념화되고 이 개념화된 것의 실체성을 상징이나 정신분석, 기호론 등의 무수한 방법을 통해 규명하고자 한 것입니다—이 아니라, 이런 내용을 가능케 한 대립자 서구, 즉 근대의 위상 변경입니다.

「무녀도」 이후 씌어진 이 계열의 작품은 「먼산바라기」입니다. 이 작품 역시 「무녀도」처럼 대상을 서구문명과의 조명 하에 정초하고 있습니다. 이 작품에서 서양문명은 칸트와 헤겔입니다. 이야기는 간단합니다. 서술자인 나는 "철학을 한답시고 칸트니 헤겔이니 하는 책들을 너무 지나치게 보다가 심신이 지쳐" 고향마을에 내려온 청년입니다. 고향마을에는 먼산바라기 노인이 그의 벙어리 조카딸과 함께 마을에서 외떨어진 오두막에 살고 있습니다. 이 노인은 마을 사람과 담을 쌓고 아무와도 말하지 않고 벙어리 조카딸의 시중을 받으며 먼산만 바라보는 노인이지요. 그런데 나는 이런 노인에게 끌리면서 "플라톤과 스피노자도 잊고 칸트와 헤겔도 잊고" 이 노인처럼 아무것도 하지 않는 게으른 무위의 삶 속에 빠져듭니다. 어느 날 나는 숲 속의 산책길에서 만난 노인의 뒤를 밟습니다. '아무것도 하지 않는' 노인을 먼 산길로 힘들게 불러들이는 일이 과연 무엇일까 궁금해서지요. 그런데 그 일은 결국 산 속에서 똥싸는 일이었습니다. "이 우중에 저 군색한 우비까지 해서 다만 뒤를 볼 목적으로 산에까지 갔다 오는 것일까?" 그렇습니다. 이제 이 청년은 심각함 의문에 빠집니다. 산에 가서 똥을 싸는 일, "그것이 그에게 어떠한 의미를 가지는가하는 문제였다. 남이 들으면 그까짓 등신 아니면 팔푼이 같은 영감의 하잘 것 없는 괴이한 버릇이 무어 그리 대수로울게 있느냐고 할 지 모르지만… 그 당시의 나로서는 이만 저만 심각한 문제가 아니었"던 것이지요. 칸트나 헤겔을 공부한 사람답게 다음과 같은 일기를 인용합니다.

"그는 말을 하지 않을 뿐 아니라 아무 일도 하지 않는다, 그는 의무감도 없고 의지력도 없는 게으른 사람이다. 그러면서 날마다 뒤를 보기 위해서 산에까지 가는 것은 무슨 까닭인가 의무감으로서 하는 것도 아니요, 의지력으로써 하는 것도 아니라면 취미나 오락으로서 하는 것에 지나지 않는다… 취미나 오락, 그것이 그의 인생의 전부란 말인가, 그것이 유일한 그의 인생의 목적이란 말인가. 그렇다고 한다면 나에게는 어떠한 인생이 있으며 어떠한 목적이 있는가, 나는 어쩌면 등신이니 팔푼이니 하는 먼산바라기보다도 더 하잘 것 없는 인생을 살아가고 있지 않은가"(「먼산바라기」, 『김동리 전집』 1, 136쪽)

등신이나 팔푼이 노인의 뒷일보기라는 아무하잘 것 없는 행위, 의무감이나 의지력과 같은 근대적 삶의 격률과 대립되는 것, 이것을 전후 작품이나 김동리의 사상과 연관시킨다면 아마도 동양적 무위의 삶, 즉 마을의 영역에 속해 있는 근대적 삶의 원리를 거부하는 일종의 적극적 무위라고 할 수 있겠지요. 아마도 그렇기 때문에 나가 끌리는 것이고, 그 나 자신의 인생을 먼산바라기 노인의 인생보다 하잘 것 없다고 하는 것일 겁니다.

그러나 역으로 생각해 볼 수 있습니다. 등신, 팔푼이 노인의 똥싸는 일을 그런 엄청난 무게감, '뭔가 의미가 있을 것'이라는 권위를 부여하는 것은 바로 '나'입니다. 즉 먼산바라기 노인에게 동양적 무위의 삶의 태도에 서린 어떤 기품을 부여하고 가치화하는 것은, 그것을 배치하고 설정하는 비교의 대상인 나입니다. 정확히 말하면 바로 플라톤과 스피노자도 무시하고 칸트와 헤겔에 염증을 느끼는 인물인 것입니다. 즉 먼산노인의 가치화, 동양적 무위의 삶이란 이런 서양철학의 무게에 견주어질 때만 의미가 있는 것입니다. 동양적인 것을 하나의 적극적인 가치로써 위상설정하는 것은 정작 칸트 헤겔 등의 쟁쟁한 서양철학인 것입니다. 여기서 플라톤이나 칸트, 헤겔의 구체적 내용은 전혀 중요지 않습니다. 다만 그 이름과 무게만이 중요하지요. 따라서 이름과 무게에 의해 역조명된(counter-mirror) 동양적인 것에 대해서, 그 실제 내용이 팔푼이의 똥싸기이냐 아니면 근대에 반하는 동양적 무위의 실천이냐를 결정해주는 것도 역시 거기에 부여하는 무게와 아우라입니다.

이것이 김동리만의 고유함이라고 할 수 있는 것이지요. 근대성에 대한 시선변경을 통한 자기 설정의 문제, 자기 내부의 특수한 것을 바라보는 당당한 태도 말입니다. 「무녀도」가 모화와 욱이의 대립구도를 통해 서양을 한갓 잡것, 한갓 특수한 미신의 차원으로 상대화 등가화하는 것에서 한발 더 나아가, 「먼산바라기」에서 칸트, 헤겔, 플라톤을 동양의 팔푼이 노인의 똥과 등가로 놓는 자신만만함 말입니다. 근대 이래 우리가 지독하게 주눅들어온 쟁쟁한 서양의 철학자들을 '조선 노인의 똥'만도 못하다고 말한 사람은 아마도 김동리 외에는 아무도 없을 것입니다.

이점은 김윤식의 연구에서 김동리를 명명한 "근대성에 대한 시선변경"이라는 말로 요약한 한 탁월한 지적과 연결될 것 같습니다. 그러나 이 연구자는 이 시선변경 자체 매혹되어 거기서 멈추어버린 감이 있습니다. 그러나 시선 변경이란 어쩌면 작가가 의식적으로 선택할 수 있는 태도설정, 입장표명입니다. 즉 동일한 대상을 「화랑의 후예」처럼 보편적 가치중립성의 장치 속에서 피사체화 하느냐, 「무녀도」에서처럼 상대적이고 등가화된 하나의 개별자로 혹은 더 가치있는 개별자로 보느냐의 차이이지요. 이 차이는 물론 결코 작은 것이 아닙니다. 그러나 이 차이 속에서 지속되는 것은 대상이 되는 피사체 자체입니다. 「화랑의 후예」의 조선의 심볼이나 이후의 작품에서 지속되는 게으른 무위의 노인, 벙어리, 귀신들린 사람…… 등의 세계, 그것이 바로 김동리가 부여한 조선적인 것의 실체성, 대상성입니다. 즉 조선적인 것은 여전히 귀신이고, 불구이며, 무능하고 게으른 병신입니다. 단지 그것을 어떻게 볼 것인가의 문제라는 점, 특히 결국은 그것을 비교하는 기독교, 칸트 헤겔 등과 비교되어서만 그 가치를 역규정한다는 점에서 그것은 언제나 근대적인 것의 지배하에, 투영의 그물망에 놓여있습니다.

이것은 이솝우화의 '여우와 신포도' 이야기와 유사합니다. 나무 꼭대기에 높이 매달린 포도, 그 먹음직스러운 모습에 침을 흘리지만, 여우가 올라가기에는 너무 높습니다. 이 상황을 '저건 너무 시어서 맛이 없을거야'라는 '시선변경'으로 해결하지요. 너무 높이 매달린 근대, 서구, 문명이라는 먹음직스러운 포도에서 눈을 돌려, 땅바닥을 보았을 때 하잘것없는 잡초들이 눈에 들어왔겠지요. 이 잡초들은 내 발 밑에 있습니다. 이제는 한 걸음 더 나아가 그 잡초들이 '저 포도만 못할 게 뭐냐'고 라고 주장합니다. 이 잡초를 놓고 여러 가지 의미를 부여하지만 그것은 결국 여우가 알고 있는 포도 맛에 대한 반대의 상으로만 상상할 수 있을 뿐입니다. 이렇게 근대라는 포도 맛에 대한 반대의 이미지로 상상한 동양이라는 잡초의 맛은 가상의 것이고, 눈 앞의 근대라는 거울을 통해 뒤집혀진 것입니다. 이 가질 수 없는 것에 비추어서, 갖고 있는 것을 상상한 가상의 동양, 전통적인 것에 심오한 실체성을 부여하고 그 실체성이 궁극적으로 존재한다고 자기최면을 거는 것, 그래서 모든 비교의 틀, 반사의 거울을 거두고 스스로 상상한 최면에 광적으로 몰입하는 것이 「황토기」라고 할 수 있을 것입니다.

서양, 근대라는 기호와의 비교를 동반할 때 동양적인 것은 동양적 무위, 고요한 적멸감이었다면, 「허덜풀네」와 「황토기」는 생산과 축적에 반하는 탕진, 낭비, 그리고 분할과 경계를 제거한 방만한 무질서, 관능적 힘의 분산, 그리고 그런 것에 빠져드는 광적 몰입이라고 할 수 있습니다. 늙은 기생들이 주막에서 길가는 사람을 붙잡고 공짜 술 먹이다가 젊음을 탕진한 「허덜풀네」, 세속적 삶의 공간인 황토골과 분리된 안냇골에서 벌어지는 억쇠와 득보의 피의 향연을 그리는 「황토기」는, 합리성과 유용성이라는 근대의 역상(counter-mirror)으로 상상된 동양, 전통적인 것, 자기내부의 특수성의 이미지에 대한 실체화라고 할 수 있습니다.

3) 미학적 시선 뒤에 숨은 것

김동리 소설에서 근대적인 것의 지위는 「산화」에서 윤참봉 일가로 대표된 도덕적 악과 현실적 필연의 세계가 갖는 발전과 축적의 서사로부터 「무녀도」와 「먼산바라기」에서 기독교, 플라톤, 헤겔이라는 기호를 통해 현실적 필연의 논리와의 대결로, 그리고 「허덜풀네」와 「황토기」에서 그 기호로만 존재하던 비교 대상의 완전한 배제로 이릅니다. 이런 배제의 과정을 통해 동양적인 것, 전통적인 것이 가치화되고 있는 것입니다. 따라서 시간에 따른 발전과 생산 축적이라는 서사와 필연의 원리를 배제한 근대는 추상화된 기호일 뿐입니다. 이 추상화한 기호에 의해 조명된 동양이 가치화되기 위해서는, 역시 서사와 시간의 틀, 현실논리의 운동성과 구체성을 벗어나야만 합니다. 「무녀도」에서 마을에 퍼진 서양귀신들 때문에 모화의 신력이 떨어지고 마지막 굿을 하는 것은 어쩌면 현실적 필연 영역의 그림자일 수 있을 것입니다. 그러나 이 마지막 굿 장면은 한서린 기품, 죽음을 맞아들이는 차갑고 당당하고 위압적인 이미지에 의해 한 폭의 그림으로 완성됩니다. 동양, 전통, 고대적인 것을 바라보는 이런 태도를 미학적 시선이라고 말할 수 있을 것입니다.

이런 미학적 시선은 당대 소설가 이태준의 그것과 비교할 수 있습

니다. 이태준은 『문장』을 주관할 때의 방향성에서나 그의 『무서록』에
실린 수필에서는 물론, 그리고 1930년대 후반 단편소설에서도 근대
적 발전에 의해 스러져가는 옛 도시, 풍물, 정서 등에 대한 이태준의
애정과 가치지향을 숨기지 않았지요. 그러나 이태준의 이런 소설들이
김동리와 다른 점은 근대에 의해 패퇴하고 스러져가는 것에 대한 진
한 애정을 드러내면서도, 바로 그것이 소멸할 수밖에 없다는 것, 그것
을 소멸시키는 근대성의 원리에 대한 승인을 함께 갖고 있다는 것입
니다. 추구하는 가치에 대한 심정적 끌림과 그것이 현실적으로 패배
한 것일 수밖에 없다는 인식, 즉 당위의 영역과 필연의 영역에 대한
동시적 성찰 속에서 그것을 하나로 꿰는 정서가 바로 '체념'인 것입니
다. 여기에는 노쇠한 자의 어떤 피곤기가 스며 있지만, 적어도 세계에
대한 인식을 배제나 괄호치기의 방식으로 모른척하지는 않고 있습니
다. 이점이 김동리와 다른 점입니다. 때문에 이태준 소설의 전통적인
것, 조선적인 것은 '근대 속에서' 상처입고 손상당한 모습으로, 그래
서 사실은 살아있는 모습으로 존재합니다. 「패강랭」에서 손님들의 변
화된 취미에 맞춰 이제는 댄스를 배우는 피곤에 지친 기생의 희미한
미소처럼 말이지요.

　이에 비해 김동리의 그것은, 먼산바라기 노인이 마을에서 외따로
떨어져 아무와도 소통하지 않고 지내듯, 모화가 두꺼비굴에서 지내듯
어떤 완벽한 진공상태 속에 존재합니다. 따라서 이들에게 부여된 어
떤 아우라, 차갑고 그로테스크하기까지 한 당당함, 기품 같은 것들은
진공상태 속의 정지된 사물과 같습니다. 비유컨대, 이태준이 취급하
는 전통, 동양적인 것은 이조자기나 연적처럼 지금 여기 존재하는 사
람의 쓰다듬음에 의해서 낡아지고 상처 입은, 그럼에도 지금 여기의
공간 한 귀퉁이를 차지하고 있는 기물이라면, 김동리의 동양, 전통적
인 것은, 사각의 유리 액자에 의해 봉인된 정물화 속의 대상입니다.

이와 관련시켜볼 때, 김동리의 이 부류 소설이 갖는 중요한 형식적 특징에 주목할 수 있습니다. 서두와 본 이야기로 구성된 액자형식의 공통성 말입니다. 서두에서는 일종의 전설이나, 이미지, 그림에 대한 설명이 먼저 있고 본 이야기가 전개됩니다. 본 이야기는 궁극적으로 서두의 이미지나 잠언에 의해 규정되고 배치되어있지요.

> 뒤에 물러 누운 어둑어둑한 산, 앞으로 폭이 널따랗게 흐르는 검은 강물, 산마루로 들판으로 검은 강물 위로 모두 쏟아져 내릴 듯한 파아란 별들, 바야흐로 숨이 고비에 찬 이슥한 밤중이다. 강가 모랫 벌엔 큰 차일을 치고, 차일 속엔 마을 여인들이 자욱히 앉아 무당의 시나위 가락에 취해 있다. 그녀들의 얼굴 얼굴들은 분명히 슬픈 흥분과 새벽이 가까워 온 듯한 피곤에 젖어있다. 무당은 바야흐로 청승에 자지러져 뼈도 살도 없는 혼령으로 화한 듯 가벼이 쾌자 자락을 날리면 돌아간다…(「무녀도」, 『전집』 1, 77쪽)

밑도끝도 없이 시작되는 위의 서두는, 외화의 화자 나가 밝히고 있는 것처럼 화자가 태어나기도 전에 집안에서 물려 내려오는 그림, 무당여인을 그린 그림에 대한 설명입니다. 그리고 본 이야기가 전개되고 결말에 가서 모화가 강물 속으로 빠져 들어간 마지막 굿 장면임을 알게 되지요. 따라서 이야기의 서두가 사실은 이야기의 결말인 것입니다. 서두에서 굿장면, 그 그림의 이미지 자체가 사실 소설이지요. 「먼산바라기」 역시 같은 구조입니다. 그리고 이런 서두가 가진 본 이야기에 대한 지배력은 「황토기」에서 정점에 이릅니다. 「황토기」에서는 황토골이란 마을의 전설로 시작됩니다. 상처 입은 황룡의 피를 말하는 상룡설, 여의주를 잃은 등천하려던 황룡 한쌍의 머리를 물어뜯는 싸움의 피에서 연원한 쌍룡설, 그리고 동국의 장사의 기운의 혈을 자른 데서 기원하는 절맥설, 모두 황토골의 마을에 내려오는 전설이고 이것들은 이 마을의 장사 억쇠와 득보의 이야기에 그대로 상응합니다.

이런 서두와 서두를 그대로 구현하는 결말들은 마치 꽉 짜여진 액자처럼 본 이야기를 가두고 지배하고 있습니다. 본 이야기가 갖게 마련인 사건과 시간에 따른 경과 그 경과를 통해 드러나는 변화나 결말들은 기실 이미 서두에 의해 정해진 것이고, 서두는 이처럼 본 이야기를 절저히 장악하고 지배하고 의미를 한정하는 틀이라고 할 수 있습니다. 이 속에서 소설의 인물들은 사건과 서사 속의 인물이 아니라 순간의 인상화 혹은 정물화 속의 대상처럼, 정지된 순간의 강렬한 이미지로만 남습니다. 이 소설 속의 인물들이 따지고 보면 결국-현실적 필연성의 영역에서는- 무당, 벙어리, 퇴기, 게으름뱅이 노인이지만, 그런 지위를 초월해서 획득하는 아우라, 가치, 서늘한 기품 등은 사실 이런 서두로 표현된, 시간과 생명을 박탈당한 순간의 정지된 인상, 진공 상태 속의 이미지에서 기원합니다.

정물화란 무엇일까요? 서양에서 종교화나 인물화의 배경으로 그려지다가 17세기 네덜란드의 렘브란트에 의해 독립된 장르로 그려지고, 18세기 19세기를 거치면서 유명화가들에 의해 그려진 근대 회화장르입니다. 실내에서 꽃이나 과일, 화병 따위의 움직이지 않는 대상을 그리기 때문에 그리는 사람이 이런저런 배치를 자유자재로 조작할 수 있는 것이 특징이고, 때문에 미술학습에서 구도잡는 연습에 사용되기도 하지요. 따라서 이 그림은 정지된 사물에 대한 사실적인 묘사와 그 사실적인 대상의 구도를 자유자재로 조작할 수 있는 주관성, 그러면서도 그리는 자의 주관적 시선이 철저히 삭제될 수 있다는 것이 특징이지요.

김동리 소설이 보여주는 소설 형식의 특징은 이와 같은 정물화의 원리와 가깝습니다. 김동리의 정물화에는 꽃병이나 사과나 포도 따위의 과일 대신, 문둥이, 퇴기, 벙어리, 귀머거리, 게으름뱅이 노인과 같은 각종의 잡초들이 놓여있는 것입니다. 사각의 액자 속에 봉인된 반근대적 '조선의 심볼'들은 정물, 즉 죽은 사물들입니다. 자신이 아름답게 보고자하는 대상을, 이처럼 죽은 사물로, 흔히 말하듯 타자로 만듦으로써만 그렇게 할 수 있다는 것은, 대상을 아름답게 보는 시선이, 사실은 그 대상을 소유하고 지배하는 시선과 한 뿌리임을 의미합니다. 그 시선은 결국 주체와 대상 사이의 바라봄, 앎이라는 근대의 뿌리에서 갈라져 나왔기 때문이지요.

이런 맥락에서 김동리 소설의 중요한 또한 부류가 「솔거」 3부작으로 말해지는 예술가 소설인 것은 어쩌면 예고된 것이라고 할 수 있습니다. 앞서의 소설이 정지된 순간으로 잡아낸 문둥이 퇴기, 따위의 사물화된 대상을 그리는 정물화라면, 이 부류의 소설은 그 정물을 대하는 주제의 시선이 개입한, 그래서 앞서의 소설이 근거하는 근대적 시선 속의 주체와 대상의 관계를 보여주고 있습니다.

「솔거」 3부작은 「솔거」(이후 「불화」로 개제), 「잉여설」(이후 「정원」으로 개제), 「완미설」 연작입니다. 이야기는 간단하지요. 솔거의 그림을 찾아 여러 절을 떠돈 중년의 화가 재호가 주인공입니다. 그는 십여 년 전에 한 소녀와의 실연을 계기로, 그림에서 "연애에 못지 않은 또 다른 황홀한 세계"를 발견합니다. 솔거 그림을 찾아 절간을 떠돌던 중 산사에서 개동이란 아이를 데리고 세상으로 나옵니다. 철이로 이름을 바꾼 개동이를 데리고, 아름다운 정원을 가꾸면서 그림을 그리는 고요한 삶을 영위하는 가운데, 서울에서 누이가 조카딸을 데리고 오고, 이 고요하고 아름다운 정원에 활기를 불어넣더니 조카 정아와 철이 눈이 맞아 집을 떠납니다. 배신감과 분노를 뒤로하고 재호는 아이를 낳을 수 없는 늙은 기생을 골라 결혼을 합니다.

재호에게 있어서 그림 그리기, 자기만의 정원을 아름답게 가꾸기,

그리고 개동이라는 소년을 기르기는 정확히 등가입니다. 하지만 그림
이나 정원의 꽃이나 나무가 어떻게 살아서 성장하고 변화하는 소년과
같겠습니까? 그러나 재호의 눈을 통해 그려지는 소년 철, 더구나 조
카딸과 눈맞아 달아남으로써 재호의 삶에 파란을 일으키는 인물임에
도 불구하고, 이 철이란 소년의 내면은 한번도 보여지지 않습니다. 그
는 내면을 갖지 않은 생명 없는 무기물로서, 재호의 정원의 한 부속물
로서만 그려집니다. 그림과, 정원의 꽃과 나무와, 철은 재호의 시선에
의해, 격리된 재호의 영역 안에서 아름답게 포착되고, 길러지고, 소유
되는 대상, 타자입니다. 그리고 중요한 것은, 이 모든 것들은 결국 그
가 소년 시절 소녀와의 사랑의 실패에 대한 대리물이라는 것입니다.
이 소녀와의 이루지 못한 사랑은, 아마도 여우가 어디선가 맛보았을
달디단 포도였겠지요. 그리고 이 사랑이라는 테마가 한국근대 소설에
서 주체 내면의 근대성을 추동하는 핵심적 기제임은 재론이 필요치
않습니다. 어쨌거나 주체의 내면을 휘몰아치고 저 멀리 매달려있는
근대 앞에서 그림, 정원, 소년이라는 가까이 있는 보상물을 가꾸는 것
입니다. 소년이 파란을 일으키고 달아나자 이제는 "아이를 낳을 수 없
는 늙은 기생"을 골라 결혼을 합니다. 아이를 낳을 수 없는 늙은 기생
이란 말 그대로 죽은 사물, 절대로 자신의 지배를 벗어날 수 없는 물
건이기 때문에 선택됩니다.

  이처럼 식민지 근대 조선에서는, 아름다움의 시선 뒤에 몸을 숨김
으로써 비로소, 계몽의 틀이 강요하는 근대에 대한 주눅에서 벗어나
못난 자기얼굴을 부끄럽지 않게 마주합니다. 그러나 이 마주함은 이
미 그 대상의 무리에서 주체를 분리시켜 주체자신을 보편적이고 초월
적인 영역에 둔 상태의 것이라는 점에서 사실은 자기 얼굴의 부정이
기도 합니다. 이 부정과 긍정을 아슬아슬하게 양립시켜주는 것이 미
적인 시선입니다. 이 시선 속에서 파악된 대상, 즉 전통, 동양적 특수

성, '조선의 심볼'이란 것은 따라서 자기 얼굴이면서 동시에 사실은 자기가 소외시키고 지배하고 타자화시킨 자기의 식민지입니다. 재호에게 철이란 소년이 그렇듯, 늙은 기생이 그렇듯, 그림 속의 대상이 그렇듯 말입니다. 그리고 이렇게 지배의 대상을 창조하고 그것을 소유하고, 인식하고, 지배하고, 그리고 아름답다고 찬탄하기까지 하는 것은, 사실은 근대가 식민지에 대해 행한 것을 모방하고 재생산한 것입니다. 주눅을 벗어나는 기제조차 모방과 복제의 방식을 통해서라는 것, 이와 같은 악마적 원환성이 식민지에서 자기정체성을 구성하는 메카니즘 속에서 관류합니다.

3. 맺는 말

사실 세계가 가진 힘과 논리를 승인하는 것과 그것이 가진 가치를 부정한다는 근대의 딜레마는, 근대 자체가 세계화되면서 식민지 사회에서 동일하게 그러나 다양한 방식으로 변주 지속되면서 재생산됩니다. 이 지속, 변주되는 메카니즘 속에서 표면적으로는 근대적인 것의 대립자인 동양적인 것, 식민지 내적인 고유함의 지위가 함께 지속, 변주됩니다.

본고는 김동리 소설을 대상으로 이런 지속과 변주의 메카니즘의 일단을 살펴보았습니다. 동양적인 것의 지위란 서양, 근대라는 거울에 비추어서 구성된 식민지의 자기얼굴입니다. 따라서 그것은 기본적으로 근대와의 관계 방식에 의해서만 자기 내용을 갖는 것입니다. 본고가 김동리에 주목한 것은, 다양한 작가들 중에서 김동리가 동양적인 것, 전통적인 것을 근대와의 관계를 탈각함으로써 그 자체를 실체화하고 신화화했다는 점에서입니다. 김동리 소설이 종교성으로 기울었다는 평가나 낭만적 반동으로 파악하는 논의는 이런 맥락과 관련될 것입니다. 그러나 이런 주관적 시선변경이나 입장 선택조차도 사실은 위의 논의 과정에서 보듯, 식민지 근대에서 자기정체성 구성방식에 관류하는 모방과 복제의 악마적 원환성 속의 한 지점이라고 할 수 있을 것입니다.

탈식민의 복화술, 이등국민의 내면

- 이태준의 『왕자호동』 -

1. 들어가는 말

  본고는 이태준의 역사소설 『왕자호동』에 대한 자세히 읽기를 목표로 한 글이다. 『왕자호동』은 일제시기 이태준의 소설 중 최후로 씌어진 소설이다.(매일신보, 1942. 12. 22~1943. 6. 16) 이 소설을 끝으로 철원으로 이주한 후 수필 등의 잡문을 제외하고는 소설 창작으로는 일제시대의 마지막 작품에 해당된다. 그동안 이태준에 대한 적지 않은 연구가 축적되어있음에도 불구하고, 이 작품에 대해서는 이명희[1]의 연구를 제외하고는 거의 없는 편이다. 이처럼 연구사가 부재한 이유는, 이 소설이 계몽과 삼각관계를 통한 주제의 구현과 대중적 재미를 만들어내는 이태준의 대부분의 장편 소설에서 가장 예외적인 경우에 속하기 때문이라고 생각된다. 즉 『왕자호동』이라는 소설은, 단편에서 보여준 미의식이나 내면성, 장편에서 보여준 계몽성 등, 소위 이태준

---

1) 이명희, 「역사적 사실과 이야기적 요소의 만남」, 이태준, 『왕자호동』, 깊은샘, 1999, 해설.

의 주류적 경향 속에서 예외적인 경우에 속하는 것이기 때문이라고
할 수 있다.

그러나 이제 이 예외성은, 이태준 연구의 종합성과 섬세함을 위해
서는 물론이고, 이 소설이 그의 마지막 소설이라는 점이 갖는 시대적
의미망의 탐색을 위해서도 상세한 규명이 이루어져야 한다. 그리고
이 두 가지는 사실은 맞물린 문제라고 할 수 있다. 이태준이 일제말기
붓을 꺾고 은둔했다는 것은 이태준 자신에 의해서도 해방 이후 담론
이나 문학사에서 일종의 공인된 사실일 터인데, 이 마지막 작품의 예
외성, 즉 기존의 주류적 경향이 더 이상 유지되지 못했다는 것과 이후
더 이상 소설을 쓰지 못했다는 것은 동전의 양면이기 때문이다. 그렇
다면 이 소설의 예외성이란, 이태준의 기존의 세계 해석 방식이 아닌
다른 방식이 처음 표현된 것이기도 하고, 이후의 침묵을 통해 볼 때,
그 '다른 세계해석 방식'에 대한 작가의 또 다른 태도 표명이 응축된
지점일 것이다.

이런 맥락에서 이 작품이 역사소설이라는 점은 주의를 요한다. 역
사소설이란 과거의 역사적 사실을 대상으로 한 자기 시대(현재)의 역
사적 의미에 대한 판단 혹은 해석이라고 할 수 있기 때문이다. 더구나
상대적으로 사료가 풍부한 조선시대를 배경으로 한 역사소설[2]과 달리
객관적 사료가 부족한 고대 삼국시대를 배경으로 한 이 소설의 경우,
과거에 관한 서사는 사료보다는 작가 자신의 상상이나 허구에 더 가
까울 것이다. 물론 역사소설이 기본적으로 근대소설인 한, 사료의 객
관성보다는 그것을 해석하는 작가의 주관이 소설에 우선되는 것이 사
실이라는 점은 변함이 없겠지만, 사료로부터의 역사적으로 먼 거리
가, 역설적으로 작가가 과거로부터 취할 수 있는 자유로움으로 나타

---

2) 1930년대에는 홍명희, 김동인, 박종화 등의 상당수 작가들이 조선시대를 배경으로
한 역사소설을 발표했다. 이태준 역시 『왕자호동』 이전에 「황진이」를 발표했다.

나는 것은 사실일 것이다. 그리고 이 과거로부터의 자유로움이 무한한 상상이나 공상이 아닌, 결국은 자기시대를 해석하는 당대성의 역사철학적 상상력에 구속되어있는 것 또한 주지의 사실일 것이다. 결국 이 고대의 시간을 택해 작가가 말하고자하는 것은 역사적 사실이나 역사적 필연이 아닌, 작가적 진실, 결국 현재를 해석하는 작가의 태도와 입장일 것이다.

따라서 『왕자 호동』은 고구려 시대라는 과거의 사실에 대한 해석을 통한, 당대 1942~43년 무렵의 역사적 의미에 대한 작가 이태준의 해석과 비전을 보여주는 것이라 할 수 있다. 본고는 이 작품에 대한 자세히 읽기를 통해, 새로이 등장한 이태준의 당대 세계해석 방식과 그것에 대한 작가의 은밀한 태도표명 여부를 살펴보고, 이를 통해 1942~43년 일제말기 시기에 작가 이태준이 자기 시대를 해석하는 역사철학적 구상의 일단을 살펴보고자 한다.

이 작품의 줄거리는 고구려의 왕자 호동이 낙랑왕 최리의 사위가 되고, 호동이 낙랑공주로 하여금 자명고를 찢게 하고, 이를 안 최리가 딸을 죽이고 고구려군의 공격으로 항복한다는 『삼국사기』의 기록을 근거로 한다. 이런 기본 줄거리에 작가가 덧붙인 첫째왕비와 둘째왕비의 갈등, 낙랑공주와 왕자호동의 사랑, 기록에 등장하지 않는 소읍별이라는 여인의 등장을 통해 서사가 진행된다. 소설은 대략 두 가지 방향으로 진행된다. 하나는 고구려 건국 초기부터 부딪치고 있는 전쟁 수행의 문제이다. 즉 건국 초기부터 북쪽으로는 부여와 한나라, 남쪽으로는 한이 설치한 한사군 중에 남아있는 낙랑 등, 이 당시 고구려는 영토확장을 위한 동족간(부여), 이족간(한, 낙랑) 먹고 먹히는 관계의 와중에서 전쟁을 수행해야하는 절체절명의 시기에 처해 있다. 이 때문에 대무신왕이나 왕자호동 뿐 아니라 고구려의 모든 물질적 정신적인 것들이 전쟁 수행을 향해 '총동원' 되어있다.[3] 또 한 가지는 그런 나라의 문제와는 별도로, 궁궐 내부에서 왕비의 사악한 욕망에 관한 문제이다. 둘째왕비와 그녀의 태생인 호동왕자에게 쏠리는 왕의 사랑을 질투한 첫째왕비의 사악한 음모이다. 이 때문에 둘째왕비는 하인과 바람나 달아났다고 소문이 난 채 암살당한다. 그러나 이 두 번째 서사는 복선으로만 깔리고, 최후의 국면에서 갈등의 핵심으로 드러나기 전까지, 소설 대부분은 고구려가 수행하는 전쟁, 특히 남벌을 향한 집요한 준비와 의지, 실행으로 진행된다.

소설은 먼저 부여와의 전쟁으로부터 시작된다. 부여 공격은 "부여와 고구려는 한 족속이매 한나라됨이 마땅할 것이오, 부여의 민중이 원수가 아니라 부여 왕 대소가 원수"라는 기치 하에 "좌우국상에서 주부 대사에 이르기까지 이마를 조아려 진충보국할 것을 맹서" 하는 것으로 시작된다. 반면 한나라로부터는 불시에 공격을 받는데, 이 한나라 침입을 알리기 위해 소읍별이 등장하고, 그녀가 품은 호동에 대한 사랑과 기지와 헌신으로 한나라의 공격을 물리친다. 이후 왕자 호동이 낙랑정벌을 위해 정세를 살피기 위한 '왕자의 남순'이 시작되고, 이 과정에서 낙랑 궁전에 머물며 공주와 사랑을 나누고, 고구려로 귀국, 이후 소읍별을 시켜 공주로 하여금 자명고를 찢게 하고 낙랑 정벌을 감행한다. 이후 아버지 최리에 의해 죽임을 당한 공주의 관을 메고 고구려로 귀국하는 도중에서 옛날 어머니와 달아났다는 강차를 만나 왕비의 음모를 알게 된다. 여기서 서사는 결말을 향한 긴장과 갈등이 고조된다. 왕비의 음모를 알게 된 호동이, 그토록 사악한 왕비와 그토

---

3) "고구려는 개국 오십칠년 이래 처음으로 강대한 적국을 토벌하려는 대규모의 군비가 시작되었다. 전국 방방곡곡에서 군량을 모으고, 군사를 모으고, 군마를 거두고, 쇠를 거두고, 성을 고치고, 창검을 벼리고, 화살을 다듬고, 전포를 짓고, 칠년 동안 준비하여…" 이태준, 『왕자호동』, 깊은샘, 1999, 24쪽.

록 우둔한 왕, 그리고 그들의 자식인 태자에 의해 존립되는 고구려에 반기를 들겠다는 결심과, 이런 결심을 사분(私憤)의 차원으로 돌리고 고구려라는 나라, 즉 대의를 선택하고, 왕비의 음모와 대무신왕의 처벌을 침묵으로 감내하고 자살하는 것으로 끝난다.

2. 사적 가족과 공적 국가

『삼국사기』에 기록되어있는 호동왕자의 설화는 다양한 해석을 통해 제작, 공연되기도 했고, 최인훈에 의해 희곡으로 씌어지기도 했다. 대부분의 아동물이라든가 대중적 공연물에서는 호동왕자와 낙랑공주에 대한 사랑이야기로 해석된다. '사랑'으로 해석될 때 문제의 중심에 서는 인물은 사실은 호동왕자가 아닌 낙랑공주이다. 사랑 때문에 조국도 부모도 배신한 낙랑공주, 그녀가 자명고를 찢느냐 마느냐라는 절체절명의 운명적 선택에 직면하는 것이고, 거기서 적어도 조국도 부모도 아닌, 순수하게 사랑을 선택한다는 것이 대부분의 공연물의 해석이고, 또『삼국사기』기록의 핵심이다. 물론 이『삼국사기』기록은 낙랑의 입장에서 씌어진 것이 아니라 고려의 기원으로 설정된 고구려의 입장에서 씌어진 것이기 때문에 사랑과 나라의 문제적 국면에 봉착한 낙랑공주의 내면이 그려진 것은 아니다. 단지 낙랑의 선택이 고구려라는 나라의 국운에 기여한 사실로 기록되어있을 뿐이다. 그럼에도 대중적 공연물에서 공통되게 여자는 남자를 따르고 남자는 나라를 따르는『삼국사기』의 구도가 오랜 시간 지속되어온 것이 사실이다. 반면 최인훈의 희곡은 전쟁을 치르고 개선한 이후, 공주를 죽였다는 죄책감과 계모를 통한 공주에의 환영으로 시달리는 호동왕자의 내면을 정신분석적인 관점에서 접근하고 있다.[4]

이태준은 이 기록상의 사실을 어떻게 해석했을까? 이 소설의 서사는 앞서 살폈듯, 두 방향이다. 고구려가 치르는 전쟁의 시간적 진행이 한 축이고, 왕비의 음모와 그것의 발각 이후의 호동왕자가 처한 갈등이 그것이다. 이태준의 소설 『왕자호동』은 기록에 없는 첫째왕비의 사악한 욕망과 음모를 삽입했고, 소설에서 있을법한 낙랑공주의 내면의 갈등을 축소시켰다. 그럼으로써 서사의 가장 핵심적인 갈등은 낙랑공주가 아닌, 왕비의 음모를 알게 된 이후의 호동왕자의 내면에서 일어나는, 친 혈육과 나라 사이의 갈등이다. 나라가 치르는 전쟁준비와 전쟁의 당위성, 전쟁으로 향한 총동원, 그리고 그런 나라와 혈육간의 선택의 갈등으로 진행되는 것이다.

따라서 이 소설은 '사랑'이 아니라 '나라'가 문제의 중심에 있다. 이것은 이 소설에서 낙랑공주와의 관계설정의 비중에서도 나타난다. 부여를 공격하고 대국 한나라의 침략을 물리치고, 낙랑정벌까지 일관되게 흐르는 고구려 영토확장의 역사, 남벌의 서사는 무리 없이 순조롭게 진행된다. 이 과정에 위에서 언급했듯, 기록상에서 결정적 갈등에 해당될 낙랑공주와 자명고 찢기는 의도적으로 폄하되어있다. 고구려가 낙랑과의 전쟁에서 이기게 된 것은 공주가 자명고를 찢는다는 결정적 도움에 힘입고 있다는 것이 인과적 서사구성이나 기록상에서나 공통되는 사실이다. 그러나 이태준의 소설에서, 고구려가 전쟁에 이기는 것과 낙랑공주의 자명고 찢기라는 행위 사이의 연관을 애써 폄하하려는 시각이 보인다. 먼저 낙랑 왕 최리는 호동왕자를 한눈에 알아보고 그를 사위삼고 싶은 욕심을 갖는다. 즉 낙랑은 애초에 고구려를 적국으로 생각지 않았고, 따라서 전쟁의 의사가 없었다는 것이다. 둘째, 호동왕자가 낙랑공주에게 자명고를 찢으라는 밀서를 전달하는

---

4) 최인훈, 『둥둥낙랑둥』, 문학과지성사, 1979.

대목에 대한 이태준의 해석 역시 이를 뒷받침한다. 밀서를 받고 몇날 며칠을 고민하며 갈등에 휩싸인 공주의 내면과는 별도로, 호동의 측에서 이 밀서의 무게는 '시험삼아'인 것이다.

> 그런데 본국에선 쭉 왕자 호동은 밀사 소읍별이가 낙랑으로부터 돌아오기만 기다리고 있던 것은 아니었다. 이왕이면 군심을 고무시키기 위해 또는 낙랑공주의 사랑을 한번 떠보기 위해 한번 수단을 써 본 데 불과할 뿐 그 자명고와 자명각이 찢어지고 안찢어진다는 것으로 낙랑을 칠 것을 좌우하려던 것은 아니었다.[5]

낙랑공주의 자명고 찢기가 갖는 의미를 이토록 폄하하는 것과 반대로 고구려가 이 전쟁에서 승리한다는 사실에 대해서는 '천기와 운명'으로 의미화 되어있다. 공주의 도움 없이도 전쟁에 이길 수밖에 없으리라는 것, 고구려 스스로가 갖는 전쟁에서의 필승의 자신감과 운명과 대세, 하늘의 기운이 돕는다는 이런 관점은, 고구려가 치르는 전쟁의 정당성을 하늘의 기운으로 정당화시켜주는 것이다.

이런 배치를 통해서 이태준의 『왕자호동』, 호동왕자의 서사가 만들어낼 수 있는 낙랑과 고구려와의 전쟁, 전쟁 중에 피어난 적국의 공주와 왕자 간의 사랑, 사랑과 충성 간의 운명적 선택, 그에 따른 나라의 승리와 몰락이라는 장대한 비극과 서사시적 드라마는 온데간데 없다. 이런 부재를 대신하고 있는 결정적 갈등, 바로 이것이 이태준이 호동의 서사를 해석하는 지점이고, 바로 그래서 당대—자기시대를 역사적으로 해석하고 정당화하는 지점일 것이다. 그 갈등은 결말부분에 있다. 그리고 이 결말은 연재의 초반부에 깔아 놓은 복선이 긴 시간 이후에 드러난다는 점에서 처음부터 끝까지 일관하는 의도된 국면이라

---

5) 이태준, 『왕자호동』, 깊은샘, 252쪽.

할 수 있다. 또한 이 부분은, 삼국사기의 기록에는 등장하지 않은 채, 이태준의 순수한 창작에 의해 덧붙여진 것이라는 점에서 더더욱 이태준의 주관적 전망을 살피 수 있는 것이라 할 수 있다.

전쟁에서 승리한 고구려군과 그 승리에 기여한 낙랑공주의 관을 메고 돌아오는 길목에서 호동은 강차를 만난다. 강차는 질투심에 눈먼 왕비의 명령으로 호동의 친모인 둘째왕비를 죽이고, 그녀와 달아났다는 소문을 남기고 사라진 인물이다. 강차의 고백으로 호동은 십 여년 동안 묻혀 있던 진실을 알게 되고 갈등에 휩싸인다.

'왕비께서……? 국모님께서……? 고구려의 국모께서……? 고구려 태자의 어머님께서?'
호동의 심경에 급격한 전환이 일어나고야말았다.
'원수다! 고구려가…… 내 원수로구나! 나는 나이어려, 달아났단 왕비의 말만 곧이듣고 내 어머님을 도리어 원망했지만 아버님께서야 그럴 수가 있단 말인가?
왕비 말에 넘어가도록 그다지도 아버님께선 내 어머님을 못믿으셨던가. 그다지도 내 어머님께 무심하셨던가, 이 호동을 보기로니 오 야속해라. 아버님까지도 야속해라'[6]

이런 야속함은 자신이 충성을 바쳐왔던 조국 고려에 대한 의심으로 치닫는다.

'고구려! 고구려가 이렇고도 조국인가?'
호동은 그런 악한 계집이 국모 지위에 앉아있는 고구려가 딱하게 생각되었다. 그런 악독한 계집이 임금을 받들고, 태자 해우를 낳고, 기르고 하는,

---

6) 같은 책, 269쪽.

고구려가 딱하게뿐 아니라 정이 떨어지고 말았다.[7]

이런 의심과 부정은 자기가 그 나라에 바친 충성, 그 나라의 '국민 됨'에 대한 의심과 부정에 이른다.

'고구려, 나는 고구려에 충성해 왔다. 고구려를 위해선 목숨을 돌본 적이 없다. 고구려를 위해선 사랑도 초개같이 여겨왔다. 낙랑공주를 죽인 것도 고구려 때문이 아니었느냐? 그런데 고구려는 나에게 어찌하는가? 왕비는 내 어머님을 죽이고… 임금께서 냉정하셨고… 해우는 나보다 나중 나서도 태자 노릇이고, 장차 임금이 되어선 나를 살려두지 않을 것이고… 그렇다. 고구려는 내가 받들 나라는 아니었다.'[8]

이런 의심과 부정 끝에 마침내 호동은 반역을 결심하고 부하들을 모아 고구려의 기치(旗幟)를 불태우려 한다. 그러나 자신의 반역의 결심이 사적인 원한의 차원일지 모른다는 반성과 엎치락 뒤치락하는 갈등으로 이어진다. 호동이 이런 고민에 휩싸인 것은 어머니의 억울한 죽음을 알았기 때문이다. 따라서 억울한 죽음과 그것에 대한 '앎'이라는 사실을 어떻게 해석하고 어떻게 설정하는가에 따라 그의 결심은 천지차이를 오간다.

충성을 바쳐온 나라를 반역할 것인가 말 것인가를 고민하는 왕자의 내면, 이 고민은 결국 나라의 정당성을 묻는 것이다. 나아가 개인이 나라의 국민됨의 논리를 스스로 정당화할 근거를 고민하는 것이기도 하다. 또한 이것은 진실에 대한 앎에 어떻게 대응할 것인가라는 근대 주체의 근원적 물음과 선택의 문제이기도 하다. 때문에 서사의 결말

---

7) 같은 책, 270쪽.
8) 같은 책, 270쪽.

이 무엇인가, 그것을 어떻게 평가할 것인가를 보기보다는, 이 선택의 국면에 가로놓인 몇 가지 문제들을 살펴보는 것이, 이태준이 당시에 놓여있는 문제들을 살피는 데 유용할 것으로 보인다.

그가 고구려라는 나라의 정당성을 부정하고 반역을 결심했을 때는, "'대무신왕은 누구냐. 내 어머니에게만 무심한 사나이였다! 태자 해우는… 내 어머니를 죽인 마녀의 자식이다. 내가 그에게 충성해야 될 이유가 어데 있느냐"라는 독백처럼 어머니의 억울함에 무게가 가있었다. 여기서 아버지 대무신왕은 '어머니에게 무심했던 사나이'일 뿐이다. 그러나 고구려의 깃발을 끌러 불태우려는 순간 '어머님 다음으로 사랑하시는 분이 그분이다! 아니 어머님보다도 나를 이만치 길러내신 것이 그 어른 아니신가?… 어머님만 어버이신가? 아버님도 어버이시다'라고 하듯 아버지 쪽에 무게가 두어져 있다. 이와 같이 어머니의 억울함과 아버지의 무심함에 대한 분노로부터 출발한 어머니와 아버지 사이의 갈등은, 사실은 가족적 모델 내부에서의 고민이라고 할 수 있다. 이 고민은 양쪽이 팽팽한 대립자이기에 해결이 보이지 않는다. 결말로의 진행과정에서 이 고민을 해결하는 것은 아버지를 가족 모델에서 떼어내 국가로 전이시킴으로써 가능하게 된다.

> '…사분(私憤) 때문에 어찌 대의를 흐리리오! 내 속 한번 시원하자고 어찌 위로 역대성조의 천업을 훼상하며 아래로 몇 천만 백성의 신념을 유린하랴!'
> 호동은 칼자루를 쓰다듬으며 잘못 먹었던 마음을 스스로 달래었다.[9]

어머니와 아버지라는 가족 내에서의 대립에서 가족과 국가라는 대립으로 전이됨으로써 둘은 가치의 경쟁이 가능하게 되고, 따라서 선

---

9) 같은 책, 276쪽.

택도 가능하게 되는 것이다. 즉 가족이라는 사적인 가치와 국가라는
공적인 가치 사이의 대립으로 변화됨으로써, 더 우월한 가치인 국가
를 선택하게 되는 것이다. 이처럼 사적 가족과 공적 국가로 대립 틀을
설정하고 스스로가 국가를 선택했을 때 호동은 스스로를 가족의 아들
이 아닌 국가의 국민이기를 선택하는 것이다. 이런 구도는 소설 초반
부터 면밀하게 계획된 것으로 보인다.

> '아모리 지엄지밀한 사이라도 침전에 있어선 한짝 부부일 수 있다! 더욱
> 다른 후궁들이 따르지 않는 데서면 알뜰한 가정일 수도 있다! 나는 가정이
> 그리운 거다. 강 건너 산기슭에서 곰기름 등잔 밑에서나마 아늑하고 오붓
> 한 가정을 이루고 사는 그 단 두 내외야말로 인간에 참된 복락을 누리는 자
> 가 아닐까?'[10]

이처럼 첫째왕비의 악행의 근원에 사적인 가족에 대한 그리움을 설
정하고 있는 것이다. 이처럼 가족과 국가, 사적 영역과 공적 영역의
대립을 설정하고 후자 공적영역을 택하는 것은 이태준 기존 장편에서
도 상당히 익숙한 구도이다. 『불멸의 함성』, 『제2의 운명』 등에서 순
결한 청년 주인공이 가지는 계몽의 의지가 지향하는 공적 가치와 사
랑과 결혼 및 이와 연루된 돈과 욕망 등 사적가치가 대립되는 설정은
상당히 익숙한 구도이다. 이런 설정은 주로 남녀간의 삼각관계가 돈
과 사랑, 개인적 욕망과 민족계몽이라는 가치간의 대립을 대신하고,
사랑의 좌절과 실패를 통해 현실의 악마성을 드러냄으로써, 인물이
지향하는 계몽의지를 비극적으로 강조하는 구도를 보인다. 그리고 이
는 이태준 뿐만 아니라 이광수의 『무정』을 비롯해 우리 근대 장편이
갖는 공통된 구조이기도 하다. 이점에서 『왕자호동』이라는 식민지 시

---

10) 같은 책, 37쪽.

대 이태준의 마지막 장편 소설은 그 이전까지 존재했던 이태준 자신의 소설 뿐 아니라, 한국근대 소설의 공통의 사회적 심정적 구조의 장내에 있는 것이라고 할 수 있다.

3. 복화술로서의 역사철학

『왕자호동』에서 어머니의 죽음을 가족 모델 내부의 양 가치간의 대립으로부터 가족과 국가의 가치의 경쟁으로 해석함으로써 자기 행동을 선택하고도 남는 문제가 있다. 그것은 '앎'이라는 문제이다. 그가 반역을 결심했을 때, 즉 고구려라는 나라의 정당성을 부정했을 때는, 진실에 맹목이었던 왕과, 정당치 못한 국모와 그의 혈육으로 전승될 후손에 의해 성립될 국가에 대한 부정을 수반하는 것이었다고 할 수 있다.

> '나는 나이 어려, 달아났단 왕비의 말만 곧이듣고 내 어머님을 도리어 원망했지만 아버님께서야 그럴 수가 있었단 말인가? 왕비 말에 넘어가도록 그다지도 아버님께선 내 어머님을 못 믿으셨던가.'

이는 "왕=국가=아버지"의 무지와 오판에 대한 비판, 즉 이성의 부재에 대한 비판이라고 할 수 있다. 또한 이는 "그런 계집에게서 난 해우"에게 충성한다는 것의 무의미함. 즉 정의롭지 못한 권력에 대한 충성이 무의미하다는 것을 자각하는 것이면서, "악한 자를 버리고 원통한 자의 편이 되지 않는 건 마음있는 생물로는 무엇보다 추악한 행동임엔 틀림없을 것이다"(274)라는 독백처럼 스스로를 정의롭지 못한 권력의 응징자로 설정하는 것이었다고 할 수 있다.

따라서 고구려에 대한 반역은, 한편으로는 가족이라는 사적 영역 내에서 어머니와 아버지간의 양자택일이라는 문제틀과, 다른 한편으로는 정의롭지 못한 권력의 몰이성에 대한 태도 설정이라는 문제틀이 동시에 연루된 것이라 할 수 있다. 소설의 진행과정에서 고구려에 대한 반역을 사분의 차원 즉, 어머니의 억울함 해원과 이에 대한 사적인 복수로 가치절하 하고, 국가라는 공적 가치를 선택하는 것으로 진행되는 것은 주지의 사실이다. 그러므로 이 선택행위는, 국가권력의 이성의 부재와 정의의 부재를 어떻게 보는가, 국가에게 이성을 요구할 수 있는가? 정의롭지 못한 국가도 국가인가라는 물음에 어떻게 대응할 것인가의 문제가 필수적으로 수반되는 것이다.

소설에서 고구려에의 반역의 결심을 스스로 꺾고, 사분을 누르고 국가를 선택하는 행위는 소설의 시작 이전부터 예고된 것이었다.[11] 이것이 당시 대동아 전쟁이라는 상황 속에서 대중들에게 '멸사봉공'과 '황국신민'화로 선전되었다고 추정할 수 있는 것도 사실이다.[12] 그러나 텍스트를 대중에게 홍보하는 『매일신보』라는 매체의 관점과, 텍스트의 행간을 흐르는 문제의식을 읽는 일이 동일할 수는 없을 것이다. 대중적 수용 방향과 작가가 당대를 해석하는 문제의식의 지층들은 몇 가지의 복화술(複話術)로 읽어야할 것이다.

줄거리상 행동선택의 차원에서 호동이 사분을 누르고 아버지의 사랑과 고구려에의 충성을 선택하고 이를 위해 강차를 남몰래 죽이고 왕비의 허물을 과거로 돌려 덮어두려는 결심을 한다. 그러나 사랑하

---

11) "충효와 도의정신은 전시하의 우리들을 감격시킬뿐 아니라 본받고도 남을만한 것이 잇슬 것… 출전의 忠과 孝가 잇고 애절한 사랑이 잇고 나중에는 대의(大義)를 위해 사분(私憤)을 참기를 복검(伏劍)으로 침묵하는 호동에게 감격…",『매일신보』, 1942. 12. 19,『왕자호동』예고.

12) 정종현,「제국/민족담론의 경계와 식민지적 주체」, 상허학회,『상허학보』13집, 2004. 8. 31.

는 낙랑공주를 잃고, 어머니에의 복수심을 누르고 귀국한 고구려에서, 호동은 왕비를 겁간하려했다는 음모와 귀로에서 반역을 결심했었다는 밀고로 인해 투옥된다. 호동은 자신이 살기 위해서는 사실을 밝혀야하지만, 그 사실을 밝히지 않은 채 침묵을 선택한다.

'이것은 나랏일이기보다 집안일이다. 왕비의 가정적 죄행을 나라조정에서 폭로시켜 옳을 것인가? 아들이 옳든, 어미가 옳든, 얼마나 남부끄러운 일인가. 내 아버님은 어디까지 임금으로서 존엄을 지니셔야 할 이 자리다. 나만 어서 누명을 벗으려 그 어른의 가정적 추문을 여기서 기탄없이 폭로시킨다면, 그 어른의 위신이 어찌될 것인가? 비록 한때나마 내 아버님, 내 임금께서 신하들에게 얼굴을 붉히시게 해드린다면, 그게 그 어른의 자식 되어서, 그게 그 어른의 신하되어서 옳은 도리일까?'[13]

이처럼 침묵을 선택하고 누명을 쓰는 것도 나랏일과 집안일을 구분하는 논리에 의한 것이다. 그런데 이처럼 호동이 나랏일을 선택해가면 갈수록, 그 나라의 화신인 대무신왕은 이성으로부터 멀어지는 모습을 보인다. 집안일이기에 신하를 물리고 독대를 청하는 호동에게 "자리를 달리? 이 자리처럼 공명정대한 자리가 어데 있단 말이냐. 내가 네 꾀에 넘을 줄 아느냐? 너 따위 눈이 흐린 놈과 단 둘이 만나, 무슨 봉변을 당차고?"라며 진실에 더더욱 맹목인 모습으로 나타난다. 감옥에 갇힌 호동에게 감춰진 진실이 있으리라는 것을 모든 신하들은 능히 알고 있지만, 유일하게 대무신왕만이 그 진실과 예지에 대해 맹목이고 둔감하다. 스토리의 진행을 통해 호동이 국가를 선택하고 사랑을, 복수심을, 심지어 자기 목숨을 포기해가는 동안, 국가는 점점 그 이성부재의 모습과 정의롭지 못한 횡포성을 고조시켜가는 것이다.

---

13) 이태준, 『왕자호동』, 깊은샘, 287쪽.

따라서 이런 호동의 행동서사의 진행은 한편으로는 『매일신보』의 광고문안대로 '멸사봉공하는 신민의 영웅적인 모습'으로 보이지만, 이와 함께 봉공하는 그 '공', 즉 국가 권력의 몰이성과 부당성을 점증적으로 폭로해가는 과정이기도 하다.

실제 대중적 독법에서도 호동의 죽음은, 한편으로는 '영광스러운 죽음'-"공주여… 하늘은 이 호동에게도 영광스러운 죽음을 주시는 것이오! 그대는 사랑을 위해 죽었고 이 호동은 나라를 위해 죽는 것이오"-으로 표현되듯, 공적가치에 헌신하는 영웅적인 행위로 비춰질 수도 있고, 한편으로는 '억울한 죽음'으로 대변되듯 봉공하는 '공', 즉 국가라는 공적 가치가 대체 가치로운 것인가, 정의로운 것인가 하는 국가권력의 정당성에 대한 부정으로 비춰질 수도 있다.

이런 두 가지 이중적 복화술은 결말의 죽음에서 더욱 증폭된다. 소설의 마지막 장의 제목은 '침묵의 승리자'이다. "호동의 입으로부터 어서 어떤 변명이 나오기를 기다리는" 신하들의 기대와, 왕비의 음모와 호동의 친모의 죽음이라는 과거(역사적) 진실이 밝혀지기를 바라는 독자의 기대심리와 가치지평을 저버린 채 호동은 침묵을 택한다. 이 침묵의 선택은 사뭇 비장하다.

'공주여 변명하지 않는 내 속을 공주는 알아주리라! 고구려를 위해 고구려 왕실을 위해 대무신왕을 위해 내 아버지를 위해 이처럼 값있게 죽을 기회를 어찌 다시 뒷날에 바라리까, 공주여 기뻐해 주시오. 하늘은 이 호동에게도 영광스러운 죽음을 주시는 것이오! 그대는 사랑을 위해 죽었고 이 호동은 나라를 위해 죽는 것이오'[14]

이는 여자는 남자를 따르고 남자는 나라를 따르는 호동왕자 설화의

---

14) 같은 책, 289쪽.

일반적 해석을 보여주는 것이면서, 호동의 충성이 죽음으로 귀결되는 비극적 해석이 이태준만이 갖는 특수성이라 할 수 있다. 그런데 이처럼 비장한 죽음, 나라를 위한 멸사봉공의 죽음은 그러나 사실은 '집안일', '가정적 추문'을 덮어두기 위한 죽음일 뿐이다. 작게는 소읍별의 말대로—"지금 우리 고구려처럼 앞으로 일이 많은 나라가 어데 있습니까? 왕자님 같은 어른이 한 분 더 계셔도 좋을 형편에 왕자님을 잃는 것이 어째 나라에 이익이 되오리까?"— 호동과 같은 장수가 살아있는 것이 고구려에 이익일 것이고, 크게는 정당한 국가 권력이 부정한 왕비를 처벌함으로써 진실을 구하고 정의를 실현하는 것이 고구려라는 국가의 정당성에는 유효한 것일 것이다. 이를 통해서만 독자들의 윤리적 가치지평과, 도덕성과 이성을 구현하는 보편으로서의 국가권력의 정당성이 만날 수 있을 것이고, 이러한 '멸사봉공'만이 의미 있는 '영웅적' 행위일 것이다.

그러나 이 소설에서 호동의 침묵은 어리석은 아버지에의 복종이자 몰이성하고 부당한 국가에의 '멸사봉공'인 것이다. 이 소설은 서구의 고전비극에서처럼 왕자의 죽음 이후에 왕이 진실을 깨닫는 장치조자 없는 상태이기 때문에 국가의 몰이성은 진리에 의해 교정되는 계기를 갖지 못한다. 따라서 호동의 침묵을 통해 지켜지는 국가란 추문을 은폐하고 진실을 영원히 어둠 속에 묻은 채 존립하는 국가이며, '억울하게 죽어간 정의로운 사람들의 침묵'으로 지속되는 나라인 것이다. 따라서 이 비장한 죽음은 한편으로는 국가를 위한 영웅적 헌신이지만, 다른 한편으로는 정의롭지도, 보편적이지도 못한 국가를 위한 그 헌신은 의미 없고 부당하다는 진술을 하고 있는 것이다.

이런 이중적 해석 중에서 이태준이 무엇을 의도했는가를 하나로 선택할 수는 없을 것이다. 이 소설의 특징은, 오히려 하나의 행위가 상반되게 읽혀지는 구조, 하나를 말하면서 사실은 겹으로 말하는 복화술의 방식이라고 할 수 있다. 그리고 이는 이태준이 당대, 즉 대동아전쟁을 기점으로 전쟁을 향해 총동원되어가는 시대를 바라보는 역사철학적 관점 상의 복화술이기도 하다.

이 소설의 결말에서 이태준이 '허무와 분별'을 강조하는 것도 이런 맥락에서 해석할 수 있다. 영웅적인 죽음을 결단하는 호동은 "인생은 허무하다. 그러나 분별 있이 살고, 분별 있이 죽어야한다."라고 말한다. 이것은 죽는 것을 억울하게 생각할 것이 아니라 인생자체가 허무한 것이라는 체념을 스스로에게 각인시키는 대목이다. 따라서 이는 나라를 위해서 죽기 때문에 한없이 기쁘다는 언술과 모든 것이 허무하다는 언술이 동시에 발화되는 대목이다. 개인적 죽음의 억울함을 인생이 어차피 허무한 것이라는 체념으로 돌리고 순응하는 것이다. 이는 결국 개인적 죽음을 낳은 근본원인, 즉 국가의 비이성, 보편적 진리의 부재에 대한 판단, 즉 세계에 대한 인식론적 좌절과 포기가 허무주의를 낳은 것이다. 그렇기에 '국가를 위한 영광스러운 죽음의 기쁨'이라는 언술은 실상은, 그것이 무가치하고 허무한 것이라는 판단과 동전의 양면인 것이다.

'분별'의 논리 또한 이에 해당된다고 볼 수 있다. 이 분별은, 사적 가족의 원한과 공적 국가의 이익을 분별해야 한다는 표면적 주제를 표현하고 있는 것이지만, 그 이면에서는 '행동'의 선택과 '가치'의 선택이 별개라는 분별의 논리로 읽을 수 있는 것이다. 그 행동은 '국가를 위한 멸사봉공의 죽음'을 사뭇 기쁘게 선택하지만, 그것이 결코, 이성에 의한 가치판단은 아니라는 것이다. 충성의 행위를 선택하는 것이 충성하는 국가에 대한 가치를 승인하는 것은 아니라는 것, 국가에 복종은 하지만, 그 국가를 인정하는 것은 아니라는 것, 이런 '분별', 말하자면 가치와 행동의 '분열'이 허무주의의 근원을 이루는 것이라 할 수 있다. 그리고 이는 작중인물 호동왕자의 것이지만, 실은 멸사봉공의 죽음으로 내몰리는 1942~43년 무렵의 식민지 지식인 이태준의 것이라고 할 수 있다. 하나를 말하면서 두 가지 말을 하고, 하나의 행동을 선택하면서 그 행동의 가치를 강하게 부정하는 이런 복화술적 어법이 이태준과 호동에게서 동시에 발화되고 있는 것이다.

4. 이등국민의 자리

그렇다면 호동과 이태준이 이런 복화술적 어법을 말할 수 있는 공통점은 어디에 있을까? 복화술적 어법을 통한 행동에의 당위성과 가치의 거부라는 분별과 분열, 이것을 추동하는 허무주의적 세계관을 낳은 근본원인을 이태준과 호동의 존재론적 조건에서 살펴볼 필요가 있다.

이 점에서 이 소설의 제목은 흥미롭다. 제목은 '왕자호동'이다. '호동왕자와 낙랑공주'도 아니고, '호동왕자'도 아닌 '왕자호동'인 것이다. 따라서 이 소설의 관심은 처음부터 사랑도, 호동이라는 문제적 인간도 아닌, 한 나라의 '왕자됨'의 의미가 전면화되어 있음을 언표하고 있는 것이다. 한 나라의 왕자됨의 의미, 그것은 곧 한 나라의 '국민됨'의 의미를 묻는 것이다. 그런데 위에서 본 것처럼 그 물음에 대한 대답이라 할 수 있는, 멸사봉공을 통한 국가에의 헌신이라는 행동서사와 그 행동에 대한 전면적인 가치의 부정이라는 이중적 주제를 낳을 수 있었던 것은 호동의 독특한 존재조건에서 기인하는 것이다.

호동은 왕자, 즉 왕의 아들이지만, 둘째왕비의 몸에서 난 '서자'라는 점에서 그는 고구려의 '이등국민'이다. 따라서 국가의 적통은 적자인 동생 태자 해우에게 이어질 것이 자명하다. 사실상, 소설의 서사를 추동하는 근본 원인인 둘째왕비 살해 역시, 서자인 호동에 대한 경계심에서 비롯되었다는 점, 더구나 이런 호동의 서자의 설정이 이태준에게서 유일하게 보이는 특징이라는 점에서 이 '서자-이등국민'이라는 존재조건에 대한 이태준의 의식은 분명했다고 할 수 있다.

서자 즉 이등국민이란 충성해야할 국가와 자기와의 분열적 관계를 원천적인 태생의 조건으로 갖고 있는 사람이다. 살아남기 위해서는 아버지(나라)에 효(충)을 선택해야지만, 그 아버지(나라)로부터는 항상 이등으로 밀려날 수밖에 없는 존재, 그렇다고 그 아버지(나라)를 부정한다면 자신의 존재 자체가 설자리가 없는 존재인 것이다. 더구나 호동이 서있는 절체절명의 위기는, 살아남기 위해서는 나라를 선택해야하는데, 그 나라를 선택해 사는 길이 곧 죽는 길로 주어져 있는 것, 태자가 아닌 왕자인 호동과 식민지의 지식인인 이등국민에게 주어진 길이다.

그러나 호동은 다른 선택의 길, 나라 자체를 부정하는 길, 자기존재를 '비국민'으로 설정하는 길을 알지 못했다. 전쟁이 천기와 운명으로 승리가 필연적이라는 설정에서 드러나듯, 그 나라가 영원히 지속되리라는 생각이 지배적이다. 나라의 정당성을 따지는 이성은 있지만, 나라의 존재 자체를 부정할 수 있는 실천적, 현실적 비전은 없는 상태인 것이다. 이 상태에서 이들의 복화술과 허무주의, 비극적인 인식이 유래한다. 역으로 이런 비극적 조건이기에 나라가 가진 부당한 권력, 몰이성을 비판할 수 있는 입각점이 되고 있는 것 또한 사실이다.[15]

그런데 이 소설에서, 이들 이등국민은 호동에게만 국한되지는 않는다. 소설의 서사를 이끌어가는 주요 동력 중 하나는 전쟁을 수행하고

---

15) 그가 보유한 '이성', 국가의 정당성에 대한 비판과, 국가 자체를 선택해야하는 판단, 그리고 선택할 국가는 어떤 국가여야 하는가에 대한 이성은 해방공간에서 구체적으로 제기되는 문제이다. 나라의 선택을 둘러싼 두 차례의 소련 여행과 기행문, 그리고 해방기 정치적 선택과 창작 상의 변화를 이점에서 연속적으로 살펴볼 수 있을 것이다.

있는 나라 자체라고 할 수 있다. 이 동력에 의해 낙랑공주와 호동왕자의 사랑이 부차화 되고, 낙랑과 소읍별의 활약이 빛을 발하는 것이다. 그리고 호동은 이런 나라를 위해 사분을 누르는 대의를 선택하는 것이다. 이런 나라가 수행하는 전쟁과 그 전쟁에서 승리하여 장구한 역사를 이어가리라는 전제-'천기와 운명'-가 소설의 주요 인물과 가치, 그리고 인물들의 행동선택을 집중시키는 중심점이라고 할 수 있다. 고구려의 전쟁을 보는 이런 시각은 곧 대동아 전쟁과 일본을 보는 시각인 것이다.

그런데 이런 구도 속에서 고구려가 전쟁에서 이기게 되는 과정을 자세히 볼 필요가 있다. 한나라와의 전쟁에서는 지방 태수의 딸 소읍별의 용기와 기지로 적을 속인 것이 결정적인 승리의 원인이었고, 그토록 꿈꿔온 남벌, 즉 낙랑정벌도 사실은 낙랑공주의 자기조국에 대한 '배신'에 힘입은 바 큰 것이 사실이다. 이들이 전쟁에 기여하는 양상은 어쩌면 당시 태평양전쟁 동원 담론에서 '총후부인'을 강조하는 맥락과 일맥상통하는 것이 사실이다. 이 고구려의 총후부인들이야말로 전쟁을 수행하는 나라의 역사를 빛낸 일등공신들인 것이다.

그러나 그런 충신이자 영웅들은 실상은, 여자이기에 승진조차 허락되지 않는 지방 태수의 딸이자 적국의 여자일 뿐이다. 실제 이들은 전쟁을 승리로 이끈 영웅임에도 그에 걸맞는 대접이 주어지지는 않는다. 낙랑공주는 죽음으로써, 왕자의 부인의 예로 모셔져 장례가 치러지고, 소읍별은 "… 여자의 몸이라 벼슬 대신 그의 집 문부(文部)를 백성으로는 가장 높은 계급이어서 왕실과 통혼할 수 있는 절로부(絶奴部)로 올려주었다." 즉 전쟁의 공은 집안과 아버지에게 돌려지고, 당자인 소읍별은 왕족과 혼인이 가능한 등급, 즉 누군가의 부인이 될 수 있는 자격으로 승급되는 것이다. 여자가 이루어낸 전쟁에의 공은, 죽어서도 가족의 일원이 됨으로써만 빛이 나는 것이고, 가족이 될 가

능성으로 올려주는 것이 최고의 보상인 것이다. 이런 해석은 남자를
공적 영역에, 여자를 사적영역에 한정해두면서 남자는 나라를 따르고
여자는 남자를 따르는 일반적 해석과 동궤에 놓인 것이다.

　그러나 이처럼 목숨을 바쳐 충성한 이들이 여자라는 원천적인 태생
의 조건에 의해 대가 없이 희생된다는 점에서 이들 소읍별과 낙랑공
주, 즉 고구려의 '총후부인'들은 또 하나의 이등국민들이다. 전쟁에
내몰리고, 자발적으로 충성하지만, 그들 자신의 태생적 존재조건에
의해 언제나 이등의 자리로 밀려나는 사람들이라는 점에서 그러하다.
고구려의 전쟁은 이들 이등국민의 희생 위에서 승리하는 것이다.

　그렇다면 이들의 존재, 이들의 죽음은 어쩌면, 이들의 희생을 통해
승리한 전쟁, 승리한 고구려가 정당한 것인가를 묻는 것일 수도 있을
것이다. 표면에서는 천기와 운명을 말하고, 사랑조차 폄하하면서 나
라와 대의를 강조하지만, 이면에서는 이들 미미한 존재들, 즉 총후부
인과 서자로 이루어진 이등국민의 죽음을 담보로 승리한 전쟁, 더구
나 그리고도 이들 이등국민을 저버리는 나라가 과연 정당한가를 묻는
것이다.[16] 이 물음은 사실은 고구려가 아닌 대동아전쟁과 일본, 이등
국민인 조선을 향한 물음이다.

　이런 물음은 드러나지는 않지만 이들의 죽음의 방식이 이를 말해준
다고 할 수 있다. 결말에서 호동이 죽음을 선택하고 스스로 죽음을 달
게 받기로 결심하는 장면에서, 호동은 왕이 내리는 처벌을 거부하고
스스로 감옥을 뛰쳐나가 낙랑공주의 무덤에 가 자살을 선택한다. 그
리고 쓸쓸하게 잊혀진 이들의 무덤을 소읍별이 기억하는 것이다. 이
마지막 장에 이태준은 '침묵의 승리자'라는 제목을 달아 놓았다. 역시
복화술의 어법대로 본다면, 한편으로는 정의로운 사람들을 억울한 죽

---

16) 최인훈의 『둥둥낙랑둥』은 낙랑과의 전쟁에서 승리하고 귀국한 이후, 죄책감에 시달리
　는 호동의 내면에서 이런 승리의 정당성을 묻고 있다.

음으로 몰고 가는 침묵의 역사, 그 부당하지만 거대한 역사의 힘이 승리자라는 허무주의적이고도 비관적인 인식이 놓여있는 것이다. 그러나 다른 한편으로는 어쩌면 역사에서 침묵당한 사람들이 승리할 날이 와야 한다는, 부정태의 현존을 통한 미래에 대한 당위적 비젼으로 읽을 수도 있다.

사실상, 무덤이란 죽음, 곧 '부재'이지만, '여기에 죽은 사람이 있다'는 것을 지시하는 일종의 지시물이기도 하다는 점에서 '현존'이기도 하다. 이 정의로운 사람들이 억울하게 죽어간 무덤, 이등국민들이 희생된 이 무덤은, 그 무덤의 존재로 인해 이들의 죽음의 부당성을 미래에 지시하는 발화행위인 것이다. 국가권력에의 비관과, 그 힘에의 비판을 동시에 행하는 복화술은, 여기서는 현재의 복종과 미래에의 희망을 동시에 말하는 것이다.

이런 의미에서 이 소설의 '침묵'의 의미는 이 소설 이후에 행해진 이태준 자신의 글쓰기에 있어서의 '침묵'과 함께 볼 수 있는 것이기도 하다. 이태준은 이 작품을 끝으로, 수필 등의 잡문을 제외하고는 별다른 작품 활동을 하지 않았고, 이를 몇몇 회고적 지면을 통해서 '절필' '침묵'으로 명명한 바 있다. 이 소설에서 행한 국가권력에의 비관과, 그 힘에의 비판을 동시에 행하는 복화술로서의 침묵, 즉 현재에의 복종과 미래에의 희망을 동시에 말하는 이등국민의 분열된 복화술이 이태준 자신의 침묵의 선택과 등가로 읽힐 수 있는 것이다.

『임꺽정』의 인물구조 연구

1. 들어가는 말

『임꺽정(林巨正)』은 벽초 홍명희가 『조선일보』에 1928년 11월부터 13년에 걸쳐 연재한 장편 역사소설이다. 조선 중종 때의 실재했던 도적에 대한 기록을 바탕으로 당대의 현실을 사실적으로 재구한 식민지 시대 최고의 역사소설로 꼽히는 작품이다.

그간 이 소설에 대해서는 '조선어의 보고'라는 찬사에서 보듯, 우리의 고전적 언어 묘사와 풍속의 재현에 초점을 맞추어 높이 평가되어 왔고, 역사소설이라는 장르에 착목하여 루카치의 『역사소설론』을 근거로 분석, 평가되어왔다.[1] 그리고 이 작품이 갖는 여러 가지 전통적

---

[1] 강영주는 루카치의 역사소설론을 근거로 우리 근대 역사소설을 낭만주의적인 것과 사실주의적인 것으로 분류하고 『임꺽정』을 사실주의적인 역사소설로 분류했다. 김윤식은 우리 역사소설을 더 세부적으로 이념형, 의식형, 중간형, 야담형의 넷으로 분류하고 이 작품을 의식형 역사소설의 유일한 예로 들기도 했다. 강영주, 「한국근대 역사소설연구」, 서울대학교 박사학위 논문, 1986, 김윤식, 「우리 역사소설의 네 가지 유형」, 『소설문학』, 1985. 6.

형식, 즉 강담과의 관련성, 동양의 역사연의 특히 『수호지』와의 연관성, 「조선왕조실록」, 「기묘록보유」, 「기재잡기」 등의 사료와 「청구야담」, 「동야휘승」 등 야담이나 야사와의 관련성의 측면에서 꾸준히 논의되어 왔다.[2]

이와 같이 전통과의 관련성이 작품 외재적인 관점에서 접근하는 방식이라면, 작품 자체의 섬세한 의미규명을 위해서는 내재적인 관점, 특히 인물의 측면에서 살펴보는 것이 필수적이라고 할 수 있다. 인물의 삶이 서사성의 근간이기 때문이며, 그 삶의 방향과 의미가 작가가 구현하는 주제와 추구하는 의미를 가장 일차적으로 드러내 주기 때문이다. 따라서 이 글에서는 『임꺽정』의 인물구조에 착목하여 살펴보고자 한다.

이 소설은 임꺽정의 삶을 전후로 한 상당히 긴 시간의 일대기와 함께 의형제를 맺은 두령들의 삶이 함께 서술되어있다. 이 때문에 이 소설의 인물 역시 다양한 진폭을 보여주고 있다. 이 글에서는 이들 다양한 인물들을 개별적으로 논하는 것이 아니라, 작품의 가치를 구현하는 구조로서의 인물계보에 초점을 맞추고자 한다. 먼저 인물구조 상의 종적질서를 재구성하여 나타난 내적 계보를 체계화시켜 그 기능과 의미를 살펴 본 후, 주인공의 성격을 규명하고자한다. 그리고 나서 작품 속에서 독특한 기능을 하는 몇몇 인물의 성격을 분석하고자 한다. 이런 과정을 통해 역사소설이라는 장르적 기준, 강담, 설화 등 텍스트가 유래한 외연적 배경을 넘어서서, 작품의 형식이 짜여져 있는 구조를 통해 내적 의미를 드러내는 방식을 탐구하고자하는 것이다.

---

2) 신재성, 1920~30년대의 역사소설연구, 서울대 석사, 1986.
　　한승옥, 벽초 홍명희의 『임거정』 연구1, 「숭실어문」, 1989.
　　김재영, 『임꺽정』의 현실성 연구, 연세대, 박사, 1997.
　　한창엽, 『林巨正』의 서사와 패로디, 국학자료원, 1997.

2. 인물계보의 내적 형식

1) 임꺽정의 역할변화 과정

『임꺽정』 소설 전체를 살펴볼 때, 작품의 전반부인 봉단편, 피장편, 양반편에서 임꺽정의 역할은 매우 미미한 편이다. 이는 대체로 주인 공의 태어남에서 사망까지의 일대기를 중심으로 서술된 낭만적 역사 소설이 범하기 쉬운 개인에 대한 낭만적 영웅화를 극복하고 있다는 점에서 중요한 점이다. 이 부분은 이교리와 갖바치가 중심적인 역할 을 하면서 임돌의 혼인과 그의 아들 꺽정의 탄생, 그리고 떡꺼머리 총 각이 된 꺽정이 스승 갖바치를 따라 팔도를 여행하면서 서경덕, 보우, 이지함 등 당대의 유명 인물을 만나고, 백두산에서 운총과 만나 결혼 하게 되는 정도이다. 그러나 이런 성장기의 삽화는 이교리와 갖바치 의 행적과, 양반을 중심으로 벌어지는 사화와 궁중의 알력관계 속에 서 잠깐씩 등장할 뿐 중요한 역할을 하지는 않는다.

의형제편은 의형제 일곱 명의 내력과, 그들이 청석골로 모이게 되 는 동기가 주축이 되어 각 인물편이 따로 중편을 이루고, 이 중편이 인연의 꼬리를 물면서 다른 인물과 연결되어 일곱 명이 모이는 구성 을 보인다. 이런 구성에서는 전반부의 갖바치나 화적편에서의 대장 임꺽정처럼 작품 전면에 나서는 중심인물이 없다. 각각의 인물이 그 중편의 중심인물이고 그들이 모인 것이 의형제편 전체인 것이다.

이 의형제편에서 임꺽정은 마지막장 '결의'에서 옥을 부수고 가족 들을 구해 청석골로 갈 때를 제외하고는 뚜렷이 전면에 나서지 않는 다. 그러나 의형제편에서의 '등장하지 않음'은 전반부의 그것과는 다 르다. 여기서는 각 소제목의 두령의 일대기가 한편을 이루지만, 그 인 물들 모두가 임꺽정과 관계를 맺고, 결국은 이 관계가 이들을 청석골

로 모이게 하는 추동력이 된다. 즉 '등장하지 않음'은 같으나 앞부분
은 '활동하지 않음' 혹은 영향력이 없는 상태에서의 활동이고, 의형제
편에서의 등장하지 않음은 표면에서의 것일 뿐, 내적으로는, 각각의
독립된 인물을 이어주는 끈으로서, 결국 두령들을 집중시키고 복속시
키는 내부적 권위를 가지고 있는 것이다. 그리고 이렇게 내부적으로
확대된 임꺽정의 영향력은 화적편에 가서 표면화되고 극대화된다.

화적편은 의형제편에서 모인 일곱 두령과 서림, 임꺽정 등이 합쳐
져 거대한 규모로 조직체계를 정비하고, 임꺽정을 대장으로 추대하는
것으로 시작된다. 여기서 임꺽정은 명실상부한 주인공으로서 모든 결
정과 권위가 그를 중심으로 이루어진다.

이처럼 봉단편에서 마지막의 화적편에 이르기까지, 임꺽정의 작품
내 지위와 무게 중심은 변화를 보인다. 처음에는 유년기의 미미한 역
할에서부터 화적패의 대장이 되기까지 점점 그의 영향력이 확대되어
지는 쪽으로 변화의 양상을 보이는 것이다.[3] 이처럼 중심인물의 영향
력의 변천과정은 이 작품의 '종적 질서'의 표현이라 할 수 있다. 이작
품은 인물구조의 측면에서 임꺽정을 중심축으로 종적 질서와 횡적 연
대를 추출할 수 있다. 의형제 집단을 축으로 한 인물구조를 '횡적 연
대'라 한다면, 정희량과 갖바치에서 이어지는 종적 질서는 작품 속에
서 주제를 구현하는 주인공 임꺽정의 내적 권위를 받쳐주고 있다. 의
형제 집단의 횡적 연대의 질서는 차후로 미루고, 여기서는 종적 질서
를 내적계보라 칭하고 그것의 성립과 기능 및 의의를 살펴보겠다.

---

3) 이런 임꺽정의 영향력의 확대과정은 갖바치의 영향력의 축소과정이며 그런 중심역할
을 하는 인물의 교체가 작품에서 서술문체에도 구조적으로 상응하고 있다.

2) 인물구조상의 내적 계보의 성립과 기능

『임꺽정』은 여러 인물들이 상당히 복잡하게 얽혀 있다. 최상층으로는 연산군, 중종, 인종 등의 임금으로부터 조광조, 김식, 윤원형, 윤원로 형제, 남곤, 심정 등 당시 권력층 사대부와 이황, 서경덕, 이지함, 보우와 같은 권력에서 소외된 양반이나 승려 등 역사 속에 등장하는 실제 인물들, 그리고 임꺽정을 중심으로 한 의형제들인 박유복, 이봉학, 곽오주, 황천왕동이, 길막봉이를 비롯한 허구적 인물 등 수많은 인물들이 얽혀 있는 것이다.

이러한 다양한 인물들 중에서 임꺽정을 중심으로 이어지는 종적질서를 추출할 수 있는 데, 정희량에서 갖바치로, 갖바치에서 임꺽정으로 이어지는 내적 계보가 그것이다. 이러한 종적 질서를 '내적 계보'라 명한 것은 이들의 이어짐이 인물들의 운명을 결정지어주고 작품에서 중심적인 기능을 하는 권위를 이 종적 질서가 부여해주기 때문이다. 이 내적 계보가 성립되는 근거와 기능을 살펴보도록 하자.

연산조의 정치, 사회적인 불안 속에서 홍문관 교리 이장곤은 귀양지 거제도를 벗어나면서 운명의 전환이 시작된다. 이 운명의 전환은 다음과 같은 사건에서 비롯되는데, 즉 연산군의 무도가 심할 때 이교리가 앞날을 걱정하자 정희량이 '…… 혹 앞에 액색한 경우를 당하여 자처할 생각까지 날 때가 있거든 이것을 뜯어보게.'라며 쪽지를 준다. 이 쪽지에는 '북방상책길'이라고 씌어있어, 이교리는 죽음을 앞둔 순간에 함흥까지 도망을 가고, 죽음을 모면하여 그 이전까지 사대부로서의 삶에 일대 전환을 가져와 최하층 백정의 사위로 살다가 다시 중종반정을 만나 출세하게 되는 것이다. 따라서 이교리의 운명의 막후에는 정희량이 존재하는 것이다.

또한 함흥에서 신분을 감춘 이교리와 가까이 지내면서 그가 조정에 복귀하자 서울에 오게 된 이교리의 처삼촌 양주팔은, 함흥에서는 단지 학식 있는 고리백정이었다가 서울에 와서는 가죽신을 만드는 갖바치로서 당대의 명유 조광조 등과 교유하며 살게 된다. 여기에는 이교리와의 인연이 필연적으로 작용한다. 그리고 이 갖바치에게는 또 한편으로는 묘향산에 이천년이란 스승이 있어서 그로부터 천문지리, 음양술수 등을 배워 세상이치에 막힘없이 통달하게 된다. 이로써 조광조, 심의, 김식 등 당대에 유명한 유학자들과 교유하며 그들의 앞날을 예측하고 꺽정의 스승이 되는 등 소설 전반부의 핵심적인 기능을 하게 되는데, 이 이천년이라는 이인(異人)이 바로 정희량인 것이다. 이로써 갖바치와 이교리는 자신들의 운명을 결정지어준 한 안내자, 스승을 공유하는 것이다.

그리고 임꺽정은 10세 때, 결혼한 누이를 따라 서울로 오면서 누이의 시아버지 갖바치를 스승으로 모시면서 그에게 글과 병서를 배우고, 그와 함께 팔도를 유람하면서 장년으로 성장해간다.

이렇게 볼 때, 이 작품은 주인공 임꺽정이 태어나기까지, 즉 생물학적 탄생과 별도로 의미있는 인물로서의 탄생으로서의 2차적 탄생의 측면에서, 내적으로 종적인 계보를 형성하고 있음을 알 수 있는데, 그것은 '정희량-갖바치-임꺽정'의 계보이다. 그렇다면 정희량에서 갖바치로, 갖바치에서 임꺽정으로 이어지는 내적인 계보는 작품 속에서 작품 속에서 어떤 기능을 하는가를 살펴볼 필요가 있다.

정희량은 이 소설 초두에서 한림 벼슬을 하는 사람으로 나타나있다 그러나 그는 연산조의 정치적 불안 속에서 몸을 감추고 이천년으로 변성명하여 산속에 은거한, 천문지리, 음양술수에 능한 도인으로 묘사되어있다. 이로 미루어 볼 때, 정희량은 전통적 유교사회에서 지배집단을 형성하는 사대부이면서 한편으로는 그 사회의 현실적 가치에 반기를 든 반항적 인물이라고 볼 수 있다. 물론 반항의 면모가 리얼하게 묘사되어있지는 않다. 그러나 세상이치를 한눈에 알아보면서 그런 세상의 현실적 가치를 초월한 도인, 앞날의 질서를 꿰뚫어보는 신비스러운 사람으로 묘사되는 것이다. 이러한 초월성의 근저에는 현실적 가치에 대한 부정과 새로운 가치에 대한 모색이 잠재해 있고 이것이 갖바치와 임꺽정으로 이어지면서 구체성을 획득해가는 것이라 할 수 있다.

갖바치는 함흥에서는 고리백정으로, 서울에 와서는 가죽신을 짓는 갖바치로서 사, 농, 공, 상이라는 유교적 신분사회에서 최하층의 신분에 속한다. 그러나 그는 도인 이천년(정희량)에게 수학하여 세상이치에 통달한 사람이기도 하다.

> 너는 나에게 오래 있지 못할 사람이다, 수이 이별하게 될 터이니 너 같은 사람을 놓치고는 나의 아는 것을 전수할 곳이 없을 것이다…… 이 책 두 권을 가지고 공부하되 륜이에게 알리지 말고, 세상에 나간 뒤에도 어느 누구에게든지 보이지 마라… 전수할 재목이 못되는 사람에게 전수하지 못할 것이며 대개 너에게까지 가고 그치게 될 것이다.(봉단편, 상경, 1-184)[4]

이와 같이 정희량은 자신이 가진 모든 신비한 능력과 세상 보는 예지력을 갖바치에게만 전수하는데, 이는 곧 이 세상사람 중에서 갖바치만을 초인간적인, 도덕적인, 신적인 인간으로 인정한다는 의미이다. 즉 갖바치가 정희량에게서 모든 능력을 전수받았다는 것은 그가 김륜으로 대표된 세상의 현실적 이해에 좌우되지 않는 신성성을 부여받았다는 의미이다. 그럼으로써 소설 내적으로는 작품 초반에서 정희량이 가진 역할을 갖바치가 그대로 물려받았다는 것이기도 하다.

그렇다면 정희량이 초반에서 가졌던 역할이란 무엇인가? 그것은

---

4) 이후 인용은 사계절 출판사 『임꺽정』 1권~9권까지를 대상으로 한다.

'북방길'이라는 쪽지를 건네준 역할이다. 이 쪽지를 건네주는 사건이 정희량이 작품 속에서 관여하는 유일한 사건이다. 이 '북방길'이라는 쪽지는, 연산조의 교리 이장곤을 죽음에서 구출하고 그로 하여금 고리백정 봉단과 결혼하게 하고, 후일 꺽정의 아버지가 되는 임돌, 양주 팔과 안연을 맺게 해줌으로써 이 소설로 하여금 허구의 문을 열어준 열쇠에 해당하는 것이다. 즉 이 '북방길'이 다른 사람이 아닌, 도인 정희량에 의해 안내됨으로써 읽는 독자는 그것을 현실의 우연성을 넘어 필연적인 운명으로 받아들이게 되는 것이다. 따라서 정희량은 현실의 가치 편중적 세계에서 한발 물러서서 신비스러운 도인의 세계에 삶으로써 독자로 하여금 그의 판단, 그의 지시에 지적, 도덕적 신빙성을 제공하는 것이다.

갓바치는 정희량에게서 유일하게 초능력을 전수받을 만한 사람으로 인정되고 그 능력을 전수받는다. 그리고 정희량이 소설세계에서 사라지면서, 정희량이 가졌던 이와 같은 소설 구조상의 역할까지 물려받게 된다. 예를 들면 꺽정, 봉학, 유복 등 의형제들을 가르치며 그들의 정신적 지주가 된다든지, 조광조, 김식, 최수성 등의 양반들에게 사화를 예견해주기도 하고, 요승 보우나 을묘왜변을 예견하기도 한다. 이와 같이 주요인물을 규합하며 그들의 정신적 지주의 역할을 한다든지, 소설 플롯 상 중요한 안내자 역할을 하게 되는데 이는 그가 가진 인격과 앞날을 예측하는 특별한 능력으로 인한 '권위' 때문이다.

이렇게 하여 갓바치와 정희량은 표면적 신분의 상이함과 그들이 가진 초인적 능력과 그로인해 갖게 된 소설구조상의 역할의 공통성을 살폈다. 그들은 결국 한편은 전통적 유교사회의 지배집단의 일원이고, 한편은 그 반대의 천한 신분이지만, 그러한 현실적 가치질서로부터 물러서서 그 세상의 질서를 예지하고 판단한다는 점에서 그 표면적 신분의 상이함에도 불구하고 내적인 평등을 이루고 있는 것이다.

이 내적평등은 소설 속에서 초인적 능력의 전수와 수용으로 나타난다. 그리고 이 초인적 능력이 독자에게 지적, 도덕적 신빙성을 부여하게 하여, 이들 특히 갖바치에게 소설 전반부에서 안내자, 혹은 작가의 대변자 역할을 하게 하는 것이다.

정희량에게서 갖바치에게 초인적 능력이 전수됨으로써 갖바치가 앞날을 꿰뚫어볼 수 있게 되고 이것으로 인해 작품을 이끌어가는 중심기능, 작가의 대변자적 역할을 하게 되었다면, 임꺽정이 갖바치의 제자가 됨으로써 이런 역할은 임꺽정에게 어떻게 수용되고 어떻게 변형되었을까?

임꺽정은 누이 섭섭이가 갖바치의 아들과 혼인하게 되자 누이를 따라 서울로 와서, 이웃의 박유복, 이봉학과 함께 갖바치의 제자가 된다. 갖바치는 세 아이들에게 글을 가르치고 병서의 야기를 들려주며 그들의 정신적 지주가 된다. 그러므로 유년시절의 임꺽정은, 지적, 도덕적 신빙성을 지닌 갖바치에게 인도되고 보호받음으로써 심의, 김덕순 등 양반과 교제하기도 하고 서경덕, 이지함 등 유명인물을 만나면서 성장하고 그의 인도로 운총과 결혼가지 하게 된다. 세상을 초월하고 앞날에 대한 예지력을 지닌 도인에 의해 인도되는 유년의 꺽정은, 이 인도자 갖바치의 신성성으로 인해 어느 정도 긍정적 인물로 나타나는 것이다. 특히 피장편의 마지막 부분에서 갖바치는 꺽정을 데리고 전국팔도를 유람하면서 당다의 유명인물들을 만나면서 그를 정신적으로 성숙시키고, 운총과의 만남을 예견하고 인도하여 실제로 '어른'으로 만들어주기도 한다.

갖바치가 이렇게 유년의 꺽정을 장년의 꺽정으로 성숙시키는 것은 이러한 실제 줄거리를 통해서도 드러나지만, 구조상으로는 더욱 깊은 의미를 나타낸다. 갖바치는 꺽정을 어른으로 성숙시키고 나서 칠장사로 들어가 병해대사로 있으면서 실제 작품 속에서는 더 이상의 영향력을 행사하지 않는다. 이는 자신이 가진 작품의 중심기능을 꺽정에게 이양하고, 구체적인 현실세계에서 더 이상 활동하지 않음으로써, 이후의 의형제편과 화적편에서의 꺽정의 권위를 예고하고 준비해주는 것이다. 이러한 '권위의 이양'은 임꺽정이 도적이 되는 것을 "제 갈 길로 갔다."고 선언하여 그것이 운명적 필연성임을 암시하는 데에서 단적으로 드러난다.

이렇게 하여 임꺽정이 2차적 탄생의 측면에서 다시 태어나는 데에는 갖바치가 절대적으로 있어야 했고, 갖바치가 있기 위해서는 정희량이 있어야 했고, 이들은 자기 제자들에게 운명을 예견하고 가르침을 베풂으로써 이 세 사람은 스승과 제자로서 가치상의 내적 평등을 이루고 있는 것이다. 그리고 임꺽정은 갖바치의 제자가 되어 스승의 보호를 받음으로써 그가 가진 인간적 결함들에도 불구하고 작품 속에서 긍정적 인물로 기능하며 더구나 도적이 되는 것의 필연성, 정당성을 인정받고 있는 것이다.

이렇게 볼 때 유림, 백정, 도둑이라는 현실의 표면적 가치가 무화되고 도인, 생불, 무지한 도둑들이 내적으로는 동등한 가치를 지닌 인물로 되는 것이다. 그러므로 "제 갈 길로 갔다."라고 갖바치에 의해 예고된, 임꺽정이 도둑이 되는 필연성은 단순히 그의 사주가 그렇다는 것 이상의 울림을 갖는다. 그 필연성은 '도둑'과 '부처'와 '유림'을 하나로 놓는 내적 가치의 평등과 이를 인증하는 내적 계보상의 권위에 의해 현 세상의 표면적 가치를 부정하고 새로운 인간적 가치를 주장하는 강력한 메시지를 전하고 있는 것이다. 여기서 현실의 표면적 가치는 유교적 신분사회로 대표된 중세적 보편주의라 할 수 있다. 이 중세적 보편주의에 대한 부정이 실제적인 반항의 행동으로 표현되기 이전에 "인물계보의 내적 형식"으로 내재화되어있는 것이다.

3. 임꺽정의 성격 규정

앞서 2차적 탄생을 중개하는 내적 계보를 통해서, 즉 주제가 구현되는 종적 질서의 측면에서 주인공을 살펴보았다. 여기서는 임꺽정이라는 주인공에 대해 상세한 성격 규명을 시도하고자 한다. 특히 주인공 임꺽정을 고전소설의 '영웅의 일생'과 근대소설의 '문제적 개인'의 두 측면에서 살펴보고자 한다.

1) 고전 소설의 수용과 변형: '영웅의 일생'과의 관련성

『임꺽정』이 우리나라 고전 소설의 전통을 계승하고 있다는 점은 기존의 연구에서도 언급된 바 있다. 임형택[5]과 한승옥[6]은 『임꺽정』과 『수호전』의 관련성을 고찰한 바 있고, 강영주는 사담과 야담 및 『연려실기술』 등의 사서에서 『임꺽정』에 차용된 부분을 면밀히 검토한 바 있다. 이를 통해 『임꺽정』의 고전과의 관련성이 어느 정도 해명된 것이 사실이다. 여기서는 고전문학의 유산 중 특히 영웅소설의 주인공이 갖는 영웅 모티브와 관련하여 임꺽정의 영웅적 성격의 수용과 변형의 모습을 살피고자 한다.

조동일은 『홍길동전』, 『조웅전』 등을 분석하면서 '영웅의 일생'을 유형화하여 영웅소설의 구조를 다음과 같이 정리했다.

〈영웅의 일생〉
가. 고귀한 혈통을 지니고 태어났다.

---

5) 염무웅, 임형택, 반성완, 최원식 「『임꺽정』 연재 60주년 기념좌담」, 임형택, 강영주 편, 『벽초 홍명희와 『임꺽정』의 재조명』, 사계절, 1988.
6) 한승옥, 『한국근대장편소설연구』, 민음사.

　나. 비정상적으로 잉태되거나 출생되었다.
　다. 범인과는 다른 탁월한 능력을 타고났다.
　라. 어려서 기아가 되어 죽을 고비에 이르렀다.
　마. 구출되어 양육자를 만나서 죽을 고비에서 벗어난다.
　바. 자라서 다시 위기에 부딪혔다.
　사. 위기를 투쟁으로 극복하고 승리자가 되었다.[7]

　이런 '영웅의 일생'은 멀리 고대신화에서 서사무가로 이어져 소설의 유형구조로 이용된다고 한다. 『임꺽정』에서 주인공의 일생은 이 '영웅의 일생'과 구조적 유사성을 보인다. 주인공 임꺽정을 이에 따라 유형화하면 다음과 같다.

　〈임꺽정〉
　가. 백정의 자식이라는 미천한 신분으로 태어났다.
　나.
　다. 어려서부터 소년장사로 남다른 완력을 타고났다.
　라.
　마. 말썽 많고 걱정거리인 꺽정을 갖바치가 맡아서 가르치고, 검술선생을 찾아가 수련하다.
　바. 평양봉물 옥사에 연루되다.
　사. 옥을 부수고 가족들을 구해서 청석골로 가 도적패의 대장이 되다.(결국 은 패배하다.)

　이상을 비교해 볼 때 범인과 다른 탁월한 능력을 타고났다는 점, 보조자를 만나 가르침을 받는다는 점, 위기를 투쟁으로 극복해 승리자

---

7) 조동일, 「영웅소설의 작품구조의 시대적 성격」, 『한국소설의 이론』, 지식산업사, 1988.

가 된다는 점 등 영웅소설의 주요 속성을 이어받고 있음을 알 수 있
다. 그러면서도 혈통이 미천하다는 점과 위기를 극복해 승리자가 되
지만 끝내는 패배한다는 점은 고전소설에서 귀족적 혈통을 갖는 이상
주의적 성격을 탈피하고 있음을 뜻한다. 여기서의 이상주의는 중세적
위기가 도덕적 당위에 입각하여 해결되고 태평성대가 구현되어야 한
다는 의식이다. 이러한 이상주의는 자아의 신념이 실제적이고 객관적
인 도덕적 당위와 일치하기 때문에 자아의 승리가 가능한 것으로 나
타나며, 결국 이러한 자아의 승리를 궁극적으로 뒷받침해주는 것은
무갈등의 천상계이다. 이 천상계가 현실적으로 현현하는 것이 주인공
의 출생에 따른 혈통인 것이다. 그러나 『임꺽정』에서는 이러한 천상
계와 귀족적 혈통이 배제됨으로써 자아와 세계와의 싸움에서 자아의
승리를 궁극적으로 보증해주는 장치가 소멸되었고 이는 결국 세계에
대해서 자아가 더 객관적이고 치열한 인식과 투쟁을 하게끔 이끄는
근거가 되는 것이다.

그리고 이상주의를 탈피하고 근대성을 획득하게 되는 것은 '보조
자'의 성격이 고전소설과는 다른 양상을 보이는 데서도 암시적으로
제시된다. 고전의 영웅소설에서는 보조자들이 주인공에게 신비한 도
술을 모두 전수하지만, 이 소설에서는 일간 갖바치가 신비한 능력의
소유자이기는 하지만 이것이 임꺽정에게 모두 전수되지는 않는다. 정
희량이 갖바치에게 '대개 너에게까지 가고 그칠 것이다'라고 예언하
고, 갖바치가 스승 앞에서 「부주비전」과 「망단비결」을 불태움으로써
신비한 능력을 더 이상 전수되지 않는 것이다.

갖바치의 제자라는 점에서 갖바치가 가진 지적, 도덕적 신빙성을
통해 임꺽정은 긍정적 인물로 보여지지만, 그 보조자로서의 갖바치가
가진 능력을 모두 전수받지 못함으로써 최종적 패배에 하나의 복선구
실을 한다. 그리고 다른 한 명의 교육자인 검술선생은 칼을 잘 쓴다는

점을 제외하면 그는 도적의 괴수이며, 미천한 신분이고, 갖바치가 갖고 있던 신성성 마저 없는 인물이다. 이 두 스승에게서 임꺽정이 물려받은 것은 약간의 도덕적 신뢰성과 칼 솜씨일 뿐이다. 이는 후의 임꺽정이 갖는 인간적 성격(비영웅성, 비신성성)의 형성을 암시하는 복선 혹은 전제라 할 수 있다.

그리고 위기의 성격 또한 고전소설에서처럼 나라를 구하는 충효적 명분이 아니라, 평양봉물 사건으로 표현된 사적인 개인의 우연한 사건 속에서 나타난 것이다. 즉 가족을 구하고 살아남으려면 어쩔 수 없이 투쟁해야하는 것이다. 더구나 고전소설에서는 위기의 극복이 사회에서의 승리이고 해피엔딩의 계기가 되지만 임꺽정이 자신의 위기를 투쟁으로 극복하는 일은 한 사회의 질서에 도전하는 것이 되므로 자신이 살아남는 길은 한 사회에서는 적이 되는 정반대의 딜레마에 처하게 된다.

결국 자아의 위기의 극복은 사회(세계)와 더 크게 싸워야하는 더 큰 위기를 불러오고 끝내는 거대한 세계에서 패배로 끝나게 되는 것이다. 즉 이 위기의 성격이 귀족적 이상주의의 영웅소설이 보인 나라의 위기가 아니라 순수하게 사적인 개인의 삶에서의 위기로 설정됨으로써 전자의 영웅소설이 보인 봉건성과 추상성을 극복하고 개인의 이상과 세계와의 대립구도로서의 근대소설적 성격을 갖는 것이다.

한편 미천한 혈통과 종국적 패배는 '민중적 영웅의 일생'과 비슷한 구조를 보이지만, 그것보다 풍부한 리얼리티를 확보하고 있다고 할 수 있다. 민중영웅류의 야담류에서는 그 패배가 전설화되거나 단지 미천한 신분 때문이라는 비극적 패배의식이 관철된다. 그러나 『임꺽정』은 종말의 패배를 위해 중간에 여러 문학적 단계들을 형상화하고 있다. 예컨대 이 소설의 후반부 화적편에서 사기꾼 노밤을, 다른 사람들의 만류에도 불구하고 믿고 옆에 둠으로써, 또 간사한 서림을 과도

하게 신뢰하여 그들의 고변에 의해 관군의 습격을 받는 것이다. 이때 노밤과 서림을 신뢰하는 임꺽정에게서 우직함과 같은 인간적 허점이 그대로 드러나고, 이런 성격적 약점이 그의 종말의 패배를 암시해주는 것이라 할 수 있다.

결국 앞서 언급한 보조자의 성격과, 평양봉물사건으로 대표되는, 개인의 위기극복과 세계에의 패배가 극단적으로 대치하는 비극성이 그의 성격적 약점과 함께 사실적으로 형상화됨으로써 영웅소설에서 보이는 추상적 이상주의와 민중영웅의 야담류를 모두 지양 발전시키고 있는 것이다.

2) 근대소설로서의 면모: 문제적 개인의 마성적 성격

이상의 작품 전체의 흐름 속에서 임꺽정의 위상변화, 내적 계보 속에서의 임꺽정의 위치와 의미를 살펴보고 고전 속에서의 영웅소설과의 관련을 검토함으로써 『임꺽정』에서의 전통의 수용과 변형문제를 고찰해 보았다.

그러나 이 소설에는 동양의 고전소설적 전통만이 개입된 것은 아니다. 종말의 패배가 안겨주는 비극성과 사실성, 그리고 개인의 위기극복이 세계 속에서는 철저한 패배로 결과되는 개인과 세계의 화해할 수 없는 갈등을 해명할 수 있는, 주인공에 대한 또 다른 의미 규명이 필요한 것이다. 여기서는 주인공 임꺽정을 당대의 가치체계에 반기를 든 문제적 개인으로 보고, 그 문제적 개인이 찾는 이상의 방향이 길을 잃었을 때 갖게 되는 '마성'과 '광기'의 측면에서 이 소설을 분석해보고자 한다.

G. 루카치는 소의 형식을 '문제적 개인이 본래의 정신적 고향과 삶의 의미를 찾아 길을 나서는 동경과 모험에 가득찬 자기인식에로의

여행'으로 규정하고 있다. 이는 물론 서구소설을 전제로 한 것이지만, 소설이 궁극적으로는 자아와 세계 사이의 갈등을 근본 축으로 한 이야기 문학이라는 명제에 동의한다면 문제성 있는 세계에 문제의식을 갖고 이상을 찾는 개인의 이야기로서의 소설은 받아들일만한 정의라고 할 수 있다.

작품에서 임꺽정은 당대의 당연하다고 인정되는 세계에 문제의식을 갖는 인물이다. 그 당연시된 가치체계는 양반 · 상놈의 유교적 신분질서이고, 임꺽정은 그 당연시된 가치체계를 거부하는 인물이다. 특히 그가 군총에 나가서 실패하거나 이해의 시체를 묻어주고 도리어 조롱을 받는 것은 세계가 가진 문제성이 자아가 가진 이상과 극단적으로 대립되는 예이다. 그런데 임꺽정은 서구소설에서 세계의 문제성 앞에 체념하는 성숙한 남자의 시각을 가진 것이 아니라 광포한 세계의 문제성 강한 세계에서 자신의 이상이 나아갈 방향을 잃어 마성화된 문제적 개인이라고 할 수 있다. 이는 특히 화적편의 꺽정에 해당하는 자이다. 루카치는 마성적 인물을 다음과 같이 언급하고 있다.

> 소설의 주인공은 언제나 찾는 자인 것이다. 찾는다는 단순한 사실은, 목표나 목표에 이르는 길이 직접적으로는 주어질 수 없다는 것을 뜻한다……만약 그러한 목표와 길이 심리적으로 직접적으로 주어지게 되면 그것은 범죄가 되거나 광기가 되는 것을 의미한다. 범죄를 긍정적인 영웅정신과 구분짓고 또 광기를 삶을 지배하는 지혜와 구분짓는 경계선은 비록 마지막으로 도달한 경과가 점차 분명해지는 절망적인 혼란과 미로의 상태 속에서 일상적인 현실과는 구별된다고 하더라도, 유동적이고 심리적인 경계선이다.[8]

---

8) G. 루카치, 반성완 역, 『소설의 이론』, 심설당, 1985, 77쪽.

　이상을 찾아가는 자아에게 세계는 인간이 만든 '제2의 자연'으로서 '더 이상 내면을 일깨우지 못하는 경직되고 낯설게 된 의미의 복합체 즉 죽어버린 내면성을 모아놓은 시체실'[9]로 다가온다. 이러한 세계는 고향을 향한 충동으로 가득한 마성적 존재에게는 의미 없는 것으로 되어 자아와 세계가 철저히 대립되는 것이다. 즉 존재하는 상황과 있어야할 당위 사이의 간극이 범죄와 광기로 나타나고 자아를 마성화시키는 것이다. 이때의 마성적 존재는 신성의 다른 면이며 범죄와 광기는 긍정적 영웅정신과 삶을 지배하는 지혜와 크게 다르지 않다. 그 이유는 "범죄와 광기는 선험적 고향상실성의 객관화, 다시 말해 사회적인 관련을 맺고 있는 인간적 질서 속에서 하나의 행위가 고향을 잃어버렸다는 사실에 대한 객관화"이기 때문이다.

　이와 같은 루카치의 입론은, 마성적 존재가 찾는 자로서의 주인공과 그가 처한 객관적 세계구조 사이에서의 불협화음이 범죄와 광기로 나타나는 상황을 말하는 것이라 볼 수 있다. 앞서의 논의에서는 임꺽정을 당대의 현실적 가치체계에 문제의식을 갖는 인물로 보았다. 즉 그는 유교적 보편주의의 세계와 대립하며 그것에 저항하는 인물인 것이다. 유년시절에 백정의 자식이라고 하대하는 훈장과 아이들에게 행패를 부린다든지 장년이 되어 전장에 출전하려고 했을 때, 역시 백정이라는 이유로 군총에서 탈락했을 때, 그는 자아가 가진 이상과 그것에 극단적으로 대립하는 세계를 분명하게 자각한다. 신분과 제도로써 인간을 억압하는 불합리한 세계에서 자아가 가진 이상은 받아들여질 수 없음을 철저히 인식하는 것이다.

　이와 같이 유년기에서 장년으로 성장하면서 세계의 횡포와 불합리성은 더욱 명확하게 드러나고 그는 그러한 세계와 자아의 갈등을 첨

---

9) 같은 책, 82쪽.

예하게 인식하게 된다. 이런 인물의 인식의 변모과정은 작품 구조상
에서는 꺽정의 스승이 현실세계에서 자취를 감춰 병해대사로 은거하
고 주인공인 꺽정 스스로가 작품의 중심이 되고, 그의 권위가 중심이
되는 의형제편이 시작되는 것과 궤를 같이 한다. 이때를 계기로 세계
의 문제성, 횡포성은 그에게 극단적으로 인식되고 총체성의 세계로
그를 인도하던 스승은 사라졌으며, 세계와는 화해할 수 없게 대립하
게 된다. 이 대립은 평양봉물사건에서 결정적으로 드러나는데, 이 사
건을 계기로 그나마 유지하던 세계와의 끈은 완전히 끊어져 버리는
것이다.

> 꺽정이 앞에 세 갈랫길이 놓여 있다. 한 갈래는 식구들이 갇혀 있는 옥으
> 로 들어가는 길이나 이 길로 가면 적어도 극변이나 원악도를 안가지 못할
> 것 같고, 또 한 갈래는 식구들을 버리고 정처없이 떠나는 길이니 이 길로
> 가면 나중 돌아올 기약이 망연할 뿐 아니라 돌아오게 되더라도 식구들을
> 다시 보지 못할 것 같고, 마지막 한 갈래는 식구들을 옥에서 빼내 가지고
> 청석골로 달아나는 길이니 서림이가 가르치고 유복이가 끌고 천왕동이가
> 권하나 이 길로 가면 막이 적굴에 빠져서 도적놈으로 일생을 마치게 될 것
> 이라. 세 갈랫길이 다 같이 꺽정이 마음에는 좋지 않았다. 도적놈의 힘으로
> 악착한 세상을 뒤집어엎을 수만 있다면 꺽정이는 벌써 도적놈이 되었을 사
> 람이다. 도적놈을 글게 알거나 미워하거나 하지는 아니하되 자기가 늦깍이
> 로 도적놈이 되는 것도 마음에 신신치 않거니와 외아들 백손이가 도적놈이
> 되는 것이 더욱 마음에 싫었다.(의형제편, 결의, 6-225)

이는 임꺽정이, 박유복과 오가가 청석골에서 평양봉물 행차를 습격
해 얻은 재물을 선물받은 것이 발각되어 식구들이 감옥에 갇혔을 때
의 고민이다. 이러한 고민 끝에 걱정은 결국 청석골 행을 결심한다.
이것은 '성숙한 남자의 체념'을 통한 사회의 승인과 세계질서의 내면

화와는 정반대되는 길을 선택하는 것이라 할 수 있다. 세계에의 눈뜸을 통해 세계가 가진 질서를 받아들임으로써, 체념과 각성이 함께하는 것이 문제적 개인의 한 길이라면, 임꺽정은 이 갈림길에서 세계의 질서를 철저히 거부하는 방향을 선택한다. 그는 자신의 아들이 영원히 도적의 아들이 된다는, 즉 영원히 이 세상의 질서에 편입되지 못하는 길을 결정한다. 이는 자기가 가진 이상이 이 세계에서 더 이상 뻗어갈 수 없다는 것을 각성한 데서 오는 자포자기이다. 즉 타락한 세계에서 도둑이라는 타락한 방식으로 자아가 가진 이상, 즉 진정한 가치를 추구하는 문제적 개인의 모습이다.

결국 자아가 가진 이상은 "내가 도둑놈이 되고 싶어 된 것은 아니지만, 도둑놈이 된 것을 조금두 뉘치지 않네, 세상 사람에게 만분의 일이라두 분풀이를 할 수 있고, 또 세상 사람이 범접 못할 내 세상이 따로 있네."라는 고백처럼 청석골의 세계에서 왜곡되어 직접적으로 주어지게 된다. 즉 찾는 자로서의 주인공이 보여주는 여행 끝에 도달했을 때의 지적 체념과 달리, 임꺽정이 선택한 길은 세계와의 어떤 타협도 매개도 없이 주어진 것이다. 이 때의 임꺽정이 보여주는 모습은 '좁혀진 영혼'의 마성화된 범죄와 광기라고 할 수 있다. '이 범죄와 광기가 긍정적 영웅성과 지혜와 별개의 것이 아니듯,[10] 그의 유년시절에 잠재되었던 긍정적 영웅성의 왜곡된 모습인 것이다. 즉 전반부에서 유년시절에 갖바치의 제자로서 그가 보여준 긍정적이고 잠재적인 영웅성이, 세계와의 극단적 대립 속에서 그 세계를 받아들이지도 못하고 그 세계에서 자신이 나아갈 방향을 발견할 수도 없게 된 상태에서는, 횡포한 광기와 마성으로 나타나는 것이다. 화적편에서 부도덕한 오입질이나 '서로 뒤쪽대는 성질'로 표현된 모순적이고 잔인한 성격

---

10) G. 루카치, 앞의 책, 78쪽.

은 유년의 긍정성이 왜곡되어 나타난 모습인 것이다.

그런데 화적편에서 주인공이 보여주는 이러한 마성적 성격은 단순히 부도덕이나 성격적 모순에 그치는 것이 아니라, 소설형식의 선험적 조건을 보여주는 것이라 할 수 있다. 즉, 이 마성화된 개인을 통하여 소설형식의 선험적 조건으로서의 유토피아(자아가 찾는 이상)와, 그 유토피아와 존재하는 세계 사이의 간극이 만들어내는 아이러니를 동시에 드러내주는 것이다. 이 아이러니는 결국 주관적 마성과 본질적 신성의 동일성을 드러내주는 것이다. 이로써 임꺽정이 드러내는 범죄와 광기는 단순한 성격 파탄자의 모습이 아닌, 있어야할 당위(본질적 신성성)에 대한 열망의 표현이라고 볼 수 있는 것이다.

이는 고전의 영웅소설에서 보여준 자아와 세계 사이의 관념적이고 낭만적인 화해의 수준을 넘어서는 인식지평이라 할 수 있다. 이 소설은 고전 속의 영웅소설과 달리, 세계 자체의 폭력성과 타락성을 객관적으로 인식하고 그것에 대한 냉철한 인식을 기저에 갖고 있는 것이라 할 수 있다.

4. 주변인물들의 성격과 기능

『임꺽정』에 등장하는 주변인물로는, 의형제 집단, 꺽정의 가족, 스승 등 다양한 인물군이 있다. 이 작품은 개인에 대한 낭만적인 영웅화의 관점을 가진 다른 역사소설과 달리 주변인물들이 평면적인 인물로 떨어지지 않고 다양한 역할과 의미를 부여받고 있는 것이 특징이다. 여기서는 다양한 주변인물들 중 갖바치와 여성, 그리고 노밤과 서림을 살펴보고자 한다. 물론 이들 외의 중요인물군인 의형제 집단이 있지만, 이들은 개개인으로서 생동감 있게 형상화 되어있으면서도 임꺽정에게, 그리고 소설 전체의 기능에서 의형제라는 동일한 기능만을 수행하고 있는 것이 특징이다. 그러나 갖바치는 '권위의 이양'을 통해 주인공에게 중심기능을 부여하는 역할을 하고, 여성들은 임꺽정이라는 인간의 순수한 개인적 삶이 관철되는 관계이기 때문에 오히려 주인공의 존재 의미와 주제의 구현에 독특한 기능을 한다. 그리고 노밤과 서림은 임꺽정과 청석골의 종말에서 핵심적인 기능을 하는 인물이다. 이상의 인물을 분석함으로써 주인공을 중심으로 했을 때와는 또 다른 관점에서 이 소설의 성격 해명에 중요한 열쇠를 발견할 수 있으리라 여겨진다.

1) 갖바치: 보조자 모티브

기존의 연구에서는 대부분 임꺽정을, '세계사적 개인'으로 설정하고 갖바치를 '중도적 인물'로 해석하는 경향이 지배적이었다. 예를 들면 강영주는 갖바치가 최상층의 양반에서부터 최하층의 백정을 매개하고 있다고 보고, 홍정운 역시 같은 의미에서 그를 중도적 인물로 분류한 바 있다.[11] 이는 루카치의 『역사소설론』에 근거한 분류인데, 갖바치의 성격을 이에 적용하기 전에 먼저 『역사소설론』에서 중도적 인물이 제기되는 서구 역사소설의 배경을 살펴볼 필요가 있다.

본격적인 의미에서의 역사소설이 서구에서 나타나게 된 것은 프랑스 혁명과 나폴레옹 전쟁이라는 거대한 역사적 체험이 있은 이후였다. 이러한 역사적 체험을 공유하면서 서구인들은 견고하게만 느껴졌던 한 시대, 한 사회의 질서가 파괴되고 새로운 사회가 건설되는 것을

---

11) 홍정운, 「『임꺽정』의 의적 모티브—세계사적 개인으로서 의적」, 『문학과비평』 2호, 1987.
  강영주, 앞의 글.

목격한다. 여기서 '과정으로서의 역사', '현재의 전사로서의 역사'라는 개념이 자리잡게 된다.[12] 이는 지금 현재를 있게 한 필연적 동인으로서의 역사, 서로 갈등하고 적대하는 계급들 간의 투쟁으로서의 역사 개념이라고 할 수 있다. 그러므로 서구 역사소설이 배경이 되는 시대는 한 사회의 안정기가 아닌 '위기에 처한 특정한 역사적 이행기'이고, 이 '이행기는 절대적인 양대 세력이 극단적으로 대립하는 것'이 특징이다. 이렇게 적대적인 양대 세력이 충돌하게 될 때, "투쟁하는 세력의 대표자들은 철두철미 그들 노선의 열정적인 옹호자들이기 때문에, 그들의 투쟁은 독자들에게 인간적인 공감과 감격을 불러일으킬 수 없는 한낱 외적인 상호파멸로 되어버릴 위험성이 생겨난다. 여기에 중도적 인물이 구성적 의미가 자리를 잡는다"[13] 즉 중도적 인물이 적대하는 세력을 매개한다고 할 때, 그 사회는 격렬한 투쟁기 혹은 이행기로서 각각의 세력은 서로 화해할 수 없을 만큼 갈등의 골이 깊은 상태라는 전제가 깔려있고, 이런 전제에서만 상·하층이 중도적 인물에 의해 매개된 다는 것이다.

그러나 이 작품이 배경이 된 시대는 실제 역사적 시대나 소설내적 시대나 모두 적대적인 세력이 충돌하는 이행기의 사회가 아니다. 소설 내에서, 양반이나 하층민 모두 자기노선을 의식적으로 옹호할 만한 의식이 없는 상태이다. 피지배층인 임돌, 임꺽정이 양반에 대해 불만이나 적대감을 표현하고 있지만, 그것은 양반을 대타적인 적으로 규정하고 그 반대의 노선으로 싸우는 의식이라고 할 수는 없다. 지배층 또한 몇 번의 사화와 궁중의 알력을 통해 자신들 내부의 권력투쟁에 몰두하고 있을 뿐 피지배층에 대한 위기의식을 전면화하지는 않는다. 안진사 일행의 박유복에 대한 하대나, 백정의 사위인 이장곤에게

---

12) G. 루카치, 이영욱 역, 『역사소설론』, 거름, 1987, 16쪽.
13) 앞의 책, 35쪽.

공짜로 키를 빼앗고 곤장을 때리는 접장의 횡포가 보여주는 것은 서로 적대적인 두 세력의 싸움이 아니라, 기존 신분질서에 입각한 일상적 행동인 것이다. 결국 『임꺽정』이 배경이 된 시대는 기존 질서가 흔들림 없이 공고한 시대이지 이행기의 투쟁의 시대라고 할 수 없는 것이다. 그러므로 양쪽을 인간적으로 매개할 중도적 인물의 필연성 자체가 박약한 편이라고 할 수 있다.

결국 중도적 인물이 제기될 수밖에 없었던 서구의 역사체험, 그것에 다른 역사소설과는 다른 배경에서 나온 『임꺽정』의 갖바치를, 상·하층을 매개한다는 이유에서 중도적 인물로 설정한다면 서구의 역사소설에서 중도적 인물이 담당한 역할을 사상한 채 이론을 도식적으로 적용하는 것이 된다. 또한 무엇보다 작품 곳곳에 나오는 갖바치의 신비한 능력, 앞날을 꿰뚫어 보는 능력을 해명할 길이 없어지고 만다.

필자는 이런 갖바치의 존재를 고전소설 속의 '보조자' 모티브로 해석하고자 한다. 고전의 영웅소설에는 도사 도승으로 불리워지는 역할적인물들이 존재하는데, 이들의 주된 기능은 소년기의 주인공에게 무예를 학습시키고 후일 국가적 위기의 해결에 도움을 주는 선기(仙器)를 부여해줌으로써 '조력자'이면서 '증여자'의 기능을 하는 것이다.[14] 주인공과 이들의 만남은 주인공이 지닌 일상적 삶의 궤도를 영웅적 삶의 궤도로 전환시켜주는 계기를 조성해주는 것이다. 이를 통해 주인공에게 국가적 위기의 극복과 상대역과의 투쟁을 대비한 예비적 능력의 전수 및 초월적 능력을 부여하는 것이라고 할 수 있다. 이러한 인물들은 '구출자', '양육자', '조력자', '증여자', '보조자' 등의 명칭이 부여되지만 대개 이상과 기능을 하는 인물들이다.

『임꺽정』 속의 갖바치는 이와 같은 영웅소설 속의 '보조자'와 관련

---

14) 김용범, 「영웅소설에 나타난 도교사상 연구」, 한양대학교 대학원 박사학위 논문, 1988.

지어 생각해 볼 수 있다. 갖바치는 어려서부터 기운이 장사이면서 백정이라고 천시하는 서당 선생에게 행패를 부리는 등 말썽 많은 꺽정을 맡아 가르치면서 그의 보호자이자 정신적 지주가 되었다. 이는 앞서 '인물계보의 내적 형식'을 통해 밝힌 바와 같이 정희량에 의해 갖바치에게 초능력과 신성성이 부여되어 갖바치의 현실적 신분질서를 넘어서게 했던 것처럼, '정희량-갖바치-임꺽정'으로 이어지는 내적 계보 속에서 꺽정의 인간적 결함에도 불구하고 그를 잠재적 영웅으로 만들어준 힘이다.

결국 조선조의 영웅소설들에서 등장하는 보조자들이 주인공을 학습시키고 선기를 증여함으로서 주인공을 영웅적 삶의 궤도로 전환시켜준 것과 같이 『임꺽정』에서 갖바치 역시 주인공을 교육하고 인도함으로써 그에게 잠재적 영웅성과 긍정성을 부여하는 보조자의 역할을 하는 것이다. 이는 위에서 주인공의 의미규정을 통한 '고전 소설의 수용과 변형을 살피면서 고찰 한 바 있지만, 갖바치의 보조자적 면모 속에서도 이 작품 속에 수용된 고전 소설의 전통을 짐작해볼 수 있는 대목이다.

그러나 이 갖바치에게는 영웅소설의 보조자 모티브만으로는 완전히 해명할 수 없는 변형이 존재하는데, 이것이 이 작품을 근대적 사실주의 소설로 열어놓는 역할을 한다. 즉 그가 보조자로서 주인공 맺는 관계가 고전소설과 일정한 정도의 차별성을 갖기 때문이다. 고전소설 속에서는 도사나 도승이 주인공에게 구체적인 둔갑술과 같은 초능력이나 선기를 증여함으로써 결말에서의 종국적 승리 혹은 영웅적 삶의 필연성을 보증해주는 역할을 맡는다. 그러나 이 소설에서는 비록 유년시절에 두드러지긴 하나 주인공에게 잠재적인 영웅성과 도덕적인 긍정성을 부여하는 것이 비현실적인 초능력이나 선기가 아닌, 정희량으로부터 이어지는 인물계보에 의한 '내재적 권위'의 이양을 통해서이다. 이는 보조자의 기능은 같지만 이 기능이 표출되는 방식이 사실성을 갖고 있는 것이라 할 수 있다. 또한 정희량으로부터 갖바치에게는 '부주비전'과 '망단기결'을 통해 비현실적인 초능력과 선기가 증여되지만 이것이 임꺽정에게는 증여되지 않음으로써 종말의 패배를 암시하고 있다. 이 종말의 패배는 앞서 살핀 바와 같이 자아와 세계와의 갈등에서 자아가 패배한다는 비극적 인식을 보여주는 것이다. 이런 비극적 인식은 고전소설이 보여주는 권선징악과 해피엔딩 속에 나타난 단순한 이상주의적 세계관에서 벗어나 세계 자체를, 세계가 가진 폭력성과 그에 대립하는 자아의 실상을 명확히 인식하는 근대성을 기반으로 한 것이라 할 수 있다.

결국 갖바치의 이런 기능과 역할을 통해 볼 때, 이 소설은 보조자 모티브의 활용을 통해 고전소설적 전통을 이어받으면서도, 근대적 사실성에 입각한 세계에 대한 통찰을 보여줌으로서, 전통의 수용과 근대적 지향이 관철되고 있다고 할 수 있다.

2) 여성들: 미천함과 고귀함의 가치전도

이 작품에는 여성인물이 상당히 많이 등장한다. 최상층의 문정왕후나 정난정, 고리백정에서 정경부인이 된 봉단, 여러 의형제들과 인연을 맺는 여인들, 그리고 무당, 기생 등 다양한 계층, 다양한 개성을 지닌 여인들이 등장한다. 이 많은 여성들 중에서 임꺽정과 직접적으로 인연을 맺는 여성들을 살펴보고자 한다.

임꺽정이 처·첩으로 관계하는 여성들은 천민 출신 여성들과 상층 양반 출신여성들로 나뉜다. 여기서 임꺽정은 현실적 지배질서에서 소외된 천민 출신 여성들에게 자기동일성을 발견하고 애정을 기울이는 한편, 상층 양반 출신의 여성들에 대해서는 그들을 조롱함으로써 지

배적 가치의 허상을 폭로하고 풍자하고 있다. 이를 구체적으로 살펴
보도록 하자.

운총은 도망친 관노의 딸로서 동생 천왕동이와 함께 백두산에 사냥
하면서 살아온, 천성적으로 순결한 처녀이다. 임꺽정과 운총의 만남
은 신비롭고 엄숙하게 묘사되어있다.

> 꺽정이가 당집 안에 들어올 때 반은 장난으로 생각하여 되는대로 중얼거
> 리다가 홀째 엄숙한 생각이 나서 "꺽정이는 운총이를 아내로 정합니다."하
> 고 고개 숙이었다. 운총이가 아들을 말하라고 졸라서 "아들도 일즉 낳기를
> 바랍니다." 하고 꺽정이는 조금도 웃지 않고 아들까지 축원하였다. 꺽정이
> 가 운총이와 함께 천왕당에 나와서 운총의 손을 잡고 새삼스럽게 운총이
> 얼굴을 들여다보니 맑은 눈 속에 박혀 있는 이쁘장스러운 눈동자에 천왕의
> 모양이 비치어 보이는 것 같았다. 이와 같이 사랑스럽고 거룩한 눈동자는
> 온 세상을 다 뒤져보아야 도 다시 보기 어려우리라고 꺽정은 생각하였
> 다.(피장편, 형제, 2-303)

어떤 형식도 절차도 없이, 부모의 승낙조차 없이 두 남녀가 백두산
의 인적 없는 산속에서. 그냥 눈이 맞아 맺어진 이 만남은, 특히 그들
이 도망친 관노의 딸과 백정총각이기에 삶의 형식적 가치와 지배질서
에서 보았을 때는 보잘것없고 천하기까지 한 만남이다. 그러나 이 만
남은, 신성성을 가진 갖바치에 의해 인도된 것이고. 운총의 신비에 가
까운, 때묻지 않은 순결성, 그리고 '백두산 천왕당'이라는 신령스러운
공간에 의해 엄숙하고 신성한 의미를 부여받고 있다. 갖바치에 의해
인도되는 전반부에서의 꺽정의 애정은 '미천함의 신성화'라는 역설로
특징화되는 것이다.

운총 이외에 꺽정이 진실한 애정을 기울인 또 다른 여성은 소홍이

라는 기생이다. 꺽정이 서울에서 관군으로부터의 위기에 직면했을 때, 서울의 세 명의 처를 제치고 그녀에게만 자신의 정체를 고백하고, 소홍 역시 모든 것을 버리고 꺽정을 따라나설 만큼, 둘은 진실한 애정을 나눈다. 이 소홍과의 애정은 운총과 같이 미천한 신분끼리 관계인 것은 공통되지만, 운총과의 관계에서 있었던 신성성은 배제되어 있다. 후반부에서 갖바치가 세상을 떠난 후, 화적패의 두목으로 인간화된 꺽정이 신성성으로부터 벗어난 이후 맺는 순수한 남녀간의 애정인 것이다.

이처럼 꺽정이 일생을 통해 진실한 애정을 기울인 여성은 운총과 소홍으로, 도망친 관노의 딸이거나 기생이다. 그들은 모두 정식으로 '육례'를 갖추는 등의 형식적 절차 없이 순수한 애정으로 맺어진 여인들이다. 갖바치의 신성성에 의해 인도되던 시기의 꺽정에게 순수하고 신비한 형상으로서의 애정의 대상이었던 운총은, 화적편에서 안간화된 꺽정이 중심일 때는 신비성이 퇴색하고 괄괄하고 평범한 아낙으로 변모되고, 이 시기 애정의 대상인 소홍 역시 스물다섯살의 나이 든 기생으로만 그려진다.

한편 애정의 대상인 운총과 소홍 외에, 꺽정은 서울에서 세 명의 처를 두었는데, 모두 양반가의 여자들이다. 이들은 가난한 양반의 외동딸 박씨, 원계검 판사의 딸 원씨, 그리고 열녀로 조정에서 정문을 받은 김씨로서, 이들은 모두 자신들의 신분에 대한 자부심을 갖고 있는 인물들이다. 그런데 바로 이 양반에 대한 강한 자부심으로 인해 역으로 임꺽정이라는 천하의 도둑의 아내가 된다는 것이 아이러닉한 상황을 만들어 낸다.

박씨는 가난한 집 외동딸인데, 빚에 몰려 남의 첩으로 가야하는 상황에서 "남의 첩으로는 죽어두 가기 싫어", "빚을 갚아주고 육례를 갖추어 정식으로 혼인하겠다"는 임꺽정의 아내가 된다. 그리고 원씨는

"팔자가 세어 세 번 과부가 된 뒤라야 잘 살 수 있어서…… 개가를 큰 흠절로 치는 양반 댁 따님으로 세 번씩 과부가 될 수 없어서 사내아이를 보쌈하였는데", 사내아이의 원수를 갚아주려던 꺽정이 그녀를 죽이려다 미모에 반해 같이 살게 된 여성이다. 그러나 원씨는 다음과 같은 생각에 임꺽정의 아내로 자처한다.

> 늙은 여편네들의 말을 대간 추려듣더리도 임선달은 인물이 영특하고 임이 천하장사이고 칼을 잘 쓰고, 말을 잘 타고 기외 여러 가지 비범한 것이 옛이야기 책에 나오는 영웅호걸과 방불하였다… 그 뒤로 오직 바라는 것은 임선달이 출장인상하게 되는 날 부모를 만나보는 일이라 몇 해 동안 매두몰신하며 임선달의 출세하기를 기다리려고 생각하여……(화적편, 청석골, 7-193)

또한 김씨는 성격이 포악스럽고 심술스러운 과부로서, 젊어서 남편을 호랑이에게서 구해내어 조정에서 열녀문을 받은 여성이다. 꺽정이 이 김씨의 이웃집에 살면서 싸움이 나고 그녀를 해치려다가 같이 살게 된 여인이다. 임꺽정이 김씨의 집에 들어갔을 때, 그녀는 다음과 같이 자신의 신분에 대해 강한 자부심을 나타낸다.

> 꺽정이가 미처 대구하기 전에 말을 다시 이었다.
> "양반의 댁 기집 종"
> "양반의 댁이란 다 무어냐? 이년아"
> "내말을 다 듣고 나서 말해라, 기집 종을 빼돌려 팔아먹구 안부인 몸에 손찌검하구 밤중에 양반의 댁 안방"
> "그래두 또 양반의 댁이야?"
> "양반의 댁을 양반의 댁이라고 하지 무어라구 하랴."
>
> (화적편, 청석골, 7-216)

이 세 명의 여성은 모두 육례를 갖추고, 개가를 큰 험절로 아는 양반가의 여자들로써 삶의 외부적 가치를 소중히 여기고 그런 질서 속에서 정상적이고 지배적인 위치에 편입된 계층들이다. 그러나 양반의 자존심과, 삶의 표면적 형식적 가치를 소중히 여기면서 천하의 도둑을 영웅호걸로 알고, 열녀로서 이웃집 남자와 정을 통하는 등 그들이 소중히 여기는 가치와 상반되는 천하고 어리석은 행동을 보인다. 운총과 소흥이 그들의 미천함에도 불구하고 진실하고 아름답게 그려져 있다면, 이 여성들은 그들이 보여주는 형식적 가치들에도 불구하고 우스꽝스럽고 부도덕하게 풍자화 되어 있는 것이다.

이렇게 볼 때 임꺽정과 여성과의 관계는 당대 지배적 가치에 대한 태도표명의 한 방식이라고 볼 수 있을 것이다. '미천함의 신성함' '보잘 것 없음의 진지함'과 '지배적 가치에 대한 조롱'이라는 역설을 통해, 지배질서를 비판하고 인간의 본연적 가치를 추구하는 궁극적 의미와 상통하는 것이다.

3) 노밤과 서림: 영웅과 소인의 위계전도

노밤과 서림은 작품 전개상 임꺽정의 종말에 가장 결정적인 영향을 끼치면서 문학적 기능이 매우 독특한 인물들이다. 서림은 평양 아전 시절, 잦은 포흠이 발각되어 도망가다 청석골 화적패에게 잡혀 입당한 인물이다. 비상한 머리와 약삭빠른 상황판단으로 우둔하고 의리뿐인 청석골 두령 사이에서 모사로서의 역할을 담당한다. 노밤은 '임꺽정'이란 이름으로 도적질을 하다, 꺽정에게 혼이 나고 꺽정을 따라온 인물이다. 수다스럽고 거짓말을 잘하여, '불길한 화상이니 내보내라'는 주위의 충고에도 불구하고, 꺽정이 "아무짝에 쓸데없는 기와깸이로 알면서도 미친 체 하는 것을 밉지 않게 보고 거짓말하는 것을 웃음

거리로 들어서 심심할 때 소일감이 되는 까닭에" 곁에 둔다. 그런데 임꺽정은 가장 믿었던 서림과 가장 가까이 있는 노밤에 의해 고변을 당하고, 청석골 자체도 멸망당하는데, 이를 위해 작가는 고도의 복선과 암시를 깔고 있다. 이 복선과 암시는 스토리상의 사건 설정과 그들에 대한 화자의 거리감각으로 나타나고 있다.

먼저 서림에 대해서는 순박한 곽오주의 시각을 통해 끊임없이 그를 부정적 인물로 각인시키면서, 그를 의형제 결의에서 빠지도록 배치한다. 스토리상으로 볼 때 그가 의형제 결의에서 빠지는 것은 곽오주의 반대 때문이지만 그때까지 부각된 그의 부정적 성격과 함께, 이후에 배반할 것에 대비해 의도적으로 7인의 의형제 집단에 소속시키지 않은 것으로 볼 수 있다. 그리고 화자의 거리감각은 사실은 화적편 전체에 해당되는 서술 특징이지만 특히 노밤과 서림을 언급할 때 두드러진다.

도당의 모사로서 모든 결정을 그의 의사에만 의거해 내릴 정도로 믿었던 서림, 그리고 웃음거리로만 여겨 귀여워한 노밤에게 배신을 당하고 멸망당하는 것은, 서구문학에서 꼬마소년에 의한 거인퇴치 로맨스나, 꾀많은 하인, 혹은 피가레스크 소설에서 악한에 의해 우롱당하는 것과 같은 알라존과 에이론의 관계에 의해 나타나는 상황적 아이러니[15]에 비교할 수 있다. 즉 임꺽정은 노밤과 서림의 입장에서 볼 때 엄청나난 힘을 가진 '알라존'이고 노밤과 서림은 힘없는 '에이론'이다. 임꺽정이 이들과 인연을 맺게 된 것도 이들이 임꺽정과 친척이라거나 혹은 자신이 바로 임꺽정이라고 거짓말을 해서 맺어진 것이

---

15) N. 프라이, 임철규역, 『비평의 해부』, 한길사, 1989, 59쪽. 아리스토텔레스의 『윤리학』에 에이론은 알라존과는 반대로 자기를 비하시키는 인물이나 알라존은 자기를 실제 이상의 존재인 것처럼 가장한다든가 그렇게 되고자 애쓰는 인물이다. 허풍선이 병사, 괴짜현학자 등이 이에 해당한다.

다. 이는 이 두 인물이 임꺽정이 가진 위력을 누구보다도 잘 알고 있었음을 반증해 주는 것이며 나아가 약삭빠르게 임꺽정의 위력을 이용하는 것을 보여준다.

이렇게 자신을 이용하고 배신하면서 자신을 농락하는 이들에 대해 임꺽정은 철저하게 '우둔한 아량'으로 일관하고 있다. 서울에서 소흥의 집에 관군이 닥쳤을 때, 밀고한 사람이 노밤일거라는 두령들의 말을 믿지 않는 것은 물론, 서림이 포청에 잡혀 조정에 귀순하여 청석골에 관군이 투입되는 상황에서도 다음과 같이 생각하는 것이다.

> 꺽정이는 서림이가 조정에 귀순한 줄을 안 뒤에도 서림이에 대하여 아직 용서성이 많았다. 서림이가 마산리 모임을 고발한 것은 용서하기 어려운 죄이나 약한 위인이 혹독한 단련을 받고 본의 아닌 소리를 지껄였거니 서림이가 처자를 그대로 두지 않고 꾀바르게 빼간 것은 괴씸한 짓이나 저의 죄가 처자에게 연좌 쓸가 겁내기도 용혹무괴한 일이거니, 꺽정이가 이렇게 너그럽게 생각한 것은 서림이를 자기의 제갈량으로 알아서 아니 들은 말이 없고, 아니 쓴 계교가 없도록 종시 신임하였으므로 서림이 제 비록 조정에 귀순하였을지라도 자기의 은의를 잊지 아니하려니 믿었던 까닭이다.(자모산성 上 , 조선일보, 1939. 5. 17)

이렇게 화적편에서 노밤이나 서림과 임꺽정과의 관계를 볼 때, 화자는 부정적인 인물인 노밤과 서림에 대해 거리감을 갖고 그들을 드러내 놓고 가치절하시키고 비웃으면서 그들을 부정적 인물로 서술하고 있다. 한편 이런 못나고 미약한 노밤과 서림이 청석골 대장이며 조정에서도 그의 존재를 두려워할 정도의 괴력을 지닌 임꺽정을 마음대로 주무르면서 철저히 골탕먹이고 있다. 즉 화자는 못나고 세력이 약한 노밤, 서림(에이론)에 대해서도 거리를 취하고 그런 못난이들에게 골탕 먹는 천하장사 임꺽정(알라존)에 대해서도 거리를 취하면서, 약하고 하찮은 이들에 의해 강력한 인물, 강력한 청석골이 골탕먹고 와해되는 아이러닉한 상황 자체를 내려다보면서 풍자하고 비웃는 것이다. 화적편에서 화자가 갖는 이러한 거리감각은 작품의 전반부와 비교할 때, 주목할 만한 변화이다. 이는 갓바치라는 신성화된 인물에 의해 인도될 때와는 다른, 마성화된 광기를 표출할 때의 아이러닉한 상황에 대해 화사가 갖는 경쾌한 거리감각이다.

결국 임꺽정은 갓바치에 의해 인도되던 유년의 '자애로움', '곰살곶음'은 세계의 횡포성 앞에서 사라지고, 자기가 가진 이상의 무력함 앞에서 광기화되며, 끝내는 그 세계의 가장 미약한 인물에 의해 놀림당하고 골탕먹으며 종말을 향해 치닫는 것이다.

5. 『임꺽정』의 전통성과 근대성

이상 『임꺽정』의 인물구조와 그것이 나타내는 의미망을 살펴보았을 때 이 작품에는 근대문학적 요소와 고전문학으로부터 이어지는 전통적 요소가 복합적으로 존재함을 알 수 있다. 더구나 이 두 요소가 단순히 병존하는 것이 아니라 전통적 요소들의 자기지양 속에서 근대성의 면모가 드러나고 있음을 알 수 있다.

주인공 임꺽정이 고전 소설에서 익숙한 영웅소설의 주인공의 면모를 갖고 있음에도, 영웅소설에서 나타났던 자아와 세계의 관념적 화해의 수준을 넘어, 세계의 횡포성과 불합리성을 정면으로 인식하고 거기에 반항함으로써 자아와 세계의 진지한 대립과 갈등의 면모를 보이는 근대소설의 주인공으로 자리잡는 것이 그 예이다. 또한 고전 소설이나 야담에서 자주 등장하는 보조자 모티브의 역할적 인물에 해당하는 정희량이나 갖바치와 같은 비현실적 인물들은 '내적계보' 속에 위치하여 임꺽정을 향해 의미가 집약됨으로써, 고전문학 속에 보이던 비현실성과 상투성을 극복하고 사회의 현존하는 세계의 지배적 가치에 저항하는 인물의 내면의 정당성을 만들어내는 것이다.

이 작품이 창작된 1930년대는 개화 이후 한 세대 하는 시간이 흐른 시점이고, 시에 있어서 모더니즘 운동이나 이상의 『날개』, 박태원의 『소설가 구보씨의 일일』 등 문학에 있어서 새로운 현대적인 형식실험이 행해지던 시기이다. 이러한 시기에 창작되어, 야담과 같은 낡은 형식과 통속소설적이고 세태소설적인 면모를 가진 것으로 평가되어온 『임꺽정』을 주목할 필요가 있는 것은 바로 이와 같은 이유에서이다. 즉 문학에 있어서의 근대성이, 고전문학적 전통과의 단절과 새로운 형식실험으로서만 이루어지는 것이 아니라 고전문학적 전통의 자기지양과 대화적 관계있다는 것을 보여주는 것이다.

『임꺽정』의 서술방식에 나타난 전통성과 근대성

1. 들어가는 말

소설장르의 기본특징은 이야기와 이야기를 전달하는 화자가 존재한다는 것이다. 이 둘은 서로 간에 영향관계를 주고받으면서 불가분의 관계를 맺고 있으며 나아가 전달형식, 즉 서술방식은 이야기의 내용의 전달 기능을 넘어서 의미부여적, 의미해석적 기능까지 갖고 있다고 할 수 있다.

홍명희의 『임꺽정』을 총체적으로 검토하기 위해서는 서술방식에 대한 연구가 필수적이다. 이 글에서는 이 작품 전체의 서술 특징과 연원을 '이야기 구연성'의 측면에서 접근하고자 한다. 그리고 나서 이러한 이야기 구연성을 바탕으로 하면서도 각 편별로 약간씩 다르게 나타나는 서술방식과 그 변모과정을 내용과의 상보적 관계에서 살펴보도록 하겠다.

2. 설화체의 이야기 구연성과 그 특징

이 작품이 씌어진 1920년대 말부터 1930년대까지는 강단운동과 같이, 역사를 연의체로 풀어 대중화하는 움직임이 있었다. 당시 야담 운동의 선구에 있던 김진구는 야담을 '민중사의 기록'으로 정의하였 고,[1] 염상섭은 "'문단적 퇴영'이라 할 만큼 형식적으로는 미흡하나 문 예의 민중화라는 관점에서 사회적으로 필요한 장르"로 언급[2]한 바 있 다. 이처럼 식민지 시대 야담(강담)은 민중에게 민중의 역사를 알기 쉽 게 전달한다는 취지에서 널리 유행한 바 있다.

이런 사회적 상황에서 홍명희 역시 『임꺽정』을 강담의 일종으로 썼 다고 언급하면서 역사를 소설화하는데 많은 관심을 갖고 있었다.[3] 그 러나 『임꺽정』은 당대 야담운동과의 관련에서 씌어졌으면서도 그러 한 야담(강담)의 한계를 극복하면서 뛰어난 문학적 성취를 이루는데, 이는 역설적이게도 강담이 갖는 '이야기 구연성' 자체를 풍부하게 수 용 발전시키면서 이루어진다.

설화체의 이야기 구연성이란 이야기꾼이 청중을 대상으로 이야기 를 구술하듯 말하는 방식으로서, 화자의 존재가 확연히 드러나고 소 통의 현장성이 두드러지는 것이 특징이다. 이런 특징은 야담이나 판 소리 등이 한문단편과 판소리계 소설로 기록되기 이전의 '들려주는 문학'의 전통과 관련된다. 그러므로 이 들려주는 문학전통이 활자화 된 근대문학 속에 수용될 때 그 작품이 갖는 작가−독자 관계는 화자− 청자 관계로 변화되어 나타나는 데, 이런 양상을 보여주는 예를 채만 식과 김유정의 소설에서 볼 수 있다.

---

1) 김진구, 「야담출현의 필연성」, 동아일보, 1928. 2. 6.
2) 염상섭, 「강담의 완성과 문단적 의의」, 『조선지광』, 1929. 1, 117쪽.
3) 「벽초 홍명희 선생을 둘러싼 문학 담의」, 『대조』, 1946. 1.

『임꺽정』 역시 이러한 들려주는 문학 전통을 복원, 수용하여 작가-
독자관계가 약화되고 화자-청자 관계가 두드러지는 이야기 구연성을
작품 전반의 서술 특징으로 갖고 있다. 이런 서술방식을 통해 독자와
의 과거의 유대 방식을 복원함으로써 독특한 소설적 재미와 효과를
만들어내고 있다. 이를 구체적으로 살펴보도록 하자.

1) 작품 전면에 드러나는 화자

이웃사람은 고사하고 갖바치 이외의 갖바치 집 식구까지도 그 손님이 누
구인 것을 잘 알지 못하였다. 알지 못하였기에 망정이지 알고 보면 놀라지
아니하지 못할 만한 희한한 손님이었으니, 그 손님의 성은 조씨요 이름은
광조요, 자는 효직이요 호는 정암이나 그때 벼슬이 사헌부 대사헌이었다.
(피장편, 2-8)

이것은 갖바치와 조광조의 교유를 소개하는 대목이다. 여기서 화자
는 갖바치의 집에 드나드는 조광조를, 다른 등장인물들은 물론 독자
역시 잠작하지 못했을 것으로 여기고, 비밀스러운 일을 자신만 알고
있는데도 그것을 공개한다는 어투로 자신의 존재를 작품 전면에 드러
내고 있다.

덕순이가…… 오히려 성명을 숨기던 사람이 갑자기 서울로 올라와서 본
성명으로 내놓고 지내게 된 사정을 명백히 알게 하려니 자연히 조저의 전
후 형편가지 이야기 하여야하겠고, 조저이야기에는 궁중형편까지 겸하여
이야기 할 것이 있음으로 중간 이야기가 조금 장황하다.(피장편, 2-223)

대체 보우의 역모하였다는 소문이 터무니없는 소문은 아니나 소문과 같
지는 아나하였다. 처사별과 같이 한 구석에 숨어있는 조남명과 상서별과

같이 나타났다 사라졌다하는 이토정의 이야기는 그만두고 제원을 침범한 요기로운 별과 같은 보우의 일을 자세히 이야기 할 터이다.(양반편, 3-199)

위의 예문 역시 화자가 전면에 드러나고 있다. 어떤 사실을 객관적으로 보여줄 뿐 작가의 견해가 억제되는 리얼리즘 소설과 달리, 듣는 사람을 앞에 놓고 빠진 이야기를 거슬러 오르기도 하고 화자 자신의 가치판단을 청자에게 드러내놓고 주장하기도 하면서 '지금 있는 이야기는 전달되고 있다'라는 듯 중개성을 공공연히 공개하고 있는 것이다. 이렇게 화자가 드러나고 구연성이 확연할 때 독자는 마치 작가와 마주앉아 이야기를 주고받는 것 같은 생생한 현장감과 친밀감을 갖게 된다.

2) 화자와 청자간의 친밀감의 기능

화자를 작품의 표면으로 드러내는 이런 서술방식이 작가와 독자 사이에 생생한 현장감과 친밀감을 자아내고 있다면, 이런 현장감과 친밀감은 작품 속에서 어떤 기능을 하고, 미적 효과에 어떻게 기여하는지 자세히 볼 필요가 있다.

단적으로 말하면 화자와 청자간에 친밀감이 생겨 일체가 됨으로써 어떤 작중인물이나 사건에 대해 작가가 가치평가를 내릴 때 독자와 공감대를 이루게 된다. 그래서 작가와 독자가 한편이 되어 어떤 등장인물을 동정하거나 비웃거나 무시하거나 깍아내리기도 한다. "살랑살랑 하던 삭불이는 낫살을 먹어도 전과 별로 다름이 없어서 몸을 잠시도 가만히 두지 아니하고 깝신거리면서…… 머리를 까딱하여 깃을 빼도롬하게 쓰고 다시 한번 허리를 굽신하였다."와 같은 대목을 보면 그러한 직접적 설화 방식의 효과가 잘 나타나있다. 이것은 이야기 구연

성보다는 삭불이라는 인물을 묘사한 것이지만, 이 인물에 대한 부정
적인 가치판단을 화자가 독단적으로 내리는 것이 아니라 '살랑살랑'
이라든지 '빼도롬하게'와 같은 친밀감 있는 수식어로 독자에게 삭불
이의 과거 모습을 상기시키면서 화자의 판단에 공감하도록 이끌고 있
다. 결국 이 부분을 읽는 독자와 화자가 한편이 되어 삭불이라는 인물
을 경멸하게 만들고 있는 것이다.

한편 부정적인 가치평가 외에 어떤 인물에 대해 긍정적 가치평가를
내릴 때에도 구연성을 통한 화자와 독자간의 친밀감으로 공통의 가치
평가를 내리게 하기도 한다.

> 나이 열여덟에 더구나 숙성한 처녀지만 처녀야 어디가랴, 낯선 사내와
> 같이 자게 되더라도 송구한 마음이 없지 못하거늘 말만 들어도 섬뜩한 귀
> 신과 잠자리를 같이 하게 된다하니 여간 겁이 날 것이랴. 울지 않은 것만도
> 오히려 나이 값으로 볼 것이다.(의형제편, 4-131)

이것은 최영 장군 귀신의 마누라로 뽑힌 처녀가 외딴 산 속에서 박
유복을 만나 그를 귀신으로 알고 떠는 대목이다. 마치 듣는 사람을 앞
에 앉힌 것처럼 친절하게 설명하면서 독자의 동정심을 끌어내고 있다.

3) 구어체의 리듬감의 장황한 수사

화자의 구연성과 그로 인해 빚어지는 독자와의 일체감은 작중인물
에 대해 작가, 독자의 공통의 가치평가를 내리게 하기도 하지만, 한편
으로 생생한 이야기 구연성 자체는 작품 전개에서 꼭 필요하지는 않
은 장황한 수사로 판소리 사설과 같은 "말" 자체에서 느껴지는 구어체
의 리듬감을 주기도 한다.

　　돌이는 일지의 집으로 놀러가고 돌이 아버지가 혼자 방에 누웠다가 두
사람을 보고 반색하며 이리 앉아라, 저리 앉아라, 홀아비 늙은이가 긴긴 밤
에 심심하여 죽겠는데 잘 들왔다, 반갑다, 고맙다, 한바탕 호들갑을 떨
고…….(봉단편, 1-107)

이 대목을 보면 들려주는 문학전통의 요소가 특징적으로 잘 나타나
있다. 이처럼 하나의 문장이 끝없이 길게 이어지는데, 이는 한 장면에
대한 절제된 객관적 묘사가 아니라 수다스럽고 장황한 사설로서 음악
적 가락을 느끼게 하는 대목이다.

　　마당 안에 들어섰는 여편네가 꺽정이와 눈이 마주치자 아랫입술을 빼물
고 슬쩍 외면하였다. 여편네는 늙도젊도 않고 크도작도 않고 몸집은 뚱뚱
하고 낯판은 둥그런데 거벅스럽고 심술스럽고 억척있고 끼억있고 틀지고
건방져 보였다.(화적편, 7-206)

이것은 서울에서 원씨와 살림을 차린 임꺽정의 집 이웃에 사는 김
씨의 모습을 묘사한 대목이다. 『장화홍련』에서 계모의 모습이나 『흥
부전』에서 놀부의 모습, 또는 『심청전』에서 뺑덕어멈을 묘사할 때처
럼 리듬감 있는 장황한 수사를 여기서도 확인할 수 있다. 이는 대사에
대한 정밀한 객관적인 묘사 이전에 말 자체에서 느껴지는 재미를 살
린 것으로서 근대적 산문 정신 이전에 우리 문학에 내재해 있던 율문
전통을 복원, 수용한 것이라 할 수 있다.

3. 서술방식의 교체 과정

앞서 살핀 것처럼 화자가 드러나는 상황은 서술의 전달 중개성이

공개된다는 것을 뜻한다. 슈탄첼은 '서술자의 등장(중개성)'이라는 면
과, 보고적 서술과 장면묘사라는 서술의 구 기본 형식을 고려하여 소
설의 서술상황을 주석적(작가적) 서술상황과 1인칭 서술상황, 인물시
각적 서술상황의 3유형으로 분류한 바 있다.[4] 주석적 서술은 "작품세
계 바깥의 한 개인적 서술자가 자기의 존재를 알리는 것을 의미" 하며
전달중개성이 가장 크게 공개된 것이다. 1인칭 소설에는, 서술자 나가
등장하여 전달 중개성이 공개되기는 하나 주석적 서술과 달리 이 나
는 곧 작품 세계 내부의 등장인물에 속한다. 그리고 인물시각적 소설
에서는 "19세기 이후에 확산된 사실주의 소설의 특징으로서 서술자의
존재가 독자에 의해 인식되지 않으며, 독자는 마치 작중사건에 참여
하는 것과 같은 객관성의 환상을 지니거나 한 작중인물의 눈을 통해
관찰하게 된다. 이 인물시각적 서술은 장면묘사가 보다 크고 '직접성
의 환상'이 크게 작용하는 것이다.

　여기서는 이러한 중개성의 문제를 『임꺽정』 속에서 각 편별로 서술
방식이 어떻게 변화하는 가를 살펴보고자 한다. 물론 『임꺽정』에서는
전통적 서사양식에서 보인 들려주는 문학전통 즉, 이야기 구연성이
독특하게 수용된 것이고, 서구의 서술자 개념은 작가에 의해 창조된
작품 내적 인물이라는 차별성을 갖는다. 그리고 전통적 서사양식에서
보이는 이야기꾼으로서의 화자는 근원사실을 채취하여 이야기화하는
데서 보듯 전달의 기능과 창조적 기능을 함께 갖고 있는 것이 사실이
다. 그렇게 때문에 이 분석에서 '중개성'의 문제를 다룰 때 서구이론
을 그대로 적용하는 것은 위험스러운 일이 아닐 수 없다.

　그러나 앞서 언급했듯, 기본적으로 소설의 형식을 전달된 이야기로
받아들이고 이야기와 이야기 전달자의 존재를 본질적 특징으로 할 경

---

4) F. K. 슈탄첼, 안삼환 역, 『소설형식의 기본유형』, 탐구당, 1986.

우 이 전달 중개성의 문제는 『임꺽정』의 서술방식을 분석할 때 상당한 근거가 되리라 여겨진다. 또한 앞서의 분석에서 『임꺽정』 전반의 서술 특징을 이야기구연성이라 지적했는데, 이러한 특징은 소설의 전반부(봉단편, 피장편, 양반편)에서 두드러지다가 후반부에 속하는 의형제편에 가서는 희박해지고 있다. 여기서는 화자가 표면에 드러나는 직접적 서술보다 7명의 두령을 중심으로 민중생활을 제시하는 사실적 묘사 방식이 더 많이 사용되고 있다. 그런가 하면, 화적편에 거서는 화자가 다시 표면에 드러나는데, 이때의 화자는 등장인물들을 비웃고 조롱하는 화자이다. 이런 변화의 양상들을 포착하기 위해서는 '중개성'의 기준이 유용하리라고 본다.

이런 관점에서 보면 『임꺽정』은 일정한 서술방식으로 일관된 것이 아니라, 각 편별로 각기 다른 서술방식이 사용되고 있다는 것을 알 수 있다. 그리고 각 편별 주된 인물구조와 그 의미에 따라 서술방식의 교체 현상이 일정한 상응관계를 이루고 있음을 발견하게 된다. 작품을 분석하면서 이러한 내용과 형식의 통일의 문제를 고찰해 보도록 하겠다.

1) 주석적 서술에 의한 인식론적 신빙성의 효과: 봉단편, 피장편, 양반편

앞서 언급했듯, 『임꺽정』은 이야기꾼이 청중을 대상으로 이야기를 구술하듯 말하는 방식으로서, 화자의 존재가 드러나는 설화체의 이야기 구연성이 전반적 서술 방식이다. 이런 특징이 가장 잘 드러나는 부분이 전반부의 세 편이다. 화자의 존재가 드러나는 설화체의 이야기 구연성은 슈탄첼의 유형론에 따라 분류한다면 "주석적(작가적) 서술상황"에 속한다. 이 주석적 서술상황은 작품세계 바깥의 한 개인적 서술자가 자기의 존재를 알리는 것을 의미한다. 즉 주석적 서술자는 이야기의 전달자뿐 아니라 이야기에 관한 주석자로서의 임무를 가지면서 독자에 대해 강한 영향력을 행사하는 것이다. 이러한 서술방식이 작품 속에서 갖는 효과는 주석적 서술자와 작품 세계 사이의 긴장과 거리감으로 인하여 만들어지는 경쾌한 해석과 아이러니를 들 수 있다. 또 개인적 서술자가 존재함으로써 이것이 독자에게 항상 서술내용의 신뢰성을 보증하는 인식론적 신빙성을 들 수 있다.

이 작품 전반부의 봉단편, 피장편, 양반편의 주석적 서술에서 나타나는 주된 효과 역시 인식론적 신빙성이다. 물론 앞서의 이야기 구연성에 대해서 언급했듯, 화자와 청자간의 친밀감이나 우리말 자체에서 느껴지는 구어체의 리듬감도 이 부분의 서술 방식의 특징이기는 허지만, 서술자의 존재가 작품 전편에 미치는 일반적 효과의 측면에서, 서술양식과 작품 내용간의 상호영향 관계에서 가장 중요하고 결정적인 효과는 인식론적 신빙성인 것이다. 구체적인 작품을 통해, 주석적 서술방식이 어떻게 나타나고, 그것이 또 독자에게 어떻게 신빙성을 부여하는지, 그리고 작품 내용과는 어떤 상응관계를 맺고 있는지를 살펴보도록 하겠다.

조정암 이하 여러 사람이 쫓겨 나고 보니 조정은 남곤, 심정의 판이라 썩은 고기에 쉬파리 꼬이듯 남곤, 심정의 집 문에 사람의 얼굴을 가진 물건들이 수없이 많이 모여들었다. 엊그제까지 조광조를 정암 선생이라, 김식을 사서선생이라 하던 무리들이 "광조는 미친놈이다", "식은 소견 없는 놈이다."하고 욕설하기를 예사로 하고, 남곤, 심정을 개 도야지 같이 여기고 죽일 놈같이 벼르던 사람까지 밑 못 씻겨서 한을 하고, 얼굴 보는 것을 큰 영사로 생각하게 되는 권세의 붙좇는 쥐 같은 무리의 행세가 예나 이제나 다를 것이 없다.(피장편, 사화 2-80)

이는 기묘사화 때 훈구파인 남곤 심정 등에 의해 조광조, 김식 등의 사림파가 축출된 이후의 정치상황을 서술한 것이다. 여기서 사실을 객관적으로 묘사하여 제시하기보다는 특정 서술자가 작품 전면에 나서서, 훈구파의 무리를 썩은 고기와 쉬파리에 비유하고 사람을 '물건'으로 경멸하여 표현하면서 훈구파를 부정적으로, 사림파를 선량한 희생자로 분명하게 가치평가하고 이를 독자에게 묘사가 아닌 확정적 진술로 주장하고 있다.

> 세자는 성인(聖人)의 자품이 천성으로 탁월하여 어린 나이에 하는 일을 어른의 일로 보아도 흠잡아 말할 것이 별로 없었던 까닭에……(피장편, 형제, 2-132)

이는 인조 임금이 세자로 있을 때를 서술하고 있는 대목인데, 여기서는 그를 해치려는 문정왕후와 윤원형, 원로 형제를 간특한 악인으로 취급한 것과는 달리 그 천성이 탁월한 성인으로 진술하고 있다. 이는 훈구파를 당시의 정치상황 속에서 객관적으로 묘사하기보다는, 천성적 소인배들로 단정한 것과 마찬가지로 인조를 이들에게 희생되는 천성적 선인으로 단정하고 있는 것이다.

이러한 묘사가 아닌 주석적 서술을 통해서 독자는 독자 나름의 상황판단 이전에 서술자의 가치판단을 그대로 믿고 따르게 된다. 이런 주석적 서술자이 윤원형 등 부정적 인물을 나타낼 때 서술자의 강한 주관적 감정과 함께 나타나고 있음을 주목할 필요가 있다.

> 대왕대비가 권세자루를 쥐게 되니, 원로, 원형 형제가 드날릴 판이었으나, 다같이 간사스럽고, 또 다같이 방사스러운 중에……(양반편, 살육, 3-40)

원형은 형을 해치고 자식을 죽이고도 뉘우치는 마음이 없을 만큼 악독할 뿐만 아니라 갖은 악덕이 구비하여 갖은 악행을 다하였는데, 그 중에 심하고 심치 않은 것을 갈라 말하기도 어렵지만 말하라면 가장 심한 것이 탐심(貪心)이었다 (양반편, 권세, 3-164)

이처럼 "갈라 말하기도 어렵지만 갈라 말하라면…"과 같이 특정 서술자가 확연히 드러나서 중개성이 철저히 공개될 뿐만 아니라, 서술자 자신이 인물에 대해 해설하고 가치평가를 내리면서 이 평가를 절대적이고 보편적인 것으로 독자에게 주입시키고 있다. 한편 독자는 서술자에 의해 행해지는 해설과 평가를 믿고 따라가면서, 그것에 의거해 사건과 인물을 판단할 수밖에 없다. 즉 주석적 서술이 "서술내용이 틀림없고 견해들이 믿을만하며 추론이 논리적이라는 보증의 구실"[5]을 하여 독자에게 인식론적 신빙성을 부여하는 것이다.

이상의 작품 속의 몇 가지 예를 통해 주석적 서술이 나타나는 양상과 인식론적 신빙성의 효과를 살펴보았다. 그러나 사실상, 주석적 서술방식이 언제나 인식론적 신빙성의 효과만을 보증하는 것은 아니다. 서술자와 작품 세계간의 거리로 인해 해학과 아이러니도 있을 수 있고, 서술자와 독자와의 토론의 효과[6] 같은 것이 있을 수 있다. 또한 W. 부스에 의해 여러 예가 제시되었듯이 서술자의 진술 자체가 믿을 수 없는 경우[7]도 있을 수 있다. 그렇다면 『임꺽정』 전반부세편에서 나타나는 주석적 서술 방식은 왜 인식론적 신빙성의 효과를 발휘하는가? 이를 작품 내용과의 관련에서 살펴볼 필요가 있다.

---

5) 슈탄첼, 앞의 책, 48쪽.
6) 슈탄첼, 앞의 책, 43쪽.
7) 서술자의 신빙성에 관해서는 W. 부스가 『소설의 수사학』에서 자세히 논하고 있다. '신빙성 없는' 또는 '틀릴지도 모르는' 여러 가지 등장 방식을 구별하고 있다.

이 작품 전반부 3편에서는 중심적 역할을 맡는 인물이 갖바치이거, 다루어지는 내용은 연산군의 황포와 이교리의 도피(봉단편), 갖바치와 양반들과의 교유 및 궁중의 권력다툼(피장편), 그리고 유년의 꺽정 및 문정왕후의 소인배 일파와 조식, 이해, 류직강 등 충성스런 신하와 군자의 이야기, 요승 보우를 혼내주는 병해대사의 이야기(양반편)가 주를 이룬다. 즉 전반부 3편은 봉단편에서 이교리의 함흥생활이나 임꺽정의 유년시절을 제외하면 대부분이 사람파와 훈구파의 대결이 주로 서술되고 있다. 그런데 이 정치적 이해관계에 따른 대립을 서술자는 소인과 군자, 선인과 악인의 적대관계로 처리하고 있다. 이것이 기존 연구에서는 이 소설을 "인간의 성격이나 행위를 사회상황과의 관계 속에서 관찰하지 못한 것"[8]으로 평가하게 했던 원인이기도하다.

그러나 본고는 관점을 달리하여 인물 형상화 방식과 서술방식 사이의 상응관계를 분석하고자 한다. 미리 말한다면 이러한 선.악의 가치의 이분법적 대립, 군자 · 소인이라는 인물구성의 이원성이 주석적 서술의 효과를 독자에 대한 인식론적 신빙성으로 이끈다는 것이다.

소설에서 인물간의 대립, 인물 내부에서의 자아의 갈등, 자아와 세계의 갈등 등 대립이나 갈등은 소설의 본질적 요소이다. 그리고 이런 본질적인 갈등은 결국에는 가치관 혹은 세계관의 대립으로서 작가는 소설을 통해 다양한 가치들, 삶의 다양한 양상을 보여주고 문제를 제기하는 것이라 할 수 있다. 서사시나 로망스로부터 근대의 소설로 오면서 갈등의 양상이 다양해지고 첨예해지는 것도 단일한 세계관, 단일한 가치로는 설명할 수 없게끔 사회구조가 복잡해지고 가치관 자체가 다양하게 되기 때문인 것으로 해석해 볼 수 있겠다. 서양의 중세 로망스에서 영웅, 기사 등의 주인공과 그의 모험 속에서 만나는 악한

---

8) 홍정운, 「역사소설의 현실반영-『임꺽정』을 중심으로」, 『문학과 비평』, 1987. 가을.

과의 대립, 우리의 고대 소설에서 권선징악의 형태로 끝나게 마련인 선과 악의 유형화된 대립 등 단순하고 이분법적인 대립은 단순한 사회구조와 가치체계 속에서 긍정, 부정적 가치 자체가 확연하다는 것, 혹은 욕망하는 이상의 세계와 현실의 세계가 확연히 구분된다는 것을 의미한다. 이런 상황에서는 두 개의 대립되는 가치 속에서 선택해야 하는 것이 확실하고 그래서 서사양식에서 결말은 모두 '영웅의 승리'이거나 '권선징악'이라고 할 수 있다.

전반부 3편에서 보이는 이원적 대립, 즉 윤원형 형제, 정난정, 문정왕후, 김륜으로 대표되는 악인 그룹과 그에 희생되는 선량한 인간들로 조광조, 정희량, 인조임금 사이의 대립과 반목, 즉 선·악과 군자·소인의 대응관계로 나타나는 갈등상은 소설 이전의 서사양식에서 보였던 가치의 흑백적 단순대립을 보여주고 있다. 즉 그들 사이에는 두개의 가치 혹은 이상과 현실적 욕망 사이에서 고뇌하는 인간적 갈등도 없고, 그 상황 속에서 세계에 대한 새로운 문제의식을 보여주지도 않는다. 다만 유형화된 인물군의 대립으로만 형상화되어있다.

이러한 선·악이라는 가치의 이분법과 그로인한 인물구성의 흑백적 이원성은 서술방식의 주석적 서술과 밀접한 관련을 맺고 있다고 할 수 있다. 화자가 드러나서 어떤 인물을 깍아내리고, 어떤 인물을 존경할 만하다고 전제하기도 하고, 동정하기도 하는 것, 그리고 독자가 이런 화자의 판단을 믿고 따를 수 있는 것은, 전반부의 세계가 삶의 다양한 모습을 재현한 것이 아니라 절대적이고 보편적인 가치 대립의 세계이기 때문이다. 이런 절대적이고 보편적인 가치의 대립은 인물을 선.악으로 관념적으로 이분화하여 형상화하는 것으로 나타난 것이다. 즉 전반부의 주석적 서술에 의한 인식론적 신빙성은 관념적이고 절대적인 가치의 대립 속에서 연원하며, 이 가치의 대립은 인물구성을 선인과 악인, 군자와 소인으로 이분화시켜 형상화하는 것으로 나타난 것이다.

2) 인물시각적 서술에 의한 리얼리티의 구현: 의형제편

의형제편은, 서술되는 내용이나 그 방식에서 전반부와는 확연히 다른 양상을 보여준다. 당시에 전반부 없이 의형제편부터만 단행본으로 나왔을 정도로 전반부와의 단절성이 강한 것이다. 기존 연구에서 이 의형제편은 "임꺽정의 여러 편 가운데서 사실주의적이고 민중적인 특성을 잘 구현하고 있는 부분"[9]으로 평가된 바 있다. 이 부분은 '박유복이', '곽오주', '길막봉이', '황천왕동이', '배돌석이', '이봉학이', '서림', '결의'의 8장으로 구성되어 있다. 각 장은 임꺽정을 비롯한 7인의 두령들의 일대기와 그들이 청석골로 입당하기까지의 내력이 중편소설에 가까운 완결성을 획득하고 있으며, 이 장들이 유기적으로 연결되어 의형제편을 이루고 있다.

이 의형제편은 전반부에서 보이던 주석적 서술이 현저히 쇠퇴하고 객관적 관찰과 묘사에의한 인물시각적 서술이 우세하게 나타나는 것이 특징이다. 작품을 분석하면서 그러한 서술의 양상과 효과 그리고 내용과의 상응관계를 규명해보도록 하겠다. 먼저 어떤 인물을 맨 처음 도입하거나 소개하는 장면을 보도록 하자.

> 금교역 말 장날이다. 벌서 중장이 지나서 장꾼이 많이 풀렸을 때 우락부락하게 생긴 거무무트름한 총각 하나가 쌀자루를 걸머지고 탑거리 편에서 장으로 들어와서 바로 시계전을 찾아왔다.(의형제편, 곽오주, 4-171)

---

9) 강영주, 앞의 논문, 138쪽.

이 인용부분은 '곽오주' 장에 곽오주가 처음 등장하는 부분이다. 이
야기를 전달하는 화자가 드러나지 않고, 곽오주의 인간성이나 성격
등에 대해 어떤 평가나 전제 없이, '우락부락하게 거무무트름한 총각'
으로 묘사하여 제시함으로써 무식하고 우악스러운 곽오주를 화자의
중개 없이 독자에게 직접 보여주고 있다. 이는 전반부 봉단편에서 이
교리 등의 인물을 도입하는 부분과 비교면 의형제편의 인물시각적 서
술을 확실히 보여주는 바라고 할 수 있다.

> 연산주 때 이장곤이란 이름난 사람이 있었는데 일지기 등과하여 홍문관
> 교리 벼슬을 가지고 있었다. 이교리는 문학이 섬무하여 한원 옥당의 벼슬
> 을 지내나 항상 말달리고 활쏘기를 좋아할 뿐 아니라 신장이 늠름하고 여
> 력이 절등하여 그 재목이 호반에도 적당한 까닭에, 그의 선배나 제배로 하
> 여금 문무겸전한 것을 일컫지 아니하는 이가 없었다.(봉단편, 이교리 귀양,
> 1-11)

마치 고대 소설의 첫 부분과 같이, 주인공의 이름과 벼슬, 외모와
남다른 능력 등 그 인물에 관한 모든 것이 화자에 의해 직접 서술되고
있다. 이러한 서술에서 독자는 그 인물에 관한 많은 정보를 한꺼번에
얻을 수는 있지만, 그 인물에 관한 생생하고 구체적인 형상과는 만날
수가 없다. 이와 달리 의형제편의 거의 모든 인물들은 그 성격이나 행
동과 언어의 사실적인 묘사를 통해서 생생하고 사실적인 형상을 획득
하고 있다.

> "아주머니가 기생 같소." 하고 어두운 방의 홍두깨 같은 말을 내놓아서
> 다른 사람은 고사하고 유복이까지 대답할 말을 몰라서 잠자코 있으려니 오
> 주가 다시 "내가 기생구경을 못한 줄 아우? 전에 해주에 있을 때 감사가 영
> 해루에서 행차할 때 기생들이 영해주루 가는 것을 길가에서 가까이 본적이

있소, 아주머니 얼굴이 그때 보는 기생들버덤 더 고읍소." 하고 전에 본 기
생과 비교하여 의형수의 자색을 칭찬하였다. 다른 사람은 그저 웃을 다름
이요 유목이의 아내는 술 한 사발을 먹은 이나 진배없이 얼굴이 붉어졌
다.(의형제편, 곽오주, 4-207)

얼굴이 예쁜 것을 칭찬한다는 것이 '기생같다'고 표현하는 곽오주의
앞뒤 없고 무식한, 그러면서도 진솔하고 순박한 성품이 화자의 어떤
설명보다도 생생하게 묘사되어있다. 다음과 같은 예는 의형제 편의
서술방식이 인물시각적 서술에 의한 것임을 더욱 단적으로 보여준다.

계향이의 집에 의원들이 드나들기 시작하며 늙은이와 계집아이는 하루
종일 상약을 다리느라고 밥들도 제때에 먹지 못하였다. 계향이가 약 재촉
은 뻔질 하면서도 약 먹기는 죽기보다 싫어하고 약을 먹으면 도르는지 먹
지 않고 쏟아버리는지 약 같은 검은 물이 놋요강에 그들먹하였다.(의형제
편, 이봉학이, 사계절, 6-77)

이는 이봉학이 '정의현감'으로 승차되어 사랑하는 기생 계향과 헤
어져야하는 상황에서 계향이 이봉학을 따라가고자 기적을 말소시키
려고 꾀병을 앓는 대목이다. 물론 독자는 앞뒤의 정황을 미루어서 계
향이 꾀병을 앓는다는 것을 짐작할 수 있지만, 이는 분명 앞뒤의 대화
와 상황묘사를 통해서 가능한 것이다. 서술자는 계향의 의도에 대해
서는 한 마디도 언급하지 않으면서 멀찍이 떨어져서 계향이가 벌이는
상황을 관찰하고 묘사할 뿐이다.

"추월이란 귀신이란게 그 방에 있는 귀신이냐?"
"네 기생 추월이 죽은 기시입니다."
"어디 이야기 좀 해라. 들어보자."

이십 살도 못 된 아이놈이 사십여 년 전의 일을 저의 눈으로 본 것 같이 이야기한 다음에 감영 하인들이 어두운 밤에 내기하는 것까지 다 이야기하였다.(의형제편, 이봉학이, 6-8)

귀신이야기를 하는 통인에 대한 시각, 즉 '이십 살도 못된 아이 놈이 사십여 년 전 일을 저의 눈으로 본 것 같이…'라고 서술된, 통인을 능청스럽다거나 허풍스럽다고 가치판단하는 이 부분은 서술자의 시각이 아니라 이야기를 듣는 이봉학의 시각인 것이다. 이 뿐만 아니라 이봉학이 전장에 출전하여 관찰하는 남도지방에 대한 묘사에서도 이 점이 두드러진다. 그리고 '배돌석이'에서 배돌석의 경력은 1인칭 시점으로 서술된다. 이러한 면면들은 의형제편의 인물시각적 특징을 잘 보여준다고 할 수 있다. 이런 과정을 통해서 독자는 자신이 이봉학이라는 "한 인물의 입장에 치환되어 있는 것으로 믿고, 이 인물의 눈을 통하여 작중 세계를 바라보면서 작중 세계에 대하여 인물이 갖게 되는 감정과 생각을 공유하는 것으로 믿는 것"이다.[10]

의형제편의 인물시각적 서술은 이와 같은 인물의 도입부분이나 인물의 성격, 사건의 묘사에 국한하지 않고, 이 편 전체를 꿰뚫는 인물의 구성 방식에서 나타난다. 이 의형제편 전체는 한 인물의 일대기, 즉 태어남, 성장환경, 여인과의 결연, 청석골에의 입당과정이 완결된 하나의 중편을 이루고, 그것이 꼬리에 꼬리를 물면서 전체가 유기적으로 구성되어 있다. 여기서 인물의 내력이 서술될 때도 사실주의적인 서술에 의거하고 있다. 박유복과 이봉학은 전반부에서 그 내력이 서술되었으므로 예외로 하더라도, 곽오주의 내력이 서술되는 것은 박유복이 오가의 원수를 갚으려다가 곽오주를 만나게 된 현재 시점이

---

10) 슈탄첼, 앞의 책, 84쪽.

다. 즉 현재 시점에서 박유복과 곽오주가 만나고 둘의 대화 속에서 곽
오주의 일생경력이 거슬러서 서술되는 것이다. 또한 배돌석이의 내력
이 서술되는 것도 황천왕동이와 호랑이 사냥에서 만난 인연으로 둘이
친구가 되어 대화 속에서 거슬러서 서술된다. 즉 이야기가 진행되는
현재 시점에서 과거로 역 서술되는 것이다. 이는 '모년 모월 어느 지
방의 누가…'로 시작되어 인물의 탄생에서 죽음으로 끝나는 순차적
시간진행으로 서술되는 고대소설의 유형보다 이야기가 서술되는 현
재시점의 현장성을 살릴 수 있다. 또 한 인물의 종적인 일대기와 그
인물을 둘러싼 여러 인물들 간의 횡적인 연대가 유기적으로 결합될
수 있다. 이런 인물의 유기적인 결합이 의형제편의 인물구성을 다른
것보다 더 짜임새 있고 사실적으로 뒷받침하고 있는 것이다.

그리고 이런 유기적인 결합이 임꺽정을 초점으로 하여 청석골에 정
착하는 것으로 완결되어있어서, 다양한 인물의 풍부한 개성을 보여주
면서도, 그것이 산만하게 나열된 것이 아니라 짜임새를 가지게 되는
것이다. 이러한 횡적인 짜임새는 전반부의 '내적 계보에 의한 종적인
질서'와 함께 임꺽정을 축으로 한 통일성을 보여준다.

그렇다면 왜 전반부에서는 주석적 서술이 우세하다가 의형제편에
서는 이것이 쇠퇴하고 인물시각적 서술이 우세하게 되는가? 이야기
전달 방식의 변화와 전달되는 내용 사이의 관계를 인물구조와 가치의
측면에서 살펴보기로 하자.

이 의형제편은 7인명의 두령이 각 중편의 주인공이기에 전반부의
갓바치나 후반부의 임꺽정처럼 특별한 중심인물이 없다. 물론 의형제
들을 결집시키는 추동력은 임꺽정이 가지고 있지만, 여기서의 임꺽정
은 의형제들에 대해 내부적으로만 권위를 갖고 있을 뿐 실제 활동은
가장 적은 편이다. 7명의 두령들이 각각 중심인물이고, 다음 장으로
가면 중심인물의 자리를 다른 두령에게 넘겨주면서 각 장이 연결되어

있는 것이다.

이렇게 다양한 인물들이 동등한 무게를 갖고 연속적으로 연결된 인물구성에서는 전반부에서 보이는 선·악이나 군자·소인과 같은 가치상의 이분법적 대립이 불가능하다. 더구나 신성성을 갖춘 갖바치 등과 같이 정신적 지주가 없는 상태에서 가치의 다양성과 상대성을 보여주고 있는 것이라 할 수 있다. 즉 쇠도리깨로 아이들을 무참하게 죽이는 잔인함이 있는 반면에 진솔하고 순박한 곽오주라든지, 우유부단하지만 곧은 성격을 지닌 박유복, 뻣대고 엇가는 심술이 있지만 의리나 우정에 있어서 남다른 길막봉이나 배돌석 등이 보여주는 인간성은, 전반부의 이교리나 보우, 조광조나 정난정 등 정형화된 선·악의 가치로 환원되지 않는 다양하고 상대적인 인간적 진실을 보여주는 것이다.

이러한 다원적 가치의 세계에서는 이야기를 전달하는 서술자가 어떤 한 편을 들 수가 없다. 모든 가치 모든 인물이 저마다의 존재이유를 갖기 때문이다. 따라서 의형제편에서 보이는 인물시각적 서술은 동등한 가치를 지난 여러 인물들의 연속적 구성에 의한 인물구조의 다원성과 상대성, 그로 인한 가치의 다원성에서 연유한다고 할 수 있다. 이는 의형제편의 세계가 관념의 세계가 아닌 현실세계 자체, 그 속에서의 삶의 다양성에 근거하고 있기 때문이라 할 수 있다.

3) 주석적 서술의 풍자적 성격: 화적편

의형제편은 마지막 '결의'장에서 임꺽정을 비롯한 7명의 두령이 의형제 결의를 맺는 데서 끝나고 『임꺽정』의 마지막 부분은 화적편은 이 의형제들을 중심으로 추대되는 것으로 시작된다. 그래서 이 화적편은 청석골의 체제 정비와 임꺽정의 서울 외유 및 신임군수의 습격과 관군과의 싸움이 주내용을 이룬다. 이 화적편에서는 어떤 서술 특징을 보이고 내용과 어떻게 상응하는 지를 살펴볼 차례이다.

이 화적편에서는 의형제편에서 줄어들었던 주석적 서술이 다시 증가하는 특징을 보인다. 서술자가 등장인물에 대해 취하던 거리와 관찰이 줄어들고, 인물에 대해서 드러내놓고 조롱하고 비웃으면서 서술자 자신의 가치평가를 내린다. 그러면서 동시에 구어체의 리듬감을 살린 이야기 구연성 또한 증가하면서 화자가 수다스러워지는 것이 특징이다.

> 서총대 무명이 백목만 못한 낮은 무명이지만, 그때 시세가 한 필 가지고 쌀을 서너 말 바꿀 수 있었다. 사공이 하루 종일 배질하여도 쌀 서너 말 거리가 생길지 말지 한 것을 한번에 받았으니 입이 딱 벌어져야 옳건만, 이 사공 욕심보아라 매매교환에 쓰이는 닷새무명을 "이거 석새 아니요?" 새를 잡아 싯듯하게 말하였다.(화적편, 소굴, 8-154)

욕심 많은 뱃사공을 객관적으로 묘사하기 이전에 '입이 딱 벌어져야 옳건만, 이 사공 욕심 보아라…'라고 전달하는 서술자의 감정과 판단을 숨김없이 드러내는 것이다. 또한 오가, 한온, 박유복 등이 청석골을 배반한 서림을 의심하는 장면을 묘사하고 나서 서림이 청석골을 고변한 사실을 일장 설명한 후에 "… 일이 이렇게 된 것은 삼백 리 밖에 앉은 한온이가 귀신이 아닌 다음 알 까닭이 없었다."라고 자신의 존재를 드러내며 친절하게 주석을 덧붙이고 있다. 그리고 임꺽정의 첩이 되는 열녀 김씨에 대한 조롱 섞인 외모묘사라든지 '평산쌈'에서의 장황한 수사와 같은 이야기 구연성이 증가하는 것이다.

이런 서술 특징의 변화를 인물 및 내용과의 상관관계에서 살펴보자. 화적편에서 중요한 사건은 임꺽정이 서울에 가서 기생오입하는

것과 관군을 놀리고 그로인해 관군과 접전하는 것이다. 그래서 주요
인물은 임꺽정의 처첩이 되는 여성들, 임꺽정에게 신임을 받으면서도
약삭빠르게 배반하여 청석골을 붕괴시키는 노밤과 서림 등이다. 의형
제 편에서 나름의 개성을 갖고 주요인물로 등장했던 각각의 두령들은
그 개성은 보유하지만, 화적편에서는 서림의 계획에 맞장구치거나 반
대하는 것으로서, 의형제편에서의 무게를 상실하고 있다.

그리고 임꺽정은 이 작품 전체에서 어느 부분보다 중요한 역할을
맡은 명실상부한 주인공이 된다. 도적패의 대장으로서, 의형제의 맏
형으로서, 엄청난 위력과 권위를 행사하는 중심인물인 것이다. 그러
나 이 때의 꺽정은 유년시절에 가졌던 곰살궂음과 자애로움은 사라지
고, 부하들을 함부로 죽이는 잔인함과 우둔함과 무식함, 그리고 기생
오입에 빠진 그에게 항의하는 아내(운총)에게 보이는 포악함, 부하이
자 형제들에게 보이는 권위와 독선 등 부정적인 특징을 보인다. 그래
서 갖바치에 의해 인도되던 유년시절의 잠재적 신성성, 영웅성의 권
위는 현실적인 부정적 권위로 타락한 모습을 보이고, 마침내는 미약
하고 간교한 인간 서림에게 괴멸 당하는 모습을 보인다. 이런 과정을
통해 강력한 인간의 타락과 그 강력함 뒤에 숨은 인간적 허점과 비극
성을 드러내 보인다.

이런 서림과 임꺽정의 관계, 이 관계에 대한 풍자가 화적편 전체에
서 핵심을 이룬다고 할 수 있다. 이 때의 서림과 임꺽정은 미약하면서
도 영리한 '에이론'과 그 힘없는 에이론에 의해 퇴치 당하는 '알라존'
과 비교할 수 있을 것이다. 화적편은 에이론 서림에 의해 괴멸 당하는
알라존 임꺽정과 청석골을 대상화시켜 공격하고 조롱하는 것이다. 즉
이때의 중심인물임꺽정은 전반부에서 가졌던 긍정성과 도덕성을 이
미 상실했기 때문에 열등한 인물이고, 이 열등한 인물이 중심이 되는
화적편의 작품세계 전체에 서술자는 거리를 두고 내려다보면서 풍자

하고 있는 것이다. 주석적 서술에 의한 조롱과 공격은 대부분 서림과
서림에게서 농락 당하는 임꺽정에게 겨냥된다. 전반부에서 윤원형등
에게 퍼붓던 비판의 화살을 후반부에서는 중심인물 임꺽정과 모사꾼
서림에게 퍼붓는 것이다.

　여기서 화적편이 주석적 서술이면서도 전반부의 주석적 서술이 보
여준 인식론적 신빙성의 효과보다는 풍자적인 성격을 띠게 되는 이유
가 드러난다. 전반부에서는 선.악으로 이원화된 가치대립의 세계에서
군자로 표현된 긍정적 세계의 인물과 소인으로 표현된 부정적 세계의
인물들에 대해 서술자가 명확하게 가치판단을 내리면서 독자에게 인
식론적 신빙성을 부여했었다. 이는 앞서도 언급했듯이 선·악이라는
관념적 이분법적인 가치의 대립에서는 어느 한쪽의 편을 드는 것이
용이하고 그 판단은 객관적이고 보편적이기 때문에 누구나 수긍할 수
있는 것이다. 때문에 이때의 화자의 가치판단과 주장을 독자 또한 신
뢰하면서 따르게 되는 것이다.

　그러나 후반부의 세계에서는 선.악으로 이원화된 관념적 가치 대립
의 세계가 아니라 인간의 우매함, 강력함 뒤에 숨은 허약함, 신성성이
와해된 상태의 인간적 약점이나 도덕적 열등함, 그리고 그런 것들이
빚어내는 종말의 비극성이 주조를 이후는 것이다. 이러한 열등한 세
계에 비해서 화자가 속한 세계는, 도덕적으로나 지적으로 우월한 세
계이며 합리적 이성의 세계이다. 그리고 이 두 세계 사이의 거리가 화
자로 하여금 등장인물들의 세계를 가치평가하고 공격하고 조롱할 수
있게 하는 것이다. 즉 화자의 세계와 등장인물의 세계 사이의 이 근원
적 거리감각이 화적편 전체를 '놀림의 그물망'으로 만들 수 있는 원동
력인 것이다. 실제 화적편에서는 임꺽정이 관군을 놀리고, 임꺽정이
양반가의 여자들을 놀리고, 노밤과 서림이 임꺽정을 놀리는 것이다.

4. 결론

이상으로『임꺽정』전체의 서술방식에 대해서 살펴보았다. 이 작품
은 생활언어에 기초한 구어체 문장이 특징적이다. 이는 1920년대 말
부터 전개된, 민중에게 민중의 역사를 쉽게 전달한다는 취지의 야담
(강담)운동의 영향과 18·9세기 한문단편의 형성과정에서 이야기꾼의
존재와도 관련이 있는 것으로 볼 수 있다. 이 때문에 이 작품의 서술
방식은 구연성, 즉 주석적 서술을 바탕으로 한다.

그러나『임꺽정』의 서술방식은 주석적 서술(구연성)을 기본 바탕으
로 하면서도 약간씩 서술방식의 변화를 보이고, 이 변화는 각 편에서
의 인물구조와 상응하여 인식론적 신빙성, 사실주의적 형상화, 그리
고 풍자적 서술과 같은 각기 다른 미적 효과를 나타내고 있는 것이다.

1930년대 한국문학의 모더니즘과 전통 연구

2004년 11월 25일 인쇄
2004년 11월 30일 발행

저 자 차 혜 영
펴낸이 박 현 숙
찍은곳 신화인쇄공사

110-320 서울시 종로구 낙원동 58-1 종로오피스텔 606호
TEL. 02-764-3018, 764-3019   FAX. 02-764-3011
E-mail : kpsm80@hanmail.net

펴낸곳 도서출판 **깊 은 샘**

등록번호/제2-69. 등록년월일/1980년 2월 6일

ISBN 89-74-16-144-3

※ 잘못된 책은 교환해 드립니다.

값 15,000원